Knaur.

Knaur.

Im Knaur Taschenbuch Verlag sind bereits folgende Bücher der Autorin erschienen:
Glückskekse
Wunderkerzen
Sternschnuppen
Trostpflaster
Goldstück

Über die Autorin:
Anne Hertz ist das Pseudonym der Hamburger Autorinnen Frauke Scheunemann und Wiebke Lorenz, die nicht nur gemeinsam schreiben, sondern als Schwestern auch einen Großteil ihres Lebens miteinander verbringen. Bevor Anne Hertz 2006 in Hamburg zur Welt kam, wurde sie 1969 und 1972 in Düsseldorf geboren. 50 Prozent von ihr studierten Jura, während die andere Hälfte sich der Anglistik widmete. Anschließend arbeiteten 100 Prozent als Journalistin. Anne Hertz hat im Schnitt 2 Kinder und mindestens 0,5 Männer. Mehr Informationen unter: www.anne-hertz.de

Anne Hertz

Sahnehäubchen

Roman

Knaur Taschenbuch Verlag

SAHNEHÄUBCHEN ist ein Roman und erzählt eine erfundene Geschichte. Ähnlichkeiten zu realen Personen und Ereignissen sind nicht beabsichtigt.

Besuchen Sie uns im Internet:
www.knaur.de

FSC
www.fsc.org
MIX
Papier aus verantwortungsvollen Quellen
FSC® C083411

Originalausgabe Februar 2011

Ein Unternehmen der Droemerschen Verlagsanstalt
Th. Knaur Nachf. GmbH & Co. KG, München

Umschlaggestaltung: HildenDesign, München – www.hildendesign.de
Umschlagabbildung: © HildenDesign, München unter Verwendung mehrer Motive von iStockphoto
Satz: Daniela Schulz, Stockdorf
Druck und Bindung: CPI – Clausen & Bosse, Leck
Printed in Germany
ISBN 978-3-426-63871-2

2 4 5 3 1

Männer? Das sind doch diese Kreaturen
mit zwei Beinen und acht Händen.
Jayne Mansfield, Schauspielerin

Frauen? Die sind wie Feuerwaffen –
gefährlich nur in den Händen Unerfahrener.
Hugh Hefner, Gründer des Magazins »Playboy«

Prolog

Hoppla! Das war knapp. Verdammt knapp. Nur ein schneller Sprung zur Seite rettet meinen Kopf vor der näheren Bekanntschaft mit einer fliegenden Bierflasche. Stattdessen mache ich allerdings die Bekanntschaft mit einem untersetzten Mittvierziger, dem ich bei meiner Flucht vor der Flasche offensichtlich auf die Zehen gestiegen bin. Aus rotgeränderten Augen stiert er mich an und macht dann einen Schritt auf mich zu.

»Hey, du blöde Kuh! Pass gefälligst auf, wo du hintrittst!«

Der Mann klingt nicht gerade so, als ob Sanftmut *sein zweiter Vorname wäre. Ich tippe eher auf* Hau drauf. *Vielleicht wäre die Flasche die bessere Alternative gewesen?*

»Tut mir leid, war keine Absicht«, versuche ich ihn zu beschwichtigen. Mit mäßigem Erfolg.

»Schlampe!«, presst der Mann zwischen gefletschten Zähnen hervor. Zumindest glaube ich, dass er das zum Ausdruck bringen will, denn ich kann ihn kaum verstehen, so laut johlt die Menge um uns herum. Er scheint das zu merken, jedenfalls rückt er näher an mich heran und zischt direkt in mein Ohr: »Frauen haben hier nichts verloren. Guys only! *Steht doch überall dran – oder kannst du nicht lesen? Also, was hast du hier zu suchen?«*

Eine sehr gute Frage. Was in aller Welt habe ich hier eigentlich verloren? Allein unter schätzungsweise fünfhundert aufgehetzten Männern im Gemeindezentrum einer Kleinstadt im Westharz? Ich muss den Verstand verloren haben!

1. Kapitel

»Grüß dich, Nina! Erst einmal ein frohes neues Jahr!«, flötet Susanne mir durch den Hörer zu. Scheint super gelaunt zu sein, meine Chefin. Kein Wunder, Kitzbühel soll um diese Jahreszeit schließlich ein echtes Wintermärchen sein.

»Hallo Susanne. Dir auch ein frohes Neues.« Ich klinge wahrscheinlich nicht ganz so beglückt, was daran liegt, dass ich heute die einzige Menschenseele in der Agentur bin – auserkoren, Stallwache zu halten. Zugegeben, ich hatte sowieso nichts Besseres vor, schon gar nicht etwas annähernd so Glamouröses wie Susannes kleine Spritztour in die Berge. Da kann ich auch ruhig im Büro sitzen und das Telefon dabei beobachten, wie es nicht den leisesten Mucks von sich gibt. Vom Anruf meiner Chefin jetzt mal abgesehen.

»Bist du denn gut reingekommen?«, erkundigt sie sich.

»Ja, danke. Ich habe diesmal ganz anders als sonst gefeiert und es ruhiger angehen lassen.«

»Na, das ist ja nie verkehrt.« Sie fragt nicht weiter nach. Susannes Interesse daran, was ihre Mitmenschen bewegt und was sie treiben, war noch nie sonderlich ausgeprägt – erst recht nicht, wenn es sich bei den Mitmenschen um Mitarbeiter handelt. Heute ist mir das allerdings ganz recht, denn auf eine ausführliche Schilderung meines Jahreswechsels bin ich nicht gerade scharf. Wer gibt schon gerne zu, dass er Silvester mit Schwesterlein und den dazugehörigen Gören auf der Couch verbracht hat? Während Susanne vermutlich mit Champagner, Kaviar und Kerzenschein verwöhnt wurde, gab es bei uns Kartoffelsalat, Bockwürstchen und Bleigießen. Nicht zu vergessen die Silvester-Sondersendung *Kika-Tanzalarm* auf dem Kinderkanal. Ein traumhaftes Alternativprogramm …

Aber ich will nicht undankbar sein, denn ohne den Spontanbesuch bei meiner Schwester hätte ich den Abend allein auf dem Sofa verbracht. So ist das eben, wenn man sich als Single nicht frühzeitig um das eigene Festtagsprogramm kümmert. Ich hätte es wissen müssen – schließlich bin ich schon seit drei Jahren auf Solopfaden unterwegs. Was generell kein Problem ist, denn nach dem letzten Totalreinfall genieße ich das Alleinsein: niemand, der mir auf die Nerven geht, niemand, der sich über meine langen Arbeitszeiten beschwert, und niemand, mit dem ich über das richtige Klopapier streiten muss oder darüber, ob wir die Feiertage bei seinen oder meinen Eltern verbringen. Nur die Freizeitplanung ist manchmal etwas tückisch – siehe Silvester. Die meisten meiner Freunde stören sich offensichtlich nicht weiter an Toilettenpapierdiskussionen und stecken daher zum Großteil in Beziehungen, so dass die ehemals wilden Partys mittlerweile von Pärchen-Sit-ins abgelöst wurden, bei denen sie wie siamesische Zwillinge zusammenhocken und sich ihre Urlaubs- und Renovierungspläne fürs nächste Jahr erzählen. »Früher«, erklärte mir eine verpaarte Freundin neulich, »da waren wir ja auch so viel unterwegs wie du, aber jetzt, weißt du …« Sie schenkte mir einen Blick, der deutlich zeigte, dass ich als Single über dreißig für sie nicht mehr in die Kategorie *jung, unbeschwert und lebensfroh* gehöre, sondern den Stempel *exotischer Sonderling* verdiene. Wahrscheinlich lud sie mich nur aus Mitleid zu ihrer eigenen Paar-Veranstaltung ein. Und irgendwie schien sie geradezu erleichtert, als ich mit einem freundlichen »Danke, aber nein, danke!« ablehnte. Dann doch lieber zur eigenen Sippe.

Meine Schwester guckte ob meines plötzlichen Auftauchens zwar etwas erstaunt, aber immerhin ließ sie mich rein, und meine Nichten und Neffen freuten sich aufrichtig, mich zu sehen. Auf die Familie ist eben Verlass.

»Gibt's eigentlich etwas Bestimmtes?«, frage ich Susanne. Kann mir irgendwie nicht vorstellen, dass sie ihren kostbaren Urlaubstag mit telefonischen Neujahrsgrüßen an die lieben Daheimgebliebenen vergeudet.

»Muss denn etwas sein, damit ich meine beste Mitarbeiterin anrufe?«, fragt sie betont freundlich. Ein sicherer Beweis dafür, dass es definitiv einen Grund gibt. »Aber sag mal, wenn wir schon sprechen: Ist die Agentur schon Land unter? Oder schaffst du es noch eine Woche ohne mich? Ich würde nämlich gerne noch etwas länger hier unten bleiben.«

Aha, wusste ich es doch. Ich überlege kurz, ob in meinem Kalender für diese Woche noch ein wichtiger Termin steht, bei dem Susanne dabei sein muss. Aber Fehlanzeige, die Tage nach Silvester sind traditionell ruhig. Und um ehrlich zu sein: Nachdem unser größter Kunde Selfco, ein Werkzeughersteller, vor drei Monaten Insolvenz anmelden musste, ist es in der Agentur sowieso ruhiger, als uns allen lieb ist. Andererseits: Solange Susanne noch Schnee und Schampus in Kitzbühel genießt, kann es um die Firma auch noch nicht allzu schlecht bestellt sein. Und ein paar entspannte Tage sind schließlich auch nicht zu verachten. Deshalb antworte ich Susanne lässig: »Keine Sorge, ich habe die Lage im Griff. Außerdem sind Isa und Frau Smit morgen auch wieder da. Bleib also ruhig noch ein bisschen in den Bergen. Habt wohl gerade tolles Wetter, was?« Vor meinem inneren Auge sehe ich Susanne in einem sündteuren Schnickschnack-Outfit auf dem Sonnenstuhl vor einer Skihütte liegen.

»Ja, das auch – aber viel toller ist, wem ich hier begegnet

bin!« Sie legt eine kurze, bedeutungsvolle Pause ein. »Erzähle ich dir, wenn ich wieder da bin.«

»Sicher, mach das.« Ich bin von Natur aus kein besonders neugieriger Mensch. Und wenn es sich dann aller Wahrscheinlichkeit nach noch um Klatsch und Tratsch aus der Welt der Reichen und Schönen handelt, kommt mein Interesse völlig zum Erliegen. Für eine PR-Frau wie mich eigentlich fatal, aber immerhin lese ich pflichtschuldigst *Gala, Bunte* und *Das goldene Blatt,* um dieses Manko wieder auszubügeln. Mehr Einsatz kann man nicht verlangen, und deswegen frage ich Susanne erst gar nicht, welchem Promi sie in Kitzbühel über den Weg gelaufen ist. Sie vermisst diese Frage auch offensichtlich nicht im Geringsten.

»Dann sehen wir uns nächste Woche«, freut sie sich. »Und Nina, wenn du mal eine Stunde früher gehen willst – kein Problem. Also, mach's gut!« Sie legt auf.

Eine Stunde? Während sie gerade ihren Urlaub um eine Woche verlängert hat? *Typisch Susanne,* denke ich grinsend. Einen Moment lang überlege ich, ob ich für heute einfach Schluss mache. Aber dem steht mein Pflichtbewusstsein im Weg, und da auch mein Kollege Henning erst nächste Woche wieder ins Büro kommt, muss ich einfach Präsenz zeigen. Also seufze ich, hole mir noch einen Kaffee, rufe Susannes Outlook-Kalender im Computer auf und fange an, ihre Termine der nächsten Tage in meinen eigenen Kalender zu verschieben. Nicht, dass sie etwas übersehen hat.

Tatsächlich hat sich Susanne für die Neujahrswoche nur Larifari-Krams eingetragen. Nur ein Termin überrascht mich, ein Bewerbungsgespräch mit einem hoffnungsvollen Volontärsanwärter. Normalerweise bekommt Susanne neue Volontäre und Praktikanten erst zu sehen, wenn sie ihr das erste Mal Kaffee bringen oder einen Kopierauftrag für sie erledigt haben.

Obwohl unsere Agentur ziemlich klein ist und wir alle sehr eng zusammenarbeiten, ist Susanne in diesem Punkt ganz Hierarchin. Ob ich sie deswegen noch einmal anrufen sollte? Wer weiß, vielleicht handelt es sich bei dem Bewerber, der morgen früh um neun Uhr hier auftauchen wird, um ein leckeres Kerlchen, das sie sich persönlich anschauen wollte? Einen anderen Beweggrund dafür, dass sie sich selbst mit dem Fußvolk beschäftigen will, kann ich mir bei meiner Chefin nicht vorstellen. Andererseits: Da ich annehme, dass sie bei ihrem Skiurlaub ein aussichtsreicheres Objekt der Begierde aufgetan hat, wird sie das Bewerbungsgespräch mit einem Mann, der ein Volontariat machen will, vermutlich mit einem ordentlichen Schluck Veuve Cliquot aus ihrem Gedächtnis gestrichen haben – ich tippe, ihre tolle Neuigkeit bezieht sich auf irgendeinen Adeligen oder einen Industriellen, denn für solche Typen hegt meine Chefin zu meinem Entsetzen ein ziemlich großes Faible. Ich beschließe, Susanne nicht an den Termin zu erinnern und mir stattdessen die Unterlagen des Bewerbers auf den Schreibtisch zu holen. Schließlich bin ich sowieso diejenige, die normalerweise die Volontäre einstellt.

Die Bewerbungsmappe liegt ganz oben auf dem kleinen Stapel, der Susannes Schreibtisch ziert. Ich schnappe mir die Unterlagen und schlage sie auf. Tatsächlich, ganz apart, der Herr Weidner. Allerdings irritiert mich das Foto auch. Ich werfe einen Blick auf sein Geburtsdatum – und tatsächlich, er ist schon dreißig! Ein geradezu biblisches Alter für jemanden, der sich auf ein Volontariat bewirbt und somit erst in die Medienbranche einsteigen möchte. Was will Susanne denn von dem? Er hat nicht einmal ein »von« vor dem Nachnamen, und von einer Hamburger Bankiers- oder Großindustriellenfamilie namens Weidner habe ich auch noch nie etwas gehört. Auf dem Bild sieht er aus wie ein ganz normaler Zeitgenosse. Na ja, eher wie ein großer blonder Junge, der leicht spitzbübisch in die Kamera lächelt und um den Hals eine Korallenkette oder so etwas in der Art trägt. Nicht gerade passend für ein Bewerbungsfoto.

Wieder in meinem Büro angekommen, lese ich mir Tom Weidners Lebenslauf gründlich durch. Auweia, der hat bisher noch nie etwas zu Ende gebracht: achtzehn Semester Architektur ohne Abschluss, dann noch sechs Semester neuere deutsche Literaturwissenschaft gepaart mit Romanistik, ebenfalls ohne Abschluss, schließlich eine abgebrochene Ausbildung zum Mediengestalter. Das Einzige, was man Weidner zugutehalten muss, ist die Ehrlichkeit, mit der er das in seinen Lebenslauf schreibt. Zumindest die drei Jahre Literaturwissenschaft hätte ich doch mit »freiberufliche Tätigkeit als Journalist« oder etwas in der Richtung getarnt. Es ist vollkommen ausgeschlossen, dass wir jemandem wie ihm hier ein Volontariat anbieten. Dafür haben wir einfach zu viele Bewerbungen von vierundzwanzigjährigen Einser-Kandidaten, die schon drei einschlägige Praktika in großen PR-Agenturen absolviert haben und während ihres Studiums ein Jahr an einer renommierten Universität im Ausland waren. Tom Weidner sieht eher so aus, als hätte er seine Auslandsaufenthalte auf dem Surfbrett statt in Oxford verbracht.

Ich überlege kurz: Soll ich ihn anrufen und gleich absagen? Würde ihm und mir schließlich einige Zeit sparen. Andererseits – aus irgendeinem Grund muss Susanne ihn eingeladen haben. Also werde ich mir Tom Weidner morgen einmal anschauen.

Als ich am nächsten Morgen aufwache, bin ich herrlich ausgeschlafen und fühle mich so gut, als hätte ich Susannes Urlaub hinter mir. Ich strecke mich genüsslich, werfe einen Blick auf den Wecker ... und bekomme einen Riesenschreck: Es ist schon kurz nach acht. *Mist!* Warum hat der denn nicht geklingelt? Wie soll ich es jetzt noch rechtzeitig ins Büro schaffen?

Ich springe aus dem Bett und in meine schwarze Hose, die noch auf dem Stuhl neben meinem Kleiderschrank liegt. Ein schneller Blick in den Spiegel: Duschen wäre eigentlich dringend nötig, schaffe ich aber nicht mehr, eine Katzenwäsche muss reichen. Während ich mir mit der einen Hand die Zähne putze, wühle ich mit der anderen Hand in dem Haufen T-Shirts herum, die sich zwar frisch gewaschen, aber ungebügelt und zerknüllt in einem Korb im Flur befinden.

Ich bekomme mein lila Lieblingsshirt zu fassen, feuere die Zahnbürste ins Waschbecken und ziehe es über den Kopf. Zusammen mit meinem schwarzen Blazer müsste es wohl gehen. Aber was mache ich jetzt mit meinen Haaren? Offen lassen? Ohne sie vorher zu waschen, völlig ausgeschlossen, viel zu struppig. Pferdeschwanz? Dafür sind sie seit dem letzten Friseurbesuch, der mit etwas endete, was die Friseurin als »flotten Bob« bezeichnete, zu kurz. Was mache ich nur? Kopftuch?

Ich schaue auf das Display meines Badezimmerradios: schon 8:27 Uhr! In genau dreiunddreißig Minuten steht Tom Weidner in der Agentur auf der Matte und niemand wird auf ihn warten. Frau Smit ist zwar heute wieder an Bord, kann als Empfangsdame aber auch nichts anderes tun, als den Bewerber in Empfang zu nehmen ... und es wäre mir schon sehr peinlich, wenn sie sagen müsste: »Also, ich weiß auch nicht, wo Frau Seefeld jetzt ist, sie kommt wohl heute etwas später.« Ich muss los, und zwar sofort! Dann also die Glitzerhaarspangen. Die nehme ich sonst nur zu Fasching oder wenn ich meinen Pony beim Abschminken zurückstecke, aber egal. Ich drehe die Seitenpartien in zwei Strähnen nach oben und stecke sie fest.

Meine braunen Strubbel sind schon mal gebändigt. Im Spiegel guckt mich jetzt jemand an, der an ein dünnes, japanisches Schulmädchen im Hello-Kitty-Look erinnert. Ich muss grinsen. Groß bin ich ja wirklich nicht, aber mit meinen zweiunddreißig Jahren gehe ich wohl kaum noch als Girlie durch. Wenigstens sehe ich nicht ungepflegt aus. Vielleicht kann ich behaupten, es sei trendy? Noch schnell ein bisschen Puder auf die Nase, dann stürze ich aus dem Haus.

An der Bushaltestelle angekommen, fährt mir die Linie 5 direkt vor der Nase weg. Dabei hat der Fahrer mich garantiert noch rennen sehen, eine Unverschämtheit ist das! Der nächste Bus kommt in zehn Minuten. Na super, damit ist die letzte Chance dahin, es gerade noch pünktlich zu schaffen. Ich wühle in meiner Handtasche und suche mein Telefon, um Frau Smit nun doch Bescheid zu sagen. Sie soll einfach behaupten, ich habe noch einen wichtigen frühen Morgentermin gehabt, Tom Weidner im Konferenzraum plazieren und mit Kaffee versorgen. Aber: Sosehr ich auch in den Untiefen meiner Tasche wühle und dabei Dinge wiederfinde, die ich seit Wochen nicht gesehen habe, mein Handy ist nicht dabei. Das muss zu Hause liegen. Langsam beschleicht mich das Gefühl, dass das heute ein ganz, ganz furchtbarer Tag werden könnte.

Völlig abgehetzt komme ich schließlich um zwanzig nach neun im Büro an, habe Ohrensausen und bin durchgeschwitzt. In diesem Zustand soll ich ein Bewerbungsgespräch führen? Wunderbar, das kommt ja sofort total seriös und professionell rüber!

»Wo ist Herr Weidner?«, keuche ich Frau Smit entgegen, die wie immer am Empfang sitzt und in einer Zeitschrift blättert. »Ich hoffe, er ist nicht schon wieder gegangen.«

Frau Smit blickt von ihrer Lektüre hoch und schaut mich verständnislos an. »Welcher Herr Weidner denn?«

»Tom Weidner«, erkläre ich, »der will sich heute als Volontär vorstellen.«

»Der war noch nicht da. Sie sind überhaupt die Erste, die heute hier reinkommt. Also, außer mir natürlich. Es hat auch noch niemand angerufen.«

Bitte? Der ist noch gar nicht da? Habe ich mich etwa im Termin vertan?

Ich gehe in mein Büro und fahre meinen Rechner hoch. Sobald mein Kalender geladen ist, öffnet sich mit einem dezenten *Pling* schon ein Terminfenster. Da steht es: neun Uhr, Vorstellungsgespräch Volontariat, Tom Weidner. Das darf doch jetzt nicht wahr sein, oder? Ich komme hier auf der letzten Rille reingeschossen, und der Typ versetzt mich. Gibt's doch gar nicht!

Genervt lasse ich mich auf meinen Stuhl plumpsen. Ich hätte noch in aller Ruhe duschen können!

Okay, Nina, beruhig dich, sage ich mir selbst. *Der Tag hat nicht gut begonnen, aber jetzt bist du wieder ganz Herrin der Lage. Trink erst mal einen Kaffee.* Als ich mich gerade erhebe, um in die Küche zu gehen, klopft es an meine Tür und Frau Smit schaut herein.

»Herr Weidner wäre jetzt da. Soll ich ihn in den Konfi setzen?«

Ich schaue sie finster an. »Sah er so aus, als hätte er einen furchtbaren Unfall gehabt? Irgendetwas, was ihn nachvollziehbar aufgehalten hat? Also trug er beispielsweise seinen Kopf unter dem Arm?«

Frau Smit kichert. »Nein«, erwidert sie. »Eigentlich wirkt er ganz entspannt und gutgelaunt.«

»*Entspannt* und *gutgelaunt?*«, entfährt es mir. »Bei einer Verspätung von zwanzig Minuten? Ich hoffe, er hat eine Top-Entschuldigung parat!«

Tatsächlich. Da sitzt Tom Weidner – und die Beschreibung *gutgelaunt und entspannt* könnte nicht besser passen. Ein kleiner Sonnenschein, gewandet in Jeans und weißes Longsleeve. Immerhin steht er auf, als ich in den Konferenzraum komme, und strahlt mich an. In der Tat ein hübsches Kerlchen. Mal sehen, wie lange seine gute Laune halten wird, wenn ich ihm jetzt auf den Zahn fühle.

»Hallo Frau Seefeld! Ich hatte eigentlich mit Susanne Becelius persönlich gerechnet. Aber Sie nehme ich natürlich auch gerne!« Er grinst mich an. Ich ignoriere seinen forschen Einstieg in das Gespräch. Der bringt mich nicht aus der Ruhe. Der nicht!

»Herr Weidner«, begrüße ich ihn knapp, schüttele seine Hand und nehme dann auf dem Stuhl ihm gegenüber Platz. Bedächtig falte ich die Hände, stütze mich auf dem Tisch auf und ziehe – hoffentlich so gekonnt, wie ich es hin und wieder vorm Spiegel übe – eine Augenbraue hoch, um mein leichtes Missfallen zum Ausdruck zu bringen. »Was hat Sie denn aufgehalten?«

Er schaut erstaunt. »Wieso aufgehalten?«, will er wissen.

»Ich warte seit neun Uhr auf Sie.« Gut, das stimmt nicht ganz, aber vielleicht erweckt das sein offenbar unterentwickeltes schlechtes Gewissen zum Leben.

»Ach so … das ist jetzt natürlich dumm für Sie gelaufen.« Er zuckt mit den Schultern. »Ich habe die Hausnummer nicht gleich gefunden, und außerdem hatte ich Frau Becelius auch eher so verstanden, dass ich *ab* neun mal vorbeischauen könnte.« Er lächelt weiter.

Na warte!

»Herr Weidner, das ist hier keine Party, auf der man irgendwann aufkreuzt, wie es einem in den Kram passt, sondern ein Vorstellungsgespräch«, feuere ich meine erste Spitze mit einer

Stimme ab, die vermutlich Wasser gefrieren lassen könnte. »Darf ich Ihren Ausführungen entnehmen, dass Ihr Interesse an einem Volontariat in unserem Hause doch nicht so groß ist?«

Er schüttelt heftig den Kopf. »Nein, ganz im Gegenteil. Ich wollte nur sagen, dass das mit der Uhrzeit wohl ein Missverständnis war. Es tut mir leid, Frau Seefeld.«

Immerhin, er ist reumütig. Das will ich mal gelten lassen.

»Wobei«, er macht eine kleine Pause und legt den Kopf schief, »mit den netten Glitzerspängchen in Ihrem Haar könnten Sie mich tatsächlich auf eine Party begleiten. Sehr schick. Ich glaube, meine Nichte hat die gleichen.« Er lehnt sich nun wieder deutlich entspannt auf seinem Stuhl zurück und setzt hinterher: »Die ist allerdings sechs.«

Unwillkürlich fasse ich sofort an das, was man mit etwas Wohlwollen als Frisur bezeichnen könnte, und ärgere mich gleichzeitig über die Tatsache, dass mich Weidners Bemerkung ein bisschen aus der Fassung bringt. Okay, so viel zum Thema *souveräne Gesprächsführung*. Nina, lass dir nicht das Heft aus der Hand nehmen! Ich räuspere mich.

»Sehr interessant, Herr Weidner. Aber lassen Sie uns nicht wertvolle Zeit mit Erzählungen über Ihr Fräulein Nichte oder andere Mitglieder Ihrer geschätzten Familie verlieren, sondern kommen wir auf den Punkt. Ich habe mir Ihren Lebenslauf durchgelesen. Der ist ja etwas … nun ja …« Ich täusche vor, nach den richtigen Worten zu suchen, um so zu unterstreichen, dass es eigentlich keine freundlichen gibt. »Sagen wir mal, von einer gewissen Unstetigkeit geprägt. Warum genau sind Sie sich denn diesmal sicher, dass ein Volontariat in unserer Agentur das Richtige für Sie ist?«

»Ach, wissen Sie, ich beschäftige mich gerne mit Menschen und mit Sprache. Journalismus finde ich auch spannend. Da passt PR meiner Meinung nach ganz gut – ist doch so ähnlich, oder?« Tom Weidner strahlt mich an. Er scheint den Ernst der Lage noch immer nicht erkannt zu haben.

»Wieso *oder?*«, hake ich nach. »War das eine Frage oder eine Feststellung?«

»Wie meinen Sie das?«

»Ich frage mich gerade, ob Sie eigentlich wissen, was genau Public Relations bedeutet, und ob Sie wirklich in diesem Bereich arbeiten wollen – oder ob Sie lieber Journalist werden würden. Ihrem Lebenslauf kann man das nämlich nicht ohne weiteres entnehmen.«

»Äh, meinen Sie? Finden Sie, der klingt eher nach Journalismus?« Tom Weidner wirkt nicht mehr ganz so selbstsicher, lächelt aber immer noch.

»Nein, offen gestanden finde ich, der klingt nach keinem von beiden.«

So, jetzt ist auch das Lächeln weg. Also, bei ihm. Ich merke, wie sich meine Mundwinkel unweigerlich ein bisschen nach oben heben.

»Also, ich habe immerhin Germanistik und Romanistik studiert, das ging ja schon einmal in die Richtung«, wirft er ein.

»Ja, das haben Sie wirklich«, gebe ich ihm recht. »Drei Jahre lang und ohne Abschluss. Und davor haben Sie sich neun Jahre mit Architektur befasst, auch ohne Abschluss. Auf mich wirkt das ganz so, als wüssten Sie nicht, für welchen Beruf Sie sich qualifizieren wollen. Wobei«, ich bedenke ihn mit einem Blick, der hoffentlich die gleiche Qualität wie ein Dolchstoß hat, »Sie mit dreißig Jahren schon etwas zu alt sind, um das nicht zu wissen – oder sehen Sie das anders?«

Ich blicke direkt in Weidners Gesicht. Eigentlich müsste ich dort ablesen können, ob das gesessen hat. Aber erstaunlicherweise scheint er sich gefangen zu haben. Jedenfalls strahlt er mich schon wieder über beide Ohren an. Irgendwie werde ich das Gefühl nicht los, dass der Bursche mich nicht ernst nimmt. Er scheint etwas sagen zu wollen, doch zunächst rutscht er in seinem Stuhl etwas nach unten, um dann die Beine eine Spur zu lässig übereinanderzuschlagen.

»Wenn das Ihre Meinung ist, wundert es mich, dass Sie mich überhaupt zum Gespräch eingeladen haben«, stellt er nun seinerseits provozierend fest.

Am liebsten würde ich darauf ein *Hab ich auch nicht* antworten, aber ich kann Susanne schlecht in den Rücken fallen. Also beschränke ich mich auf ein diplomatisches: »Warum versuchen Sie nicht, dieses Gespräch zu nutzen, um mich zu überzeugen? Denn deswegen, Herr Weidner, sind Sie doch sicher heute hier?« Das sollte gesessen haben!

»So, und Sie meinen, Sie würden sich auch überzeugen lassen?«, fragt er nach und klingt dabei nicht im mindesten kleinlaut oder unsicher. »Ich glaube nämlich, ich bin genau der Richtige für Sie.«

Wie kann man nur so selbstbewusst sein? Oder besser gesagt: so eingebildet?

»Ein bisschen Schwung und neue Ideen kann doch eigentlich jeder Laden brauchen«, fährt er fort.

Hört, hört. Schwung und neue Ideen. Frechheit!

»Kennen Sie denn einige unserer Aktionen oder Kampagnen«, frage ich nach, »oder wie kommen Sie zu dieser Einschätzung?«

»Nö, hab ehrlich gesagt noch nichts von dem gesehen, was Sie so machen. Brauche ich aber auch nicht. Schon die ganze Atmosphäre hier ist doch etwas angestaubt. Ich meine – wer hängt sich denn heutzutage noch ernsthaft Poster von Leuchttürmen an die Wände? Das ist seit mindestens zehn Jahren out. Und cremefarbene Auslegeware in allen Räumen? Cool ist anders. Mit anderen Worten: Hier kann frischer Wind auf keinen Fall schaden.«

Kurz bin ich sprachlos, wie da dieser Studienabbrecher vor mir sitzt und allen Ernstes die Einrichtung unserer Agentur kritisiert, obwohl er sich hier gerade um ein Volontariat bewirbt. Aber ganz so leicht bin ich nicht aus dem Konzept zu bringen.

»Und den bringen Sie mit?«, frage ich nach.

»Wen?«

»Den frischen Wind.«

»Exakt.«

Gut, die Dreistigkeit, mit der Weidner hier aufschlägt, zeigt, dass er zumindest eine Eigenschaft hat, die im PR-Geschäft immens wichtig ist: ohne jedes schlechte Gewissen Dinge zu verkaufen, von denen man im Grunde genommen nicht die geringste Ahnung hat. Trotzdem bin ich einigermaßen fassungslos, wie jemand, der im Leben bisher gar nichts auf die Reihe bekommen hat, völlig bedenkenlos den Supermacker raushängen lässt. Gleichzeitig bin ich gegen meinen Willen amüsiert und spüre eine Form von Respekt in mir aufsteigen, was das Jüngelchen sich so wagt. Ob unsere Büroräume vielleicht tatsächlich ein kleines Facelifting vertragen könnten? Die Leuchtturmposter hingen schon in allen Räumen, als ich meinen ersten Arbeitstag hatte. Und der Teppich hat eindeutig bessere Zeiten gesehen …

Dann wische ich diese unrelevanten Fragen fort. Weidner will hier als Volontär und nicht als Einrichtungsgestalter anheuern, das geht ihn also gar nichts an! Ich beschließe, das Gespräch langsam zu einem Ende zu bringen.

»Nun, Herr Weidner, es ist interessant, Ihren Standpunkt zu kennen. Ich werde Ihre Unterlagen noch einmal eingehend prüfen. Wir haben allerdings eine Menge anderer Bewerbungen für dieses Volontariat.«

»Na gut.« Sein Lächeln strahlt weiterhin unumstößliche Selbstsicherheit aus. »Aber überlegen Sie nicht zu lange.«

Keine Sorge: Keine drei Sekunden werde ich darüber nachdenken!

Als Tom Weidner gegangen ist, gehe ich sofort zum Büro von Isa, unserer Teamassistentin, die in der Zwischenzeit eingetrudelt sein müsste. Als ich in ihr Zimmer komme, springt sie gleich auf und begrüßt mich fröhlich.

»Hallo Nina! Frohes neues Jahr – du bist hoffentlich auch gut reingekommen?« Gut sieht Isa aus, nach zwei Wochen auf den Kanaren ist sie braun gebrannt, und ihre kurzen blonden Haare sind noch heller als sonst.

»Ja, danke. Meine Feier war eher kurz und schmerzlos, und ich bin auch schon wieder fleißig bei der Arbeit.«

»Tja, einer muss ja hier die Fahne hochhalten. Was war denn das für ein Typ, der eben aus dem Konfi kam? Sah ganz niedlich aus. Ein neuer Kunde, den du betreust? Dann fängt das Jahr doch gut an.«

Ich schüttle den Kopf. »Nein, leider kein neuer Kunde. Ein Bewerber auf unsere Voli-Stelle. Aber viel zu alt und in keiner Weise für den Job geeignet. Du musst dir mal seinen Lebenslauf ansehen, der spricht Bände.« Ich drücke ihr die Mappe in die Hand. »Kannst du ihm bitte absagen?«

»Klar, mach ich. Aber warum hast du ihn überhaupt zum Gespräch eingeladen, wenn seine Bewerbung schon nichts taugt?« Sie zwinkert mir zu. »Hast das Foto wohl schnuckelig gefunden!« »Ich habe den gar nicht eingeladen«, erkläre ich. »Der ist irgendwie in Susannes Terminkalender geraten, aber sie verlängert ihren Urlaub jetzt noch mal um eine Woche und wollte ihn wohl auch nicht wirklich sehen.« Ich zucke mit den Achseln. »Wahrscheinlich hat sie irgendeinem Bekannten versprochen, sich den Vogel aus Gefälligkeit einmal anzuschauen.«

»Ja, wahrscheinlich. Wobei – so viel Menschenfreundlichkeit sieht ihr gar nicht ähnlich«, lästert Isa grinsend.

Ich werfe ihr einen tadelnden Blick zu, wir reden hier immerhin über unsere Chefin. »Vielleicht will sie sich im neuen Jahr irgendwie ändern.«

»Ja, wer weiß. Das berühmte *Ich-will-fünf-Kilo-abnehmen*-Gelübde zu Neujahr macht bei Susanne schließlich überhaupt keinen Sinn.« Wir müssen beide lachen, denn wenn in Deutschland die Size-zero-Bewegung unter erwachsenen Frauen eine Anhängerin hat, dann ist es mit Sicherheit Susanne. Quatsch, die ist wahrscheinlich Vorsitzende des Weltverbands, gemeinsam mit Posh Spice und Letizia von Spanien!

Mehr Menschenfreundlichkeit könnte unserer Chefin dennoch nicht schaden, denn sie ist nicht gerade für ihr überweiches Herz bekannt. Wobei – vielleicht ist es auch genau andersherum? Womöglich macht Susanne alles richtig, und ich bin zu nett und gutmütig? Ich überlege kurz. Könnte was dran sein. Und darum beschließe ich, etwas Neues auszuprobieren.

»Gibst du mir die Bewerbungsmappe zurück, Isa? Ich schreibe die Absage selbst.«

2. Kapitel

Jedes Jahr frage ich mich, warum ich mir diese Veranstaltung eigentlich antue. Schon mal nicht wegen der anderen netten Gäste, so viel steht fest – denn zu ihrem Neujahrsempfang laden meine Schwester und mein Schwager traditionell nur das Establishment ihres beschaulichen Hamburger Vororts ein. Die Ärzte- und Anwaltsquote beträgt ungefähr achtzig Prozent, alle anderen machen natürlich auch irgendetwas Wichtiges. Womit ich nun nichts Generelles gegen diese Berufsgruppen sagen möchte. Sollte mein Auto jemals versehentlich Bekanntschaft mit einem Brückenpfeiler machen, während ich unangeschnallt darin sitze, oder sollte ich mich unerwartet in einem fiesen Rechtsstreit wiederfinden, werde ich selbstredend für jeden verfügbaren Arzt und Anwalt dankbar sein.

Überhaupt: Neujahrsempfang! Muss man den ernsthaft veranstalten, wenn man Mitte dreißig ist? Das klingt doch eher nach etwas für die inhabergeführte Seniorenresidenz. Andererseits kann man sich natürlich schlecht an Silvester selbst bei seiner Schwester einladen und dann eine Woche später verkünden, dass man weder Zeit noch Lust hat, die Reise in die Vorstadt anzutreten.

Vielleicht bin ich auch einfach nur neidisch. Finjas Haus ist in Wirklichkeit eine Villa und bietet sich für Empfänge jeglicher Art unglaublich an. Auch die Häuser der Nachbarn links und rechts davon sind wahrlich keine Hütten, aber das traute Heim von Finja und Alexander ist ein echtes Anwesen: Komplett sanierter Jugendstil mit einem hübschen Fachwerkgiebel und einem Türmchen, schon der Vorgarten so groß, dass sich ein Landschaftsgärtner mühelos mehrere Tage damit beschäftigen könnte. Ach, streichen wir das »könnte«, denn Alexander wird als vielbeschäftigter Großverdiener mit Sicherheit nicht selbst den Rasen mähen. Der sieht sogar jetzt, im Winter, perfekt gepflegt aus, und die Fassade der Villa wirkt ebenfalls so, als habe man sie soeben für eine Fotostrecke in der *Schöner wohnen* herausgeputzt.

Innen geht es genauso weiter – statt eines Flurs gibt es hier eine großzügige Empfangshalle, und das Wohnzimmer ist ein riesiger Salon, in dessen Mitte Finjas Flügel bestens zur Geltung kommt. Wie immer wundere ich mich, wie meine nur drei Jahre ältere Schwester es schafft, mit absoluter Zielsicherheit so teuer aussehende und gleichzeitig antiseptisch wirkende Möbel zu finden. Finja und Alex mögen es unterkühlt. Die schräg vor dem Kamin stehenden Sofas sind selbstverständlich italienisches Design, kein Vergleich zu meiner gemütlichen Couch mit den gefühlten hundert bunten Kissen darauf, in die ich mich manchmal voller Wonne vergrabe. Und bei mir zu Hause wäre die Glastischlandschaft mit den verschiedenen Ebenen mit Sicherheit nicht so makellos sauber und mit erlesenen kleinen Kristallvasen dekoriert. Wenn ich es nicht besser wüsste, käme ich nie auf die Idee, dass hier auch drei Kinder zwischen zwei und zehn Jahren wohnen. Selbstgemalte Bilder? Fehlanzeige. Getöpferte Kerzenständer aus dem Kunstunterricht? Natürlich nicht. Aber die würden wohl auch nicht passen zu den zwei riesigen Edelstahl-Bodenvasen, die links und rechts vom Übergang zum gigantischen Wintergarten stehen. Platz ist hier kein Problem. Selbst die bestimmt siebzig Gäste des Empfangs müssen sich nicht drängeln. Das hat natürlich Vorteile: Ich kann meinen Teller mit Häppchen in der einen und das Glas Sekt in der anderen Hand ganz entspannt vor mir hertragen, ohne dass Kollisionsgefahr droht. Die freie Sicht hat allerdings auch Nachteile – meine Mutter entdeckt mich sofort und winkt mir zu, ich habe also keine Chance mehr, mich vor ihr zu verstecken.

»Hallo Nina, meine Liebe!«, begrüßt sich mich, als ich zu ihr in den Wintergarten komme und ihr ein Küsschen auf die Wange gebe. »Ich habe dich schon gesucht«, plappert sie sofort weiter, »man findet ja kaum ein bekanntes Gesicht hier. Jedes Jahr sage ich deiner Schwester wieder, sie soll nicht so viele Leute einladen. Aber auf mich hört sie natürlich nicht. Na ja ... Hast du denn diesmal eine nette Begleitung mitgebracht?« Sie blickt an mir vorbei und sieht daher nicht, dass ich unwillkürlich die Augen verdrehe.

»Nein, habe ich nicht.«

»Ach, wie schade!« Meine Mutter macht sich nicht die Mühe, ihre Enttäuschung zu verbergen. Dass ich mittlerweile schon seit drei Jahren Single bin, scheint sie irgendwie als persönliche Niederlage zu empfinden. Wahrscheinlich hört sie schon die Stimmen ihrer Freundinnen: *Wie? Deine jüngere Tochter ist immer noch nicht unter der Haube? Und das jenseits der dreißig, das kann doch nicht sein!* Oder: *Das ist ein hoffnungsloser Fall!* Meine wiederholten Versuche, ihr begreiflich zu machen, dass ich mich derzeit als Single sehr wohl fühle und gar keinen Partner haben möchte, stoßen regelmäßig auf taube Ohren. *Es ist nicht richtig, wenn eine junge Frau so allein durchs Leben geht,* ist einer der Sätze, den sie mir bei diesen Gelegenheiten immer wieder an den Kopf wirft. Was man übersetzen kann mit: *Du brauchst einen starken Mann an deiner Seite, der dir zeigt, wo's langgeht.* Ausgesprochen hat meine Mutter das natürlich nie, aber es hängt doch deutlich in der Luft.

»Aber kein Wunder – du bist ja auch ständig im Büro, wie

willst du da jemanden kennenlernen?«, stellt sie nun fest; das dazu passende Hochziehen der linken Augenbraue hat sie über die Jahre zur meisterhaften Perfektion gebracht. »Und ein bisschen hübscher zurechtmachen könntest du dich auch mal – wenigstens an einem Tag wie heute.«

»Mama, also echt – ich finde schon, dass ich …«

»Und immer flache Schuhe und Hosen, dabei hast du doch so schöne lange Beine, Kind! Die solltest du mal mit einem Rock betonen. Sieh dir doch deine Schwester an – drei Kinder und noch so schlank, dass sie in dieses tolle Kleid passt. Aber was rede ich, du musst es ja selbst wissen. Bist schließlich alt genug.«

Ehe ich anmerken kann, dass ich in der Tat alt genug bin, dreht sie sich zur Seite und winkt jemanden zu uns heran.

»Herr Dr. Hohentwiehl, ich würde Ihnen gerne meine zweite Tochter vorstellen.« Der so Herbeigerufene ist ein dunkelhaariger Typ um die vierzig, der sich brav neben meine Mutter stellt und mich interessiert mustert. »Das ist Nina, Finjas jüngere Schwester. Nina arbeitet in einer Werbeagentur.«

Hohentwiehl reicht mir die Hand. »Angenehm. Ich bin ein Kollege von Alexander.«

»Wie schön«, erwidere ich recht einsilbig. Es ist doch wirklich nicht zu fassen: Kaum bin ich fünf Minuten auf dieser Gruselveranstaltung, schon will mir meine Mutter einen Arzt andrehen. Nicht mit mir!

»Welche Art Werbung machen Sie denn so?«, versucht sich Hohentwiehl in Smalltalk.

»Gar keine«, gebe ich zurück, »ich arbeite nämlich in einer PR-Agentur, das ist etwas ganz anderes.« Gut, ich bin zickiger, als ich sein müsste. Aber auch, wenn Hohentwiehl zugegebenermaßen recht attraktiv ist, hasse ich die plumpen Verkupplungsversuche meiner Mutter von ganzem Herzen. Sie bedenkt mich mit einem tadelnden Blick und versucht sofort, wieder gut Wetter beim Objekt ihrer Begierde zu machen.

»Ach, Werbung, PR«, sie lächelt milde und macht mit der Hand eine Bewegung, als würde sie eine lästige Fliege verscheuchen, »wer kann das alles schon so genau auseinanderhalten, nicht wahr?«

Ich überlege kurz, ob ich meine Mutter darauf hinweise, dass sie in den letzten vier Jahren ausreichend Gelegenheit gehabt hätte, sich über meine Tätigkeit in Susannes Agentur zu informieren, lasse es dann aber. Lieber mache ich so schnell wie möglich den Abgang, alles andere ist doch nur Zeit- und Energieverschwendung. Denn genauso wenig, wie sich meine Mutter vorstellen möchte, dass man auch ohne Mann existieren kann, will sie verstehen, was ich beruflich mache.

»Ich gehe mal und suche Finja«, teile ich den beiden mit, sehe mich dabei schnell um und flüchte zurück in den Salon, wo ich meine Schwester gesichtet habe. Sie steht inmitten einer Gruppe älterer Damen und unterhält sich angeregt. Ich tippe ihr von hinten auf die Schulter.

»Hallo Finja, darf ich kurz stören?«

Meine Schwester dreht sich mit einem strahlenden Gastgeberlächeln zu mir um, das sie im Lauf der Jahre perfektioniert hat wie eigentlich alles an sich. Mutti hat recht: In ihrem schmalen, grauen Etuikleid sieht Finja unglaublich gut aus, sehr damenhaft und trotzdem irgendwie sexy.

»Was gibt's denn?«

»Ich glaube, ich mache mich wieder auf den Weg.«

»Echt? Du willst schon gehen?« Ein enttäuschter Ausdruck tritt auf ihr Gesicht. »Du bist doch gerade erst gekommen – und ich habe noch gar nicht gespielt. Willst du das nicht wenigstens abwarten? Mir zuliebe?« Das alljährliche Highlight habe ich vergessen: Finjas Klavierkonzert. Als ausgebildete

Pianistin lässt sie sich keine Gelegenheit für einen kleinen Auftritt nehmen.

»Es tut mir leid«, erkläre ich ihr, »aber ich bin heute nicht so fit – außerdem geht mir Mama mördermäßig auf den Zeiger. Sie versucht schon wieder, mir hier jeden Junggesellen anzudrehen, der bei drei nicht auf dem Baum ist. Schrecklich!«

Finja lacht mit ihrer glockenklaren Stimme, was für sich genommen schon einem kleinen Konzert nahekommt. Meine Schwester hatte es schon immer drauf, sich auf eine hinreißende Art und Weise mädchenhaft zu geben. Zumindest Männer sind davon stets hingerissen. Alexander war der dritte Kerl in Folge, der ihr einen Heiratsantrag machte, und den Herrn Doktor aus gutem Hause hat sie natürlich nicht abgewiesen. Wenn es nach meiner Mutter ginge, würde ich mir von Finjas Bezirzungskünsten eine dicke Scheibe abschneiden. Nur will ich das eben nicht. Lieber bleibe ich allein, als auf niedliches Püppchen zu machen oder zur Vorzeigeehefrau und perfekten Gastgeberin zu mutieren.

»Dann tu ihr doch den Gefallen und verlieb dich«, grinst Finja mich an, als hätte sie meine Gedanken gelesen. »Jörg Hohentwiehl hat sie dir bestimmt schon vorgestellt, oder?«

»Exakt«, bestätige ich ihre Vermutung. »Woher weißt du das?«

»Na, sie hat ihn heute kennengelernt und fand ihn gleich ganz toll. Da hatte ich schon so eine Befürchtung.« Sie lacht perlend. »Jörg ist aber wirklich nett«, fügt sie dann hinzu. »Er übernimmt die Gynäkologie in Alexanders Krankenhaus. Vielleicht wechselst du doch mal ein paar Worte mit ihm?«

Ich schüttle den Kopf. »Nee, danke. Ich bin momentan ganz glücklich ohne Mann. Und einen neuen Frauenarzt suche ich auch nicht. Also habe ich in keinerlei Hinsicht Verwendung für Dr. Hohentwiehl.«

»Okay, dann spare ich mir weitere Überredungsversuche«, erwidert meine Schwester. »Aber bleib wenigstens, bis Jakob da ist. Ich würde so gerne mal wieder meine beiden Geschwister auf einmal sehen.«

Ich seufze. Auf Jakob zu warten heißt in der Regel, mehrere Stunden Lebenszeit zu opfern, denn mein kleiner Bruder ist leider der unpünktlichste Mensch der Welt. Ich habe schon mehr Zeit damit verbracht, auf ihn zu warten, als mit ihm selbst. »Also, weißt du …«

Finja guckt mich mit einem echten Dackelblick an, dem ich so gut wie nie widerstehen kann.

»Na gut«, willige ich ein. »Ich bleibe noch. Aber du musst mir Mama vom Hals halten, sonst garantiere ich für nichts!«

»Gut, ich verwickle sie in ein Gespräch über ihre Zeit am Konservatorium, das wird sie beschäftigen. Vor allem, wenn ich ein paar ambitionierte Zuhörer auftreiben kann. Und die werde ich gleich mal suchen.« Spricht's und mischt sich wieder unter das Volk. Ich beschließe, mir noch ein Glas Sekt zu holen. Wenn ich hierbleibe, kann ich dem trüben Tag wenigstens mit Alkohol ein bisschen Sonne einhauchen.

Nach dem zweiten Glas ist meine Laune tatsächlich deutlich besser. Finja hat mittlerweile zur Freude der versammelten Gästeschar eine Kostprobe ihres Könnens gegeben, den Kulturteil hätten wir also hinter uns gebracht. Auch Jakob hat es endlich nach Wellingsbüttel geschafft. Mit einem Glas in der Hand steuert er auf mich zu und legt mir lässig einen Arm um die Schulter, ein langer, dünner Schlacks von fast zwei Metern. Finja hat recht, es ist schön, ihn zu sehen, statt zu telefonieren oder eine SMS zu schicken.

»Hallo, kleine Schwester! Ein frohes neues Jahr!« Ich winde mich aus seiner Umarmung und knuffe ihn in die Seite.

»Vorsicht, Küken! Und ein bisschen mehr Respekt vor dem Alter! Was hat denn bei dir wieder so lange gedauert?«

»Ach, du weißt ja, immer viel los bei mir.«

»Ja, klar. Als Student ist man quasi im Dauerstress«, ziehe ich ihn auf. »Du Armer! Hoffentlich hast du nicht bald einen Burn-out.«

»Du wirst lachen – diesmal bin ich wirklich ein bisschen ins Schwitzen gekommen. Ich hatte doch Aufnahmeprüfung.«

»Aufnahmeprüfung?«, frage ich irritiert nach. »Wo willst du denn aufgenommen werden?« Ich kann mich nicht erinnern, mit meinem kleinen Bruder in letzter Zeit irgendein Projekt in Verbindung gebracht zu haben, das eine Aufnahmeprüfung erfordert hätte. Meines Wissens studiert er fleißig Biologie. Wir haben uns zwar schon längere Zeit nicht mehr über seine berufliche Zukunft unterhalten, aber das wird doch wohl noch aktuell sein, oder? Wobei: Dann wäre er inzwischen im zehnten Semester. Ich bin also offensichtlich nicht auf dem neusten Stand.

»Ich habe mich für das Wainwright-Journalistenstipendium der Studienstiftung beworben«, erklärt er mir. »Ein Jahr als Nachwuchsredakteur bei der *Western Times* in Los Angeles.« Offensichtlich gucke ich maximal erstaunt, denn Jakob schiebt gleich hinterher: »Ich habe doch in den letzten zwei Jahren nebenbei bei einer Tageszeitung gejobbt. Irgendwann habe ich gemerkt, dass mir diese Arbeit wahnsinnig viel Spaß macht. So kam die Idee mit dem Stipendium. Und als Naturwissenschaftler hat man dort gar nicht so schlechte Chancen. Gestern kam die Zusage, nächsten Monat geht es auf in die USA.«

»Echt? Das hast du mir gar nicht erzählt!«

»Hab ich wohl, Schwesterchen«, grinst er mich an. »Du hörst mir einfach nicht richtig zu.«

»Gar nicht wahr!«

»Und wie heißt meine Frau?«

»Deine ...« Mein Unterkiefer rast nach unten, so sehr erschrecke ich mich – bis ich Jakobs breites Grinsen sehe. »Frau, ja? Bei dir hält es doch keine länger als ein paar Wochen aus«, grummle ich ihn an, kann ein Lächeln aber auch nicht unterdrücken. Er hat ja recht: Wir sehen uns nicht oft, und wenn wir telefonieren, drehen sich unsere Gespräche meistens um Mama, Finja, meinen Job oder andere Alltagsthemen. Es ist nicht so, als würden wir uns nicht mögen, im Gegenteil – aber Jakob ist einfach mein *kleiner* Bruder, mit dem ich nicht so viele Gemeinsamkeiten habe. Finja und ich stehen uns näher, obwohl sie sich in eine Edelhausfrau verwandelt hat.

Es überrascht mich trotzdem, dass Jakob seinen neuen Berufswunsch so lange unter dem Deckel gehalten hat, denn ich bin mir ziemlich sicher, dass ich eine entsprechende Andeutung ganz sicher nicht überhört hätte, zumal ich in einer artverwandten Branche arbeite. Und nicht nur das: Unser Vater ist eine echte Journalistenlegende und hat seit Mitte der siebziger Jahre mehr als einmal Pressegeschichte geschrieben.

»Jetzt noch mal ganz langsam«, sage ich, »du hast dich also auf das Stipendium beworben, *ohne* etwas zu sagen?«

Jakob zuckt mit den Schultern. »Weißt du, ich wollte vor allem mir selbst beweisen, dass ich das auch alleine schaffen kann. Ohne eure Unterstützung. Ich werde vermutlich sowieso immer der Sohn vom alten Seefeld sein, da wollte ich wenigstens das mal ohne Hilfe eintüten.«

»Klar, das verstehe ich. Aber warum denn ausgerechnet Journalismus? Da wirst du doch erst recht immer mit Papa verglichen!«

»Das stimmt zwar, aber es ist einfach das, was mich am meisten interessiert. Ich meine, Biologie ist spannend, aber ich hatte immer mehr das Gefühl, damit nur angefangen zu haben, weil es eben nicht das ist, was Papa auch gemacht hat.«

Ich verstehe, was er meint. Unser Vater war immerhin lange Zeit Chefredakteur einer der größten deutschen Tageszeitungen. Das Gefühl, mit ihm verglichen zu werden, kenne ich nur zu gut. Bis heute nervt mich die Frage, ob ich nicht lieber als »richtige« Journalistin arbeiten würde, anstatt mein Dasein in einer PR-Agentur zu fristen. Gerade meine Mutter ist Spezialistin auf diesem Gebiet. Ich habe mir angewöhnt, nicht darauf zu reagieren. Aber ärgern tut es mich doch.

»Du machst das genau richtig, Jakob, zieh dein Ding durch«, pflichte ich ihm bei. »Und wenn es das Gleiche ist, was Papa gemacht hat, dann ist es eben so. Du wirst es sowieso auf deine Weise angehen, also lass dich nicht davon abbringen.«

Jakob lächelt. Er sieht erleichtert aus. »Danke, Schwesterlein.« Er haucht mir einen Kuss auf die Wange und grinst mich dann an.

»Aber dein Diplom machst du noch, oder?«, hake ich trotzdem noch einmal nach.

Jakob hebt die Hand zum Schwur. »Natürlich, Ehrenwort. In drei Wochen muss ich die Arbeit abgeben. Heißt allerdings mittlerweile Bachelor.«

»Dann ist's ja gut. Ich hatte diese Woche einen Bewerber für ein Volontariat«, erzähle ich meinem Bruder, »der hat noch so gar nichts auf die Kette gekriegt. Das kommt dann selbst in der bunten PR-Welt nicht so gut an.«

»Mach dir keine Sorgen, Nina. Und jetzt hole ich uns noch mal etwas zu trinken – da ist so viel Luft in deinem Glas.«

Als ich spätabends nach Hause komme, habe ich eigentlich einen sehr netten Tag verbracht. Zwar hat Mama weiterhin versucht, mich an diverse alleinstehende Männer zu verschachern wie auf einem türkischen Basar, aber dank der Tatsache, dass Jakob mich ständig mit neuem Sekt versorgt hat, war mir das irgendwann total egal; außerdem haben wir so viel miteinander gelacht wie lange nicht mehr. Todmüde falle ich ins Bett, ziehe mir die Decke über den Kopf und genieße es, einfach nur so dazuliegen. Eigentlich doch herrlich: Sich ganz allein auf 1,40 mal 2,00 Metern auszustrecken – was sollte ich da jetzt mit einem Mann, der schnarchend neben mir einschläft? Ich seufze. Sicher, irgendwann wird schon mal wieder einer kommen, der mich aus den Schuhen haut – aber bis es so weit ist, kann ich mich hier im wahrsten Sinne des Wortes noch gemütlich ausbreiten.

3. Kapitel

Gutgelaunt tänzelt Susanne am Montagmorgen in mein Büro und sieht dabei einfach umwerfend aus: die langen blonden Haare noch einen Tick goldener als sonst, der Teint zart gebräunt, etwas heller an den Schläfen von den Bügeln ihrer Sonnenbrille, und ein strahlendes Lächeln, das von einem Ohr zum anderen reicht.

»Guten Morgen, meine Liebe!«, begrüßt sie mich schwungvoll. »Ich hoffe, ihr habt die Woche ohne mich gut überstanden?«

»Es war natürlich schwierig«, erwidere ich scherzhaft, »aber wir haben es gerade so eben geschafft. Wenn ich dich so ansehe, muss ich gar nicht fragen, wie es in Kitzbühel war. Ich tippe mal auf großartig.«

Susanne nickt begeistert. »Richtig!« Ihr Grinsen wird noch breiter. »Und das in jeder Hinsicht. Rate, wen ich dort getroffen habe!«

Ach ja, genau, das hatte sie ja bereits angedeutet. Und Susannes Gesichtsausdruck nach muss es irgendjemand von der Bedeutung zwischen Osama und Obama gewesen sein. Natürlich erwartet meine Chefin gar nicht ernsthaft, dass ich einen Tipp abgebe.

»Du kommst eh nicht drauf«, platzt sie heraus. »Ludger Weidner!«

Ludger wer? Nie gehört! Wo ist da die Sensation? Ihrem Gesichtsausdruck nach zu urteilen hätte ich jetzt schon so etwas wie Brad Pitt oder Tom Cruise erwartet. Aber Ludger

Weidner? Der Name sagt mir spontan nichts. Wobei – Weidner, Weidner … doch, da war was, das habe ich irgendwo schon einmal gehört. Mist, mein Namensgedächtnis ist wirklich miserabel.

»Hilf mir auf die Sprünge – ich weiß gerade nicht, wer das ist.«

Susanne verdreht empört die Augen. »Na, Ludger Weidner, der Verleger! Weidner-Verlag – du weißt schon: die Nummer eins in Sachen Liebesromane. Und seit neuestem mischen sie auch bei den Ratgebern mit.«

»Ach, stimmt.« Vor meinem inneren Auge erscheint ein mit Kitschromanen vollgepfropfter Drehständer, wie er in vielen Bahnhofsbuchhandlungen zu finden ist: *Feuer der Leidenschaft, Brennende Begierde, Nacht des Schicksals* und so ein Schrott. Auf dem Titelbild ist meist ein knapp bekleideter Muskelprotz zu sehen, der eine ohnmächtige Schöne in seinen starken Armen hält. »Na ja«, gebe ich zu, »von denen habe ich kaum etwas im Regal. Wahrscheinlich gar nichts. Und den hast du getroffen? Das ist ja … äh … schön! Kann er gut Ski fahren?«

»Mensch, Nina!«, ruft meine Chefin empört aus. »Darum geht es doch gar nicht! Ich hatte schon vor meinem Urlaub Kontakt mit Weidner. Der überlegt nämlich, seine Pressearbeit an eine Agentur outzusourcen. Will irgendwie den ganzen Laden umstrukturieren. Ich wusste vorher, dass er immer nach Kitzbühel fährt, also habe ich in einem unserer Gespräche wie zufällig erzählt, dass ich dort über Silvester Urlaub mache.«

»Und da hat er sofort angebissen?«, frage ich verblüfft.

»Nicht sofort.« Susanne grinst mich zufrieden an. »Wir sind uns dort *ganz zufällig* über den Weg gelaufen – was in Kitzbühel allerdings leichter zu organisieren ist, als ich dachte –, und dabei hat er mich dann zum Neujahrsempfang in sein

Haus eingeladen. Deswegen musste ich auch ein bisschen länger bleiben, der Empfang war nämlich erst am 3. Januar.« Das ist eben der Unterschied zwischen Susanne und mir: Sie ist in Kitzbühel eingeladen, ich in Hamburg-Wellingsbüttel. Ich würde alles dafür geben, nicht auf der Gästeliste zu stehen – und sie setzt ihr ganzes Kalkül ein, um eingeladen zu werden. Aber wahrscheinlich ist das genau der Grund, warum sie eine Agentur hat und ich nur einen Angestelltenvertrag.

»Und da habt ihr euch dann noch einmal über die Pressearbeit unterhalten? Auf dem Empfang?«, frage ich, denn das scheint mir nun wirklich nicht der richtige Rahmen für ein berufliches Gespräch zu sein. »Ich dachte, bei Schön und Reichs schüttet man sich einfach den Schampus hinter die Binde.«

»Das Geheimnis meines Erfolgs ist, dass ich beides gleichzeitig kann.« Und schon wird das Grinsen noch ein Stückchen breiter, falls das überhaupt noch möglich ist. »Wir werden die Pressearbeit für eine der Neuerscheinungen machen. Gewissermaßen ein Testballon, denn es handelt sich um einen der ersten Ratgeber, den der Verlag herausbringt. Wenn wir da einen guten Eindruck machen, können wir mit etwas Glück in Zukunft die gesamte Pressearbeit übernehmen. Wäre das nicht klasse?«

Ich nicke anerkennend. »Klingt auf jeden Fall nicht schlecht.«

»Und es würde genau reinpassen«, erzählt Susanne weiter, »gerade habe ich begonnen, mir um unsere wirtschaftliche Entwicklung Sorgen zu machen, da spaziert ein neuer Kunde durch die Tür. Noch dazu aus einer sehr interessanten Branche.«

Susanne hat recht, das klingt spannend. Gut, der Weidner-Verlag ist nicht gerade für große Literatur bekannt, aber es könnte trotzdem ein Schritt in eine neue Richtung sein. Unsere Kunden kommen bisher eher aus den Bereichen Spirituosen und Baustoffhandel, nicht gerade besonders glamouröse Betätigungsfelder. Okay, *Feuer der Leidenschaft* ist nun auch nichts, wovon ich meinen Freundinnen begeistert erzählen möchte, aber wenn's gut bezahlt wird, warum nicht? Außerdem soll es sich ja um einen Ratgeber handeln, es besteht also begründeter Anlass zur Hoffnung, dass es nicht um einen dieser grauenhaften Lore-Romane geht.

»Das wäre natürlich toll«, erwidere ich daher. »Würde mir deutlich mehr Spaß machen, als noch einen neuen Schnaps unter die Leute zu bringen.«

»Siehst du, Nina, das dachte ich mir. Und nachdem du in unserem Laden eindeutig der Schöngeist mit dem Händchen für Literatur bist, habe ich beschlossen, dass du dieses wichtige Projekt betreuen wirst.«

Klasse! Das neue Jahr geht gleich gut los, die Chefin vertraut mir einen Neukunden an, der zumindest in ihren Augen recht wichtig ist. Hat es sich also doch gelohnt, sie über die Jahre immer wieder mit Lesetipps versorgt zu haben!

»Das freut mich, Susanne. Und ich bin mir sicher, dass wir Weidner zeigen werden, dass wir genau die Richtigen für seinen Verlag sind«, stelle ich selbstbewusst fest. »Wie heißt das Buch denn, und wovon handelt es?«

»Moment – ich schau mal nach. Es ist eine Übersetzung aus dem Englischen, der Autor ist Amerikaner.« Sie geht in ihr Zimmer, ich folge ihr. Aus der Handtasche, die auf ihrem Stuhl liegt, zieht sie eine dünne Mappe und schlägt sie auf.

»Ah ja, das Buch heißt *Ich krieg sie alle in die Kiste* und ist von einem gewissen Dwaine F. Bosworth.«

Bitte?

Ich krieg sie alle in die Kiste?

»Äh … Kiste?«, spreche ich meine Gedanken laut aus. »Von welcher Kiste reden wir denn hier?« Für einen kurzen Moment habe ich die Hoffnung, dass es sich bei dem Werk um die Memoiren eines auf dem Großmarkt beschäftigten Obst- und Gemüsepackers handelt. So ein Enthüllungsroman à la *Deutschland ganz unten.* Susanne zieht die Augenbrauen hoch und bedenkt mich mit einem spöttischen Blick.

»Na, welche Kiste wohl? Ins Bett, er kriegt sie alle ins Bett, soll das heißen. Bei Dwaine F. Bosworth, Moment, ich lese mal vor, was hier steht«, fährt sie fort, »*handelt es sich um einen der begnadetsten Pick-up-Artists unserer Zeit – keine Frau kann ihm widerstehen. Lesen Sie exklusiv, worin sein Geheimnis besteht, und lernen Sie selbst vom Meister der Verführung.*«

»Pick-up-Artist?«, frage ich irritiert nach.

»Das ist so eine Bewegung aus den USA«, klärt mich Susanne auf. »Männer, die es sich zum Hobby gemacht haben, so viele Frauen wie möglich rumzukriegen.«

»In die Kiste zu kriegen«, konkretisiere ich.

»Nun beiß dich daran nicht so fest. Ich glaube, das mit der Kiste ist der Arbeitstitel«, meint meine Chefin. »Weidner sagte, dass sie sich vielleicht noch einen anderen Titel ausdenken. Momentan steht wohl auch noch *Ich kann sie alle haben* zur Diskussion. Finde ich auch nicht schlecht.«

Och nö! Natürlich würde ich mich gerne um ein Buch kümmern. Aber nicht um so eins! Gut, es muss nicht gleich der neue Walser sein, aber die Abschlepptipps irgendeines durchgeknallten Amis? Dann doch lieber Schnaps. Meine fehlende Begeisterung ist mir offenbar anzusehen.

»He, das ist doch erst der Anfang!«, versucht Susanne mich zu beruhigen. »Wie gesagt: Wenn wir diese Sache gut hinkriegen, dann könnten wir die Pressearbeit für das gesamte Verlagsprogramm an Land ziehen. Und das wäre doch was, schließlich will Weidner sein Portfolio extrem ausweiten!«

»Ja, natürlich wäre das toll, aber ob ich wirklich so geeignet für gerade dieses Buch bin … ich weiß nicht. Ich meine, mal ehrlich – das Werk scheint sich eher an Männer zu richten. Vielleicht fragst du da den Mann im Team. Henning ist bestimmt sehr interessiert an dem Thema.«

Susanne schüttelt den Kopf. »Henning ist total dicht mit den Möbelhausgeschichten. In den nächsten zwei Monaten plant der Kunde fünf Neueröffnungen, Henning kann nichts Aktuelles mehr übernehmen. Aber ich sehe deinen Punkt«, fügt sie dann hinzu. »Darüber habe ich nämlich auch schon nachgedacht – und bereits eine Lösung gefunden!«

Da bin ich aber mal gespannt.

»Du bekommst einen Mitarbeiter für dieses Projekt zugeteilt.«

Das hört sich natürlich gut an. Zu gut. Denn die Sache hat einen entscheidenden Haken: »Von welchem Mitarbeiter redest du?«

»Ich werde einen neuen Volontär einstellen, der nur dir zuarbeiten wird. Was sagst du jetzt?«

Bevor ich etwas sagen kann, macht es in meinem Hirn gewaltig *Pling*, und zwar so laut, dass man es fast außerhalb meines Kopfes hören kann. *Weidner!* Jetzt weiß ich wieder, wo ich diesen Namen in letzter Zeit gehört habe.

»Tom Weidner!«, rufe ich laut. »Du meinst Tom Weidner, oder?« Mir wird kurz ein wenig übel. Denn es liegt ja wohl mehr als auf der Hand, dass Tom Weidner mit neunundneunzigprozentiger Sicherheit etwas mit dem Weidner-Verlag zu tun hat. Daher also die Einladung dieses komplett ungeeigneten Kandidaten! Er hat offenbar etwas mit dem lukrativen Neukunden zu tun, den meine Chefin aufgetan hat.

»Du kennst ihn?«, will Susanne wissen.

»Klar, ich habe das Vorstellungsgespräch von dir übernommen«, erkläre ich und denke zeitgleich darüber nach, wie ich Susanne jetzt schonend beibringen kann, dass ich Tom Weidner eine Absage erteilt habe. »Das war letzte Woche«, füge ich hinzu, um bis zu meinem Offenbarungseid noch ein wenig Zeit zu schinden.

»Das verstehe ich nicht.« Susanne legt die Stirn in Falten. »Er kommt doch erst nächste Woche vorbei.«

»Nein«, widerspreche ich meiner Chefin, »er war bereits hier.«

»Ich weiß aber genau, dass ich ihn für nächste Woche eingeladen habe«, ruft Susanne nun ziemlich aufgeregt und kramt in ihrer Tasche nach dem kleinen, in edles Krokoleder eingebundenen Filofax, den sie immer noch einem Smartphone mit elektronischem Terminkalender vorzieht.

»Dann musst du dir den Termin falsch aus Outlook abgeschrieben haben«, vermute ich. »Auf jeden Fall war Tom Weidner schon hier.« Mittlerweile sind meine Hände schweißnass, denn mir ist klar, dass meine Chefin sich nun gleich nach dem Ausgang des Gesprächs erkundigen wird. Und das …

»Tja, da ist wohl tatsächlich etwas durcheinandergeraten«, unterbricht sie meine Gedanken. »Aber egal, so habt ihr euch wenigstens schon einmal kennengelernt. Und, wie war es?« Sie lächelt mich erwartungsvoll an.

Was sage ich bloß? Okay, am besten ganz direkt und schnörkellos die Wahrheit.

»Ich habe ihm abgesagt.«

»Du hast *was?*«

»Abgesagt. Ich habe ihm abgesagt.«

»O nein! Das darf doch nicht wahr sein!« Susanne schlägt sich die Hände vors Gesicht. Aber nur für einen kurzen Augenblick. Dann hat sie den Schreck verdaut und ist wieder ganz die autoritäre Chefin. »Weidner junior ist der Sohn vom Alten.

Sein Volontariat ist Teil des Deals!«, klärt sie mich auf. »Das musst du unbedingt wieder geradebiegen, Nina. Sofort! Es ist nicht akzeptabel, dass dein unüberlegtes Handeln diesen wichtigen Auftrag gefährdet.«

»Also hör mal!«, gehe ich in Verteidigungshaltung. »Dann hättest du mich eben besser briefen müssen. Von diesem Termin hast du kein Wort gesagt, und ich wollte dich wegen eines Volontärs, der normalerweise weit unterhalb deiner Wahrnehmungsschwelle rangiert, nicht im Urlaub stören.« Dabei fällt mir etwas anderes ein. »Außerdem hast du die Sache mit Weidner doch erst in Kitzbühel klargemacht – wie kann denn das mit seinem Sohn schon Bestandteil der Vereinbarung gewesen sein?« Einen Moment lang blitzen wir uns wortlos an. Dann seufzt Susanne und rudert zurück. »Entschuldige, so war das nicht gemeint. Natürlich konntest du das nicht wissen. Ich hatte mit Weidner schon vor Silvester über diese Outsourcing-Geschichte gesprochen. Ich habe ihm kurz unsere Agentur vorgestellt und dabei auch erwähnt, dass wir immer einen Volontär haben. Da erzählte er mir von seinem Sohn. Der kriegt offenbar bisher nicht so richtig viel auf die Reihe, jedenfalls macht sich der Senior um ihn Sorgen. Ich habe ihm dann angeboten, dass sich sein Sohn bei uns vorstellt, und es war ganz klar, dass das der Eisbrecher zwischen uns war.« Sie fährt sich nachdenklich durch die blonde Mähne. »Okay, lass uns überlegen, wie wir nun am besten vorgehen. Noch ist ja nicht alles verloren.«

Das glaubst auch nur du, denke ich, behalte diese Information aber lieber erst einmal für mich. »Susanne, also … Tom Weidner hatte desaströse Bewerbungsunterlagen und wollte dann im Gespräch den ganz Lässigen geben. Er hätte einfach nicht ins Team gepasst, glaub mir. Es gibt doch sicher einen anderen Weg, wie wir …«

»Nein, Nina, gibt es nicht«, unterbricht Susanne mich und überlegt kurz. »Ruf ihn an und fasel etwas von einer Verwechslung. Der kann schließlich nicht wissen, wie viele Bewerbungen wir hier rumfliegen haben. Behaupte einfach, dass die Sekretärin versehentlich eine Standardabsage statt der Zusage an ihn geschickt hat.«

»Standardabsage?« Ich räuspere mich. »Äh, na ja … ein bisschen individualisiert war sie schon.«

Susanne sieht mich groß an. »Was soll das heißen?«

»Es wird wohl nicht ganz einfach, ihm das mit dem Standardschreiben zu verkaufen. Vielleicht denke ich mir einfach eine andere Ausrede aus.« Ich merke, dass sich meine Wangen im Eiltempo röten. Warum habe ich Weidner bloß diesen Brief geschickt? Warum habe ich nicht tatsächlich unsere Absage von der Stange genommen? Susanne mustert mich. Mir wird sehr, sehr warm.

»Darf ich den Brief mal sehen?«

»Ich glaube, ich habe gar keine Kopie davon.«

»Dann druck ihn bitte noch einmal aus.«

»Ach, weißt du, ich finde …«

»Nina? Sofort!«

Sehr geehrter Herr Weidner,

für Ihr heutiges Kommen möchte ich Ihnen danken. Da Ihr Werdegang auf dem Papier bisher eher ungewöhnlich erschien, war das Kennenlernen umso wichtiger. Es hat mir erneut gezeigt, dass ein persönliches Gespräch einfach durch nichts zu ersetzen ist:

Vor unserem Termin dachte ich, dass Sie möglicherweise nicht in unser Team passen könnten, weil Sie für einen

Volontär schon sehr alt sind und im Bereich Public Relations noch keinerlei praktische Erfahrung haben.

Jetzt aber habe ich meine Meinung geändert. Alter und Erfahrung sind in diesem Fall nicht das Problem – Sie selbst sind es. Ich habe selten jemanden erlebt, der ein dermaßen überhebliches und selbstgefälliges Auftreten an den Tag legt. Was auch immer die Zukunft für Sie bereithält – ein Volontariat in unserer Agentur wird es auf keinen Fall sein.

Ich wünsche Ihnen, dass Sie den Beruf finden, der zu Ihnen passt, auch wenn ich keinen Anhaltspunkt sehe, welcher das sein könnte.

Mit den besten Grüßen
Nina Seefeld

Susanne lässt den Ausdruck sinken und starrt mich fassungslos an. »Bist du von allen guten Geistern verlassen? *Das* hast du ihm geschickt?«

»Ja. Du hättest seinen Auftritt erleben sollen. Er war wirklich unmöglich.«

»Unmöglich ist hier nur eins – dieses vollkommen unprofessionelle Schreiben!«, donnert meine Chefin mir entgegen. »Hoffentlich hat sein Vater davon noch keinen Wind bekommen. Sonst können wir den Etat gleich vergessen, und das wäre ein echtes Drama. Klasse gemacht, Nina.«

»Gut, vielleicht war ich wirklich etwas zu deutlich«, gebe ich kleinlaut zu. Da ist man einmal im Leben ehrlich und geradeheraus – und schon kommt man in die größten Schwierigkeiten. »Aber inhaltlich fühle ich mich im Recht. Ich konnte ja nicht ahnen, dass an Weidner so ein großer Etat dranhängt. Dann wäre ich etwas diplomatischer gewesen. Auch wenn er ein echter Kotzbrocken ist.«

Einen Moment lang schweigen wir beide. Ich überlege fieberhaft, wie man die Situation retten könnte, aber so recht will mir nichts einfallen.

»Und wenn du Tom Weidner mal anrufst? Du hast nicht mit ihm gesprochen. Du kannst einfach so tun, als gingest du nach wie vor davon aus, dass er sich nächste Woche vorstellt.«

Susanne runzelt die Stirn. »Was soll das denn bringen? Ihr sollt demnächst eng zusammenarbeiten – das können wir nach der Nummer vergessen.« Sie seufzt. »Ich glaube dir ja, dass Weidner junior ein Idiot ist, aber wir brauchen dringend einen neuen, zahlungskräftigen Kunden.«

Ich schaue betreten zu Boden. Susanne hat recht – so wird es nicht gehen. Wenn wir Weidner senior nicht vergraulen wollen, muss ich wohl über meinen Schatten springen.

»Okay. Ich rufe ihn selbst an«, erkläre ich schließlich. »Ich glaube zwar nicht, dass wir danach die dicksten Freunde werden, aber ich werde mich zumindest für den Ton entschuldigen. Vielleicht rettet das die Sache irgendwie.«

»Danke, Nina. Ich weiß das zu schätzen.«

»Hallo?«

Weidners Stimme klingt völlig verschlafen. Hoffentlich habe ich ihn nicht geweckt, das wäre sicher kein guter Einstieg in ein Gut-Wetter-Gespräch. Andererseits – es ist bereits elf Uhr. Da kann man ruhig mal aufstehen. Ich merke, dass ich schon wieder beginne, mich über Tom Weidner zu ärgern. *Freundlich bleiben, Nina,* ermahne ich mich selbst.

»Guten Tag, Herr Weidner. Hier ist Nina Seefeld. Ich weiß

nicht, ob Sie sich erinnern. Sie hatten in der letzten Woche ein Gespräch bei mir.«

»Frau Seefeld? Hallo! Natürlich erinnere ich mich, wie könnte ich *das* vergessen.«

Das hatte ich befürchtet. Tom Weidner ist die ganze Geschichte natürlich präsent. Kein Wunder, ist ja schließlich erst ein paar Tage her. Ich räuspere mich und denke noch einmal an den Geschmack der zarten Vollmilch-Luxusschokolade, die ich mir in Vorbereitung für meinen Gang nach Canossa gegönnt habe – wegen positiver Energie und so.

»Ja, also Herr Weidner, ich denke, Sie haben wohl mittlerweile meinen Brief gelesen, und da wollte ich …«

»Noch ein paar Unverschämtheiten hinterherschicken? Gerne – schießen Sie los! Oder wollten Sie gar überprüfen, ob Sie mir besser mal den Notfallseelsorger vorbeischicken? In diesem Fall kann ich Sie beruhigen. Der Freitod ist für mich keine Alternative zum Volontariat bei Ihnen.«

Erstaunlich: Tom Weidner klingt blendend gelaunt. Ganz offensichtlich hat mein Schreiben nicht dazu geführt, dass er in dumpfe Depressionen versinkt. Ich bin etwas ratlos – eigentlich wollte ich wortreich erläutern, dass ich in der vergangenen Woche einen sehr schlechten Tag hatte und er sich das bitte nicht zu Herzen nehmen solle. Und dann hätte ich ihn erneut in die Agentur eingeladen. Aber was mache ich jetzt? Ich entscheide mich für die direkte Variante. Anders kommen wir hier nicht weiter.

»Dann sind Sie also nicht …«, ich suche nach dem richtigen Wort, »sauer über die Absage, die ich Ihnen geschickt habe?«

»Nein. Es mag vielleicht seltsam klingen, aber irgendwie war ich angenehm überrascht.«

Er war … was? »Sie haben recht, das klingt seltsam.«

»Wissen Sie, Frau Seefeld, mir ist doch völlig klar, dass Sie mich nur eingeladen haben, weil ich Weidner heiße. Ich kenne meinen eigenen Lebenslauf – der ist alles andere als beeindruckend. Macht mir persönlich nichts aus, ich komme schon durch. Bisher habe ich immer etwas gefunden, womit ich mich über Wasser halten kann. Aber weil sich mein Vater langsam Sorgen macht, dass aus seinem Sohn nichts anderes als Alleinerbe wird, habe ich ihm versprochen, es wenigstens noch einmal mit einer Ausbildung zu versuchen. Als er mir dann von dem Volontariat in Ihrer Agentur erzählte, war mir gleich klar, dass er da wieder irgendwas gedealt hat. Wahrscheinlich hat er mit einem großen Auftrag gewinkt, oder?«

»Äh, also …«

»Und deswegen war ich ganz schön beeindruckt, wie Sie mich haben auflaufen lassen. Respekt, Frau Seefeld. Wenn Papa erst mal mit Geld wirft, traut sich das kaum noch einer.«

»Ja, wie soll ich sagen …« Wenn ich das nicht wieder hinbiege, dann wirft stattdessen Susanne. Und zwar mich raus. »Herr Weidner, es tut …«

»Nein, ist schon in Ordnung. Ich habe mich unterirdisch benommen, Sie haben mir abgesagt, völlig okay. Hut ab vor Ihrer Konsequenz. Es ist fast schade, dass aus uns jetzt nichts wird.« Ich höre seiner Stimme an, dass er grinst. »Aber was wollten Sie mir denn eigentlich sagen?«

Ob jetzt ein guter Moment wäre, zu erzählen, dass ich von Papi gar nichts wusste? Vermutlich eher nicht. Ich versuche es mit einer anderen Taktik. Schließlich dreht mir Susanne den Hals um, wenn ich ohne Weidner junior wieder in der Agentur auftauche.

»Sehen Sie, Herr Weidner, ich habe auch noch einmal über unser Gespräch nachgedacht. Und mir ging es ähnlich wie Ihnen – dass Sie so gegen den Strich gebürstet sind, war zumindest sehr ungewöhnlich. Und heute dachte ich so bei mir:

Warum soll man nicht mal einem Paradiesvogel eine Chance geben? Die meisten Bewerber sind eher stromlinienförmig, das kann man Ihnen nun nicht gerade vorwerfen.« Puh, ob er das schluckt? Hoffentlich habe ich nicht zu dick aufgetragen.

»Meinen Sie?« Tom Weidner klingt zweifelnd. Ich lege also noch einmal nach.

»Sehen Sie, ich kann verstehen, dass Sie nicht immer als Sohn Ihres Vaters gesehen werden möchten. Aber das sollte Sie nicht dazu bringen, nun Dinge erst gar nicht zu versuchen, die Sie eigentlich gerne machen würden. Dann stünden Sie erst recht im Schatten Ihres Vaters.« Täusche ich mich, oder zitiere ich hier gerade jemanden? Ich überlege kurz. Stimmt: Genau so hat es mir Jakob auf dem Empfang erklärt. Und offensichtlich trifft das genau ins Schwarze.

»So habe ich es noch gar nicht gesehen. Vielleicht haben Sie recht, Frau Seefeld.« Er scheint einen Moment nachzudenken, während ich mit der Geschwindigkeit einer Schnellfeuerwaffe Stoßgebete in Richtung Himmel schicke. »Also wenn Sie mir eine zweite Chance geben, freue ich mich.«

4. Kapitel

Du bist ein Mann. Ein Kerl. Du bestimmst, wo die Reise hingeht. Und sie wird dir folgen. Wohin du willst. Also mach die Ansage. Direkt. Sie muss wissen, wo der Hammer hängt.

Du denkst, gutes Benehmen bringt dich weiter? Mit Anstand und Höflichkeit kriegst du sie ins Bett? Vergiss es. Vergiss am besten alles, was dir deine Mutter über Umgangsformen beigebracht hat. Du bist ein Künstler. Ein Verführungskünstler. Und ein Verführungskünstler stellt sich einer Frau nicht vor. Niemals. Er wartet, bis sie ihn nach seinem Namen fragt. Glaube mir: Sie wird fragen. Wenn du meinen Regeln folgst, wirst du unglaubliche Macht über Frauen gewinnen. Sie werden sich dir nicht entziehen können – sie werden süchtig nach dir werden.

Gut, ich habe keine große Literatur erwartet. Erst recht nicht, nachdem mir Susanne erläutert hat, mit welcher Art Sachbuch Herr Bosworth seine deutschen Leser beglücken will. Aber dass es sich um frauenfeindlichen Schund aus der untersten Schublade handelt, das hätte ich nicht gedacht.

Erschüttert lege ich den Ausdruck des Manuskripts zur Seite, den mir der Weidner-Verlag zugeschickt hat. Ich bin erst auf Seite 15 des Machwerks, also noch nicht einmal über das erste Kapitel hinausgekommen, aber ich habe jetzt schon genug davon. Wirklich eine Schande, dass für so etwas unschuldige Bäume sterben müssen! Schon bei den Überschriften der einzelnen Kapitel kommt mir die Galle hoch: *Der Mann – ein geborener Sieger. Sie will es hart – also sei kein Weichei. Weck dein Alphatier* … und so weiter und so weiter.

Während ich zunehmend fassungslos in dem Stapel Papier auf meinem Schreibtisch herumblättere, steckt Tom Weidner seinen Kopf durch meine Bürotür. Gestern hat er sein Volontariat begonnen und das kleine Praktikantenzimmer am Ende des Flurs bezogen. Gemeinsam mit ihm will ich in dieser Woche anfangen, den deutschen Markt für Dwaine F. Bosworth und seine Baggerbibel zu erobern. Oder besser gesagt: wollte ich anfangen. Momentan ist mir eher danach, ein bisschen zu weinen.

»Na, Chefin? Wie ist das Werk?«, will er gutgelaunt wissen.

Ich sage nichts, sondern seufze nur tief.

»Oh, so schlimm?« Er kommt ins Zimmer. »Darf ich auch mal gucken?«

Wortlos schiebe ich ihm die Blätter quer über den Tisch zu. Er nimmt ein paar Seiten hoch und fängt an zu lesen. Ich beobachte ihn dabei, gespannt auf seine erste Reaktion. Er lässt die Blätter sinken und grinst mich an.

»Tja, nicht alles, womit mein Vater Geld verdient, ist hohe Kunst. Aber meistens hat er einen guten Riecher dafür, was sich finanziell lohnt.«

»Vielleicht hatte er diesmal einen Schnupfen?«, frage ich missmutig.

»So etwas würde man bei uns zu Hause als Majestätsbeleidigung bestrafen!« Weidner junior lacht. »Aber im Ernst, wenn er diesen Bosworth unter Vertrag nimmt, dann geht er davon aus, dass sich das Buch sehr gut verkaufen wird.«

Ach was, Jüngelchen! Erklär mir die Welt der Wirtschaft. Natürlich geht Weidner senior davon aus!

»Danke für die Erläuterung, Herr Weidner, aber ich bin weder weltfremd noch blöd. Es ist mir klar, dass es auch für diese Sorte ...«, ich zögere einen Moment, »... *Literatur* einen Markt gibt. Aber mir als intelligenter Frau fällt es zugegebenermaßen schwer, diesen Mist zu lesen und als Produkt ernst zu nehmen. Bei aller Liebe zum schnöden Mammon, so etwas zu vermarkten macht nicht gerade Spaß.«

Offensichtlich bin ich etwas lauter geworden, denn jetzt hebt Tom beschwichtigend die Hände. »Schon gut, Frau Seefeld, kein Grund, die Fassung zu verlieren! So war es nicht gemeint. Aber ...«, nun blitzt er mich tatsächlich schelmisch und herausfordernd an, »... ich wundere mich, dass Sie als alter PR-Fuchs sich von diesem Manuskript so angefasst fühlen. Ich dachte immer, die Kunst des erfahrenen PR-Machers sei, Produkte unabhängig vom eigenen Geschmack an den Mann oder die Frau zu bringen.«

Wenn ich etwas hasse, dann sind es Belehrungen durch Volontäre. Ich bedenke Weidner mit einem Blick, der hoffentlich deutlich *Schweig, wenn dir dein Leben lieb ist!* sagt.

Offensichtlich war das zu subtil. Der Kerl plappert munter weiter!

»Ich meine, ist doch so ein bisschen wie Werbung, oder? Und dass all diese jungen, hippen Werber tatsächlich selbst auf Corega Tabs oder Kinderschokolade stehen, glaubt doch keiner.«

Gut, ich muss deutlicher werden. »Vielen Dank für Ihre Ausführungen, Herr Weidner. Aber wenn ich Wert auf Ihre generellen Ansichten zum Thema *Ethik und Public Relations* lege, sage ich Ihnen rechtzeitig Bescheid. Lassen Sie uns jetzt lieber gemeinsam überlegen, wie die Pressestrategie für dieses Buch aussehen soll. Dafür werden wir schließlich bezahlt.«

Diesmal hat er verstanden, dass meine eigentliche Botschaft

Klappe, sonst Beule lautet, und nickt schnell. Dann räuspert er sich und sagt diensteifrig: »Und wie machen wir das?«

»Normalerweise beginnen wir das Marketing für ein neues Produkt zunächst mit einer SWOT-Analyse«, doziere ich.

»Womit?« Tom Weidner guckt mich etwas ratlos an.

»Mit einer SWOT-Analyse. Das ist die Abkürzung für *Strenghts, Weaknesses, Opportunities, Threats.*« Mein Gegenüber schaut mich an, als würde ich eine fremde Sprache sprechen, was ich streng genommen natürlich auch mache, auch wenn es nur Englisch ist. »Wir beginnen also mit einer Analyse der Stärken und Schwächen des Produktes und seines Marktumfeldes. Wir wollen mit unseren Marketingmaßnahmen schließlich nicht wie mit einer Schrotflinte drauflosschießen, sondern möglichst zielgenau ansetzen, das verstehen Sie doch sicher.«

»Äh, ach so. Ja, natürlich.«

Von wegen! Ich muss mir ein Grinsen verkneifen und fahre fort: »Deswegen analysieren wir zunächst die Situation am Markt genau und planen dann davon ausgehend unsere weitere Strategie. All das führt im Ergebnis zu einer vernünftigen Produktpolitik, wobei wir uns natürlich vorrangig um alle Maßnahmen der Öffentlichkeitsarbeit kümmern. Können Sie mir so weit folgen?«

Weidner schüttelt sich kurz. Wahrscheinlich merkt er gerade zu seinem Entsetzen, dass er hier richtig *arbeiten* soll und reines Dummschwätzen selbst bei einer PR-Agentur nicht reicht.

»Ja, äh, klar. Aber wie genau mache ich denn nun diese SWOT-Geschichte?«

»In diesem Fall: gar nicht.« Ich weide mich an seinem verblüfften Gesichtsausdruck. »Deswegen sagte ich eingangs *normalerweise.* Ich wollte Ihnen im Rahmen Ihrer Ausbildung kurz erläutern, wie wir in der Regel vorgehen. Aber so wie die Dinge hier liegen, haben wir nicht mehr genügend Zeit für eine grundlegende Analyse und müssen daher auf bewährte Marketinginstrumente zurückgreifen, die immer Sinn machen. Ich würde sagen, wir starten mit einem Mailing an die Redaktionen, bei denen wir Interesse für das Buch vermuten. Wir formulieren also zunächst einmal einen kurzen Pressetext, in dem wir Dwaine und sein Werk vorstellen.«

»Und das schicken wir zusammen mit dem Manuskript raus«, beeilt sich Weidner einzuwerfen, weil er wahrscheinlich nicht den Eindruck im Raum stehen lassen möchte, dass er von Tuten und Blasen keine Ahnung hat. Was allerdings den Tatsachen entspräche.

»Ein guter Gedanke«, sage ich gönnerhaft, schüttle dann aber den Kopf: »Nur leider nicht der richtige. Wir haben momentan nur die Druckfahne hier, und die meisten Journalisten lesen sehr ungern Kopien, selbst wenn wir sie binden lassen – zu unhandlich. Wir müssen also erfragen, ab wann fertige Exemplare des Buches zur Verfügung stehen. Oder vielleicht plant der Verlag ein Leseexemplar? Dann wäre es sinnvoll, das gleich mit rauszuschicken. Klären müssen wir auch, ob uns Herr Bosworth in den nächsten Wochen die Ehre seines Besuchs gibt, denn dann können wir ihn in die Pressearbeit mit einbinden und als Interviewpartner anbieten.«

Bei meinem Gegenüber scheint es nun *klick* zu machen, und er nickt. Ihm ist anzusehen, dass er Respekt vor meiner Routine hat. Na also, geht doch! Ich schiebe ihm lässig einen Notizblock über den Tisch.

»Schreiben Sie sich diese Punkte besser auf. Die Telefonnummer des Verlags dürften Sie ja kennen, oder? In Ihrem Computer finden Sie dann eine Vorlage für ein Memorandum. Wenn Sie Hilfe brauchen oder etwas nicht verstanden haben, sagen Sie Bescheid. Und ich schlage vor, dass Sie sich sofort an die Arbeit machen.«

Weidner grinst und schlägt die Hacken zusammen. »Jawoll! So wird's gemacht!«

Dass Susanne so dünn ist, ist wirklich kein Wunder: Sie ist die disziplinierteste Esserin, die ich kenne. Während ich mir von der Karte unseres Stammitalieners um die Ecke Tagliatelle mit Käse-Sahne-Sauce ausgesucht habe, bringt ihr der Ober schon unaufgefordert einen großen gemischten Salat ohne Dressing, ohne Käse und sonst irgendetwas, was mehr als fünf Kalorien pro hundert Gramm haben könnte. Jetzt noch ein stilles Mineralwasser – fertig ist der Lunch.

»Wollte Tim nicht mitkommen?«, will Susanne wissen, während sie mit ihrer Gabel gedankenverloren ein Blatt Rauke aufspießt.

»Tim?«, frage ich überrascht. »Wer ist denn Tim?«

»Na, unser neuer Volontär.«

»Ach, du meinst *Tom* Weidner.«

»Tim, Tom, egal.« Susanne schüttelt den Kopf, als würde außer Frage stehen, dass unser neuer Mitarbeiter zur Not auch auf *Hasso* oder *Hey, du* reagieren müsste. »Also, wollte er nicht mitkommen?«

»Ich habe ihn nicht gefragt.« Das fehlte noch, dass ich den jetzt überallhin mitschleppe. Ich bin schließlich nicht seine Kinderfrau. Susanne guckt tadelnd.

»Was ist los mit dir, Nina? Du bist doch sonst nicht so.«

»Wie bin ich denn?«

»Na, ein bisschen gereizt und unfreundlich, findest du nicht?«

Ich zucke mit den Schultern. »Es ist eben nicht gerade mein Lieblingsprojekt. Du solltest dir mal die Fahnen zu unserem künftigen Bestseller durchlesen. So einen Schrott findet man selten.«

Susanne lacht. »Ich verstehe – Kunde droht mit Auftrag. Am besten rufe ich Weidner gleich an und erkläre ihm, dass wir seinen Auftrag leider nicht abwickeln können wegen künstlerischer Differenzen mit der Projektleiterin.«

»Ha, ha. Ungemein witzig. Man wird doch wohl mal schlecht gelaunt sein dürfen.«

»Sicher«, strahlt Susanne mich an, schickt aber sofort hinterher: »Solange es sich nicht auf deine Arbeit auswirkt.« Typisch Chef. Hauptsache, das Ergebnis stimmt. Der Rest ist egal.

»Keine Sorge, Dwaine F. Bosworth ist bei mir in den besten Händen«, seufze ich schicksalsergeben. »Und Tom Weidner natürlich auch. Als sorgfältige Ausbildungsleiterin bin ich mit ihm heute Vormittag schon die Grundzüge der Pressearbeit durchgegangen und habe ihn gebeten, darüber ein Memo zu schreiben. Das werde ich nach dem Essen kontrollieren, und dann kann er das Punkt für Punkt abarbeiten. Wie klingt das?«

»Sehr gut, Nina. Du bist eben einfach die Stütze des Unternehmens. Und du wirst sehen – wenn wir unsere Sache mit diesem Abschlepp-Ratgeber gut machen, dann kriegen wir auch die etwas anspruchsvolleren Neuerscheinungen. Da sind dann bestimmt Bücher dabei, bei denen die PR-Arbeit richtig Spaß macht.«

Ich denke an die knallbunten Cover, die mir von der Website des Verlags entgegengesprungen sind, als ich mich dort gestern ein bisschen umgesehen habe. *Lodernde Begierde* hieß einer. Und das anspruchsvollste Buch, das ich finden konnte – zumindest, was den Umschlag anging –, trug den schönen Titel *Michelle – Sie war seine Feindin und eroberte sein Herz.* Ich schüttle mich innerlich.

»Und außerdem winkt ein Etat, der mit Sicherheit sechsstellig ist«, fährt Susanne derweil fort. »Die Selfco-Pleite wäre ganz schnell vergessen, und wir könnten unser Jahresergebnis halten.«

Nina hat natürlich recht, Weidner als fester Kunde wäre super. Eigentlich finde ich die Verlagsbranche auch sehr spannend. Direkt nach dem Studium wollte ich Lektorin werden. Aber eine Stelle in einem Verlag zu ergattern war nahezu illusorisch. Und als ich dann ein Angebot einer großen PR-Agentur bekam, habe ich zugegriffen. Besser als nichts, dachte ich mir. Irgendwie bin ich in der Branche hängengeblieben – schließlich ist die Bezahlung nicht schlecht, und ich scheine ein Händchen für PR zu haben. Es macht mir Spaß, zu überlegen, welche Kampagne am besten zu einem Produkt passt und wie gute Öffentlichkeitsarbeit dafür aussehen könnte.

Nach drei Jahren bin ich bei Susanne gelandet, eigentlich bisher meine beste Stelle. Sie mag nicht die brillanteste Texterin sein und auch nicht die kreativste Ideengeberin – aber eines ist Susanne auf alle Fälle: eine gewiefte Kauffrau. Das wiederum ist eine Eigenschaft, die mir leider völlig fehlt. Ich hoffe also, im Laufe der Zeit etwas von Susanne zu lernen. Also schiebe ich meine Zweifel und alle Gedanken an die Herzen erobernde Michelle und die bodenlosen Ideen des Dwaine F. Bosworth zur Seite und lächle meine Chefin an. »Du kannst dich auf mich verlassen, Susanne. Ich habe das Projekt im Griff.«

Zurück im Büro bitte ich Tom zum Rapport. Mal sehen, was der Junge draufhat. »Und? Ist das Memo schon fertig?«

»Fast.«

»Was meinen Sie denn mit *fast?*«

»Na ja, so gut wie«, erklärt er freundlich, als hätte ich ihn gerade nur nach der Uhrzeit gefragt.

Ich runzle die Stirn. »Herr Weidner, ich hatte Sie vor ungefähr drei Stunden gebeten, ein kurzes Memo für mich zu schreiben. Wieso ist das noch nicht geschehen? Das kann doch so schwer nicht sein. Wir haben heute Nachmittag eine Besprechung mit den Verlagsverantwortlichen, da möchte ich gerne auf die Unterlage zugreifen können, um offene Punkte abzuklären. Also, wo ist das Problem?«

Tom Weidner schweigt und presst die Lippen aufeinander. Dann schließlich rückt er mit der Sprache raus. »Ich musste etwas besorgen und war in den letzten zwei Stunden nicht in der Agentur. Aber ich dachte, da Sie sowieso zu Tisch …«

»*Bitte?*« Ich muss mich verhört haben! »Während der Arbeitszeit mussten Sie etwas besorgen? Das glaub ich jetzt nicht! Wie ich Ihnen schon in unserem ersten Gespräch erläuterte, nehmen wir ein Volontariat in unserer Agentur sehr ernst. Also tun Sie das gefälligst auch, und erledigen Sie Ihre Besorgungen, wenn Sie frei haben. In zwanzig Minuten will ich das Memo auf dem Tisch haben, verstanden?«

Tom nickt betreten und schleicht aus meinem Büro. Das kann ja heiter werden.

Immerhin: Fünfzehn Minuten später taucht er wieder auf und drückt mir zwei Seiten in die Hand. Ich lese mir den Inhalt kurz durch. Gut, die wesentlichen Punkte scheint er erfasst zu haben; ob es Leseexemplare geben wird, hat er zwar nicht mit dem Verlag abgeklärt, aber zumindest bei den offenen Fragen vermerkt. Ich überlege, ob ich ihn zur Besprechung mit dem Marketingleiter des Weidner-Verlags mitnehme – oder ob er in seinem Kabäuschen bleiben soll. Ich entscheide mich für Letzteres: Strafe muss sein.

Ein Blick auf die Uhr: Viertel nach zwei. Ich habe also noch genug Zeit, um den ausstehenden Punkt auf meiner To-do-

Liste abzuhaken und mich per Google ein wenig besser über Dwaine F. Bosworth zu informieren, als es der kurze Autorentext in der Druckfahne erlaubt. Als Erstes lande ich dabei auf der reißerisch gestalteten Homepage des Herrn. Hier wird mit Superlativen nur so um sich geschmissen: Die meisten Frauen, die größte Heerschar an Fans, die glücklichsten Schüler – man mag kaum glauben, dass irgendein amerikanischer Mann jemals eine Frau ohne die Hilfe von Dwaine ins Bett kriegen würde.

Die Geschichte von Bosworth ist allerdings recht interessant und klingt fast wie ein modernes Märchen: Bosworth war ursprünglich ein in jeder Hinsicht erfolgloser Anwalt aus einem Kaff in Texas, bis er dem Angebot einer großen New Yorker Anwaltskanzlei folgte. Beruflich lief es bald besser, nur privat war im wahrsten Sinne des Wortes tote Hose. Dann aber lernte er in einer Bar einen gewissen Snoop kennen, der ihn in die Geheimnisse der Verführung von Frauen einweihte. Von nun an gingen Snoop und Dwaine gemeinsam auf die Pirsch, und Dwaine lernte viel von seinem neuen Freund – schon bald hatte er schätzungsweise 58 Prozent der New Yorker Damenwelt beglückt. Snoop hingegen erlebte den Super-GAU eines Verführungskünstlers: Er verliebte sich ernsthaft. Deswegen beschloss er, sich auf das Altenteil zurückzuziehen und das Zepter des Königs der Verführung an Dwaine weiterzureichen. Dieser machte nun ungehemmt und immer erfolgreicher weiter und landete irgendwann mit einer Lektorin im Bett, die ihm riet, sein Erfolgsgeheimnis niederzuschreiben. Die Idee zur Baggerbibel war geboren.

Die wollte allerdings zunächst kein Verlag haben, und so beschloss Bosworth, sein Buch im Selbstverlag herauszubringen. Der Erfolg gab ihm recht: Mehr als 2,5 Millionen Exemplare gingen weg wie warme Semmeln, Bosworth war auf einmal ein gemachter Mann. Und weil auch der Rest der Männerwelt nicht länger darben soll, wird sein Werk jetzt in viele andere Sprachen übersetzt. Faszinierend.

Ich mache mir Notizen, aus denen ich später ein Konzept formen kann, und surfe noch ein bisschen weiter. Tatsächlich stand der Flirtratgeber nie auf der Bestsellerliste – was aber wohl daran liegt, dass Bosworth ihn trotz zahlreicher Angebote weiterhin im Selbstverlag und größtenteils per Direktversand vertreibt. In einem Interview, das ich in einem Blog finde, sagt er dazu: »So kann ich klarmachen, dass ich der Herr meines Erfolgs bin und kein anderer.«

In diesem Moment erinnert mich das *Pling* meines Outlook-Kalenders daran, dass ich los muss. Ich schnappe mir meine Tasche und mache mich auf den Weg.

Der Weidner-Verlag ist eine halbe Stunde mit dem Auto von unserer Agentur entfernt, ein schmuckloser Siebziger-Jahre-Bau, dem Äußeren nach ein Kandidat für eine Asbest-Totalsanierung. Ich melde mich am Empfang, fünf Minuten später holt mich eine recht attraktive, dralle Rothaarige ab, die sich mir als Frau Müller, Sekretärin des Marketingleiters, vorstellt.

Sie bringt mich zum Besprechungszimmer. Den alten Weidner erkenne ich auf den ersten Blick: Sein Sohn sieht ihm unglaublich ähnlich – die gleiche schmale Nase, die gleichen großen, blauen Augen. Erstaunlich. Allerdings hat mein Gegenüber eine vollkommen andere Ausstrahlung: Während Tom Weidner wirkt wie das sechste Mitglied der Beach Boys, hat Weidner senior mit seiner geraden Haltung in Anzug und Krawatte etwas nahezu Aristokratisches. Er steht sofort auf, als ich den Raum betrete.

»Sie müssen Frau Seefeld sein. Ich freue mich, Sie kennenzulernen. Tom hat schon von Ihnen erzählt.« Er blickt über meine Schulter, offenbar um zu sehen, ob Sohnemann mitgekommen ist. Eine Frage nach ihm verkneift er sich allerdings.

»Guten Tag, Herr Weidner, ich freue mich sehr, Sie kennenzulernen.« Ich reiche ihm die Hand, er schüttelt sie kräftig. Dann stellt er mich dem anderen Mann vor, der mit ihm am Besprechungstisch sitzt.

»Herr Salchow, unser Marketingleiter – er ist von meiner Idee, die Presse- und PR-Arbeit für ein Buch an eine externe Agentur zu vergeben, noch nicht restlos begeistert. In erster Linie müssen Sie also ihn überzeugen.« Weidner lacht jovial, Salchow nickt mir knapp und schweigend zu. Auweia. Da hat wohl jemand Angst, dass andere seinen Job besser machen könnten als er. Das sind ja 1-a-Voraussetzungen für eine enge, vertrauensvolle Zusammenarbeit … Dabei sieht er eigentlich ganz nett aus, er ist groß und schmal, und für sein Alter – ich schätze ihn auf Ende vierzig, Anfang fünfzig – hat er eine ziemlich jungenhafte Ausstrahlung. *Na warte,* denke ich, *dich bekomme ich schon auf meine Seite. Wäre doch gelacht!*

Wir setzen uns, Salchow ergreift sofort das Wort. »Nun, Frau Seefeld, wie Herr Weidner schon erläutert hat, wollen wir die Pressearbeit für das Bosworth-Buch versuchsweise outsourcen, da wir zurzeit intern mit anderen großen Projekten mehr als ausgelastet sind. Ihnen ist sicher klar, dass Sie mit *Ich kann sie alle haben* einen Spitzentitel unseres Hauses betreuen, der entsprechend am Markt positioniert werden muss. Ich bin jetzt sehr gespannt auf Ihr Konzept.«

Ich räuspere mich und schenke Salchow mein süßestes Lächeln, das ich mir bei Finja abgeguckt habe. »Herr Salchow, seien Sie beruhigt, bei Maximal-PR ist Ihr Buch dank unserer jahrelangen Erfahrung in den besten Händen. Darf ich davon ausgehen, dass der Autor uns hier in Deutschland für die Pressearbeit, sprich Interviews mit entsprechenden Medien, zur Verfügung steht? Und dass der Verlag ausreichend Leseexemplare für die Bemusterung der Redaktionen bereitstellt? Hierzu wäre es günstig, wenn ich möglichst bald von Ihnen einen Zeitplan erhalten könnte, wann mit ersten Exemplaren zu rechnen ist und welche Aktivitäten vonseiten des Verlags bisher geplant sind.«

Salchow grinst süffisant. »Liebe Frau Seefeld, natürlich werden die Leseexemplare quasi in diesen Minuten gedruckt, und natürlich wird unser Verlag keine Kosten und Mühen scheuen, um ein wirklich außergewöhnliches PR-Konzept in die Tat umzusetzen. Die Betonung liegt hierbei auf außergewöhnlich ...« Er macht eine bedeutungsschwangere Pause, dann schiebt er hinterher: »Bis jetzt kann ich allerdings noch nicht erkennen, was an reinen Interview-Terminen so außergewöhnlich wäre. Das machen schließlich alle. Oder ist Maximal-PR doch eher ein Partner für Minimallösungen?«

Peng, das hat gesessen. Der Typ schießt scharf. Aber keine Sorge, das kann ich auch.

»Lieber Herr Salchow, dass Sie es noch nicht erkennen, liegt wohl daran, dass Sie mir noch keine Gelegenheit gegeben haben, unser Konzept vorzustellen«, entgegne ich so freundlich, als habe er mir gerade ein großes Lob ausgesprochen. »Aber da Sie ja erklärtermaßen schon so gespannt auf unsere Vorschläge sind, will ich Sie auch nicht länger auf die Folter spannen.« Salchow hebt die Augenbrauen, Weidner lächelt mich aufmunternd an. Ich lächle zurück und rede weiter. »Was Maximal-PR von anderen Agenturen unterscheidet: Wir sind nicht wie alle. Und deshalb planen wir natürlich nicht die üblichen Interviews mit Herrn Bosworth oder ein langweiliges Pressegespräch, zu dem Journalisten sowieso nur in Erwartung leckerer Häppchen auf Kosten des Verlags kommen. Wenn Sie den Werdegang des Autors verfolgt haben, dann wissen Sie, dass er selbst nie den normalen Weg gegangen ist – er hat in Amerika nicht einmal einen großen Verlag hinter sich, sondern hat sich von Anfang an komplett auf die Zielgruppe fokussiert. Wir wollen uns daher seinem Vorbild folgend an ausgesuchte, zielgruppenaffine Premiummedien wenden und diese zu einem ganz besonderen Event einladen. Wir werden zum Beispiel interessierte Journalisten von *Playboy* oder anderen Herrenmagazinen mit dem Autor auf Verführungstour in angesagte Locations schicken. Dort wird Herr Bosworth dann die Gelegenheit haben, den Medienvertretern eine Kostprobe seines Könnens zu bieten. Sozusagen eine Demonstration am lebenden Objekt.«

»Ausgezeichnet, Frau Seefeld, ganz ausgezeichnet!« Der alte Weidner nickt mir zu. Ja, das finde ich auch. Ob es am Lob des Chefs liegt oder tatsächlich an meinem Einfall – Salchow scheint die Munition ausgegangen zu sein. Jedenfalls ist er im Verlauf des restlichen Gesprächs ganz friedlich, nahezu handzahm. Mit der Zusage, dass der große Verführungskünstler für diese Spitzen-PR-Maßnahme selbstredend eingeflogen wird und der Verlag in der nächsten Woche die Leseexemplare an uns liefert, verlasse ich hocherhobenen Hauptes die heiligen Hallen. Eins zu null für mich!

Zurück in der Agentur stolpere ich nahezu über Tom, der mich schon sehnlichst erwartet zu haben scheint; jedenfalls lungert er ohne weiter erkennbaren Grund vor meiner Bürotür herum. »Herr Weidner, Sie noch hier? Dabei ist es doch schon fast fünf Uhr.«

Er ignoriert meine Spitze. »Wie war es denn im Verlag?«

»Sehr gut. Ich habe den Herren vorgeschlagen, den großen

Verführungskünstler der interessierten Presse in Aktion zu zeigen.«

Tom schaut mich ratlos an, deswegen setze ich zu einer kurzen Erklärung an.

»Wenn ich das Manuskript richtig verstanden habe, behauptet Herr Bosworth, aus jedem noch so unansehnlichen, schüchternen Kandidaten im Handumdrehen Mr Lover-Lover zu zaubern. Er gibt in Amerika sogar Kurse in diesem Fachgebiet. Zudem gabelt er an jedem Abend selbst mit spielender Leichtigkeit mindestens zwei bis drei Schönheiten auf. Was liegt da näher, als ihn einfliegen zu lassen und mit ein paar Journalisten auf eine Tour durch die entsprechenden Clubs und Bars zu schicken?«

Ich mache eine Pause und mustere Tom, der keine Reaktion zeigt. Hat er mir zugehört? Und verstanden, was ich meine? So schwer war es nun wirklich nicht.

»Hallo? Schlafen Sie mit offenen Augen?«

»Nein, natürlich nicht. Ich höre aufmerksam zu, damit ich etwas lerne.« Höre ich da einen Hauch von Ironie?

»Gut. Warum also habe ich wohl diese Idee?«

»Damit Dwaine seine Gabe unter Beweis stellen kann?«

»Exakt. Ich finde das deutlich spannender als ein klassisches Pressegespräch, zu dem aller Wahrscheinlichkeit nach sowieso kein einziger Journalist kommt; das ist eher etwas für Volontäre«, ich lasse mir das Wort auf der Zunge zergehen, »unbedeutender Lokalmedien. Die Aufgabe für uns besteht nun darin, die Redaktionen und Ansprechpartner herauszufinden, die an so einer Feldstudie Interesse haben und nachher auch angemessen darüber berichten werden.«

»Aha. Und wie machen wir das?«

»Ganz einfach: *Wir* – im Sinne von *Sie* – entwerfen jetzt einen flotten Pressetext, in dem Dwaine, der Verführungskünstler, vorgestellt wird. Den schicken wir zusammen mit einem Leseexemplar an die Redaktionen, bei denen wir Interesse für ein solches Thema vermuten, verbunden mit der Einladung, zusammen mit dem Meister um die Häuser zu ziehen.«

»Und woher wissen wir, welche Redaktionen sich dafür interessieren könnten?«

Eine berechtigte Frage. Die kann ich gleich für eine Ausbildungseinheit in Sachen Public Relations nutzen. »Mit Ihrem Computer haben Sie Zugang zu unserer Adressdatenbank. Da sind alle Redaktionen mitsamt Ansprechpartnern gespeichert, mit denen wir schon Kontakt hatten. Ich denke, dass dort im Grunde sämtliche Redaktionen des deutschsprachigen Raums vertreten sein dürften. Freie Journalisten sind natürlich auch dabei. Sie können die Datenbank nach Schlagworten durchsuchen und sich so Journalisten zu bestimmten Themengebieten anzeigen lassen. Wenn Sie zum Beispiel *Urlaub* eingeben, erhalten Sie einen Überblick über alle Reisejournalisten in der Datenbank. Überlegen Sie sich also, wer über Dwaine und sein Buch berichten könnte, und machen Sie eine entsprechende Liste. Die werden wir dann gemeinsam besprechen. Genauso wie wir den Pressetext besprechen werden. Schreiben Sie den bitte sofort, ich hätte gerne morgen einen ersten Entwurf. Wir müssen jetzt ein bisschen Gas geben, denn eigentlich sind wir schon fast zu spät dran.«

»Okay, da lege ich gleich mal los.« Er will sich umdrehen und gehen.

»Einen Moment noch«, bremse ich seinen neuen Enthusiasmus kurz aus. »Haben Sie so etwas eigentlich schon einmal gemacht?«

»Äh, nö«, gibt er verlegen zu.

»Soll ich Ihnen dann einfach einmal ein Muster von vergleichbaren Texten zumailen?« Ist ja nicht so, dass ich nicht auch eine sehr nette Chefin sein kann.

»Keine Sorge. Das schaffe ich alleine. Kann so schwer ja nicht sein.«

Okay, nett ist nicht immer gefragt.

Die gute Nachricht zuerst: Unser neuer Supervolontär ist offensichtlich bis in die Haarspitzen motiviert. Und nun die schlechte: Die sprachliche Prägung von Herrn Weidner junior lässt nicht den intellektuellen Verlegersohn, sondern vielmehr den geübten Dauerkonsumenten von *Penthouse* und *Hustler* vermuten. Am nächsten Morgen finde ich nämlich auf meinem Schreibtisch bereits seinen ersten Entwurf in Sachen Pressetext. Und der hat es in sich.

»Ich kann sie alle haben!«
Susanne, Alexa oder Brigitte – völlig egal, der große Meister kriegt sie alle in die Kiste. Ausnahmslos. Frauen verfallen ihm, werden süchtig nach ihm, flehen ihn um den besten Sex ihres Lebens an. Der Mann ist pure Magie. Aber was ist sein Geheimnis?

Dwaine F. Bosworth lächelt sein undurchschaubares Lächeln – dann verrät er uns sein Mantra: »Die Frau ist ein Reh. Sie ist ein Beutetier. Du musst sie reißen. Lass nicht zu, dass sie ihr Spielchen spielt. Du bist der Boss. Der Wolf. Du bist in jedem Moment Herr der Lage und gibst den Ton an. Wenn du sie anbetest, wird sie dich missachten. Behandle sie wie eine Schlampe, und sie wird dir hinterherlaufen. Das klingt dir zu simpel? Es IST simpel. Lass dir von den Weibern nicht einreden, der neue Mann sei, was sie suchten. Das stimmt nicht. Wenn du sie plattmachst, wird sie dich vergöttern. Und dann bekommst du, was dir zusteht: hemmungslosen Sex. Und zwar mit jeder Frau, die du begehrst. Sie werden dir verfallen. Du musst nur meine sieben goldenen Regeln befolgen. Die funktionieren immer und überall. In jeder Bar der Welt. Begleite mich, dann werde ich es dir beweisen. Und bald schon wird dein bester Freund den Spaß haben, den er verdient …«

Zu diesem aufregenden Experiment möchten wir Sie herzlich einladen. Begleiten Sie den Meister der Verführung – und erleben Sie einen unvergesslichen Abend, der Ihr Leben für immer verändern wird!

Ich schnappe mir den Text und mache mich auf die Suche nach Weidner. Natürlich kann man nicht erwarten, dass ein Volontär sofort die perfekte Pressemeldung verfasst, aber vielleicht hätte Herr Weidner doch einen Blick in unsere Mustersammlung werfen sollen. *Dein bester Freund wird den Spaß haben, den er verdient.* Der hat sie doch nicht mehr alle – wem will er das denn schicken?

Noch bevor ich in seinem Zimmer ankomme, begegne ich Susanne auf dem Flur, die offenbar gerade auf dem Weg zu mir ist.

»Guten Morgen, meine Liebe. So eilig? Irgendetwas Wichtiges?«, will sie von mir wissen.

»Wie man es nimmt. Ich komme gerade meinen ausbilderischen Pflichten nach. Tom Weidner hat seinen ersten Text verfasst, und es ist keine Übertreibung zu sagen, dass man noch ein wenig daran feilen muss.«

»Echt? Lass mal sehen.«

Ich gebe ihr den Zettel, Susanne fängt an zu lesen und bricht kurz darauf in Gelächter aus. »Der ist ja putzig. Wo hat er denn diese Schreibe her?«

»Unfassbar, oder?« Ich schüttle den Kopf.

»Einerseits ja, andererseits passt sein Stil aber ganz gut zu Bosworths Buch. Vielleicht sollten wir das tatsächlich so rausschicken.«

Ich starre Susanne ungläubig an. »Das ist nicht dein Ernst, oder? *Erleben Sie einen unvergesslichen Abend, der Ihr Leben für immer verändern wird?* Die zeigen uns doch alle einen Vogel!«

»Zumindest wäre euch damit eine gewisse Aufmerksamkeit sicher. Du weißt doch: *Provoziere, um zu reüssieren.*« Susanne, die gute alte PR-Sau. Hauptsache, der Name des Produkts ist richtig geschrieben – so kann man ihr Credo in Sachen Öffentlichkeitsarbeit zusammenfassen.

»Okay, wenn du es so siehst«, seufze ich. »Wolltest du eigentlich irgendetwas von mir?«, will ich dann von Susanne wissen.

»Ja, ich brauche dich als Vertretung. Unser Möbelhauskunde hat übermorgen eine große Eröffnung – und ausgerechnet jetzt wird Henning krank. Irgendjemand von uns muss aber auf alle Fälle in«, sie wirft einen flüchtigen Blick auf einen ausgedruckten Terminplan, den sie in der Hand hält, »Düsseldorf dabei sein, sonst steigt uns der Kunde aufs Dach.«

»Eigentlich bin ich hier gerade ganz schön dicht. Das Pressemailing für den Verlag muss dringend raus, wenn wir noch einen Journalisten für das Buch interessieren wollen, und drum herum gibt es noch eine Menge vorzubereiten.«

»Aber du hast doch Tim als Unterstützung.«

»Tom.«

»Wie auch immer. Kann der nicht in den nächsten beiden Tagen alles vorbereiten? Falls er mal eine Frage hat, darf er sich natürlich auch an mich wenden.« Susanne guckt sehr herzerweichend aus ihren großen, blauen Augen.

»Also, ich finde eigentlich …«

»… dass du ja sagen solltest.« Susannes Blick hat sich nicht verändert, ihre Stimme klingt aber bereits zwei Grad kälter. Ach menno, immer ich!

»Wann muss ich denn los? Und ich sage dir gleich: Heute geht es auf keinen Fall.«

»Nein, morgen reicht völlig. Wenn du mittags in Düsseldorf bist, hast du den ganzen Nachmittag Zeit, den Kunden zu betüdeln. Die sind wohl ein bisschen aufgeregt und brauchen im Wesentlichen jemanden, der Händchen hält.« Großartig. Also ein Einsatz als Kinderkrankenschwester.

»Na gut, das sollte ich hinkriegen. Hast du ein paar Infos über die Veranstaltung für mich?«

Susanne nickt. »Ja, bringe ich dir vorbei. Bilde du in Ruhe Jim Weidner aus, ich komme gleich.«

Tom Weidner sitzt in seinem Zimmer und springt gleich auf, als ich hereinkomme. »Und? Wie ist mein Text?«

Wie niedlich: Weidner ist ganz aufgeregt. Das stimmt mich sofort milde. »Ich würde sagen, er hat Entwicklungspotenzial.«

»Oh. Echt?« Er klingt sehr enttäuscht.

»Verstehen Sie mich nicht falsch – er ist auf seine Art gut geschrieben.« Damit habe ich Susannes Anregung Genüge getan, finde ich. »Aber für meinen Geschmack ist er ein bisschen zu reißerisch. Natürlich wollen wir Journalisten für das Buch interessieren. Es soll trotzdem halbwegs der Eindruck vermittelt werden, dass es hier einen gewissen kulturellen Anspruch gibt – soweit das bei dem Thema noch möglich ist. So klingt es, als wollten wir Leute dazu einladen, mit Bosworth durch die Betten zu turnen.«

»Aber das war doch genau *Ihre* Idee!«

Der Kerl gibt tatsächlich Widerworte? Das hätte ich mich als Volontärin nie getraut!

»Nicht ganz. Wir laden dazu ein, den Meister auf der Pirsch zu begleiten und zu beobachten. Von einem ... äh ... gewissermaßen gemeinsamen ... *Abschuss* war nicht die Rede. Wir sind schließlich eine seriöse Agentur.«

»Na, wenn Sie meinen ...« Tom Weidner atmet tief durch. »Also, ich habe nur versucht, den Inhalt und Stil des Buches möglichst authentisch wiederzugeben. Und es ist nun einmal so, wie es ist. Aber wenn es Ihnen zu peinlich ist, diesen Titel zu promoten, warum machen Sie es dann überhaupt?«

Natürlich hat Weidner mit dieser Frage auf Anhieb ins Schwarze getroffen, aber das würde ich nicht mal unter Folter einräumen. Abgesehen davon könnte ich diese Frage auch nicht aus dem Stegreif in zwei Sätzen beantworten.

»Herr Weidner, ich versuche, Ihnen etwas beizubringen. Dafür wäre es sehr hilfreich, wenn Sie auf Kritik etwas konstruktiver reagieren würden«, entgegne ich spitz.

»Schon gut. Dann sagen Sie mir einfach, was ich anders machen soll.« Er klingt mauliger, als er sollte, aber davon lasse ich mich nicht aus der Reserve locken.

»Ganz einfach: Ihr Text sollte sachlicher klingen. Übernehmen Sie bitte nicht einfach nur die ... sagen wir mal: blumigen Formulierungen von Bosworth – das ist schon deswegen unnötig, weil der Presseinfo ein Leseexemplar beiliegt. Schildern Sie also nur in zwei, drei kurzen Sätzen, wovon das Buch handelt. Dann informieren Sie darüber, dass Bosworth demnächst in Deutschland sein wird und dass die Gelegenheit besteht, ihn beim Besuch einer Bar zu begleiten, Anmeldungen erbeten. Zack, kurz und knackig. So einfach ist das.«

Tom seufzt. »Mal sehen, ob ich das hinkriege. Schicken Sie

mir vielleicht doch ein Muster zu? Das hatten Sie mir gestern doch«, er zögert eine Millisekunde, »freundlicherweise angeboten.«

Na also, wer sagt's denn! »Aber natürlich, Herr Weidner, gerne. Ich bin übrigens morgen und übermorgen nicht im Hause. Zeigen Sie den fertigen Text also Frau Becelius. Damit wir für den Versand nicht unnötig Zeit verlieren, machen Sie bitte auch einen Vorschlag, wen wir in den Mailing-Verteiler aufnehmen sollten. Wenn Sie heute damit nicht fertig werden, zeigen Sie die Liste auch Frau Becelius. Dann kann nächste Woche, wenn die Leseexemplare da sind, alles raus.«

»Okay, verstanden. Sie können sich auf mich verlassen.«

»Das weiß ich doch.« Ich lächle ihn freundlich an. Und denke: *Nie und nimmer.*

5. Kapitel

Am Donnerstagmorgen sitze ich bereits um Viertel nach sechs im ICE Richtung Düsseldorf. Der Zug ist sogar halbwegs pünktlich, was meine Chancen, rechtzeitig in Kaarst aufzutauchen, deutlich erhöht. Mein Ziel ist nämlich, anders als Susanne es angekündigt hat, nicht die Großstadt am Rhein, sondern ein Provinzkaff in der Nähe.

Unverhohlen gähne ich in meine Zeitung – ich hasse Termine um diese Uhrzeit. Daran kann auch der starke Kaffee nichts ändern, den ich mir schnell am Kiosk gekauft habe; er bringt mich höchstens auf zwanzig Prozent meiner normalen geistigen Reiseflughöhe. Wie gut, dass ich sowieso nicht dazu neige, im Zug zu arbeiten. Allerdings sollte ich die Zeit dazu nutzen, wenigstens einen Blick in die Unterlagen zu werfen, die mir Susanne in Sachen Möbelhauseröffnung gestern in die Hand gedrückt hat.

Gut, dass Henning so ein ordentlicher Mensch ist. Falls ich mal spontan ausfalle und er mich vertreten muss, wird er leider keine so fein säuberlich abgehefteten Papiere vorfinden. Sogar eine Inhaltsübersicht hat Henning als Deckblatt erstellt. Das ist jetzt natürlich äußerst praktisch, denn normalerweise habe ich mit dem reinen Veranstaltungsgeschäft unserer Agentur nichts zu tun und dementsprechend wenig Ahnung. Mein Beritt sind Konzeptionierung und Pressearbeit – wenn es darum geht, mit einer ungewöhnlichen Idee für ein eher gewöhnliches Produkt aufzuwarten, bin ich genau die Richtige.

Ich werfe einen Blick auf die einzelnen Punkte: Tombola, Gastronomie, Bühne, Vorgruppen, Top-Act. Da ist doch alles dabei, was zu einem zünftigen Event gehört. Ich frage mich, ob Henning so davon ablenken wollte, dass sein Kunde nur ein Möbelhaus eröffnet. Sehr sexy ist das Produkt wirklich nicht.

Ob es in diesem Ordner auch irgendwo eine To-do-Liste gibt? Ich bin mir nämlich nicht sicher, was nun eigentlich vor Ort von mir erwartet wird. Nur einen guten Eindruck machen? Schlaumeiern? Oder tatsächlich so handfeste Dinge wie Abnahme des Bühnenaufbaus?

Nein, leider finde ich keine Liste, die ich jetzt schön abarbeiten könnte. Aber wenigstens eine Tabelle mit allen Ansprechpartnern vor Ort und einen Terminplan, wen ich wann und wo treffen werde: Heute am späten Nachmittag erwartet mich der Geschäftsführer des Möbelhauses direkt am Ort des Geschehens für einen ersten Rundgang, am Abend steht ein gemeinsames Essen auf dem Programm. Na toll, also nix mit früh ins Hotelbettchen, Minibar plündern und selig schlummern. Der Freitag ist dann ganz der Vorbereitung des Großevents gewidmet: *Aufbau, Generalproben etc.* hat Henning notiert. Etc.? Was sich dahinter wohl verbirgt? Ich spiele kurz mit dem Gedanken, ihn anzurufen, verwerfe das dann aber wieder – er soll sich in Ruhe auskurieren, und ich werde es auch so herausfinden. Am Samstag ist dann schließlich die feierliche Eröffnung von *Möbel Singer – großes Design zum kleinsten Preis* mit Rahmenprogramm von 10 bis 18 Uhr. Großes Design, kleinster Preis, und das in der tiefsten westdeutschen Provinz – da bin ich ja mal gespannt.

Der ICE trudelt in Düsseldorf ein. Ich schmeiße mich ins nächstbeste Taxi. »Bitte nach Kaarst, zum Möbelhaus Singer.«

»Nach Ikea?«, rumpelt es vom Fahrersitz.

»Nein, zum Möbelhaus Singer«, erkläre ich geduldig. Es gibt also bereits einen Ikea in Kaarst? Na, das kann ja heiter werden für unseren Kunden.

»Möbelhaus wat?« Der Fahrer blickt mich ratlos an. Die Nachricht vom Großevent hat sich offensichtlich noch nicht überall herumgesprochen. Hektisch blättere ich in meinen Unterlagen. »Äh, das liegt im Gewerbegebiet Holzbüttgen, Porschestraße.«

»Sie sagten, Sie wollen nach Kaarst«, grummelt der Mann am Steuer in seinen nichtvorhandenen Bart, »aber bitte, wie Sie wollen.« Dann gibt er Gas. Für eine rheinische Frohnatur ist er danach ungewöhnlich schweigsam, so dass ich in aller Ruhe die triste Landschaft, die an mir vorüberzieht, genießen kann.

Nach einer knappen halben Stunde halten wir tatsächlich vorm Möbelhaus Singer. Ein riesiger Klotz, praktisch, quadratisch, gut, in Knallorange und – von der Eingangstür einmal abgesehen – komplett ohne Fenster. So viel zum Thema Design. Ich starre durch die Scheiben. Alles dunkel, alles dicht, weit und breit kein Mensch. Das läuft ja super. Entschlossen stiefele ich mit meinem Rollköfferchen einmal um den Koloss herum. Und siehe da – eine Metalltür mit der Aufschrift *Personal-Eingang* steht sperrangelweit offen. Neonlicht und ein Treppenhaus aus nacktem Beton empfangen mich. Hinein ins Vergnügen. Ich wuchte meinen Koffer die Treppen hoch und brülle beherzt: »Hallo? Ist da jemand?«

»Frau Seekamp?«, hallt mir ein dünnes Stimmchen entgegen.

»Feld!«, brülle ich. »Seefeld!«

»Frau Feld?«

»Seeeeeeeefeld! Aus Hamburg!«

Im ersten Stock treffe ich auf ein kleines Männlein in einem schlecht sitzenden, zu großen Anzug, dessen schütteres, mausgraues Haar optimal mit seiner zur Talgbildung neigenden Haut harmoniert. Euphorisch schüttelt das Kerlchen meine Hand.

»Frau Feldkamp, wie schön, wie schön. Günter Hartmann mein Name. Ohne *h*, also der Günter, nicht der Hartmann, he, he, he. Ich bin der Geschäftsführer.«

Ein Mann mit Humor, das kann heiter werden.

Nachdem ich das Missverständnis mit meinem Namen aufgeklärt habe, führt mich Günter ohne h gefühlte siebzehn Stunden durch sein Möbelhaus. Es ist schlimmer, als ich erwartet habe: viel Eichenfurnier, die Betten haben als i-Tüpfelchen der Raffinesse ausklappbare Beistelltischchen, integrierte Nachtlampen und Spiegel, die Sofabezüge sind nicht nur aus Polyester, sondern auch noch wild gemustert. »Das sind so grafische Elemente. Ganz modern, ganz modern!« Günter ohne h strahlt mich an. Wenig später streichelt er hemmungslos über die Oberflächen einer Einbauküche aus Plastik: »Unverwüstlich, wirklich unverwüstlich!«

Als wir den Rundgang durch das Reich des schlechten Geschmacks beendet haben, bin ich völlig ermattet und habe Kopfschmerzen. Liegt das an dem künstlichen Licht? Oder daran, dass die von zarten chinesischen Kinderhänden geklöppelten Möbelstücke zu viele Giftstoffe ausdünsten?

»Soooo, Frau Feldsee«, unterbricht Herr Hartmann meine Überlegungen, »und jetzt gehen wir mal richtig schön essen und entwerfen den Schlachtplan für morgen. Da stößt jetzt auch gleich der Herr Husche zu uns.« Er strahlt mich erwartungsfroh an.

Herr Husche? Ich stehe ziemlich auf dem Schlauch, der Name steht nicht auf Hennings Liste. Hartmann interpretiert meinen ratlosen Gesichtsausdruck richtig: »Das ist der Manager der Band *Sturm,* unser Top-Act am Samstag.«

Ach so, der heißt Husche. Von mir aus. Solange ich aus dieser Designhölle herauskomme, ist mir alles recht.

Das Lokal zum »mal richtig schön essen gehen« entpuppt sich als Pinte unterster Kategorie, liegt aber – wie praktisch – nur drei Straßen vom Möbelhaus Singer entfernt. Nachdem ich mein Rollköfferchen unter der Sitzbank verstaut habe, studiere ich die Speisekarte. Vom Jäger- bis zum Zigeunerschnitzel ist alles im Angebot, was so ein altes Schwein hergibt. Andere Tiere haben hier ebenso Schonzeit wie jede Form von Gemüse. Nach dem großen Design nun also die große Küche. Aber bevor ich maulig werden kann, fliegt die Tür auf, und herein kommt etwas, das wie Atze Schröder in alt und dick aussieht: ein verlebter Mittfünfziger mit blondiertem Minipli, sonnenbankgegerbt, das grelle Hawaiihemd bis kurz vorm Bauchnabel aufgeknöpft, die obligatorische Goldkette am Stiernacken, Karottenjeans zu Cowboystiefeln.

»Nä, nä, nä! Dat hab isch mir doch jedacht, dä Dieter ist noch am arbeiten und ihr hant eusch dat schon schön jemäht. Wat fies!«, grölt die Erscheinung.

O Gott, meint der etwa uns? Anscheinend, denn er steuert direkt auf uns zu! Der Kerl streckt mir seine siegelberingte Pranke entgegen und haut mir mit der anderen jovial auf die Schulter. »Huschka, World Wide Entertainment. Aber für disch jerne Dieter.« Das muss der Manager sein. Sagte Hartmann nicht, er hieße Husche? Hat es offenbar nicht so mit Namen. Mag daran liegen, dass seinem Günter bekanntlich auch das h fehlt.

Huschka setzt sich schnaufend, ordert Altbier und Kurze für die Herren und ein »Piccolösche für die Dame«. Das mit dem Essen scheint gegessen. Zusammen gehen wir den Ablaufplan für den morgigen Tag durch: Aufbau der verschiedenen Gastroständе, der Bühne und der Tombola (als Hauptpreis winkt ein Einkaufsgutschein von Möbel Singer im Wert von 500 Euro, was meiner Meinung nach eher einer Strafe gleichkommt), die Generalproben von *Sturm* und der örtlichen Cheerleader-Gruppe. Die hat Henning offenbar gebucht, um der Veranstaltung ein wenig internationalen Glamour zu verleihen.

Nach der dritten Runde Alt, Kurze, Piccolösche gehen wir, wie Huschka sagt, »zum gemütlichen Teil des Abends« über. Was bedeutet, dass er und Hartmann mir, dem »lecker Mädsche«, die »Jesetze des Marktes« erklären: »Dä Samstach wird ene Knaller. Siehste, Mädsche, du darfst dat platte Land nit unterschätze. Mit ene Top-Act wie *Sturm* mach isch disch hä dä Hütte voll.«

Hartmann nickt eifrig, ich gucke wohl skeptisch, denn Huschka legt nach: »Mädsche, it is doch äso: Dä Lück, also dä Leute, die wollen wat Reelles. Nit sonne abjehobene Schischi. Also enne Bratwurst, kän Sushi.«

Auch ich wäre jetzt mit einer Wurst mehr als zufrieden. Schließlich habe ich heute außer zwei pappigen Brötchen aus dem ICE-Bordrestaurant noch nichts in den Magen bekommen. Dafür steht mittlerweile das vierte Piccolösche vor mir, langsam wird mir schlecht. Die Küche des Etablissements hat natürlich längst zu.

»Dat is doch ejal«, krakeelt Huschka, »dat bissje, wat wir esse, könne wir auch trinke. So jung komme wir schließlisch nit mehr zosamme …« Bevor er weitere Phrasen dreschen kann, schnappe ich mir beherzt mein Rollköfferchen, verabschiede mich artig von Günter ohne h und dem Dieter. Dann wanke ich ins Hotel, das einen ordentlichen Fußmarsch entfernt liegt. Der führt mich sowohl an einer S-Bahn-Haltestelle vorbei, die *Ikea* heißt, als auch an dem entsprechenden Möbelhaus. Günter ohne h scheint nicht nur ein Problem mit

Namen zu haben, sondern auch mit der optimalen Standortbestimmung.

Als mein Wecker am Freitagmorgen um Punkt sieben schrillt, bin ich völlig gerädert. Die Matratze meines Hotelbetts ist so durchgelegen, als sei sie in den letzten zehn Jahren ausschließlich von der japanischen Sumo-Nationalmannschaft genutzt worden. Hinter meinen Augen pocht es dunkel, wofür wahrscheinlich die ganzen »Piccolösche« verantwortlich sind. Ich schleppe mich unter die Dusche. Heißes Wasser wird's schon richten.

Von oben tröpfelt's lauwarm auf mich herunter.

Na gut, dann eben nicht.

Zum Frühstück erwarten mich wieder pappige Brötchen, aber ich greife beherzt zu; wer weiß, wann's heute noch was gibt …

Dann schleppe ich mich zum Möbelhaus Singer. Herr Hartmann erwartet mich schon. »Frau Kampsee, wie schön, wie schön!« Auch er sieht etwas mitgenommen aus. Der Anzug sitzt heute noch schlechter, und die schreiend bunte Micky-Maus-Krawatte lässt sein Gesicht noch blasser wirken. Die Sitzung mit Huschka hat wohl länger gedauert. Von dem fehlt allerdings weit und breit jede Spur. Stattdessen wuseln unzählige Handwerker und Techniker durch die Stockwerke, die emsig mit den Aufbauten beschäftigt sind. Läuft doch alles. Was soll ich eigentlich hier?

Anscheinend erwartet Hartmann, dass ich den ganzen Tag wie ein Hündchen neben ihm herlaufe – quasi als moralische Unterstützung. Also trabe ich die nächsten Stunden an seiner Seite treppauf und treppab und beaufsichtige das Geschehen, bei dem eigentlich nichts zu beaufsichtigen ist. Nur als die Kaarster Cheerleader eintreffen, wird es kurzzeitig etwas hektisch: Teenager am Rande des Nervenzusammenbruchs, die über ihre grellgelben Puschel stolpern und sehr, sehr aufgeregt sind.

Am frühen Nachmittag trifft endlich auch Huschka ein, extrem ausgeschlafen, extrem gutgelaunt, im Schlepptau fünf extrem gelangweilte Individuen. Das muss der Top-Act sein. Auweia.

Zur Begrüßung drückt Huschka mich so fest an seine behaarte Brust, als wären wir mindestens verwandt. Bilde ich mir das ein, oder hat der immer noch eine Fahne? »Na, Liebelein, haste den Dieter schon vermisst?«

Und wie.

»Jünter, ming Fründ, wieder klar im Kopp? Dat war ja jestern ene Sause …«

Günter ohne h grinst leicht schief. Dann wohnen wir drei der Generalprobe von *Sturm* bei. Der Sänger krächzt, der Keyboarder hinkt mindestens einen Takt hinterher, der Drummer verpasst seine Einsätze, Bass- und E-Gitarrist treffen nur jeden dritten Ton. Mich packt das nackte Grausen, Hartmann sieht auch nicht gerade glücklich aus. Nur Huschka ist ungebrochen fröhlich. »Dat wird schon noch. Isch besorg uns jetzt erst mal wat zu trinkn!«

Als ich um 22:30 Uhr in meine Hotel-Hängematte krieche, habe ich außer drei »Piccolösche« und einem verschrumpelten Wiener Würstchen schon wieder nichts im Magen, bin aber auch viel zu fertig, um mir jetzt noch irgendetwas Essbares zu organisieren. Auf meiner Odyssee zurück ins Hotel bin ich zwar wieder an einem McDonald's vorbeigekommen, aber darin hatte sich die komplette Cheerleadertruppe zusammengerottet, und für eine weitere Begegnung mit denen fühlte ich mich schon viel zu ermattet. Aber wer weiß, vielleicht gehe ich später in die Annalen ein als Erfinderin der Holzbüttgen-Diät?

Bevor ich in einen traumlosen Schlummer sinke, denke ich noch kurz an den morgigen Tag. Wird schon. Nur der Top-Act bereitet mir Sorgen …

Der Samstag startet nicht viel besser als der Freitag. Nach der zweiten Nacht in diesem Bett Marke Rückentod habe ich höllische Kreuzschmerzen. Und einen Hunger, dass ich das Frühstücksbuffet des Holiday Inn als kulinarische Offenbarung empfinde. Nach dem fünften Brötchen stapfe ich gestärkt und entschlossen dem großen Event entgegen.

Am Möbelhaus Singer flattern lustige Wimpel, Fähnchen und Luftballons im Wind. Noch ist der riesige Parkplatz leer, aber es ist ja auch erst neun; die Party soll von 10 bis 18 Uhr steigen.

Hartmann trägt zur Feier des Tages eine orange Krawatte mit grünen Punkten nebst verschnörkelter Krawattennadel, Huschka hat sich in ein schreiend pinkes Hawaiihemd geschmissen. Was für ein Gespann! Neben den beiden komme ich mir in meinem dunkelblauen Hosenanzug richtig farblos vor.

»Frau Seemann, da sind Sie ja endlich, endlich«, begrüßt mich Hartmann nervös. Huschka grunzt nur kurz. Wenn ich seine Ausdünstungen richtig interpretiere, muss er noch einen veritablen Kater zähmen. Er trollt sich entsprechend zu einem der Bierstände, während Günter, zwar ohne h, aber dafür in Begleitung seines artigen Dackels Nina zur Kontrolle noch einmal die vier Stockwerke abläuft. »Frau Seehaus, haben Sie eigentlich schon die schicken Muster der Sofas bemerkt? Ganz modern, ja, ja.«

Punkt zehn öffnet das Möbelhaus Singer dann seine Pforten. Und zu meiner großen Überraschung kommt alles, was in Kaarst Rang, Namen oder auch nur zwei gesunde Beine hat, in den nächsten Stunden zu Besuch. Die Tombola ist ein großer

Erfolg, aber auch die Cheerleader machen ihre Sache einfach super. Unter dem fröhlichen Gejohle und Geklatsche der Menge schwingen sie ihre Puschel, dass mir beim Anblick ganz schwindlig wird. Die Hüpfburg, die Hartmann strategisch klug in der Bettenabteilung postiert hat, bricht zwar zwischenzeitlich wegen Überlastung zusammen, aber das scheint niemanden zu stören. Schon gar nicht die Kinder: Die weichen einfach auf die Wasserbetten aus.

Dann ist es so weit – begleitet von frenetischem Applaus betritt *Sturm* im Erdgeschoss die Bühne. Soll ich mir jetzt die Ohren zuhalten oder mich unter einer Polsterlandschaft verkriechen? Während ich die beiden Möglichkeiten noch gegeneinander abwäge, rocken die Jungs los ... und ich merke, wie ich schon nach den ersten Takten mitwippe. Heute sitzt plötzlich jeder Ton, und die verschnarchten Typen von gestern entpuppen sich als wahre Rampensäue. Nach einer halben Stunde ist die Halle völlig entfesselt, es wird geschunkelt und mitgesungen, als gäb's kein Morgen mehr. Ich ertappe mich dabei, wie auch ich »Hölle, Hölle, Hölle« brülle.

»Siehste, Liebelein, haste dir janz umsonst Sorgen gemacht, wat?«, schreit mir Huschka ins Ohr. Ich haue ihm auf die Schulter: »Dieter, deine Truppe ist der Wahnsinn ...« Verschwitzt taumelt Hartmann an uns vorbei, der mit fliegenden Anzugschößen eine Polonaise anführt. Was für ein Fest!

Als gegen 18:30 Uhr die letzte Bierleiche Richtung Ausgang gekehrt wird, strahlt Günter Hartmann mich mit leuchtenden Augen an: »Frau Feldhase – oder darf ich Ina sagen? Es war mir ein großes Vergnügen, mit Ihnen zusammenzuarbeiten. Das müssen wir wiederholen, unbedingt, unbedingt!« Völlig euphorisiert schüttelt er meine Hand, von Huschka gibt's zum Abschied eine brüderliche Umarmung plus bierfeuchtem Schmatzer auf die Wange.

Pünktlich um 20 Uhr rollt mein ICE aus dem Düsseldorfer Hauptbahnhof gen Heimat. Ich entere sofort das Bordrestaurant. Mann, habe ich einen Hunger!

6. Kapitel

Hallo Frau Seefeld, Miriam Lipfert hier, Redaktion Spiegel der Frau. *Ich würde mich über einen Rückruf von Ihnen freuen.«*

Die Nachricht auf meiner Mailbox gibt mir Rätsel auf. Habe ich etwa im Suff ein Abo abgeschlossen? Oder will Deutschlands auflagenstärkste Frauenzeitschrift eine Homestory über den bekannten Chefarzt und Kardiologen Alexander von Kannhardt, seine Gattin, die begabte Pianistin Finja Seefeld, und ihre entzückenden Kinder bringen und braucht zur Steigerung der Fallhöhe noch die beruflich vor sich hin vegetierende Single-Schwägerin, die gelegentlich zu Familienfesten eingeladen wird? *Finja im Glück – aber wie wird ihre Schwester damit fertig?*

Ich schwanke zwischen *sofort zurückrufen* und *erst im Büro darum kümmern* – dann siegt meine Neugier. Bis ich endlich im Büro bin, wird es schließlich noch ein bisschen dauern, denn ich komme gerade erst aus der Dusche. Außerdem warten dort nach meiner unfreiwillig längeren Abwesenheit mit Sicherheit mindestens fünfhundert E-Mails auf mich, denn egal, ob es an der Holzbüttgen-Diät gelegen hat oder es vielmehr das köstliche Essen im Bordrestaurant des ICE war: Irgendetwas hat mich so niedergestreckt, dass ich die letzten drei Tage mit einer Magen-Darm-Grippe das Bett gehütet habe. Immerhin, um meine Bikinifigur brauche ich mir vorerst keine Sorgen zu machen.

Ich drücke die Rückruftaste, ein paar Sekunden später habe ich Frau Lipfert am Hörer.

»Hallo Frau Seefeld, das ist ja schön, dass Sie sich gleich melden. Also, gleich mal vorweg – diese Verführergeschichte ist großartig. Den Typen beim Aufriss zu begleiten stellen wir uns hier in der Redaktion sehr interessant vor. Allerdings brauchen wir die Geschichte natürlich exklusiv. Wann genau steht Herr Bosworth denn zur Verfügung?«

Schluck! Was ist denn da passiert? Wieso hat *Spiegel der Frau* schon diese Informationen? Und überhaupt – *SdF* gehört nun wirklich nicht zu den Blättern, die unsere angepeilte Zielgruppe liest.

»Äh, Frau Lipfert, ich bin jetzt gerade nicht ganz im Bilde, weil ich die letzten Tage nicht im Büro war. Haben Sie denn schon ein Leseexemplar bekommen?«

»Ja, zusammen mit dem Pressetext, in dem auf die Aktion mit Bosworth verwiesen wird. Normalerweise melden wir uns nicht so schnell, aber wir machen jetzt in jedem Heft eine große Reportage, und da waren wir uns sofort einig, dass das ein super Thema für unsere Leserinnen wäre.«

So langsam ahne ich ganz Furchtbares. Da scheint jemand in meiner Abwesenheit operative Hektik an den Tag gelegt und unabgesprochen das Mailing rausgejagt zu haben! Und ich kann mir auch denken, wer. Ich muss sofort ins Büro!

»Frau Lipfert, ich würde Sie gerne zurückrufen, sobald ich an meinem Schreibtisch sitze.«

»Klar, machen Sie mal.«

Ich werde nicht brüllen. Ich bin ruhig, kontrolliert, souverän.

»*Weidner!* Sind Sie eigentlich *von allen guten Geistern verlassen?* Sie haben das Mailing schon rausgeschickt? Ohne es *mir* zu zeigen?«

Okay, der Versuch war es wert, hat aber nicht geklappt. Vermutlich hat das gesamte Büro mich nun gehört. Und der Rest des Hauses noch dazu. Vor mir sitzt – oder besser: hockt – Tom Weidner und hat gerade gestanden, dreißig Frauenmagazine mit Bosworths Werk bemustert zu haben. Also quasi alle Redaktionen dieser Gattung. Inklusive seines Textes, der fast noch die ursprüngliche Form hatte.

»Na ja, kaum waren Sie weg, da wurden schon die Leseexemplare geliefert, und Montag hat der Verlag angerufen, dass Bosworth schon in der nächsten Woche zur Verfügung steht und jetzt alles schnell gehen müsse, und Sie waren ja leider krank. Frau Becelius hat dann auch gemeint, dass der Text gar nicht so schlecht ist, und ...«

Ich traue meinen Ohren nicht. Was hat Susanne gesagt? »Frau Becelius hat den Text *abgesegnet?*« Bildet sich tatsächlich gerade Schaum vor meinem Mund?

»Nicht so direkt – aber sie hatte an dem Tag auch sehr wenig Zeit und meinte, mein Ursprungstext habe ihr schon ganz gut gefallen. Und da dachte ich, es sei wichtiger, schnell zu sein als perfekt.« »Aber wie *um Gottes willen* sind Sie auf die *hirnverbrannte* Idee gekommen, das Buch an *Frauenzeitschriften* zu schicken? Ist Ihnen denn nicht klar, wer unsere Zielgruppe ist? *Männer!* Und die lesen die Blättchen nicht, die Sie jetzt bemustert haben! Ganz abgesehen davon, dass das Buch unseres Autors geradezu prädestiniert dafür ist, von der durchschnittlichen Frauenzeitschriftsredakteurin richtig auseinandergenommen zu werden. Da haben wir uns dann mit viel Aufwand richtig schlechte Presse organisiert.« Es ist einfach nicht zu fassen! Ich starre ihn böse an. »Wie kann man so *blöd* sein, Herr Weidner?«

Obwohl ihm meine Lautstärke eigentlich eine schicke Föhnfrisur verpasst haben müsste, gibt sich der Herr Supervolontär bereits wieder recht souverän. »Ich habe in die Datenbank das Stichwort *Frauen* eingegeben, weil das Buch doch von Frauen handelt. Ich habe das direkt mit der Funktion *Serienbrief* verknüpft, damit mir der Computer auch gleich die Etiketten vorbereitet – es sollte schließlich schnell gehen, ich wollte Zeit sparen.«

»...«, sage ich. Oder besser, ich *versuche* etwas zu sagen, obwohl ich liebend gerne ein bisschen Dampf ablassen und brüllen würde. Noch ein Versuch: »...« Okay, klappt nicht. Ich bin einfach nur sprachlos und hyperventiliere schweigend vor mich hin.

»Als die fertigen Briefe mit den Ansprechpartnerinnen dann vor mir lagen, habe ich auch gemerkt, dass der Suchbegriff wohl nicht besonders schlau gewählt war. Das wollte ich noch ändern. Die Bücher und die Pressetexte hatte ich im Postraum bereits so zusammengelegt, dass ich sie nur noch in die Umschläge einzutüten brauchte. Dann musste ich los, wegen einer Verabredung. Tja, und als ich am nächsten Morgen wiederkam, war die gesamte Sendung schon raus. Frau Smit wollte mir wohl helfen.«

Es gibt Tage, an denen bleibt man besser im Bett. Heute ist so einer. »Lassen Sie gefälligst Frau Smit aus der Sache raus«, donnere ich. »Das glaube ich jetzt nicht. Sie haben unseren Bosworth also aus Versehen verschickt!« Immerhin: Der Schreck hat mir die Sprache zurückgegeben.

»Na ja, irgendwie schon«, sagt er und wirkt für einen klitzekleinen Moment aufrichtig erschrocken. Aber natürlich verfliegt diese Reue so schnell, wie sie gekommen ist. Als müsse er mich beruhigen – was streng genommen sogar stimmt, nun aber gar nichts zur Sache tut –, fährt Tom Weidner mit einem entschuldigenden Lächeln fort: »Aber ist das denn alles so schlimm? Ich meine, es ist doch eigentlich nur schade um die Leseexemplare. Davon haben wir aber noch fünfzig Stück hier rumliegen. Wir suchen einfach die richtigen Redaktionen raus, und dann fange ich noch einmal von vorne an. Natürlich erst, nachdem Sie sich mein Anschreiben und die gewählten Kontakte angesehen haben.«

»So, und die Redaktionen, die die Bücher jetzt fälschlicherweise erhalten haben, die rufen wir an und sagen: *Oh-oh, großes Missverständnis, schmeißt das Buch bitte einfach weg?*«

»Vielleicht haben wir ja Glück und die interessieren sich sowieso nicht für solch einen Ratgeber. Die kriegen doch jeden Tag so viel Zeug zugeschickt.«

»Da muss ich Sie leider enttäuschen!«, schnauze ich ihn an. »Die *auflagenstärkste* Frauenzeitschrift hat schon angerufen. Die wollen unbedingt mit Bosworth auf Tour gehen.«

»Oh. Mist.« Tom Weidner guckt betreten zu Boden.

»Ich werde die Angelegenheit nun mit Frau Becelius besprechen, dann sehen wir weiter. Gehen Sie aber davon aus, dass Ihr eigenmächtiges Handeln Konsequenzen haben wird.« Ich rausche aus dem Zimmer. Warum haben wir diesen Idioten bloß eingestellt? Unter normalen Umständen müssten wir den sofort rausschmeißen, aber ich bin mir sicher, dass Susanne beide Augen zudrücken wird. Nur gut, dass es das Projekt seines eigenen Vaters ist, sonst wäre die ganze Angelegenheit noch ärgerlicher.

Susanne ist nicht in ihrem Büro, und das Fehlen von Jacke und Handtasche deutet darauf hin, dass sie nicht nur kurz um die Ecke verschwunden ist. Ich klingele beim Empfang durch.

»Frau Smit, wo steckt denn Frau Becelius?«

»Hat einen Auswärtstermin.«

»Wissen Sie, wann sie zurückkommt?«

»Nein, hat sie leider nicht gesagt.«

Ich überlege kurz, ob ich Frau Smit auf das Mailing-Desaster anspreche, lasse es aber vorerst. Wichtiger ist jetzt, *Spiegel der Frau* von der Bosworth-Reportage abzubringen. Um den Rest kümmere ich mich später.

»Was meinen Sie denn damit, dass Herr Bosworth doch nicht zur Verfügung steht?« Frau Lipfert von *Spiegel der Frau* klingt schwer irritiert.

»Schauen Sie«, versuche ich es möglichst sanft, »Sie wollten die Geschichte doch exklusiv. Leider haben wir jedoch schon einer anderen Redaktion zugesagt, dass sie Herrn Bosworth an diesem Abend begleiten können.«

»Ach?« Frau Lipfert ist offensichtlich nicht überzeugt. »Wir waren so schnell – wer soll uns denn da zuvorgekommen sein?«

Berechtigte Frage. Was sage ich denn nun?

»Das tut doch hier gar nichts zur Sache. Jedenfalls können wir Ihnen keine Exklusivität anbieten.«

»Natürlich tut das etwas zur Sache. Wir sind ein wöchentliches Heft mit sehr kurzem Vorlauf. Wenn uns also ein Kollege einer monatlichen Zeitschrift begleitet, stört uns das nicht. Also, wem haben Sie die Geschichte noch zugesagt?«

Mist! Wenn man einmal mit dem Lügen anfängt.

»Äh, also so genau weiß ich das gar nicht, da müsste ich noch einmal in meine Liste …«

»Wissen Sie was? Ich glaube Ihnen kein Wort.« Frau Lipfert schlägt genau den Ton an, um den ich mich vorhin bei Tom Weidner umsonst bemüht habe – ich möchte am liebsten im Erdboden versinken. »Für mich klingt das eher so, als sollten wir Herrn Bosworth nicht zu Gesicht bekommen. Da frage ich mich doch, ob Sie sich das gut überlegt haben. Schließlich haben Sie uns das Buch gerade erst geschickt. Und normalerweise sind Verlage immer begeistert, wenn wir über eines ihrer Bücher berichten.« Ihre Stimme bekommt einen drohenden

Unterton. »Wir sind Deutschlands auflagenstärkste Frauenzeitschrift. Als PR-Agentur sollten Sie das eigentlich wissen. Ich weiß nicht, ob der Verlag so glücklich darüber ist, wenn er erfährt, wie hier mit uns umgesprungen wird.«

Ja, das ist er vermutlich nicht. Ob die Tatsache, dass der Verlegerspross die Sache verdaddelt hat, etwas daran ändert? Ich möchte eigentlich ungern die Probe aufs Exempel machen. Wie komme ich aus der Nummer bloß wieder raus?

»Frau Lipfert, ich verstehe Ihren Ärger. Tatsächlich bin ich mir gar nicht sicher, welche Zeitschrift noch berichten wollte. Ich schlage vor, ich kläre das so schnell wie möglich und melde mich noch einmal.«

»Tun Sie das«, sagt sie schneidend. »Ich warte auf Ihren Anruf.«

Gut, so gewinne ich wenigstens ein bisschen Zeit.

»Also ohne größeres Theater scheinen wir die Sache nicht mehr absagen zu können, richtig?« Susanne ist inzwischen wieder von ihrem Auswärtstermin zurückgekehrt, wir sitzen in ihrem Büro.

»Genau.«

»Dann hilft wohl nur *Augen zu und durch.*« Dabei grinst sie – fast ein wenig verschlagen, wie ich finde. Aber Susanne stand ja schon immer auf dem Standpunkt: *Any PR is good PR.* Egal, wie schlecht die Presse auch ist, Hauptsache, wir erregen Aufmerksamkeit. »Wann genau lernen wir den Herrn Verführungskünstler denn kennen?«

»Er kommt nächste Woche nach Hamburg. Weidner lässt ihn extra einfliegen, seinen neuen Star.«

»Hast du eine Ahnung, ob Bosworth Deutsch spricht?«, fragt Susanne. »Oder brauchen wir noch einen Dolmetscher für unsere Aktion?«

»Nein, Salchow hat mir ausdrücklich gesagt, dass Bosworth Deutsch spricht. Erstaunlich, nicht?«

»Ja, wirklich. Und vielleicht erstaunt uns Bosworth ja auch in anderer Hinsicht und ist in Wirklichkeit ein ganz nettes Kerlchen, und die Journalisten fressen ihm sofort aus der Hand.«

Ich nicke. Ja, das wäre eine schöne Entwicklung. Hoffen wir also darauf, dass Dwaine F. Bosworth die Journalistinnen sofort mit seinem gewinnenden Wesen für sich einnehmen wird. Vielleicht ist er ein dufter Kumpel, der beim Verfassen seines Buches lediglich ein wenig zugespitzt formulieren wollte. *Genau so wird es sein,* mache ich mir selbst Mut. Wahrscheinlich sitzen wir mit Dwaine und der Reporterin bald bei einem schönen Glas Rotwein und einem tollen, geistreichen Gespräch. Anschließend schreibt sie einen Artikel, der das Buch auf amüsante Weise kommentiert, und viele Leserinnen schenken ihren Männern das Buch zu Ostern oder zum Geburtstag. Alles wird gut. Hauptsache, Dwaine ist nett.

»Sorry, Süße, ich kenne Frauen wie dich. Nach außen gibst du die Kühle, Unnahbare. Aber unter deiner Oberfläche brodelt es wie ein Vulkan. Und dieser Vulkan wartet nur darauf, von mir geweckt zu werden.«

Ich glaube, ich habe mich verhört. *Frauen wie ich? Vulkan?* Der hat sie doch nicht mehr alle! Und davon mal ganz abgesehen: Nett ist er nicht. Kein Stück. Erst vor einer halben Stunde ist Dwaine F. Bosworth höchstpersönlich in unserer Agentur aufgekreuzt – und bereits in dieser kurzen Zeit haben sich alle meine bösen Vorahnungen bestätigt.

Susanne, Tom Weidner und ich sitzen um den ovalen Tisch im Konferenzraum und lauschen den Bosworthschen Ausführungen zu seinem Buch. Dabei rekelt er sich selbstgefällig in einem der braunen Ledersessel und scheint sich selbst unglaublich gerne zuzuhören. Dass dieser Kerl nun der große Verführungskünstler sein soll, kann ich kaum glauben, optisch ist er nämlich nicht gerade mein Fall: zurückgegelte braune Locken, ein schwarzes T-Shirt mit tiefem V-Ausschnitt, in welchem eine Kette mit dem goldenen Schriftzug *LOVE* prangt – und zwar so unauffällig wie weiland das *Nora*-Kettchen bei Thomas Anders. Der ganze Mann ist außerdem einen Tick zu gebräunt, der hängt mit Sicherheit ständig auf dem Asi-Toaster. Das Schlimmste aber ist sein Akzent: Der schwankt irgendwo zwischen Howard Carpendale und Roger Whittaker. Nur deutlich öliger.

»Tja, Herr Bosworth, bei allem Brodeln unter meiner Oberfläche würde ich jetzt gerne zum eigentlichen Thema zurückkommen«, versuche ich, den Ego-Riesen auf seine Normalgröße zurechtzustutzen, »und das ist unsere Pressearbeit im Vorfeld des Erscheinens Ihres … äh … Ratgebers.«

Bosworth gibt sich unbeeindruckt. »Das ist kein Ratgeber, Hase, das ist die Bibel.«

»Und ich bin nicht Frau Hase. Mein Name ist Seefeld. Ich schreibe Ihnen den gerne auf, falls Sie ihn sich nicht merken können.« Der soll nicht meinen, dass ich hier so schnell die Waffen strecke! Ich erinnere mich, in irgendeinem Karrierehandbuch für Frauen gelesen zu haben, dass es für Männer unglaublich wichtig ist, beim ersten Treffen gleich mal die Hierarchie untereinander zu klären. Und auch wenn dieser aufgeblasene Texaner gewissermaßen mein Kunde ist – ein bisschen Respekt möchte ich ihm schon einflößen. Leider habe ich dabei bisher eher mäßigen Erfolg.

Bosworth strahlt mich an und zeigt dabei eine Reihe sehr ebenmäßiger und vor allem sehr vieler Zähne. »Honey, eine so schöne Frau nenne ich doch, wie sie es möchte.« Aus den Augenwinkeln kann ich beobachten, dass Tom Weidner sich am liebsten vor Lachen auf dem Boden wälzen würde.

Jetzt mischt sich Susanne ein. »Herr Bosworth, ich nehme an, Ihre Zeit ist ebenso kostbar wie unsere, deswegen schlage ich vor, wir lassen Frau Seefeld nun erläutern, in welche Richtung wir uns die Pressearbeit für Ihr Buch vorstellen und in welchen Punkten wir für Ihren persönlichen Einsatz dankbar wären.«

Bei den Worten *persönlicher Einsatz* wechselt das Lächeln auf Bosworths Lippen von sehr breit zu sehr schmierig. *Uah!* Was für ein widerlicher Kerl! Ich räuspere mich.

»Wie ich eben schon versuchte zu erklären, wollen wir interessierten Journalisten eine Reportage über Ihre Methode, Frauen kennenzulernen, anbieten und …«

»He, das ist schon mal falsch, Süße!«, unterbricht mich Bosworth. »Es ist keine Methode, um Frauen kennenzulernen. Es ist eine Methode, sie ins Bett zu kriegen. Fürs Kennenlernen habe ich keine Zeit.«

Himmel! Wenn er das so Frau Lipfert erläutert, sehe ich die Schlagzeile schon deutlich vor mir.

»Herr Bosworth, es wäre zu freundlich, wenn Sie mich mal ausreden lassen könnten. Ich weiß sehr wohl, wovon Ihr Buch handelt, ich musste es schließlich lesen. Also, wir organisieren einen Abend, an dem die Journalisten Sie in diverse Bars begleiten können und dort Zeugen Ihres Könnens werden.« Ich mache eine Pause und gucke Bosworth scharf an. »Meinen Sie, Sie kriegen das hin?«

»Was kriege ich hin?«, gibt er, nun leicht irritiert, zurück.

»Na, an diesem Abend eine überzeugende Vorstellung zu liefern«, erkläre ich zuckersüß. »Oder ist Ihr Buch eher eine theoretische Abhandlung, und Sie haben Ihre Tipps und Tricks in Wirklichkeit noch nie ausprobiert?«

Susanne hebt die Augenbrauen. »Also bitte, Nina, was ist das denn für eine Frage? Wir wollen unseren Gast nicht beleidigen! Auf mich wirkt das Buch von Herrn Bosworth sehr authentisch.«

Ich hebe entschuldigend die Hände. »Ich will doch niemanden beleidigen! Ich will nur vor unangenehmen Überraschungen sicher sein.« Und um die Wogen wieder ein wenig zu glätten, versuche ich es mal in nett: »Herr Bosworth, Sie sprechen übrigens ein ausgezeichnetes Deutsch. Wenn Ihr Akzent nicht wäre, könnte man Sie glatt für einen Muttersprachler halten. Wo haben Sie unsere Sprache so gut gelernt?«

Bosworth ist ob des unerwarteten Kompliments tatsächlich geschmeichelt. Butterzart – und erstaunlicherweise akzentfrei – gibt er zurück: »Danke! Meine Mutter ist Deutsche, und ich bin zweisprachig aufgewachsen. Der Akzent ist nur Show für euch Europäer. Da steht ihr doch drauf, richtig? Und keine Sorge: Ich bin nicht beleidigt. Ist ja verständlich, dass Sie skeptisch sind. Sie sind schließlich eine Frau und wollen wahrscheinlich nicht wahrhaben, wie einfach es in Wirklichkeit ist, euch rumzukriegen.« Er gibt ein keckerndes Geräusch von sich, das man mit gutem Willen für ein freundliches Lachen halten könnte. Den bringe ich allerdings nicht auf. »Glaube mir, auch du könntest mir nicht widerstehen. Ich müsste nur wollen.«

Ich beschließe, diese Unverschämtheit zu ignorieren und stattdessen weiter über die Pressearbeit zu reden. »Wenn das alles den Tatsachen entspricht – umso besser. Gibt es denn besondere Anforderungen an die Bar, die Sie mit der Presse besuchen wollen? Dann könnte sich Herr Weidner schon mal daranmachen, das zu organisieren.«

Unser Volontär gibt sich ganz dienstbeflissen und nickt eifrig. Bosworth hingegen guckt gelangweilt.

»Nein, das ist eigentlich egal. Hauptsache, es gibt auch Frauen dort.«

»Also, ich habe mir tatsächlich schon ein paar Gedanken gemacht, wo wir hingehen könnten«, meldet sich Tom Weidner zu Wort. »Dafür habe ich eine Liste vorbereitet und würde das gerne besprechen.« Er springt auf und drückt jedem von uns einen Zettel in die Hand, auf den er – alle Achtung – auch immer ein Bild von oder aus der Location kopiert hat. »Das sind alles Bars, die gerade ganz angesagt sind. Da finden wir mit Sicherheit genug Testpersonen für Herrn Bosworth und fallen als Gruppe auch nicht so sehr auf, weil es immer recht voll ist. Die Journalisten sehen dann gleich, dass sich ein Mann zum Flirten auch in Top-Locations wagen kann – also dorthin, wo die echten Sahneschnitten warten.«

Ts, ts, ts. Sahneschnitten? Offenbar hat sich Weidner den Duktus unseres Frauenhelden schon zu eigen gemacht! Der lächelt jetzt anerkennend.

»Sehr gut, mein Junge! Ich sehe, dass du mein Buch verstanden hast! Wir wollen dahin, wo die Sahnehäubchen sind. Die echten Top-Weiber.« Er wirft mir die Liste über den Tisch zu. »Und, in welchem dieser Läden wartest du abends auf den Fuchs, Hase?«

7. Kapitel

Die ChiChi-Bar in Winterhude ist ein Laden, in den ich freiwillig niemals einen Fuß setzen würde. Das liegt weniger daran, dass ich auf der Skala von Dwaine wahrscheinlich nicht bei den »Top-Weibern« rangiere, sondern vielmehr daran, dass ich in einem solchen Etablissement einfach nichts verloren habe. Das Publikum ist zwar nur etwas jünger als ich, aber offensichtlich mit deutlich mehr Kohle ausgestattet. Soeben ist ein Jungspund damit beschäftigt, einer dauerkichernden südamerikanischen Schönheit den Gutteil einer Flasche Veuve Cliquot in den Ausschnitt zu gießen. Die reinste Verschwendung, und das nicht nur, weil die Flasche in der Bude bestimmt über hundert Euro kostet. Die Herren tragen Ralph Lauren, die Damen Gucci, Dolce und Gabbana und lange Mähnen: Aus der Summe der hier versammelten Hairextensions könnte man leicht einen Läufer für die Stufen zum Petersdom knüpfen. Wenn ich Leiter der Abteilung Betäubungsmittel beim Landeskriminalamt wäre, würde ich hier außerdem den ein oder anderen verdeckten Ermittler zum Einsatz bringen. Die Blondine am Tresen neben mir sieht jedenfalls so aus, als hätte sie heute schon ein Näschen genommen: Ihr Blick ist starr, aber trotzdem redet sie ununterbrochen auf ihren Nebenmann ein und versucht offensichtlich, ihn von ihren Vorzügen zu begeistern.

Bei dem Typen handelt es sich leider nicht um Dwaine. Der steht noch etwas unschlüssig herum und wird dabei eindringlich von der Lipfert beobachtet. Zumindest klamottentechnisch gibt es da einiges zu sehen: Dwaine trägt ein sehr buntes, sehr tief aufgeknöpftes Hemd, sein LOVE-Kettchen prangt mittig auf der Brust, und offensichtlich hat er sich seit unserem letzten Treffen ein Brusttoupet zugelegt. Am auffälligsten aber sind die Haare auf Dwaines Kopf. Irgendwie ... irgendwie *glitzern* sie. Ich erinnere mich an ein Haargel, das wir als Kinder zu Karneval immer reichlichst benutzt haben. Dieses schöne Stylingprodukt scheint hier seine Wiederauferstehung zu feiern. Und wie auf ein unsichtbares Kommando strahlt einer der Scheinwerfer im ChiChi Dwaine nun direkt an; seine Haare geben ihm daraufhin etwas Rauschgoldengelhaftes. Peinlich berührt versuche ich, in die andere Richtung zu sehen, aber es gelingt mir nicht. Dwaines Frisur hat die Wirkung eines Autounfalls, an dem man schnell vorbeifahren sollte, es aber natürlich nicht lassen kann, einen Blick zu riskieren. Und noch einen.

Allerdings scheint Frau Lipfert genug gesehen zu haben. Sie zieht ein kleines Büchlein aus der Handtasche und beginnt, sich Notizen zu machen. Mein Gefühl sagt mir, dass das kein gutes Zeichen ist. Ich gehe zu Tom hinüber.

»So, jetzt stehen wir wie die Deppen in Ihrer blöden ChiChi-Bar«, grummle ich, »und wenn hier nicht bald etwas passiert, dann beendet die Lipfert ihren kleinen Rechercheausflug, bevor er noch richtig begonnen hat.«

Er sieht mich groß an. »Ja, und nun?«

»Wie, und nun?« Ich seufze. »Auf an die Bar und mal ein schönes Getränk für die Dame besorgt. Und für mich am besten gleich auch eins. Dalli, dalli!«

Tom guckt etwas irritiert ob meiner unerwartet energischen Ansprache, tut dann aber wie geheißen.

Fünf Minuten später drückt er Miriam Lipfert und mir etwas in die Hand, was an einen Caipirinha erinnert – nur in einer Miniaturausführung.

»Himmel, was sollen wir denn mit diesem Schnapsglas?«, ranze ich ihn an. »Gab es nichts Vernünftiges? Wenn wir die Lipfert mit Alkohol gnädig stimmen wollen, macht diese Dosierung wirklich überhaupt keinen Sinn. Da brauchen wir ja mindestens zehn Gläser, bis sie überhaupt etwas merkt.«

Tom zuckt mit den Schultern.

»Tut mir leid, die gibt es hier nicht größer.«

Ich seufze. »Okay, dann sorgen Sie bitte für stetigen Nachschub.«

»Dafür brauche ich aber mehr Geld. Meins reicht nur noch für zwei weitere Drinks.«

Sollte Tom Weidner von seinem Vater nur ein kleines Taschengeld bekommen? *So, mein Sohn, hier hast du deine zehn Euro für die Woche, aber teil's dir schön ein.* »Wieso, was kosten die denn?«

»Jeweils zwölf Euro.«

»Zwö… *zwölf* Euro? Für einen Fingerhut voller Eis und Limette mit einem Hauch Zuckerrohrschnaps? Was für eine Unverschämtheit.« Ich krame in meiner Handtasche. »Aber egal, hier haben Sie noch fünfzig Euro. Und jetzt ab zur Bar! Frau Lipfert soll sich wirklich gepampert fühlen.« Wenn es Dwaine schon nicht bringt, dann müssen wir eben das Schlimmste verhindern.

Inzwischen scheint sich der große Meister endlich ein Opfer ausgeguckt zu haben: Er steuert auf die rassige Schönheit zu, die eben mit Champagner begossen wurde. Ich hoffe, er hat mitbekommen, dass auch ein anderer Galan an der Dame interessiert ist. Oder gehört gerade das zu seiner Galavorstellung? Okay, das könnte funktionieren. Wenn er hier unter Beweis stellt, dass er auch die direkte Konkurrenz nicht scheut, sammelt er bestimmt Punkte bei der Lipfert.

Ich kann nicht hören, was Dwaine seinem ersten Flirtobjekt

ins Ohr flüstert, ihr Gesichtsausdruck bleibt allerdings relativ gelangweilt. Er kramt in seiner Hosentasche und holt irgendetwas heraus; eine Karte vielleicht oder einen Zettel? So genau kann ich das nicht erkennen. Er zeigt es der Frau kurz, die nickt und schließt die Augen. In diesem Moment zieht er sie blitzschnell an sich heran … und küsst sie! Frau Lipfert verfolgt das Schauspiel gebannt, und auch ich bin sehr gespannt, wie es nun weitergeht. Das lässt sich vielversprechend an.

Leider geht es nicht so vielversprechend weiter – die Schönheit reißt sich von Dwaine los und schreit ihm irgendetwas ins Gesicht, was ich wegen der lauten Musik nicht verstehe. Dwaine erwidert etwas und wedelt wieder mit dem Zettel – da holt die Frau aus und verpasst ihm eine veritable Ohrfeige. *Autsch!* Das sah schmerzhaft aus. Schnell schaue ich zu Frau Lipfert hinüber, vielleicht hat sie diese neue Entwicklung verpasst?

Nein – sie grinst und kritzelt wie wild in ihr Buch. *Mist!*

Dwaine steht da wie ein begossener Pudel, und obwohl es dem Idioten eigentlich zu gönnen ist, tut er mir ein bisschen leid. Ich gehe zu ihm und drücke ihm meinen Mini-Caipi in die Hand.

»Alles in Ordnung bei Ihnen?« Aber ein Indianer kennt bekanntlich keinen Schmerz und ein Texaner anscheinend erst recht nicht. Dwaine grinst mich breit an und tut so, als sei nichts gewesen.

»Natürlich ist alles in Ordnung, warum?«

Ich werfe den Kopf in den Nacken, als würde ich lachen – die Lipfert soll denken, dass mein Gegenüber mich gerade mit einer Hammerbemerkung euphorisiert hat –, sage aber: »Also von meinem Blickwinkel sah es fast so aus, als hätte Ihnen die Dame eine gescheuert.«

»Dame? Na ja …« Er lacht verächtlich. »Diese Provinzmaus war einfach überwältigt von meinem Charme. Da hat sie überreagiert.«

»Aha.« Kann man wahrscheinlich so sehen, muss man aber nicht. »Was war denn das für ein Zettel, den Sie ihr gezeigt haben?«, will ich wissen.

»Das war ein Fünfeuroschein, mein Wetteinsatz. Einer meiner besten Tricks überhaupt.«

»Nämlich?«, frage ich erstaunt nach, während ich immer noch so tue, als würde Dwaine mich gerade super unterhalten. Ich hoffe nur, dass sich die Journalistin dadurch für einen Moment blenden lässt.

»Ich habe der Dame eine Wette angeboten. Frauen lieben es zu spielen. Besonders mit einem schönen Mann wie mir.«

Selbstbewusstsein ist einfach alles, denke ich. *Auch im Angesicht der Niederlage.*

»Und worin bestand die Wette?«

»Ganz einfach: Ich habe mit ihr um fünf Euro gewettet, dass ich es schaffe, sie zu küssen, ohne ihre Lippen zu berühren. Sie müsse nur die Augen schließen. Tja, und dann habe ich sie direkt auf den Mund geküsst. Super Trick, oder?«

Nee, oder? Das kann nicht wahr sein. Das unterbietet ja noch einmal locker das Niveau seiner Tipps im Buch! »Ja, sensationell. Und kam auch richtig gut an«, bemerke ich sarkastisch.

»Das muss man sportlich sehen«, bescheidet Dwaine mir lässig. »Und wenigstens wollte sie den Fünfer nicht. Ich habe also noch Spielgeld für weitere Wetteinsätze.«

»Sie wollen das doch nicht etwa noch mal ausprobieren, oder?«

»Warum denn nicht?«

Gleich platzt mir der Kragen. Er wird uns vor Miriam Lipfert völlig lächerlich machen! Vor meinem inneren Auge kann ich den Verriss schon lesen.

»Weil diese Wette total dämlich ist«, fahre ich ihn an, was ziemlich schwierig ist, weil ich – um den schönen Schein zu wahren – natürlich immer noch die Mundwinkel hochgezogen halte, als könne ich gar nicht anders, als den amerikanischen Starautor anzustrahlen wie eine Nonne den Papst beim Ostersegen. »Welche Frau soll, bitte schön, darauf abfahren? Sehen Sie sich hier doch mal um, Bosworth: Sie haben es hier nicht mit einem Haufen texanischer Landeier zu tun, denen in Ermangelung anderer Ablenkungsmöglichkeiten selbst Ihre Wette nicht zu dumm ist. Und wenn Sie nicht langsam ... oh, hallo!«

Frau Lipfert hat sich zu uns gesellt. Die hat mir gerade noch gefehlt.

»Na, flirten Sie hier, oder haben Sie eine kleine Diskussion?«, erkundigt sie sich scheinheilig und wendet sich dann mit einem herausfordernden Augenaufschlag an Dwaine. »Läuft wohl noch nicht so bei Hamburgs Frauen, was?«

»Andere Länder, andere Sitten.« Dwaine lächelt und hebt beschwichtigend die Hände hoch. »Vielleicht muss ich mein System ein bisschen umstellen. Aber keine Sorge, das wird noch. Sie werden sehen: Keine fünf Minuten, dann ist die Situation schon eine völlig andere.«

Damit könnte er recht behalten, denn in diesem Moment nähert sich der Champagner-Jungspund von eben und tippt Dwaine auf die Schulter. »Gestatten, dass ich mich kurz vorstelle: Wegner mein Name. Ich bin hier der Geschäftsführer.«

Hoppla, so jung und schon so wichtig. Ich ahne Böses. Denn jetzt setzt Jung Siegfried eine ernste Miene auf und spricht so laut, dass es trotz der Musik jeder der Umstehenden hören kann. »Einer unserer weiblichen Gäste hat sich eben über Sie beschwert. Sie werden verstehen, dass wir so ein Verhalten hier nicht dulden können. Ich muss Sie bitten, zu gehen.«

Ups. Das passiert hier also, wenn man die Freundin des Chefs anbaggert. Dumm gelaufen.

Kurz darauf finden wir uns alle auf dem Bürgersteig vor der ChiChi-Bar wieder. *Ein großartiger Abend,* denke ich bitter. Frau Lipfert schreibt immer weiter in ihr Büchlein, eigentlich dürfte da bald kein Platz mehr drin sein. Tom räuspert sich.

»Wenn ich noch mal einen Vorschlag machen dürfte?«

Ich bedenke ihn mit einem Blick, der hoffentlich sehr deutlich *»Schnauze, Voli!«* sagt. Immerhin ist es Toms Schuld, dass Dwaine ausgerechnet in diesem Nobelschuppen sein Debüt geben musste. Eine Nummer drunter wäre mit Sicherheit besser gewesen, und wer weiß, in welchen Szeneladen uns der Herr Verlegersohn als Nächstes schleppt. Leider kann der aber weder meinen Blick noch meine Gedanken lesen, und deswegen wartet er mit einer neuen Idee auf.

»Wie wär's denn mit dem Zwack?«

Das Zwack? Diese runtergekommene Spelunke, die ihre guten Zeiten vor schätzungsweise dreißig Jahren feierte? So erzählt man es sich zumindest, persönlich überprüfen kann das ja nun niemand mehr.

»Dieser Schuppen? Das ist jetzt nicht Ihr Ernst, Weidner!« Bevor ich ihn noch mehr zusammenstauchen kann, mischt sich die Lipfert ein.

»Warum eigentlich nicht? Ich finde die Idee ganz charmant. So haben wir wenigstens einen guten Überblick über das Können von Herrn Bosworth in jedem … äh … Gelände.«

»Lady, Ihr Wunsch ist mir Befehl.« Dwaine nickt begeistert. Er scheint immer noch überzeugt zu sein, dass seine Masche im Grunde genommen super war. Widerstand ist also zwecklos, wir trotten Richtung Zwack.

Eine Viertelstunde später haben wir unser Ziel erreicht. Dwaine öffnet Miriam Lipfert und mir galant die Tür, wir treten ein … und mich haut es fast nach hinten um: Der Laden ist so verraucht, dass man im Grunde genommen ein Nebelhorn braucht, um sich gefahrlos fortbewegen zu können. Das Stichwort *Nichtraucherschutz* scheint hier niemandem etwas zu sagen, und erst recht nicht dem Kneipier. Hat allerdings den eindeutigen Vorteil, dass kein Mensch erkennen wird, dass Dwaine wie ein Clown rumläuft.

Am Tresen drängt sich eine Menschentraube, die Stimmung scheint super. Aus den Lautsprechern dröhnt *Hells Bells* von AC/DC. Dwaine wirft einen Blick in die Runde und nickt anerkennend: »Geile Weiber hier. Genau der richtige Laden.«

Miriam Lipfert zupft ihn am Ärmel. »Könnten Sie mir das kurz näher erläutern? Was genau macht die *Weiber* denn hier so *geil?*«

Das frage ich mich offen gestanden auch gerade. Bisher konnte ich nur drei angeschickerte Damen weit jenseits der vierzig erkennen, die von Figur und Styling eher nicht zu den Finalistinnen bei *Germany's Next Topmodel* gehören würden. Sie besuchen offenbar alle gerne das Solarium, und zumindest zwei von ihnen scheinen nebenbei noch genug Zeit zu haben, um sich in einem Nagelstudio sehr aufwendige Muster auf die Acrylnägel pinseln zu lassen. Wer's tragen kann. Dwaine begutachtet die Szenerie fachmännisch, dann gibt er uns eine Kostprobe seiner messerscharfen Analysefähigkeit.

»Warum die drei da vorne geil sind? Ist doch klar. Für mich die ideale Beute zum Vorglühen.«

Wenn die Lipfert die Augenbraue noch höher zieht, wird sie vermutlich gleich mit ihrem Haaransatz verwachsen. »Vorglühen, ja? Das müssten Sie mir genauer erklären. War das nicht eher die junge Dame im ChiChi?«

»Ach, das war ein kleiner Fehlstart, wie ihn selbst ein gutgeölter Porsche manchmal hat – das verstehen Sie doch sicher?« Dwaine gibt ein nachsichtiges Brummen von sich, als müsse er mit einem begriffsstutzigen Kind sprechen. »Also mal Klartext: Wenn ich diese alten Hecken anspreche, werden sie mir automatisch dankbar sein. Die schaut doch sonst keiner mit dem Arsch an. Und für mich ist es eine gute Gelegenheit, mich aufzuwärmen, bevor ich bei einem richtigen Hammerweib in den fünften Gang hochschalte.«

Ich räuspere mich. Türaufhalten hin oder her, Dwaine ist ein echtes Chauvi-Schwein. Gut, keine neue Erkenntnis, aber so live und in Farbe ist nun doch verstärktes Fremdschämen angesagt. Miriam Lipfert scheint es ähnlich zu gehen.

»Nun ja, *so* alt sind die Damen auch nicht. Und nicht jede Frau, und sei sie noch so betagt, will immer angesprochen werden. Vielleicht möchten sich die drei einfach einen netten Abend machen?«

»Netter Abend?« Dwaine schüttelt energisch den Kopf. »So 'n Quatsch. Seit wann gehen Frauen denn in einen solchen Laden wie den hier, um sich aufgepimpt mit ihren Freundinnen zu unterhalten? Die wollen angebaggert und abgeschleppt werden, das sehe ich doch genau. Passt mal auf!« Er geht auf das Trio zu und legt gleich mal seine Arme um die Schultern der beiden Damen, zwischen denen er zum Stehen kommt.

»Hello Ladys!«, hören wir durch den Lärm, als wir hastig ebenfalls zur Bar vorlaufen. »Habt ihr noch Verwendung für einen armen Cowboy auf der Durchreise?«

Die drei kichern. Dann windet sich die Rechte aus seinem Griff. »Hihi – ein echter Cowboy? Wo ist denn dann dein Pferd? Draußen angebunden?«

»Mein Pferd habe ich in Texas gelassen. Aber ich habe etwas

viel Besseres mit. Etwas, auf dem du auch reiten kannst, hohoho!« Und dann greift er sich tatsächlich in den Schritt.

O *MEIN GOTT*!

Wie peinlich!

Das Zwack ist der nächste Laden, aus dem wir rausfliegen, ich bin mir ganz sicher. Der Lipfert steht vor Schreck, Erstaunen oder was auch immer der Mund offen. Wie paralysiert warten wir beide darauf, dass auch dieses Flirtopfer gleich ausholt und Dwaine eine verpasst.

Doch, o Wunder, nichts von alledem geschieht. Stattdessen kichert sie, boxt ihren Freundinnen in die Seite und ruft begeistert: »Oh, ja! Das ist doch endlich mal ein Kerl in diesem Laden!«

Dwaine winkt dem Barmann zu. »Drei Glas Sekt für die Ladys. Und Dwaine zahlt, keine Widerrede!« Die drei, die sich als Karina, Burgi und Michelle vorstellen, hängen an seinen Lippen. So viel Galanterie ist ihnen offenbar völlig fremd. Ich frage mich, woher in aller Welt dieses Dreigestirn kommt, dass es auf diese peinliche Form der Zuwendung mit so viel Begeisterung reagiert. Manche Frauen sind offenbar genügsame Wesen. Das muss das Erfolgsgeheimnis von solchen Schwachmaten wie Dwaine sein.

Ich drücke mich zwischen zwei Thekenzombies, die rauchen, als wären sie Vulkane in der Ausbildung, hindurch und bestelle auch zwei Glas Sekt, eins für mich, eines für Miriam Lipfert. Als ich mich vom Tresen umdrehe, um ihr eines zu reichen, sehe ich gerade noch, wie sie das Zwack verlässt. Auweia. Kein gutes Zeichen. Mit Sicherheit überhaupt kein gutes Zeichen!

»Das läuft doch schon viel besser«, meldet sich Tom Weidner neben mir zu Wort. Ich sehe ihn groß an.

»Das ist doch nicht Ihr Ernst, oder?«

Er zuckt lässig mit den Schultern. »Wieso? Als ich zur Toilette gegangen bin, stand unser Flirtexperte noch bei Ihnen, und nun scheint er schon jede Menge Spaß mit diesen …«, er zögert kurz, »netten … äh … Damen zu haben. Das ist doch genau das, was wir Frau Lipfert zeigen wollen, oder?« Er schaut sich suchend um. »Wo ist sie eigentlich?«

Ich drücke ihm das Glas Sekt in die Hand, das eigentlich für die Journalistin gedacht war. »Okay, Weidner, nun bringe ich Ihnen eine der wichtigsten Regeln der PR-Branche bei.«

»Und die wäre?« Er sieht mich neugierig an.

»Manchmal muss man einfach nur die Klappe halten.« Und mit diesen Worten kippe ich meinen Sekt auf ex hinunter.

8. Kapitel

DWAINE F. BOSWORTH – DER LETZTE VERSUCH

Dass der Mensch vom Affen abstammt, ist belegt. Dass einige Männer bis heute noch Primaten sind, haben wir geahnt. Bestes lebendes Beispiel dafür ist der amerikanische Autor Dwaine F. Bosworth.

Der 34-jährige Texaner gefällt sich in der Rolle eines sogenannten Pick-up-Artists, eines Verführungskünstlers. Und über diese seine Kunst hat er nun ein Buch geschrieben, das demnächst im Weidner-Verlag erscheint. Es trägt den sinnigen Titel »Ich kann sie alle haben« und soll dem deutschen Mann endlich beibringen, wie er erfolgreich aufreißt und abschleppt.

»Die Frau ist ein Beutetier. Du musst sie reißen. Du bist der Boss. Der Wolf. Behandle sie wie eine Schlampe, und sie wird dir hinterherlaufen.« So unverschämt wirbt Bosworth für sein Machwerk. Starker Tobak oder nur heiße Luft? Wir wollten es genau wissen und haben den Herrn einen Abend lang begleitet.

Doch schon der Anblick des Bagger-Artisten verheißt nichts Gutes: Von gegelten Glitzerlocken über die stark behaarte Brust bis zum üppigen Goldschmuck auf derselben lässt Bosworth optisch kein Klischee aus. In den 70er Jahren des letzten Jahrhunderts wäre so einer eventuell als starker Kerl durchgegangen. Heute schämt sich jeder Provinzlude in so einem Outfit zu Tode.

Aber es kommt noch schlimmer, als der Texaner in einer Hamburger Szenebar versucht, uns seine Eroberungsstrategie am lebenden Objekt zu demonstrieren. Sein Repertoire? Schmierige Sprüche und sexuelle Belästigung. Die so umworbene Dame weiß sich nur durch Handgreiflichkeiten zu wehren. Bosworths Demonstration endet mit einem Hausverbot.

Wir geben ihm noch eine Chance und ziehen weiter ins nächste Etablissement. Dort offenbart der Autor uns unvermittelt, warum Frauen über 40 so »geil« seien: »Die ideale Beute zum Vorglühen. Wenn ich diese alten Hecken anspreche, werden sie mir automatisch dankbar sein. Die schaut doch sonst keiner mit dem Arsch an.« Als die Reinkarnation des Chauvinismus sich dann an drei angeheiterte Damen heranmacht, ist das Experiment für uns beendet. Wir verlassen die Szenerie.

Unser Fazit dieses – vom Verlag vollmundig versprochenen – »unvergesslichen Abends«? Vergessen werden wir dieses arme Würstchen, geplagt von Mutterkomplexen oder Erektionsproblemen, wahrlich nicht. Sondern in Erinnerung behalten als hoffentlich Letzten seiner Art. Seine Aufreißtipps mögen vielleicht auf einer texanischen Schafweide funktionieren, sind aber ansonsten nicht das Papier wert, auf dem sie gedruckt wurden. Sorry, Dwaine, zum Abschied können wir nur leise sagen: *Ami, go home!*

So viel zum Thema *»Auch schlechte Presse ist gute Presse«*. Viel schlimmer geht's wohl kaum. Aber egal: Nach Susannes Theorie wird der Verlag überglücklich sein, wenn ich ihm diesen Artikel schicke. Ich lasse die Zeitung sinken und starre einen Moment wie betäubt an die gegenüberliegende Bürowand. In diesem Moment klingelt das Telefon.

»Frau Seefeld, hier Salchow vom Weidner-Verlag«, donnert es mir entgegen. »Ich lese gerade den *Spiegel der Frau*. Und dabei falle ich von einer Ohnmacht in die andere!«

Offenbar teilt er Susannes Theorie nicht. Er ist richtig laut. Man könnte sagen, er brüllt.

»Wie konnten Sie auf die *hirnverbrannte* Idee kommen, unseren Autor mit der Redakteurin einer *Frauenzeitschrift* loszuschicken? Das musste doch in die Hose gehen. Haben Sie das Buch etwa nicht gelesen?«

»Natürlich habe ich das Buch gelesen«, verteidige ich mich mit ruhiger Stimme, obwohl ich innerlich zittere. »Und ich habe Ihnen doch gesagt, dass wir eine Aktion planen, bei der ...«

»Sie haben gesagt, es wird eine lustige, stimmungsvolle Reportage über Dwaine auf der Pirsch«, schneidet Salchow mir das Wort ab. »Stattdessen haben wir hier einen Verriss, aus dem hervorgeht, dass es sich bei unserem Autor um ein männliches Chauvinistenschwein handelt, das noch dazu in völliger Überschätzung der eigenen Wirkung verzweifelt wahl- und erfolglos Frauen anbaggert!«

Darauf muss ich nun natürlich mit einer Knalleraussage antworten, um ihm den Wind aus den Segeln zu nehmen. »Ja, also, äh ...« Okay, das übe ich noch mal.

»Ich frage Sie, Frau Seefeld: Halten Sie *das* etwa für verkaufsfördernd?«

»Auch schlechte Presse ist gute Presse!«, zitiere ich Susanne. »Und immerhin enthält der Artikel auch einen deutlichen Hinweis auf das Buch.«

Salchow scheint das nicht zu überzeugen. »Ich erwarte von Ihnen bis morgen ein *schlüssiges* Konzept, wie es mit der Pressearbeit für dieses Buch weitergehen soll, denn sonst sehe ich unsere Zusammenarbeit als beendet an. Das bisherige Ergebnis ist schlicht eine Katastrophe, Frau Seefeld, haben wir uns verstanden? Guten Tag!« Er legt auf.

Mein Kopf sinkt auf die Tischplatte. Warum muss so etwas ausgerechnet mir passieren? Ich habe doch nichts verbrochen, ich lästere Gott nicht, ich ehre Vater und Mutter – okay, Papa ist tot, und Mama, nun ja …

Nach einer Weile rapple ich mich wieder auf und wanke aus meinem Zimmer. An meinem Ziel angekommen, straffe ich meine Haltung, um nicht so mickrig auszusehen, wie ich mich gerade fühle. Dann trete ich möglichst energisch und schwungvoll in Tom Weidners Zimmer. Der sitzt ganz entspannt hinter seinem Schreibtisch und scheint irgendein privates Telefonat zu führen. Jedenfalls verabschiedet er sich hastig, als er mich sieht, und legt einigermaßen schuldbewusst auf.

»Weidner, jetzt haben wir den Salat. Ich weiß nicht, ob Sie heute schon Zeitung gelesen haben. Herr Salchow hat es jedenfalls bereits getan. Und was er gelesen hat, hat ihm nicht gefallen. Man könnte auch sagen, er hatte den Kaffee schon am frühen Morgen wieder oben.« Ich seufze. »Er erwartet ein neues Pressekonzept. Bis morgen. Während ich nun über ein solches meditiere, machen Sie Folgendes: Sie schnappen sich ein Telefon und rufen sämtliche Redaktionen an, denen wir das Buch noch geschickt haben. Und die fragen Sie, ob sie eine Geschichte mit Dwaine machen wollen. Vielleicht haben wir dann morgen irgendetwas Greifbares in den Händen, wenn wir bei Salchow vorsingen müssen.«

»Und wenn niemand etwas machen will?«, fragt unser Volontär vorsichtig.

»Dann müssen wir darauf vertrauen, dass mir innerhalb der nächsten Stunden noch ein geniales neues Konzept einfällt. Und wenn das auch nicht der Fall ist, müssen wir darauf vertrauen, dass es schon nicht so schlimm kommen wird, da der Hauptschuldige an dem Desaster«, ich durchbohre ihn mit meinem Blick, »der Sohn des Verlegers ist.«

Tom Weidner zuckt merklich. Egal. Geschieht ihm recht!

Die nächsten Stunden verbringe ich damit, an meinem Bleistift zu kauen. Leider ohne greifbares Ergebnis – außer einem kaputten Stift. Auch das Trinken von gefühlten fünf Litern Kaffee führt nicht zu dem erhofften Kreativitätsschub. Zwischendurch steckt Tom seinen Kopf durch die Tür, um mir mitzuteilen, was ich sowieso geahnt habe: »Alle anderen Zeitungen und Zeitschriften sind an einer Reportage nicht mehr interessiert«, erklärt er zerknirscht, »die sagen alle, dass das Buch schließlich schon im *Spiegel der Frau* verrissen wurde.«

Großartig. Pressearbeit ohne Presse ist kein leichtes Unterfangen.

Während ich nachdenke, kritzele ich mit dem lädierten Bleistift Blumenranken auf mein bisher völlig leeres Blatt. Das mache ich immer, wenn mir nichts einfällt, und es hilft erstaunlich oft. Diesmal aber passiert gar nichts. In meinem Hirn herrscht absolute Windstille.

Hm. Wind.

Sturm …

Genau! Das ist es! Die Top-Forty-Band aus dem Baumarkt mit dem windigen Manager! Was sagte der so schön? *Unterschätzen Sie die Provinz nicht. Wo in der Stadt nur drei Leute kommen, haben Sie hier die Hütte voll.* Und die Aufmerksamkeit der Lokalpresse ist garantiert. Warum schicken wir Dwaine also nicht auf eine Art Tournee durch die Städte und Dörfer, die man nicht als *entertainment hotspots* bezeichnen würde? Mir geht sein blödes Geschwafel auf die Nerven, aber vielleicht gibt es in Haselünne oder Kellinghusen ja ein dankbareres Publikum. Vielleicht wollen die sogar vom großen Meister lernen. Genau – *das* ist die Lösung! Dwaine geht nicht einfach auf Lesereise, sondern er tritt an, um aus deutschen Männern Verführer zu machen. Ich greife zum Hörer.

»Tom? Suchen Sie mir bitte Städte zwischen zehn- und

dreißigtausend Einwohnern in Niedersachsen und Schleswig-Holstein raus, die ein Veranstaltungszentrum für zwei- bis vierhundert Leute haben. So ungefähr zwanzig Stück, ich möchte ein bisschen Auswahl. Nicht näher als jeweils fünfzig Kilometer voneinander entfernt, höchstens aber dreihundert.«

»Okay, Chefin, geht klar. Aber warum?«

»Erkläre ich später. Machen Sie erst mal!«

Gut, den hätte ich beschäftigt. Dann mache ich mich daran, meinen Geistesblitz für Herrn Salchow in Worte zu fassen.

Konzept
»Ich kann sie alle haben!« – Die Tournee

Ausgangslage:
Dwaine F. Bosworth ist ein amerikanischer Verführungskünstler. Unter dem Titel »Ich kann sie alle haben!« veröffentlicht er beim Weidner-Verlag ein Buch, in dem er in die Geheimnisse seiner Kunst einweiht und so interessierten Lesern die Möglichkeit gibt, von seinem Wissen zu profitieren.

Aufgabe:
Die Agentur Maximal-PR unterstützt den Weidner-Verlag bei der Pressearbeit für das obengenannte Buch. Ziel ist es, das Werk in Deutschland möglichst bekannt zu machen. Über klassische Pressearbeit hinaus entwickelt Maximal-PR hierfür geeignete Tools.

Idee:
Maximal-PR plant und organisiert eine Veranstaltungsreihe, bei der Dwaine F. Bosworth sein Buch in Kleinstäd-

ten mit entsprechender Infrastruktur vorstellen wird. Dabei soll es sich nicht um Lesungen im herkömmlichen Sinne handeln, sondern um Workshops, bei denen Bosworth die Teilnehmer in die Kunst der Verführung einweist. Motto der Veranstaltung ist dabei »Guys only«, also »nur für Kerle«; so charakterisiert man die Workshops passend und erhält zudem eine spannungsreiche Exklusivität. Die Workshops selbst garantieren sowohl eine maximale Aufmerksamkeit bei den männlichen Zuschauern – schließlich entrichten diese eine Seminargebühr und sind daran interessiert, etwas zu lernen – als auch Berichterstattung durch die örtliche Presse. Denn anders als bei einem bloßen Buchtipp kann hier mit lokalem Bezug über einen spannenden Live-Event berichtet werden. Das Umfeld »Kleinstadt« garantiert dabei, dass es faktisch keine Konkurrenz durch ähnlich gelagerte Veranstaltungen gibt.

Umsetzung:
Dwaine F. Bosworth erarbeitet aus den Thesen seines Buches eine Präsentation, die er vor Publikum halten kann; auf Wunsch wird ihn Maximal-PR dabei gerne unterstützen. Die Veranstaltungsreihe startet zunächst mit zehn Workshops in Niedersachsen. Bei einem Erfolg der Tournee wird entsprechend weiter geplant. In folgenden Städten erscheint die Veranstaltung eines Workshops sinnvoll:

An diese Stelle kommen die von Weidner recherchierten Städte – und fertig ist mein PR-Konzept! Zufrieden lese ich mir die ausgedruckten Seiten durch und mache mich auf den Weg ins Volontärszimmer. Hoffentlich war er ein bisschen erfolgreicher als sonst.

»Na, wie schaut's bei Ihnen aus?«, will ich von ihm wissen. »Schon genug Orte gefunden?«

Er nickt und schiebt mir einen Zettel über den Tisch. »Zwölf Orte habe ich schon. Ob die Säle frei sind, wollen die einem natürlich nur mit einer konkreten Terminanfrage sagen, aber ich hatte nicht den Eindruck, dass dort alles schon Monate im Voraus ausgebucht ist.«

»Sie haben also auch direkt mit dem jeweils zuständigen Ansprechpartner telefoniert?«, hake ich nach.

»Klar, ich musste mich schließlich auch nach den Preisen erkundigen und habe sie hier für Sie aufgeschrieben.«

»Sehr gut!« Nun muss ich Tom tatsächlich mal loben.

»Was genau wollen wir denn in diesen Orten machen?« Jetzt ist es an mir, Zettel über den Tisch zu schieben. Weidner liest sich mein Papier durch und pfeift anerkennend.

»Clever – so könnte es gehen! Haben Sie denn Dwaine schon gefragt, ob er damit einverstanden ist?«

»Nein. Wozu? Es ist in seinem ureigenen Interesse, dass möglichst viele Leute sein Buch kennen und kaufen. Außerdem habe ich bisher den Eindruck gewonnen, dass der Meister sehr gerne über sich selbst redet. Da kann er sich in den Workshops voll austoben.«

Tom lacht. »Da haben Sie recht. Wahrscheinlich muss man den eher bremsen, damit er die Leute nicht bewusstlos labert. Ich habe übrigens noch eine Idee, die dieses Konzept sogar ganz gut ergänzen würde.«

»Wirklich?« Ich schaue ihn verblüfft an. Hat der Typ heute Morgen Vitamintabletten oder irgendetwas anderes genommen? »Lassen Sie hören!«

»Twitter. Oder Facebook. Oder beides.«

Bin ich zu alt, wenn mir nicht gleich einleuchtet, was Tom damit meint? Natürlich weiß ich, was Facebook ist. Ich bin dort zwar selbst nicht Mitglied, aber warum soll man nicht virtuell seine Freundschaften pflegen und die Tante in Amerika mit Onlinefotos von der lieben Familie erfreuen. Nichts dagegen zu sagen. Aber schon bei Twitter muss ich gestehen, zu den Leuten zu gehören, die das für völligen Unsinn halten, geradezu für Internetmüll. Irgendwelche Menschen, die ich im Zweifel nicht mal persönlich kenne, teilen dort der vermeintlich interessierten Öffentlichkeit mit, dass sie gerade in der Nase bohren. Oder ihre Socken aufrollen. Oder jetzt einen Schwung DVDs in die Videothek zurückbringen. Was in aller Welt soll daran geeignet sein, PR für unser Buch zu machen? Offensichtlich sieht man mir meine Frage deutlich an.

»Ich dachte, wir könnten bei Facebook eine Fanseite für Dwaine erstellen, und dort könnte er regelmäßig bloggen. Wenn wir Workshops für ihn entwickeln, dann kann er die Menschheit doch auch im Internet an seiner Weisheit teilhaben lassen. Und genauso funktioniert's bei Twitter – da zwitschert der Meister dann über Frauen im Allgemeinen und Besonderen.«

Hmmm. »Ich würde mir so etwas niemals im Internet ansehen«, gebe ich zu bedenken.

Tom Weidner grinst mich an. »Aber Sie gehören auch nicht zur Zielgruppe.«

Damit hat er natürlich recht. Vielleicht ist es einen Versuch wert? Und momentan bin ich für alles dankbar, was mein Konzept anreichert.

»Also gut. Ich maile Ihnen mein Konzept, dann können Sie die Städte ergänzen und noch den Punkt *Onlinemarketing* mit aufnehmen. Drucken Sie das Ganze sechsmal auf unserem Briefpapier aus, dann nehme ich es morgen mit in den Verlag.«

»Wird gemacht. Apropos *mitnehmen:* Nehmen Sie mich mit? Ich würde auch gerne mal einen Kundentermin erleben.«

Ich überlege kurz und nicke dann gnädig. Ist vielleicht gar nicht so schlecht, den Sohn vom Chef mitzunehmen. Quasi als Schutzschild. Salchow ist bestimmt morgen immer noch auf Zinne.

Als Tom und ich am nächsten Tag Punkt neun im Verlag auflaufen und von einer beflissenen Sekretärin in den Konferenzraum geführt werden, erwartet uns Salchow schon. Ich hatte recht: Der Herr ist alles, aber *not amused.*

»Na, Frau Seefeld, wie versprachen Sie bei unserem letzten Treffen so vollmundig?«, stichelt er los. »*Bei Maximal-PR sind Sie in den besten Händen. Wir sind anders.*« Jetzt grinst er auch noch hämisch. »Nach Ihrem fulminanten Fehlstart kann man das wohl laut sagen, dass Sie anders sind, als wir erwartet haben. Jetzt bin ich sehr gespannt, welche grandiose Idee Sie mir heute unterjubeln wollen …«

Ich beschließe, auf seine Kritik gar nicht erst einzugehen. Denn erstens machen Ausflüchte meinerseits die Sache wahrscheinlich noch schlimmer, und zweitens stimmt es ja auch irgendwie, was er sagt. Stattdessen strahle ich ihn an und säusele: »Herr Salchow, wie schön, dass Sie so schnell Zeit für uns hatten. Darf ich Ihnen Herrn Weidner junior vorstellen – falls Sie sich noch nicht kennen. Herr Weidner absolviert ein Volontariat in unserer Agentur und unterstützt mich bei der Pressearbeit für *Ich kann sie alle haben.*«

»Ich habe davon gehört. Willkommen an Bord, Herr Weidner«, sagt Salchow knapp, aber schon etwas freundlicher. Mein Plan scheint aufzugehen. Dann stelle ich in aller Ausführlichkeit unser neues Konzept vor und lobe Tom noch einmal coram publico für seine Idee des Onlinemarketings. Ich merke, dass Salchow in diesem Punkt noch etwas skeptisch ist, ansonsten unsere neue Idee aber gar nicht so schlecht findet. Sagen würde er das natürlich nie. Aber seine Gesichtszüge sind am Ende unseres Gesprächs deutlich entspannter.

Nach einer knappen Stunde schütteln wir uns die Hände. »Also, Frau Seefeld, dann legen Sie mal los. Und Ihnen sollte klar sein: Das ist Ihre letzte Chance«, verabschiedet Salchow sich. »Das lief doch ganz gut«, freut sich Tom Weidner, als wir wieder auf der Straße stehen. »Und nun?«

»Nun heißt's: Auf in die Provinz!«

Die nächsten drei Wochen verbringen wir allerdings erst einmal damit, einen Tourneeplan für Bosworth zu entwerfen. Während sich der große Meister wieder nach Dallas oder wer weiß wohin verabschiedet hat, telefonieren Tom Weidner und ich sämtliche niedersächsischen Kleinstädte ab, leisten Überzeugungsarbeit bei Buchhändlern, verschicken Pressemitteilungen an Lokalblätter und lassen Plakate drucken. Tom richtet für Dwaine eine Seite auf Facebook ein; von nun an kann man ihm dort Nachrichten hinterlassen oder sich mit ihm virtuell »anfreunden«. Gut, dass ich mich darum nicht selbst kümmern muss: Mir liegt der echte Kontakt zu Menschen eindeutig mehr, und so habe ich mich bisher mit Onlinemarketing nicht so sehr beschäftigt. Eine schöne Aufgabe für unseren Volontär also.

Anfang März kommt Dwaine nach Deutschland zurück, und dann werden wir mit voller Kraft loslegen. Das ist leider auch bitter nötig, denn außer dem Verriss im *Spiegel der Frau* befindet sich noch kein weiterer Artikel in Dwaines Pressemappe, und wie Salchow uns zwischendurch mitgeteilt hat, ordert der Handel bisher mehr als zögerlich. Auch bei Facebook hat noch niemand unserem Star eine Nachricht hinterlassen. Alles in allem: Es sieht sehr mau aus. *Keine Panik,* beruhige ich mich selbst. Wenn Dwaine erst einmal die Massen in der Provinz in Raserei versetzt, werden die Buchhändler wie von selbst Bücher bestellen. Man wird ihn lieben in der Kleinstadt und in Scharen zu ihm strömen. Da bin ich mir ganz sicher.

9. Kapitel

Und? Haben Sie noch ein paar Karten verkauft?«, will ich von der Dame hinter der Kasse der Stadtbücherei in Neumarkt an der Wiez wissen. Sie schüttelt nur den Kopf. Mist! Dann haben wir also eine Stunde vor Veranstaltungsbeginn genau dreizehn zahlende Gäste. Unser Auftaktworkshop droht zum Fiasko zu werden. Vielleicht hätten wir das Ganze doch gestern abblasen sollen? Aber dafür ist es nun definitiv zu spät. Armer Dwaine – jetzt tut er mir doch ein bisschen leid. In den Saal der Bibliothek passen schließlich dreihundert Zuhörer, da werden einige Reihen frei bleiben.

»Vielleicht kommen noch ein paar Leute zur Abendkasse«, versucht sich Tom in Zweckoptimismus. Wieder schüttelt die Dame den Kopf.

»Glaube ich nicht. Die Leute in Neumarkt sind eigentlich nicht so spontan. Ich bin hier schon seit zwanzig Jahren Bibliothekarin, ich weiß, wovon ich rede. Und dann *Guys only* – bei uns kümmern sich meistens die Damen um kulturelle Veranstaltungen. Wenn jetzt nur Männer kommen dürfen, wird's schon dünne.«

Super. Ein weiterer Tiefschlag ist genau das, was diesem Projekt noch fehlt. Es ist zum Haareraufen.

»Ist Dwaine schon auf seinem Hotelzimmer?«, erkundige ich mich.

Tom nickt. »Ja. Bereitet sich mental auf seinen großen Auftritt vor.«

»Ich glaube, ich sage ihm mal Bescheid. Dann kann er sich

schon darauf einstellen. Hoffentlich deprimiert ihn das nicht zu sehr. Verstehen könnte ich's.«

Diese mitfühlende Anteilnahme zeichnet mich zwar als echten Menschenfreund aus, aber auch als schlechten Menschenkenner. Dwaine ist alles andere als deprimiert. Im Gegenteil: Die Nachricht über die bisher eher dürftige Nachfrage quittiert er mit einem Lächeln. Er sitzt weiterhin völlig entspannt im Clubsessel seines Hotelzimmers und strahlt mich an. Wofür ein gesundes Selbstbewusstsein nicht alles gut ist!

»Genau so habe ich es erwartet. Die deutschen Männer sind so gefangen und eingeschüchtert von ihren Machofrauen – kein Wunder, dass sie sich noch nicht zu mir trauen«, doziert er. »Aber das wird sich ändern. Und zwar sehr bald, du wirst schon sehen. Wenn erst die Presse über meine Erfolge berichtet – es kommt doch Presse, oder?«

»Schon.«

»Was Größeres? Wie heißt noch eure wichtigste Zeitschrift? Der *Spiegel?*« Er schlägt die Beine übereinander und macht es sich noch ein bisschen gemütlicher. War ja klar, dass Mister Superbescheiden direkt die Königsklasse anvisiert.

»Angemeldet hat sich das *Neumarkter Wochenblatt*«, bremse ich seinen Enthusiasmus. »Aber die machen bestimmt etwas sehr Schönes draus.«

»Solange die nicht auch so eine frustrierte Ziege schicken wie die Kuh, die uns in die Bar begleitet hat ... kein Wunder, dass die mich nicht mochte. Die Schnepfe hat mit Sicherheit seit Jahren kein Kerl mehr angerührt.« Er schnaubt verächtlich. Wahrscheinlich sollte ich nun ganz cool bleiben oder mich mit einem gewissen pädagogischen Ansatz darüber freuen, dass dieser Steinzeitmensch so viele Tiernamen kennt. Aber ich merke, dass mir Dwaine schon wieder mördermäßig auf die

Nerven geht. Es ist unglaublich schwer, mit jemandem zusammenzuarbeiten, den man überhaupt nicht mag.

»Dwaine, wissen Sie, was mich mal interessieren würde?«, zicke ich los. »Glauben Sie eigentlich den ganzen Unsinn, den Sie so erzählen, oder ist das alles nur Show? Gewissermaßen Imagepflege? Ich kann nämlich einfach nicht fassen, dass es tatsächlich Männer gibt, die so ein Frauenbild haben. Jedenfalls nicht solche, die auch lesen und schreiben können.«

Dwaine windet sich aus seinem Sessel hoch und kommt auf mich zu. Als er schließlich ganz dicht vor mir steht, legt er seine Hände auf meine Schultern und zieht mich noch näher an sich heran, so dass sich unsere Gesichter fast berühren. Unwillkürlich will ich zurückzucken, doch er hält mich fest.

»Ich mag es, wenn Frauen ein bisschen böse zu mir sind. Das macht die Sache spannender.«

»Sagen Sie mal, spinnen Sie?« Ich reiße mich los. »Fassen Sie mich nicht wieder an, verstanden? Nie wieder!« Ich mache auf dem Absatz kehrt und stürme aus seinem Zimmer. Der hat sie nicht mehr alle!

Nach zehn Minuten habe ich mich so weit beruhigt, dass ich wieder in die Stadtbücherei gehen kann, ohne hektische rote Flecken im Gesicht zur Schau zu stellen. Vor dem Saal treffe ich Tom, der gerade den Büchertisch aufbaut. Er guckt mich fragend an, offenbar wirke ich immer noch ziemlich aufgebracht.

»Stimmt was nicht?«

Ich schüttle nur den Kopf.

»Dwaine?«, vermutet er.

»Ja«, erwidere ich knapp.

»Der Typ nervt ganz schön, was?«, seufzt Tom.

»Das können Sie laut sagen. Und dabei ist das hier erst die

Auftaktveranstaltung. Mir wird ganz anders, wenn ich daran denke, dass wir mit dem Typen jetzt zwei Wochen auf Achse sind.«

»Meinen Sie nicht, wir sollten die weiteren Veranstaltungen absagen, wenn die alle so schlecht gebucht sind?«

Ich denke kurz nach. Die Option wäre wirklich zu verlockend. »Ich fürchte, wir müssen das durchziehen. Nach einer Veranstaltung kann man noch nicht viel sagen. Die Sache muss sich vielleicht auch erst rumsprechen. Also hoffe ich, dass Dwaine gleich eine gute Show abzieht, sonst können wir unser Konzept vergessen.«

Zwei verschüchtert aussehende Männer steuern auf uns zu. Der eine ist groß und hager, der andere eher klein und rundlich. Beide eint der gleiche hässliche, bunte Polyesterstrickpullover, der unter den geöffneten Jacken hervorblitzt. Den gab es beim örtlichen Discounter offenbar im Doppelpack. Erstaunlich, denn die beiden Herren können unmöglich die gleiche Konfektionsgröße haben. Der kleinere von beiden fasst sich ein Herz und spricht mich an.

»Sagen Sie, ist hier der Vortrag von diesem Amerikaner? So von wegen Frauen und so?« Ich nicke. Jetzt wird der Kleine fast ein bisschen rot und ringt sich zur für ihn wohl entscheidenden Frage durch. »Ja, aber, das ist doch ohne Damen, oder?«

Ich lächle ihn beruhigend an. »Keine Sorge, ich gehöre zum Verlag. Ansonsten ist die Veranstaltung garantiert frauenfrei.«

Die beiden atmen erleichtert auf, und ich gebe mir Mühe, sie nicht allzu durchdringend zu mustern. Sie sind wirklich alles andere als attraktiv. Dass die sich nach ein bisschen Nachhilfe in puncto Kontaktanbahnung sehnen, kann ich fast verstehen. Ja, jeder hat die Leser, die er verdient. Schade, dass Dwaine noch nicht da ist, ich würde ihm zu gerne seine ersten

Fans vorstellen. Stattdessen trete ich einen Schritt zur Seite und lasse das ungleiche Gespann in den Saal. Tatsächlich sind die ersten beiden Reihen schon besetzt. Vielleicht wird es doch nicht so leer, wie wir dachten.

Ich gucke auf die Uhr. 19:26 Uhr. So langsam könnte sich der große Meister mal blicken lassen. In diesem Moment tippt mir die Bibliothekarin auf die Schulter.

»Können Sie bitte mal mitkommen? Ihr Künstler möchte Sie sprechen.«

Mein … *Künstler?* Damit kann sie nur Dwaine meinen. Der will sich hoffentlich bei mir entschuldigen. Ich folge ihr Richtung Bibliotheksraum. Aber dort wartet niemand auf uns. Unsicher sehe ich mich um.

»Nee, der hat sich da links irgendwo versteckt«, weist mir die Bibliothekarin den Weg. Und tatsächlich, dort steht Dwaine, zwischen den Regalen mit Kinderbüchern. Und er trägt …

… nee, oder?

Dwaine hat einen strahlend weißen Smoking an. Das rosafarbene, glitzernde Hemd darunter hat er fast bis zum Bauchnabel aufgeknöpft. Auf dem Kopf trägt er ein Headset mit Mikrophon, was ihn wie eine Mischung aus James Bond und Aerobic-Trainer aussehen lässt.

»Dwaine! Was soll der Fummel?«, bringe ich fassungslos hervor. »Sind Sie jetzt komplett übergeschnappt?«

»Ts, ts, ts«, maßregelt er mich, was in mir den Wunsch erweckt, einen spontanen Schreianfall zu bekommen. »Baby, ich denke, du hast mein Buch gelesen.«

»Was hat denn das jetzt damit zu tun? In fünf Minuten müssen Sie auf die Bühne, das wollen Sie ja wohl nicht in *diesem* Aufzug tun. Also, was soll der Quatsch?«

»Wenn Sie nicht von allein draufkommen, werden Sie sich noch gedulden müssen. Was ich jetzt von Ihnen brauche, ist

Hilfe bei der Dramaturgie des Abends. Haben Sie Ihr Handy dabei?«

»Bitte?«

»Ob Sie Ihr Handy dabeihaben.«

»Ja, aber …«

»Gut, dann machen Sie Folgendes: Wenn ich Ihnen eine SMS schicke, löschen Sie das Licht im Saal. Ich habe eben nachgeguckt, es gibt drei Schalter für das Saallicht: vorne, Mitte, hinten. Nehmen Sie einfach alle drei.«

»Spinnen Sie? Draußen ist es stockfinster. Dann kann man nichts mehr sehen.«

»Genau. Und dann komme ich durch den Eingang gleich vorne auf die Bühne. Zählen Sie bis zehn, dann machen Sie die vordere Lampenreihe wieder an. Es gibt hier keinen Scheinwerfer, wir müssen also improvisieren. Und Tom muss sich schon um die Anlage kümmern, der hat keine Hand mehr frei.«

»Was *müssen* wir?«, zische ich ihn an. »Es gibt nur eine Sache, die *Sie* müssen: durch diese Tür da vorne gehen und den paar Leuten, die sich tatsächlich aufgerafft haben, aus Ihrem Buch vorlesen.«

»Hase, warte einfach auf meine SMS.« Mit diesen Worten lässt er mich stehen und geht. Ich starre auf das gegenüberliegende Regal, als würde ich da eine Antwort auf die Frage finden, was ich jetzt tun soll. Aber dort steht nur ein Buch mit dem Titel *Konrad aus der Konservenbüchse.* Ob mir das den dezenten Hinweis geben soll, dass es an der Zeit ist, den Macho zu Hackfleisch zu verarbeiten?

Die Bibliothekarin kommt zurück und reißt mich aus meinen finsteren Gedanken.

»Sollten wir nicht langsam mal anfangen? Es ist schon nach halb, und ich glaube wirklich nicht, dass noch mehr Leute kommen.«

»Sie haben recht. Wir fangen an.« Hoffentlich tun wir das auch wirklich; ich habe keine Ahnung, was Dwaine vorhat. Als ich am Eingang des Saales ankomme, zähle ich kurz durch: dreißig Männer. Na immerhin. Für eine große Show zwar zu wenig, für eine normale Lesung aber recht ordentlich.

Mein Handy piept – tatsächlich eine SMS:

Los geht's! Dwaine

Soll ich wirklich das Licht ausschalten? Andererseits – warum nicht? Wenn dann nichts passiert, mache ich es wieder an, und alle werden glauben, es sei ein Missverständnis gewesen. Ich schaue mich kurz um und entdecke die Schalter direkt neben der Tür. Dwaine hat recht, sie sind beschriftet. Ich atme tief durch, dann drücke ich alle drei Schalter gleichzeitig. Sofort wird es im Saal dunkel. Die Zuschauer, die sich eben noch murmelnd unterhalten haben, sind sofort still. Vor Schreck oder in freudiger Erwartung? Das lässt sich kaum sagen, aber bevor Protest laut werden kann, habe ich schon bis zehn gezählt. Dann drücke ich den Schalter, der mit *vorne* beschriftet ist, und hoffe, dass mit *vorne* auch *vorne* gemeint ist. Und nicht etwa hinten.

Pling! Mit einem klirrenden Geräusch springen die Leuchtröhren über der Bühne wieder an. Und dort steht – wie Kai aus der Kiste – Dwaine im strahlend weißen Anzug. Er hat einen Arm nach oben gereckt, der andere zeigt zum Boden. Soll das etwa John Travoltas Pose aus *Saturday Night Fever* sein? Und als wäre das noch nicht grotesk genug, hat er links und rechts von sich jeweils zwei knapp bekleidete Go-go-Girls plaziert. Gleichzeitig erklingt in ohrenbetäubender Lautstärke eine Mucke, die ich als die ersten Takte von Keshas *Tik Tok* erkenne. Die Go-gos springen im Rhythmus der Musik auf und ab und sind dabei den Kaarster Cheerleadern nicht ganz unähnlich. Was für ein unglaublicher Auftakt – ich möchte im

Boden versinken. Warum hat Dwaine bei der Vorbereitung nichts davon erwähnt, was für ein Spektakel er hier abziehen will?

Von hinten kann ich natürlich die Gesichter der Zuschauer nicht sehen, ich pirsche mich also von der Seite nach vorne. Die Musik wird jetzt leiser, die Go-gos hören auf zu hüpfen und verziehen sich von der Bühne, stattdessen beginnt Dwaine in sein Mikro zu schreien.

»Männer!«

Seine Zuschauer, das kann ich jetzt erkennen, schauen ihn erstaunt an. In ihren Gesichtern steht ziemlich deutlich geschrieben: *Was will der Verrückte von uns?*

Dwaine schreit noch mal: »Männer!«

Die ersten so Angesprochenen beginnen, unruhig auf ihren Stühlen hin und her zu rutschen. Kein Wunder: Vor ihnen steht ein hysterischer Typ im weißen Anzug, der nicht nur eine Vollmeise hat, sondern von dem man auch vermuten muss, dass er gemeingefährlich sein könnte. Bevor die Zuschauer jedoch etwaige Fluchtgedanken in die Tat umsetzen können, springt Dwaine von der Bühne und rennt auf die erste Reihe zu.

»Ich weiß, ihr seid erstaunt. Erstaunt, weil euch so schon sehr lange niemand mehr genannt hat. *Männer.* Ihr seid *Männer.* Aber werdet ihr auch so behandelt?« Er steht jetzt direkt vor einem der beiden Polyesterpullover. Der guckt ihn verschüchtert an. »Ich will wissen, ob ihr auch so behandelt werdet?«

»Nein?«, erwidert der Pullover, allerdings so schüchtern und zaghaft, dass es eher nach einer Frage als nach einer Antwort klingt.

»Lauter!«, fordert ihn Dwaine auf.

Der Mann räuspert sich und ruft schließlich ganz deutlich: »Nein!«

»Wie heißt du?«

»Uwe.«

Dwaine wendet sich an die anderen Zuschauer. »Ihr habt es gehört: Uwe wird nicht wie ein Mann behandelt. Und? Ist Uwe ein Mann? Ruft es laut und deutlich!«

»Ja!«, tönt es jetzt wirklich ziemlich laut von den neunundzwanzig anderen Männern. Faszinierend ... Auf einmal verspricht es, ein spannender Abend zu werden.

Dwaine steigt derweil wieder auf die Bühne. »Was denkt ihr, warum wird Uwe nicht wie ein Mann behandelt?« Ratloses Schweigen. »Ich werde es euch sagen: Weil sich Uwe nicht wie ein Mann benimmt. Wie ein *Mann!* Denkt genau über dieses Wort und seine Bedeutung nach! Denn ich garantiere euch, wir benehmen uns alle nicht mehr wie Männer. Es wurde uns aberzogen. Wir benehmen uns stattdessen wie zahme Hauskater. Wir huschen ins Körbchen, wenn man es uns befiehlt. Wir streunen nicht. Wir gehorchen. Aber ich sage euch: *Wer ein Löwe sein will, muss aufhören, sich wie ein Kater zu benehmen!*«

Den Katern stehen die Münder vor lauter Staunen offen; ich kämpfe mit einem Lachanfall.

»Aber jetzt kommt die gute Nachricht!«

Na, da bin ich mal gespannt.

»Eure Rettung ist nah! Ich werde euch helfen, wieder zu Löwen zu werden, und zu Männern. Und wenn ihr endlich wieder die Männer seid, die ihr sein könnt, dann werdet ihr auch bekommen, was euch zusteht!« Er macht eine bedeutungsschwere Pause. »Uwe!«

»Ja?« Uwe klingt immer noch ein bisschen verschüchtert. Eben eindeutig Stubentiger, nicht Löwe.

»Was steht dir zu?«

»Äh, mir?«

»Natürlich! Was steht dir zu?« Dwaine klingt ungeduldig. Er kann offenbar nicht fassen, dass Uwe diese einfache Frage nicht beantworten kann. Mir ist allerdings auch nicht klar, worauf Dwaine gerade hinauswill. Schätze aber mal, er meint nicht die vermögenswirksamen Leistungen auf Uwes Bausparvertrag.

»Ich weiß jetzt nicht so ganz, was Sie meinen.« Uwes Stimme ist vor lauter Aufregung ganz hoch und schrill.

»Frauen! Uwe, dir stehen *Frauen* zu!«

»Ach?« Uwe klingt ungläubig. Dwaine springt wieder von der Bühne herunter und läuft vor seinem Auditorium hin und her.

»Männer! Wir sind *Männer!* Und deswegen stehen mir und dir, Uwe, und allen anderen hier Frauen zu. Ja, ihr hört richtig. Frauen! Nicht eine Frau. Nein, viele Frauen. So viele ihr wollt!« Die anderen Männer tuscheln aufgeregt miteinander. Und das wundert mich nicht. Keiner von ihnen sieht so aus, als ob es sich bei ihnen um gewohnheitsmäßige Abschlepper handele, sondern als müsste man sie zur unglücklichen Gruppe der bisher im Leben zu kurz Gekommenen rechnen. Jetzt hebt einer von ihnen schüchtern die Hand.

»Aber wie genau werden wir denn wieder zu echten Männern?«

Dwaine schießt auf ihn zu. »Wie heißt du?«

»Klaus.«

»Männer! Klaus will wissen, wie ihr wieder zu echten Männern werdet. Wollt ihr das auch alle wissen?«

»Ja!«, kommt es nun entschieden aus dreißig Kehlen.

»Gut!«, schreit Dwaine. »Dann will ich euch wieder zu Löwen machen. Klaus, woran erkennst du einen Löwen?«

»Sie meinen, einen echten?«

»Genau!«

»Hm, also, na ja … der sieht eben aus wie ein Löwe … äh …«

Klaus tut mir leid, er scheint mit dieser Art Prüfungssituation nur sehr schwer umgehen zu können. Sein Gesicht ist puterrot, auf seiner Stirn glitzern Schweißperlen. Dwaine beschließt, ihn zu erlösen.

»Du erkennst ihn an seiner Mähne, Klaus. Ein echter Löwe hat eine Mähne.«

Interessant. Worauf will Dwaine hinaus?

»Männer. Als ihr mich eben zum ersten Mal gesehen habt, habt ihr euch mit Sicherheit gedacht: *Wer ist dieser Clown im weißen Anzug? Warum trägt er eine riesige Goldkette und ein rosa Hemd?* Richtig? Das habt ihr gedacht, oder?«

Verlegenes Kopfnicken, dem ich mich unabsichtlich anschließe.

»Ich sage euch, warum: Weil es meine Mähne ist. Weil ich auffalle. Denn ich will auffallen. Ein Löwe *muss* auffallen.«

Erstauntes Augenaufreißen. Nur mir dämmert es langsam. Dwaine doziert hier aus dem ersten Kapitel seines Buches: *Auffallen um jeden Preis.* Nach seiner Theorie hat derjenige beste Chancen bei Frauen, der aus der Masse schon durch sein pures Aussehen hervorsticht. Ich muss wieder an unseren Abend in der Bar denken und an Dwaines unterirdischen Auftritt. Es schüttelt mich, und ich kann für mich persönlich zu hundert Prozent ausschließen, dass an dieser Theorie auch nur irgendetwas dran ist. Dwaine aber fährt unbeirrt fort.

»Jahrelang habt ihr euch von anderen – und zwar meist von Frauen – einreden lassen, dass ein Mann sich dezent kleiden muss, um als attraktiv zu gelten. Aber im Ernst, Männer: Ihr geht unter in einem Heer grauer Mäuse! Okay, so macht ihr keiner Frau Angst. Als Kumpel kommt ihr damit bestens an. Aber wollt ihr das wirklich? Ewige Kumpels sein? Natürlich nicht, sonst wärt ihr nicht hier.« Wieder zustimmendes

Nicken. »Ich sage euch: Wenn ihr Frauen haben wollt, müsst ihr schon auf den ersten Blick auffallen. Seid selbstbewusst! Seid Löwen und schüttelt eure Mähne!«

Zu gerne würde ich mich an dieser Stelle einmischen und einwerfen, dass die hier vorgeführten Polyesterpullover das Kriterium *auf den ersten Blick auffallen* durchaus erfüllen. Und dass bei deren Anblick trotzdem keine Frau in die Knie gehen würde. Aber ich lasse es natürlich, zumal ich immer mehr das Gefühl habe, hier ein intimes Gespräch unter Männerfreunden zu belauschen. Faszinierend! Dwaine ist es tatsächlich innerhalb einer Viertelstunde gelungen, den Saal der Neumarkter Stadtbibliothek in die Stätte einer geheimen Zusammenkunft zu verwandeln.

Als wir gute zwei Stunden später zu dritt an der ungemütlichen Hotelbar sitzen, bin ich wirklich beeindruckt. Ich gebe es nur ungern zu – aber Dwaines Vorstellung war großes Tennis. Selbst Tom und ich hingen irgendwann an seinen Lippen. Natürlich sind Dwaines Thesen völlig abstrus, aber die Art, wie er sie verkaufen kann, zeichnet ihn als echte Rampensau aus. Der Büchertisch war jedenfalls ratzfatz geplündert, und das, obwohl die Zuschauerzahl so überschaubar war.

»Herr Bosworth, Sie waren wirklich klasse«, ringe ich mich also zu einem Kompliment durch. Soll ja nicht heißen, ich würde unserem Star seinen Lorbeer nicht gönnen. Der bedenkt mich mit einem für seine Verhältnisse fast nachdenklichen Blick.

»Danke. Ein Lob aus Ihrem Mund zählt doppelt.«

Hoppla! Sollte Dwaine sich so verausgabt haben, dass ihm seine Machoallüren jetzt zu anstrengend sind?

»Na ja, Ehre, wem Ehre gebührt!«, murmle ich, fast ein bisschen verlegen.

»Aber sagen Sie mal«, mischt sich jetzt Tom Weidner in das Gespräch ein, »woher haben Sie denn die vier Go-go-Girls? Das war ja eine ziemliche Überraschung.«

»Sie werden es nicht glauben, Tom, aber auch ich habe im Vorfeld etwas recherchiert. Als Sie mir den Tourneeplan gegeben haben, habe ich in den einschlägigen Clubs entlang der Route angerufen, in denen ich begabte Tänzerinnen vermutete. Für heute Abend hatte mir der Pussyclub Neustadt seine Unterstützung zugesagt. Und die Damen waren doch nicht schlecht, oder?«

Bevor wir noch antworten können, kommt der Barkeeper an unserem Tischchen vorbei, und Dwaine winkt ihn zu sich.

»Bringen Sie uns eine Flasche Champagner, wir haben etwas zu feiern!«, erklärt er mit großer Geste.

»Champagner haben wir gar nicht. Den bestellt hier nie jemand.«

Dwaine guckt verdutzt. Klar, unser Mann von Welt aus Texas kennt sich mit den Gepflogenheiten der deutschen Provinz natürlich nicht aus. Bevor es noch peinlich werden kann, mische ich mich kurzerhand ein.

»Eine Flasche Sekt ist auch völlig in Ordnung.« Der Barmann nickt und zieht ab.

»Kein Champagner?« Dwaine klingt maulig. »In welche Absteige hat uns der Verlag da eingebucht? Ich hörte, Weidner ist Ihr Vater, Tom. Sie sollten mal mit Ihrem alten Herrn reden. Und überhaupt, Neustadt ist auch nicht gerade das, was mir als Ort für meine Lesungen vorschwebt. Auch wenn die Pussydolls sehr ordentlich waren.«

Tom lächelt verlegen und sagt nichts, ich hingegen ärgere mich, dass ich den Typen gerade gelobt habe. Er ist und bleibt ein arroganter Lackaffe.

»Herr Bosworth, wenn Sie die Güte hätten, lesen Sie doch

bitte mal mein PR-Konzept. Darin erfahren Sie, warum gerade Veranstaltungsorte wie Neustadt genau richtig für uns sind. Und was Herrn Weidner anbelangt …« Bevor ich mich weiter in Rage reden kann, taucht der Barkeeper mit der bestellten Flasche Sekt auf und stellt jedem von uns ein Glas vor die Nase.

»So, die Herrschaften. Unsere Hausmarke – die ist aber auch sehr gut.« Es ploppt, dann schenkt er ein. Offenbar hat Dwaine Angst, ich könnte meinen Faden wieder aufnehmen, denn sofort greift er sich sein Glas und hebt es an.

»Also dann, auf eine erfolgreiche Tournee!«

Ich lächle gequält und proste ihm und Tom zu.

»Und wo wir gerade dabei sind«, fährt Dwaine fort, »ich finde, wir sollten zum *Du* übergehen. Was meint ihr?«

Ich persönlich meine, dass die Dame das *Du* anbietet. Aber weil ich hier nicht als Formalist dastehen will und wir noch mindestens zehn solcher Abende vor uns haben, nicke ich ergeben.

»Ich heiße Nina. Wisst ihr ja schon.«

»Tom.«

»Dwaine.«

Na bravo. Mit einem Volontär, der wenig auf die Reihe bekommt, und einem Pick-up-Artist, den ich die meiste Zeit unangespitzt in den Boden rammen möchte, im *Goldenen Hasen* in Neumarkt an der Wiez. Mein Leben ist Glamour pur.

10. Kapitel

Aha. Dwaine »gefällt mir«. Nur durch einen einfachen Mausklick. Dolle Sache.

Wahrscheinlich bin ich der letzte Mensch auf der Welt, der noch nicht bei *Facebook* angemeldet war. Aber ohne Anmeldung kann ich kaum überprüfen, ob auf Dwaines Facebook-Seite etwas mehr los ist. Vor dem Tourneestart herrschte dort gähnende Leere, ich hoffe doch sehr, dass sich das nun ändert. Also habe ich mich aufgerafft und mich auf das Feld der sozialen Netzwerke im Internet begeben. Habe ein möglichst vorteilhaftes Foto von mir herausgekramt und hochgeladen. Und anschließend festgestellt, dass selbst so gesettelte oder sogar ansatzweise spießige Menschen wie meine Schwester und mein Schwager schon Mitglied bei Facebook sind.

Ich schicke den beiden eine Freundschaftsanfrage, damit ich nicht so einsam aussehe. Dann füge ich noch Tom Weidner und meinen kleinen Bruder hinzu. Immerhin: vier Freunde in dreißig Sekunden. Das dauert im wahren Leben wesentlich länger.

»Sag mal, diese Fanseiten bringen wirklich was?« Ich drehe mich zu Tom um, der in der Hotellobby neben mir sitzt und auf seinem Laptop rumhackt. Er nickt.

»Klar! Du wirst sehen – bald hat Dwaine jede Menge Freunde. Wenn er dann seine Weisheiten vom Stapel lässt, kann das jeder in seiner Fangemeinde sofort lesen. Also, direkter kann man die Leute gar nicht erreichen.« Anscheinend schaue ich recht skeptisch, denn Tom legt noch mal nach: »Auch wirkliche

Promis haben Fanseiten bei Facebook. Das ist jetzt nichts, was ich mir ausdenke. Guck mal«, er dreht seinen Laptop zu mir, »Matthias Schweighöfer hat fast 90 000 Fans. Und wenn er denen etwas mitteilen möchte, braucht er nur eine kurze Nachricht auf seine Seite zu setzen. Ist doch viel praktischer als eine Homepage, denn auf die müssen die Leute extra raufgehen. Bei Facebook sieht es jeder User gleich auf seiner eigenen Startseite, wenn es etwas Neues von seinen Lieblingen gibt. Du glaubst gar nicht, was für einen unglaublichen Traffic Facebook erzeugt.«

Aha. User, Startseite, Traffic … Ich fühle mich auf einmal sehr alt. Aber wahrscheinlich ist Toms Idee wirklich gut, auch wenn Dwaine mit Sicherheit noch keine 90 000 Fans hat. Immerhin scheint sich mittlerweile rumzusprechen, dass seine Workshops einen hohen Unterhaltungswert haben. Die letzten beiden Abende waren mit jeweils über hundert Zuschauern sehr gut besucht, und für Drispenfeld, unserem heutigen Veranstaltungsort, rechnet der Buchhändler mit 150 zahlenden Gästen. Die Aula des örtlichen Schulzentrums dürfte also voll werden. Auch die Lokalpresse beachtet Dwaine langsam. In Drispenfeld hat er es sogar auf den Titel des *Tagesanzeigers* geschafft: *Haltet eure Frauen fest – Verführungskünstler Dwaine F. Bosworth in Drispenfeld!* Gut, der *Spiegel* war immer noch nicht dabei. Aber wir rollen das Feld eben von hinten auf.

Ich schaue mir die Fotos der Auftritte an, die Tom auf Dwaines Seite gestellt hat. Geschickt aufgenommen – das muss man schon sagen! Es sieht immer so aus, als ob der Saal knallvoll gewesen wäre. Darunter stehen die Kommentare von angeblichen Facebook-Freunden: *Dwaine, du hast mir so geholfen!* Und: *Endlich weiß ich, was ich immer falsch gemacht habe!* Oder, ganz schlicht: *Du Gott!* Wobei ich Letzteres doch arg übertrieben finde. Hat Tom diese Kommentare hinterlassen?

»Bleibt nur noch die Frage, wie wir unseren Star dazu kriegen, auch schön regelmäßig seine Seite zu pflegen«, denke ich laut nach. »Er müsste dann eigentlich jeden Tag etwas schreiben, oder?«

»Nee, nee, Chefin.« Tom verdreht die Augen. »Darauf verlassen wir uns lieber nicht. Ich mache das für Dwaine. Mittlerweile habe ich ihn sieben Mal live erlebt, und sein Buch kann ich auch fast auswendig – das sollte also kein Problem sein. Ein, zwei frauenfeindliche Sprüche am Tag werden mir schon einfallen.« Wir müssen beide grinsen, und ich will gerade noch ein bisschen ätzen, als ich aus den Augenwinkeln Dwaine sehe, der direkt auf uns zusteuert.

»Ah, mein Team bei der Arbeit! Ein schöner Anblick!« Es ist erstaunlich: Dwaine braucht wirklich nur einen Satz, um mich zu nerven. Vielleicht ist es aber auch ein beginnender Lagerkoller; wir touren nun schon seit zwei Wochen durch die Lande. Mittlerweile freue ich mich schon fast auf das nächste Wochenende in Hamburg, selbst wenn dort der Geburtstag meiner Schwester ansteht und sie ganz offensichtlich vorhat, ein kleines Familienfest auszurichten.

»Du hast recht, Dwaine, wir sind tatsächlich bei der Arbeit. Hast du denn nichts zu tun? Oder vorzubereiten? Immerhin haben wir heute Abend richtig viele Zuschauer – ich hoffe, du bist in Form.« Das klingt biestiger, als es sollte. Also wohl tatsächlich Lagerkoller. Dwaine bringt das allerdings nicht im Geringsten aus der Fassung.

»Ach, Nina, immer wenn du so kratzbürstig bist, weiß ich, dass du eigentlich verknallt in mich bist, es aber nicht zugeben kannst. Dann verbirgst du deine Gefühle hinter einer Wand. Schade, wir hätten bestimmt viel Spaß miteinander. Du bist schön und schlau – du wärst genau mein Typ.«

»Aber du mit Sicherheit nicht meiner!«, kanzle ich ihn ab.

Dwaine schüttelt den Kopf, dann greift er nach meiner Hand und hält sie fest. »Nina, Nina – ich weiß, dass ich dich noch kriege. Aber wehre dich ruhig. So ist es natürlich viel spannender. Du wirst mein Masterpiece. Gewissermaßen das Sahnehäubchen.«

»Mein lieber Dwaine«, entgegne ich kühl, »das Geheimnis eines erfolgreichen Schaumschlägers gerade im Umgang mit Sahne ist, dass er die ganze Sache nicht zu heiß werden lässt. Sonst wird es nichts mit der Schlagsahne. Die wird nämlich ruckzuck sauer.« Dann ziehe ich meine Hand zurück, springe von meinem Stuhl hoch und lasse ihn ohne ein weiteres Wort einfach stehen.

Nach einem ausgedehnten Spaziergang um den Drispenfelder See hat sich meine Laune wieder gebessert. Ich weiß, dass ich mich von einem Idioten wie Dwaine nicht provozieren lassen sollte. Am besten ist es doch immer, einen klaren Kopf zu behalten. Bosworth ist schließlich ein Kunde, und vielleicht ist dieser Job wirklich eine Chance auf sehr viel bessere Aufträge. Trotzdem nervt mich sein ständiges Gebagger.

Ich beschließe, mir seinen heutigen Auftritt zu schenken. Die Jungs kriegen das mit Sicherheit auch ohne mich hin. Wahrscheinlich geht es mir besser, wenn ich mir mal einen Abend vor dem Fernseher inklusive einer schönen Pizza und einem Griff in die Minibar gönne. Genau, so wird's gemacht!

Vor dem Hoteleingang stolpere ich über Tom, der draußen steht und raucht.

»Gott sei Dank – du bist noch da!«, begrüßt er mich erleichtert. »Ich hatte schon Angst, du schmeißt alles hin und fährst nach Hamburg zurück. Ohne mich! Und lässt mich hier mit dem Vollpfosten Dwaine allein!«

Ich muss lächeln. »Tom, das würde ich dir doch niemals antun!« Außer heute Abend, versteht sich.

»Puh! Da bin ich aber echt froh.« Das klingt nur ein ganz kleines bisschen ironisch. Für einen kurzen Moment bekommt meine Entschlossenheit Schlagseite, aber dann reiße ich mich zusammen und gestehe: »Allerdings werde ich heute Abend tatsächlich herzlos sein und dich mit Dwaine der aufgewühlten Drispenfelder Männerwelt allein zum Fraße vorwerfen. Ich brauche dringend eine Auszeit, sonst begehe ich einen Mord. Mit dem Buchhändler spreche ich noch kurz, dann gehe ich wieder ins Hotel. Auf Dwaine habe ich heute echt keinen Bock mehr.«

Tom nickt. »Das kann ich verstehen. Ich meine, mich nervt er auch, aber er gräbt mich wenigstens nicht an. Das Einzige, was ich mir ständig von ihm anhören muss, sind unerbetene Tipps zum Umgang mit Frauen. Da kann ich aber ganz gut auf Durchzug stellen. Also bleib ruhig im Hotel, wir kriegen das auch ohne dich hin.« Ich merke, dass ich mich über seine Reaktion freue, und lächle ihn dankbar an.

»Danke, Tom. Ich weiß, dass ich mich auf dich verlassen kann.«

Herrlich, so ein Abend auf dem Sofa! Selbst wenn es nicht mein eigenes ist. Ich habe es mir in meiner Lieblings-Schlabber-Jogginghose bequem gemacht und trage ein überdimensionales Minni-Maus-T-Shirt, das ich vor vierzehn Jahren in Disneyland gekauft habe. Neben mir steht ein Schälchen mit Erdnüssen aus der Minibar, die bestellte Pizza Tonno war köstlich, und jetzt trinke ich noch ein schönes Glas Rotwein. Was zu meinem Glück noch fehlt, ist ein richtig schöner Liebesfilm à la Rosamunde Pilcher oder *Pretty Woman.*

Ich zappe ein bisschen hin und her, aber in Sachen *große*

Gefühle ist heute anscheinend leider Fehlanzeige. Zwei Talkshows, mehr oder weniger krawallig – nein, dafür bin ich heute zu harmoniebedürftig. Dann noch irgendein investigatives Politmagazin – auch nicht das Richtige. Nachrichten, ein Naturfilm, eine Quizsendung: Gibt es nicht irgendwo ein kleines bisschen Romantik? Ich schalte noch weiter hoch und lande bei den Regionalsendern. Nee, das interessiert mich erst recht nicht. Dann eben früh ins Bett, ist auch nicht das Verkehrteste.

Gerade will ich ausschalten, da höre ich eine mir allzu bekannte Stimme: »*Männer! Seid Löwen, keine Kater! Nur dann bekommt ihr, was euch zusteht! Und was steht euch zu? Richtig! Frauen! Nicht eine – nein, ihr könnt sie alle haben!*«

O. MEIN. GOTT.

Dwaine ist im Fernsehen!

Ich springe wie von der Tarantel gestochen vom Sofa und hechte zu dem Stuhl, auf dem ich meine Klamotten abgelegt habe. Ich muss in die Aula, und zwar sofort! Hektisch zerre ich die Strumpfhose aus dem Häufchen Wäsche hervor und ziehe am BH, der über der Stuhllehne hängt. Leider hängt er aber nicht nur über der Stuhllehne – einer seiner Träger liegt offensichtlich unter dem Boden der Flasche Rotwein, die auf dem Tisch neben dem Stuhl steht. Oder besser: stand. Denn jetzt liegt sie. Und zwar umgekippt auf dem Stuhl. *Mist!* Ein halber Liter spanischer Rioja ergießt sich über mein cremefarbenes Etuikleid und den dazu passenden Pullover. Das kann ich unmöglich noch anziehen – von der Optik mal ganz abgesehen, rieche ich darin wahrscheinlich wie drei Tage Kölner Karneval ohne Klamottenwechsel. Dann eben meine anthrazitfarbene Hose und eine Bluse. Ich öffne meinen Kleiderschrank und sehe: nichts. Keine Spur von dem Wäschesack, in dem ich beides für die Reinigung zu Hause verstaut hatte. Das darf doch wohl nicht wahr sein – wo sind meine Sachen? Habe ich sie vielleicht schon in den Koffer gelegt und bekomme langsam Alzheimer?

Mit einem hellen *Klack* öffnen sich die Schnallen an meinem Trolley. Aber auch dort Fehlanzeige. Der weiße Plastikwäschesack bleibt verschwunden. Ich greife zum Hörer und rufe die Rezeption an.

»Hallo, Seefeld hier, Zimmer 29. Ich hatte ein paar Kleidungsstücke von mir in dem weißen Plastikwäschesack aus dem Kleiderschrank verstaut und kann den jetzt nirgendwo mehr finden.«

»Ach so – der Wäschesack ist für die Reinigung. Wenn Sie dort Kleidung hineinlegen, geben die Zimmermädchen ihn automatisch weiter. Steht aber auch vorne drauf.«

O nein! Das darf doch nicht wahr sein! Ich habe mir den Text zwar nicht so genau durchgelesen – aber muss man das Teil nicht raushängen, um Sachen reinigen zu lassen?

»Ich habe ihn aber nicht an die Tür gehängt. Ich habe ihn nur als ganz normale Tüte benutzen wollen.«

»Das tut mir leid. Dann war das bestimmt ein Missverständnis. Wenn er nicht mehr auf Ihrem Zimmer ist, ist er mit Sicherheit in der Reinigung. Moment, ich schaue mal nach … Ja, hier steht's: Zimmer 29. Die Sachen sind morgen früh fertig. Um zehn Uhr haben Sie sie spätestens.«

Ich könnte heulen. Was mache ich jetzt bloß? In meinem Freizeitlook kann ich mich nicht unter die Leute wagen. Andererseits – wer weiß, was Tom und Dwaine in diesem Moment treiben? Toms Händchen für Pressearbeit war ja bisher alles andere als glücklich. Nein, das kann ich eigentlich nicht riskieren! Ich schnappe mir meinen Mantel und hoffe, dass niemand so genau hinsehen wird.

»Das ist ja schön, dass du doch noch kommst. Sag mal, ist das eine Jogginghose, die du da anhast?« Dwaine mustert mich interessiert. Boden, tu dich auf, verschling mich. Aber den Gefallen tut mir der Boden selbstverständlich nicht.

»Äh, ja. Ich war gerade auf dem Weg ins Bett, als ich dich im Fernsehen gesehen habe.«

»Hmmm …« Er lächelt süffisant. »Auf dem Weg ins –« Weiter kommt er nicht, denn ich sehe ihn so wütend an, dass wohl selbst ein geistiger Hohlkörper wie er begreift, dass ich ihn für etwaige Andeutungen mit dem Wort *Bett* sofort töten werde. Schließlich habe ich mich nicht hierhergequält, um genau dort weiterzumachen, wo wir heute Nachmittag aufgehört haben!

Dwaine räuspert sich. »Wie gesagt, schön, dass du da bist. Dann können wir zur Feier des Tages noch ein Bier zusammen trinken, oder? Heute habe ich mich nämlich selbst übertroffen, und es war endlich auch das Fernsehen da. Aber das weißt du ja schon.«

Ich nicke und schaue mich um: Ein paar Männer stehen noch grüppchenweise in der Aula, ein Kamerateam ist allerdings nicht zu sehen. »Ist die Presse schon weg?«

»Ja, gerade eben. Du hast sie knapp verpasst.«

Na super. Heute klappt nichts.

»Wo ist denn Tom?«

»Der ist nur kurz draußen.« In diesem Moment kommt er auch schon auf uns zugesteuert.

»Oh, hallo Nina! Hast du es dir doch noch anders überlegt?«

»Ja. Ich habe eben im Fernsehen rumgezappt und auf dem hiesigen Lokalsender Dwaine entdeckt. Da dachte ich, es sei klug, mal nach dem Rechten zu sehen.«

Sofort guckt Tom sehr schuldbewusst. »Äh, die standen auf einmal vor dem Saal.«

»Und dann hast du sie einfach so reingelassen?«

»Dich konnte ich nicht erreichen, also musste ich es selbst entscheiden. Ich habe dem Reporter dann noch die nächsten Veranstaltungstermine aufgeschrieben. Ist aber meiner Meinung nach sehr gut gelaufen, und die kommenden Auftritte haben sie alle erwähnt.«

Wieso konnte mich Tom nicht erreichen? Automatisch taste ich in meiner Jackentasche nach meinem Handy, finde es aber nicht. Wo ist das bloß geblieben? Hoffentlich nicht noch in meiner anthrazitfarbenen Hose – sonst wird es wohl gerade gereinigt.

Die Geschichte von dem plötzlich auftauchenden Kamerateam finde ich zwar mehr als ungewöhnlich, aber ich kann Tom jetzt schlecht in den Senkel stellen. Immerhin war er da – ich nicht. Ich seufze. »Dann hoffen wir mal, dass die Nummer nicht zum Bumerang wird.«

Dwaine räuspert sich. »Also, was ist jetzt? Gehen wir noch etwas zusammen trinken?«

Dazu habe ich eigentlich nicht die geringste Lust. Schon gar nicht in meinem Aufzug. Andererseits ist es vielleicht keine schlechte Gelegenheit, sich wieder mit Dwaine zu vertragen. Immerhin müssen wir noch ein paar Tage zusammen ausharren, und er scheint auf Versöhnungskurs zu sein. Gerade schaut er mich an wie der Dackel meiner Oma ein Stück Schokokuchen.

»Ach bitte, tu uns doch den Gefallen«, legt er nach. »Muss ja nicht lang sein. Ich würde mich freuen!«

»Ich mich auch!«, beeilt sich Tom hinterherzuschicken. Und so finde ich mich wenig später in einer Eckkneipe unweit des Drispenfelder Schulzentrums wieder. Wenigstens falle ich hier in Jogginghose und Minni-Maus-Shirt kaum auf – das ist allerdings auch schon das Positivste, was man über dieses Lokal sagen kann. Am Tresen sitzen ein paar gelangweilte Rentner, die uns misstrauisch beäugen, aus einem Nebenraum brandet uns bierseliges Gelächter entgegen. Aha, die monatliche Sitzung der Freiwilligen Feuerwehr Drispenfeld, wie ein Schild an der Tür verrät.

Wir verkrümeln uns an einen Ecktisch, bestellen Bier und schweigen uns erst einmal an. Bevor die Stille ungemütlich werden kann, plappert Tom drauflos: »Mensch, das mit dem Fernsehen heute war ja ein Ding. Stehen die auf einmal vor der Tür! Aber ich finde, es ist supergut gelaufen. Dwaine hat sich echt selbst übertroffen.«

Der so Gepuschelte lehnt sich genüsslich zurück. »Tja, da muss ich Tom recht geben. Heute Abend, das war die ganz große Show, ich war einfach genial. Schade, dass du's verpasst hast, Nina. Aber ich geb dir natürlich gern noch mal ganz persönlich eine Kostprobe meines Könnens …«

Ich verdrehe die Augen. Fängt der schon wieder an? Da ich keine Lust habe, unseren Disput von vorhin fortzusetzen, und das erste Bier mich auch milde stimmt, grinse ich Dwaine aber nur an: »Ach, Casanova, lass mal gut sein. Jungs, was haltet ihr davon, wenn wir eine Runde Karten spielen?« Das erscheint mir jedenfalls besser, als weiterhin der Selbstbeweihräucherung von Herrn Bosworth zu lauschen. Und passt auch irgendwie in das lokale Ambiente.

Die beiden sind begeistert. »Das ist doch mal was für echte Männer!«, urteilt Dwaine, worauf ich ihm das Spiel, das mir die Kellnerin bringt, am liebsten sofort in den Mund dreschen würde … aber: *Frieden! Entspannung! Eierkuchen!*

Da ich weder Skat noch Poker kann, beschließen Tom und ich, Dwaine das gute alte Mau-Mau beizubringen. Ich kann es kaum glauben, aber wir drei haben richtig Spaß zusammen. Dwaine verabschiedet sich endlich mal von seiner dämlichen Aufreißermasche, ich glaube sogar, er lässt mich – ganz gentlemanlike – ein paar Mal gewinnen. Tom albert herum wie ein kleiner Junge und ist ganz aufgedreht.

Nach der vierten Runde des hopfenhaltigen Kaltgetränks schaut mir mein Volontär auf einmal tief in die Augen. »Duhu, Nina, ich muss dir da noch was sagen …«

Ach du meine Güte, was kommt denn jetzt? Doch nicht etwas wie *Du bist die beste Chefin der Welt* … auch wenn das natürlich durchaus angebracht wäre.

Aber: weit gefehlt.

»Also, um ehrlich zu sein, die vom Fernsehen standen gar nicht so spontan vor der Tür.«

Ich gucke Tom streng an. »Was soll das denn heißen?«

»Äh, ich hab da einen alten Kumpel von früher, der arbeitet jetzt als Redakteur bei TeleNord«, nuschelt Tom in seinen nicht vorhandenen Bart, »den habe ich angerufen, ob Dwaines Show nicht was für seine regionalen News wäre …«

Hab ich's doch gewusst! Das kam mir gleich komisch vor, dass ein Kamerateam unangemeldet bei so einer Veranstaltung auftaucht. Meine gute Laune ist schlagartig wie weggeblasen. Was denkt sich dieses Bürschchen eigentlich? Heimlich hinter meinem Rücken einfach irgendwelche Entscheidungen treffen? Und wenn das wieder in die Hose gegangen wäre? Dann hätte Salchow garantiert mich einen Kopf kürzer gemacht und nicht ihn!

Obwohl es gerade noch so ein netter Abend war, fallen mir nun die ganzen Sachen ein, die mein Gegenüber schon verbockt hat, seit wir uns kennen, und ich merke, wie ich richtig sauer werde. Jetzt ist Schluss! Sohn vom Chef hin oder her – jetzt gibt es einen ordentlichen Einlauf für Weidner junior. »Tom, damit bist du eindeutig zu weit gegangen. Über solche wichtigen Schritte musst du mich vorher informieren. Und das weißt du ganz genau.«

»Aber …«

Wahrscheinlich ist es das angedeutete Widerwort, das das Fass endgültig zum Überlaufen bringt. »Morgen rufe ich Susanne an und sage ihr, dass ich für meinen Teil nicht mehr mit dir zusammenarbeite. Vielleicht hast du Glück und Henning nimmt dich unter seine Fittiche.«

»Nina!« Tom guckt mich völlig perplex an.

»Nina«, mischt sich nun auch noch Dwaine ein, »natürlich war das nicht richtig von Tom. Er hätte dich vorher fragen müssen. Das wollte er ja auch. Aber als er mir davon erzählte, habe ich ihn überredet, das Ding ruhig ohne dich durchzuziehen. Du hast schließlich genug andere Sachen zu tun.«

An Toms erstauntem Gesichtsausdruck sehe ich, dass Dwaine gerade flunkert, um ihn in Schutz zu nehmen.

»Eigentlich war es doch eine tolle Idee von Tom, das Fernsehen nach Drispenfeld zu locken. Und wir drei sind so ein gutes Team geworden …«

Nanu, sollte da doch ein menschliches Herz in Dwaines Brust schlagen? Ist irgendwie rührend, wie er sich gerade für Tom einsetzt. Dwaine setzt wieder seinen Dackelblick auf, Tom guckt wie ein waidwundes Reh. Wer kann bei einer solchen Menagerie schon hart bleiben? Ich seufze.

»Na gut, Tom. Vergeben – aber nicht vergessen! Das ist jetzt wirklich das allerletzte Mal, dass du so einen Unsinn machst. Noch so ein Ding und du fliegst.«

»Natürlich, Nina!« Tom fällt mir vor lauter Erleichterung fast um den Hals. »Heiliges Ehrenwort. Danke! Du bist wirklich die beste Chefin der Welt!«

Wusst ich's doch …

11. Kapitel

Hurra! Samstag! Nach zehn Auftritten in Folge legen wir in Sachen *Ich kann sie alle haben* endlich eine Pause ein, und ich werde gleich nach dem Frühstück in Richtung Hamburg aufbrechen. Am liebsten würde ich mich dort für zwei Tage ins Bett packen, um niemanden zu sehen und mit niemandem sprechen zu müssen, aber das wird leider nichts: Meine Schwester feiert heute Abend ihren Geburtstag und hat mich schon vor Wochen eingeladen. Sogar schriftlich. Es geht eben stilvoll zu in Wellingsbüttel. Und das Essen ist bestimmt die Wucht. Lust habe ich trotzdem keine, denn die Abendessen, zu denen Finja und ihr Mann einladen, sind immer unglaublich langweilig. Aber kneifen gilt nicht, und zumindest wird diese Einladung einen echten Kontrast zu der Art und Weise bilden, wie ich mir in letzter Zeit die Abende um die Ohren schlage.

Pfeifend steure ich mein Auto aus der Hotelgarage und halte kurz am Empfang, damit Dwaine einsteigen kann. Tom ist bereits gestern nach dem Aufbau der letzten Veranstaltung mit dem Zug nach Hamburg gefahren. Nach meiner Abreibung war er die letzten beiden Tage sehr still und folgsam. Aber kein Mitleid: Wenn es nach mir gegangen wäre, hätten wir ihn schon nach seinem ersten Klopper rausgeschmissen.

»Hach, endlich wieder in eine große Stadt!« Dwaine reibt sich die Hände. Ich beschränke mich auf ein Kopfnicken. Die nächsten zwei Stunden Autofahrt mit Smalltalk zu füllen ist nicht meine Absicht. Aber anscheinend die von Dwaine. Als ich nach zwei Minuten immer noch nichts gesagt habe, macht er sich tatsächlich Gedanken über das Wetter: »Habt ihr in Deutschland eigentlich immer so viel Regen im Frühling?«

»Nein. Manchmal auch Schnee. Kommt ganz darauf an, wie kalt es ist«, antworte ich in einem Ton, der keinen Zweifel daran lässt, dass ich das Thema nicht weiter verfolgen will.

»Ach? Interessant. Nur gut, dass ich klamottentechnisch für jede Wetterlage gerüstet bin.« Ich werfe einen Blick zur Seite: Für seine Verhältnisse sieht Dwaine heute geradezu normal aus. Ein weißes Hemd, sogar ordentlich zugeknöpft, und eine dunkelblaue Jeans stehen dem Herrn sehr viel besser als sein Bühnenoutfit. Offensichtlich sind die schrillen Klamotten alle in der Wäsche. Und noch etwas ist heute anders: Die blonden Locken sind von keinem Pfund Haargel verklebt – also, für meinen Geschmack hätte Dwaine so deutlich höhere Chancen bei Frauen.

Die nächsten fünfzehn Minuten schweigen wir beide. Ich drehe das Radio an. Sofort dudelt irgendein niedersächsischer Spaßsender los. Immer noch besser als eine Unterhaltung, denn so kann ich wenigstens meinen eigenen Gedanken nachhängen. Ich brauche dringend noch ein Geburtstagsgeschenk für Finja. Was nehme ich bloß? Ein Buch? Vielleicht ein bisschen langweilig. Etwas Schickes zum Anziehen? Wir haben nicht gerade den gleichen Klamottengeschmack. *Hmmm.* Während ich noch grübele, dreht Dwaine auf einmal mit Schwung die Lautstärke hoch. Erschrocken trete ich auf die Bremse.

»He! Was soll das? Bitte nicht den Fahrer während der Fahrt erschrecken! Wir wollen doch nicht am nächsten Baum landen!«

»Tut mir leid – aber da haben sie eben meinen Namen genannt. Wirklich!«

Jetzt höre auch ich genau hin. Ein krawalliger Moderator

trötet durch den Lautsprecher: »Na, reiben Sie sich schon die Öhrchen? So ging's mir gestern Abend auch, als ich es im *Niedersachsen-Magazin* von TeleNord entdeckte. Wer jetzt immer noch verwirrt ist: Das war ein kurzer Ausschnitt aus der Show von Dwaiiiine F. Bosworth. Ja genau der, der sie alle haben kann. Sie kennen den Herrn noch nicht? Dann haben Sie nicht allzu viel verpasst. Der amerikanische Autor ist nur ein weiterer Vertreter des schlechten Geschmacks, seine Aufreißtipps locken keine Blondine hinter dem Ofen vor. Unsere Frage des Tages: Wofür steht das F. in seinem Namen? Vielleicht für *Fummeln, bis der Arzt kommt?* Rufen Sie uns an! Und bis dahin spiele ich für Sie den passenden Sound: *Hit me with your rhythm stick* von Ian Dury and The Blockheads.«

O nein! Nicht auch noch das. Ich könnte Tom erwürgen! Ich wusste doch, dass die Fernsehgeschichte irgendwie nach hinten losgeht. Eigentlich müsste ich jetzt dringend Susanne anrufen und sie schon einmal vorwarnen. Dieses Mal werden sich die Verantwortlichen im Weidner-Verlag bestimmt nicht noch einmal damit beruhigen lassen, dass unser wildgewordener Volontär die Sache verbockt hat; genau genommen ist das jetzt auch meine Schuld. Ich hätte Tom nicht mit Dwaine alleine lassen dürfen. Mir wird auf einmal ganz warm, und ich bekomme Ohrenrauschen.

»Nina, geht es dir nicht gut? Du siehst auf einmal so komisch aus. Machst du dir Gedanken wegen der Geschichte im Radio?«

»Natürlich!«, herrsche ich Dwaine an. »Der hat dich gerade total lächerlich gemacht. Gute Werbung sieht anders aus! Diese Fernsehgeschichte war großer Mist.«

»Also, da bin ich anderer Meinung«, entgegnet Dwaine, aber diesmal schwingt nicht die Provokation mit, die für ihn sonst so typisch ist. »Je bekannter ich werde, umso mehr

Bücher werden wir auch verkaufen. Und irgendwann muss sich unsere Tour durch die Provinz doch mal auszahlen.«

»Dein Wort in Gottes Ohr. Ich fürchte allerdings, dass der Verlag das völlig anders sehen wird.«

»Heute passiert da sowieso nichts. Wir haben also noch das ganze Wochenende Zeit, uns eine Taktik zu überlegen, falls es wirklich Ärger geben sollte. Das schaffen wir schon.«

Das schaffen wir schon? Diese Beruhigung finde ich nun tatsächlich mal ganz süß von Dwaine. Es ist schließlich nicht seine Schuld. Und dass er sich in diesem Moment selbst als Teil des Teams sieht, ehrt ihn. Vielleicht ist Dwaine doch netter, als ich bisher dachte? Nein, wohl kaum. Ich verscheuche den höchst irritierenden Gedanken.

Andererseits …

»Sag mal, glaubst du wirklich den ganzen Schrott, den du in deinem Buch geschrieben hast?« Bevor ich mich noch zurückhalten kann, ist mir die Frage rausgerutscht.

»Na hör mal! Selbstverständlich!«, ruft Dwaine empört – aber es klingt ein bisschen gespielt. Merkwürdig.

»Also, du hast das alles schon ausprobiert und selbst erlebt?«, bohre ich nach.

»Natürlich. Ich bin Dwaine F. Bosworth, einer der bedeutendsten Pick-up-Artists unserer Zeit. Warum?«

»Och, nur so.« Ich sage nichts weiter, schließlich will ich unserem Star nicht unterstellen, sich die ganze Chose nur ausgedacht zu haben. Das wäre ja auch noch schöner: Wir machen den Handstand in der Flasche und verkaufen in Wirklichkeit nur eine Riesentüte heiße Luft …

Mein Handy klingelt. Ich nehme das Gespräch an, und kurz darauf hören wir die Stimme meines Schwagers Alexander über die Freisprecheinrichtung.

»Hallo Nina. Ich wollte dich bloß an den Geburtstag deiner

Schwester erinnern.« Täusche ich mich, oder klingt das gerade sehr von oben herab?

»Danke, Alex, aber wie könnte ich den vergessen.«

»Es wäre nett, wenn du dir in diesem Jahr mehr Gedanken über ein Geschenk machen würdest als sonst.« Okay, kein Zweifel: *sehr* von oben herab! Was fällt dem denn ein? Gut, im letzten Jahr hat es nur für eine gekühlte Flasche Mumm von der Tanke gereicht, aber im Jahr davor habe ich etwas wirklich Hübsches geschenkt. Was war das doch gleich?

»Ich glaube, Finja wäre arg enttäuscht, wenn das wieder so ein Verlegenheitsgeschenk wäre«, fährt mein Schwager bereits fort.

»Also, hör mal – ich weiß schon genau, was ich ihr schenke!«, verteidige ich mich. »Und überhaupt, vielleicht fällt dir auch mal etwas Originelleres als der übliche Klunker ein.« Angriff ist bekanntlich die beste Verteidigung. »Meine Schwester sieht ja bald aus wie ein Christbaum, so wie du sie behängst.«

»Nina, zickig wie eh und je. Kein Wunder, dass du immer noch Single bist«, schießt Alex zurück. Fast wäre ich wieder auf die Bremse gestiegen. Und mein Herr Schwager legt sogar noch nach: »Da kriege ich als Mann ja schon vom Zuhören Sodbrennen. Hoffentlich verschreckst du nicht gleich deinen Tischherren. Habe mich sowieso gewundert, warum Jörg Hohentwiehl nun unbedingt neben dir sitzen will.« O nein – das war ja klar. Kaum tauche ich bei Finja auf, wird wieder versucht zu kuppeln. Furchtbar! Aber nicht mit mir.

»Mach dir um meinen Tischherrn keine Sorgen. Den bringe ich selbst mit.«

»Aha? Davon hat Finja mir gar nichts erzählt. Da bin ich aber überrascht.«

Ja, ich bin auch überrascht. Das ist mir jetzt so rausgerutscht, was sage ich denn nun?

»Äh, ich wollte sie später noch dazu anrufen. Ich werde, also …« Fieberhaft gehe ich sämtliche Singlemänner in meinem Bekanntenkreis durch, aber auf die Schnelle fällt mir natürlich nicht ein, wen ich kurzfristig anrufen könnte. Kein Wunder, während der Provinztour habe ich ja eigentlich mit niemandem gesprochen außer mit … genau! »Ich werde Dwaine Bosworth mitbringen, das ist der Schriftsteller, den ich momentan betreue.« Ich muss mir gar nicht erst die Mühe machen, zur Seite zu schauen, um zu wissen, dass mein Beifahrer große Augen macht.

»Ein amerikanischer Bestsellerautor«, werfe ich meinem Schwager noch schnell an den Kopf. »Sehr vermögend und weltgewandt. Aber er möchte mal live erleben, wie es in deutschen Vororten so zugeht.«

»Na ja, von mir aus«, sagt Alex lahm; offensichtlich ist es mir wirklich gelungen, ihn in die Schranken zu weisen. »Dann bis später.«

Als er aufgelegt hat, räuspere ich mich. »Also, es tut mir leid, Dwaine. Das ist mir eben so rausgerutscht. Aber ständig versucht meine Familie, mir irgendwelche Typen anzudrehen, und mein Schwager kann …«

»… ein ganz schönes Ekel sein«, vollendet Dwaine den Satz und grinst. »Ist schon okay. Ich habe am Wochenende sowieso nichts vor und fände es eigentlich ganz nett, mal ein bisschen Zeit außerhalb eines Hotels zu verbringen.«

»Danke, das ist nett von dir, Dwaine.« Ich lächle ihn an – das erste aufrichtige Lächeln, das ich diesem Mann bisher gezeigt habe. Fühlt sich eigentlich gar nicht schlecht an.

»Ehrensache, Hase. Normalerweise stelle ich mich nicht als Walker zur Verfügung. Aber in deinem Fall mache ich eine Ausnahme – in deinem Fall würde ich sowieso noch ganz andere Sachen machen.«

Herrje, fängt der schon wieder an! Immer, wenn ich mal eine nette Seite an ihm entdecke, lässt er wieder den Macho raushängen!

»Weißt du, Dwaine, vergiss es einfach. Ich gehe alleine hin, und du kannst am Wochenende schön in deinem Hotelzimmer hocken bleiben.«

»He – so war das doch gar nicht gemeint! Ich wollte nur lustig sein. Natürlich freue ich mich, wenn du mich mitnimmst. Nicht, dass ein Kerl wie ich in Hamburg lange allein bleiben würde, aber ein Abend mit Freunden ist eine schöne Sache.«

Ich finde zwar nicht, dass wir Freunde sind, aber ich will das mal gelten lassen. Für seine Verhältnisse ist Dwaine gerade sensationell zurückgerudert, und schon allein aus pädagogischen Gründen muss ich dieses Verhalten unterstützen.

»Also gut. Ich hole dich um sieben im Hotel ab. Und zieh was Ordentliches an, meine Schwester ist eher konservativ. Vielleicht bleibst du auch einfach so normal, wie du gerade aussiehst.«

Dwaine rollt mit den Augen. »Keine Sorge, ich weiß, was sich gehört. Und ich setze noch einen drauf: Ich besorge auch noch ein schönes Geschenk für deine Schwester. Schließlich weiß ich, was bei Frauen ankommt.«

Wieso ist der Mann auf einmal so nett? Andererseits: Es steht ihm. So wie die Jeans, das Hemd und die ungegelten Locken. Ich glaube, das kann ein richtig netter Abend werden.

Ich amüsiere mich königlich! Seit einer guten halben Stunde sitzen Dwaine und ich mit einem Glas Sekt in der Hand im von Kannhardtschen Wintergarten – und ungefähr genauso lange wirft Finja Dwaine immer wieder verstohlene Blicke zu. Wenn sie mich ansieht, kann man geradezu das große Fragezeichen über ihrem Kopf sehen, und das macht mir einen Heidenspaß.

Jetzt nutzt sie die Gelegenheit, passt mich auf dem Rückweg von der Toilette ab und zieht mich hinter sich her in die Küche. Es ist offensichtlich, dass mein spontanes Mitbringsel sie sehr beschäftigt.

»Sag mal, und das ist also der Starautor, den du betreust?«, eröffnet sie das schwesterliche Verhör.

Ich zucke mit den Schultern. »Ja, wieso?«

»Den habe ich mir irgendwie ganz anders vorgestellt. Bei Schriftsteller denkt man doch als Erstes an einen sehr schüchternen Menschen in einem schwarzen Rollkragenpulli mit einer dicken Hornbrille und schütteren Haaren.«

Gut, wenn das Finjas Vorstellung ist, kann man Dwaine getrost als das diametrale Gegenteil bezeichnen. Optisch *und* inhaltlich. Zwar hat er sich an meine vorangegangene Regieanweisung gehalten und auf seinen weißen Smoking verzichtet, trägt stattdessen eine schwarze Jeans und ein schwarzes Hemd. Aber auch wenn Schwarz aus Finjas Sicht die Schriftstellerfarbe ist, sieht die Gesamtkombination bei Dwaine doch so sexy aus, dass man bei seinem Anblick nicht recht an die Frankfurter Buchmesse denken mag, sondern doch eher an die Mailänder Modewoche. Genau genommen sieht er heute zum Anbeißen aus.

Schüchtern wiederum hätte bedeutet, sich zumindest in den ersten Gesprächsminuten ein Stück weit zurückzunehmen. Davon ist unser Star weit entfernt. Stattdessen macht er die anwesenden Geburtstagsgäste mit seinen Ansichten über die weibliche Psyche vertraut. Insbesondere die Herren lauschen staunend bis andächtig. Erstaunlicherweise ist mir das aber völlig schnuppe. Während ich mich unter normalen Umständen schon längst in Grund und Boden geschämt hätte, bin ich heute einfach froh, dass Dwaine diese ansonsten sehr lahme Veranstaltung etwas aufmischt. Und natürlich könnte ich mich wegschmeißen vor Lachen, wenn ich sehe, wie pikiert die versammelte weibliche Vorstadtprominenz auf jede neue verbale Bombe von Dwaine reagiert.

Finja öffnet die Kühlschranktür und holt eine weitere Flasche Sekt aus dem Kühlfach. Ich versuche aus ihrem Gesichtsausdruck zu lesen, ob sie genervt von Dwaine ist oder ihn ganz amüsant findet.

»Tja, du hast recht – ein schüchterner Künstler ist der Herr nicht. Ich würde ihn aber auch nicht unbedingt als Schriftsteller bezeichnen. Sein Buch ist eher ein Sachbuch, eine Art Bedienungsanleitung im Umgang mit dem weiblichen Geschlecht.«

»Also ist er ein Coach?«

»Gewissermaßen.« Wenn man Dwaines Auftritte in Gemeindezentren als Coaching bezeichnen will, ist das nicht ganz verkehrt.

»Und du findest ihn nett.«

Ich? Dwaine nett finden? Nee, Schwesterherz, so gar nicht, will ich sagen. Zu meiner Überraschung entschlüpft mir aber ein: »Na ja, einigermaßen.«

»Wenn du ihn mitbringst, kann es so schlimm nicht sein. Ich hatte extra Jörg Hohentwiehl als Tischherrn für dich eingeladen, und ich glaube, der ist ein bisschen enttäuscht.«

»Gott, Finja, du fängst schon an wie Mutti. Apropos – wo ist die eigentlich? Hast du sie gar nicht eingeladen?«

Finja schüttelt den Kopf und setzt einen strengen Gesichtsausdruck auf. »Da sieht man mal, wie du dich für Familie interessierst. Mutti ist mit ihren Bridge-Damen auf Kreuzfahrt. Kommt erst übermorgen wieder zurück. Die Kleinen Antillen, hat sie Weihnachten lang und breit erzählt.«

Stimmt, da war was … »Ach, das ist jetzt schon? Hatte ich nicht mehr so auf dem Zettel. Und weil sie unterwegs ist, nimmst du stellvertretend ihre Amtsgeschäfte wahr und versuchst zu kuppeln, oder wie?«

»Quatsch!« Finja verdreht die Augen. »Aber Jörg ist ein wirklich netter Kollege von Alex. Eine Koryphäe auf seinem Gebiet, und trotzdem so bescheiden. Ich konnte ja nicht ahnen, dass du neuerdings allergisch gegen *nette* Männer bist.«

»Finja, wenn es so wäre, wie könnte ich dann den ganzen Tag mit dem netten, bescheidenen Dwaine verbringen?« Nun müssen wir beide lachen.

»Du, mal was ganz anderes – über dein Geschenk habe ich mich sehr gefreut. Ungewöhnlich, aber sehr schön.« Sie fasst mit einer Hand an die Silberkette, die ich ihr eben in einem kleinen Päckchen überreicht habe und die jetzt um ihren Hals baumelt. Der Art-déco-Anhänger erinnert an zwei stilisierte, nur angedeutete Hände, die sich an den Fingerspitzen berühren.

»Danke!«, erwidere ich verlegen. Ich kann wohl kaum zugeben, dass Dwaine das Geschenk besorgt hat. Vorsichtshalber hatte ich wieder die obligatorische Flasche Sekt dabei – falls Dwaines Idee ein Totalausfall gewesen wäre. Aber als ich die Kette dann gesehen habe, fand ich sie auch sehr schön. Überraschend schön. Mit den Worten »Hände für eine Pianistin« hielt er mir das Schmuckstück unter die Nase. Dwaine hat also Geschmack *und* macht sich Gedanken? Das konnte nun wirklich keiner ahnen!

»Ja, die Kette hat das Zeug zum Lieblingsstück. Ist auch nicht so protzig wie die Sachen, die Alex hier immer anschleppt«, grinst Finja. Das ist einer der seltenen Momente, in denen die Fassade der Paradefrau aufbricht und meine Schwester zum Vorschein kommt. Aber wenn man vom Teufel spricht: In diesem Moment biegt mein Schwager um die Ecke.

»Mensch, Finja, wo bleibt denn der Sekt? Du tratschst mit deiner Schwester, und unsere Gäste sitzen auf dem Trockenen.

Also wirklich …« Alex spricht mit Finja, als sei sie ein Schulkind. Ich gucke ihn scharf an.

»Mach dir keine Sorgen, Alex, ich bin ja auch ein Gast. Finja darf das also. Im Übrigen hat sie heute Geburtstag, also spiel du doch den Kellner.«

Alex guckt mich böse an, sagt aber nichts und zieht stattdessen mit der kalten Flasche ab.

»Was ist denn mit dem los?«, will ich von Finja wissen. Sie schüttelt nur den Kopf, dann folgt sie ihrem Göttergatten in Richtung Wintergarten. Ich bin zwar nicht vom Fach – aber *glückliche Ehe* geht bestimmt anders.

Im Wintergarten hat Dwaine mittlerweile seinen Monolog beendet und lässt nun auch Fragen zu. Jörg Hohentwiehl macht von diesem Recht Gebrauch.

»So, Sie sind also ein PUA. Ich dachte bisher immer, das sei die Abkürzung für Parlamentarischer Untersuchungsausschuss, aber da scheine ich mich geirrt zu haben.« Er lächelt süffisant, was Dwaine völlig ignoriert.

»Tja, Jens, da kannst du mal sehen, wie wenig Ahnung du von der Welt da draußen hast.«

»*Jörg.* Ich heiße Jörg.«

»Wie auch immer. Also, wenn du mal dein Krankenhaus verlässt, wirst du schnell feststellen, dass die PUAs die neuen Ritter dieser Zeit sind. Wir Pick-up-Artists sind die Gewinner im Kampf um die besten Frauen.«

»Aha. Ich hätte vermutet, dass das doch sehr darauf ankommt, welche Damen man selbst für die besten Frauen hält. Mit Sicherheit haben zum Beispiel Sie und ich nicht den gleichen Geschmack.« Beifall heischend schaut sich Hohentwiehl nun in der Runde um. Sein Gesichtsausdruck signalisiert ein deutliches *Dem habe ich es aber gegeben.* Dwaine lässt auch das unbeeindruckt.

»Nein, darauf kommt es überhaupt nicht an, Jens. Denn ich kann sie alle haben. Restlos alle. Frag ruhig Nina, die wird es dir bestätigen.« Alle Augen richten sich auf mich.

»Äh, ja …« Ich merke, dass ich rot werde. »Also, jedenfalls die Leser sind bisher restlos begeistert von Dwaines Buch. Es scheint ihnen sehr zu helfen«, stammle ich unsicher. Mist, ich wünschte, ich wäre so cool wie Dwaine. Stattdessen lasse ich mich vom hier versammelten Bildungsbürgertum ganz schön einschüchtern.

Mein Schwager grinst gönnerhaft. »Na ja. Für die Art *Buch* braucht man dann eben die richtige PR. Dafür ist deine Branche gemacht, Nina, richtig? Viel Lärm um nichts, das ist das Geschäftsmodell.«

»Also wirklich, Alex, das könnte man nun auch für unhöflich halten!«, mischt sich meine Schwester mit glockenheller Stimme ein und lacht ihr berühmtes Kleinmädchenlachen, um den Anwesenden zu erklären, dass es sich hier um nichts anderes als um einen freundlichen Schlagabtausch handelt.

»Warum denn? Ist doch wahr.« Alex hat offensichtlich keine Lust, heute die Form zu wahren. Er lehnt sich selbstgefällig in seinem Sessel zurück. Obwohl ich innerlich koche, fällt mir nichts ein, was ich diesem Idioten jetzt um die Ohren hauen könnte.

»Ach, lass deinen Alten ruhig den Macker geben, Finja«, ergreift zu meiner Verblüffung nun wieder Dwaine das Wort. »Das perlt an einem Profi wie deiner Schwester ab. Vor der habe selbst ich Respekt. Und sieh dir Freund Jens an – dem läuft der Sabber schon förmlich aus dem Mund, so scharf ist er auf die kühle Nina. Aber vergiss es, Kumpel: Eine Frau, bei der selbst ich mir die Zähne ausbeiße, machst du nie im Leben klar.« Dwaine grinst und hebt sein Glas. »Also, auf die anwesenden Damen! Das Beste, was uns Kerlen passieren kann!«

Alex und Jörg gucken säuerlich, heben aber gemeinsam mit den anderen Gästen das Glas. »Auf die Damen!« Alle prosten sich zu. Dann klatscht Finja etwas gekünstelt in die Hände.

»So, ihr Lieben, zu Tisch bitte!«

Beim Essen sitze ich tatsächlich neben Jörg Hohentwiehl, dem aber die Freude an der Konversation mit mir deutlich vergangen ist. Dafür hat sich Finja irgendwie neben Dwaine gemogelt. An dem Strahlen in ihrem Gesicht kann ich sehen, dass sie sich im Gegensatz zu mir blendend unterhält. Wie ungerecht! Dabei habe ich Dwaine mitgebracht!

Zum Hauptgang versuche ich die aufkommende Langeweile mit mehreren Gläsern Rotwein zu bekämpfen. Leider werde ich davon eher müde als besser gelaunt. Kurz bevor mein Kopf ganz auf die Tischplatte sinkt, schlägt Dwaine mit einem Löffel gegen sein Glas und weckt mich wieder.

»Liebe Finja, zum Ende dieses wunderschönen Abends möchte ich einem guten texanischen Brauch folgen.« Alle starren ihn entgeistert an. Was hat er denn jetzt vor? Strip-Poker? Wettschießen? Aber nichts von alledem: Dwaine fängt an zu singen – und zwar *Happy Birthday.* Nach einer kurzen Schrecksekunde stimmen nach und nach alle ein. Danach umarmt Dwaine Finja und gibt ihr einen filmreifen Kuss. Alex bleibt der Mund offen stehen, und auch die restlichen Gäste staunen nicht schlecht. Inklusive meiner Wenigkeit. *Was ...*

Bevor mein Schwager allerdings in Erwägung ziehen kann, gewalttätig zu werden, lässt Dwaine Finja wieder los. »So, liebe Freunde, leider müssen wir jetzt gehen – ein Telefoninterview mit dem *Houston Chronicle.*« Mit weltmännischer Miene hebt er bedauernd die Hände, dann nimmt er meine Hand und zieht mich von meinem Stuhl.

Finja ist jetzt völlig verwirrt. »Äh, heißt das, ihr wollt los?«

»Ja, leider. Du weißt ja, die Zeitverschiebung. Nächstes Jahr bleiben wir länger, versprochen!« Die letzten Worte ruft er ihr schon aus dem Flur zu, ich kann mir gerade noch meine Jacke schnappen, dann sind wir draußen. An der kalten, frischen Luft bin ich auf einmal wieder völlig wach.

»Sag mal, warum hast du mich eigentlich gerade da rausgeschleift? Und welches Interview?«

»Hase, ich habe dich gerade vor den größten Langweilern Nordeuropas gerettet. Ich konnte genau sehen, dass du eigentlich schon geschlafen hast. Höflichkeit sollte nicht dazu führen, dass du wertvolle Lebenszeit verschwendest. Also sei mir dankbar und geh einen mit mir trinken.«

Ich sehe ihn mit großen Augen an. Er hat mich gerettet? Er ist, trotz seiner großen Klappe, ein wirklich netter Kerl, wenn er will?

»Aber nur unter einer Bedingung«, sage ich.

»Und die wäre?«

»Du musst fahren. Oder wir brauchen ein Taxi. Und du nennst mich nie wieder Hase.«

»Geht klar, mein Sahnehäubchen.«

Ich war schon seit Ewigkeiten nicht mehr im 439. Aber da ich weit davon entfernt bin, ein geübter Pistengänger zu sein, fiel mir auf die Schnelle keine andere Bar ein. Erstaunlicherweise hat sich in den fünf Jahren meiner Abwesenheit rein gar nichts in dem Laden verändert: Die Wand hinter der U-förmigen Theke ist immer noch dunkelrot gestrichen, auf den Sitzbänken vor den Fenstern kuschelt dichtgedrängt ein Publikum, das optisch irgendwo zwischen kunstbegeisterter Architekturstudentin und junggebliebenem Werber schwankt. Insgesamt eine sehr entspannte Atmosphäre – warum war ich bloß so lange nicht mehr hier?

Dwaine schaut sich in Ruhe um und scheint nicht unzufrieden mit meiner Wahl. »Was willst du trinken?«, will er von mir wissen. Ich überlege kurz. Was habe ich hier immer so gerne getrunken? Genau – Gin Tonic. Früher wurde der hier im Mischungsverhältnis 2:1 ausgegeben: zwei Teile Gin auf einen Teil Tonic, wohlgemerkt. Ob sich das gut mit dem ganzen Rotwein verträgt, der in meinem Magen schwappt? Dann siegt die Neugier.

»Ich hätte gerne einen Gin Tonic.«

Dwaine nickt, zockelt ab und ist drei Minuten später mit zwei sehr, sehr großen Longdrinkgläsern wieder da. Wir prosten uns zu, und Dwaine nimmt einen kräftigen Schluck.

»Wow – was ist das denn für eine teuflische Mischung!« Aus seiner Stimme spricht Ehrfurcht. »Damit könnte man selbst einen texanischen Cowboy vom Pferd holen.«

»Tja, in Deutschland ist eben nicht alles kleiner als bei euch.«

»Aber fast alles! Einen so geilen Typen wie mich hast du hier unter Garantie noch nie kennengelernt!« Er grinst breit.

»Sagen wir mal so: Einen Typen wie dich habe ich in der Tat noch nie kennengelernt.«

Sein Grinsen wird noch breiter. »Du bist Single, oder?«

»Ich wüsste nicht, was dich das angeht.«

»Ach komm, wir sind so viel zusammen unterwegs – wenn es da jemanden gäbe, hätte ich es gemerkt. Außerdem hat es dein toller Schwager auch gesagt. Und der wird es ja wohl wissen.«

Ich schweige. Denke gar nicht daran, vor dem Bekloppten mein Privatleben auszubreiten.

»Oder stehst du auf Frauen?« Er sieht mich herausfordernd an.

»Bei den Dingen, die ich auf deinen Veranstaltungen über Männer lerne, wäre das eine sinnvolle Alternative«, kontere ich.

»Ach, Nina, gib einfach mal zu, dass ich genau dein Typ bin.« Er streicht mir spielerisch mit einer Hand über die Wange, und tatsächlich kann ich gerade gar nicht sagen, ob er mich nun blöd anmacht oder einfach nur ein bisschen provozieren will.

»Vorsicht, Dwaine«, sage ich, weil das in jedem Fall die richtige Antwort ist. »Wenn der Gin Tonic nicht so lecker wäre, könnte er auch in deinem Gesicht landen.«

»Uuh, ich mag es, wenn du dich wehrst.« Und ehe ich mich versehe, hat er mich gepackt – und küsst mich!

Zugegeben: Es fühlt sich nicht schlecht an. Vor allem, wenn man sehr, sehr lange nicht mehr geküsst worden ist. Aber als er mich wieder loslässt, habe ich trotzdem keine Wahl: Mein schöner Gin Tonic verlässt das Glas und fliegt in Richtung Dwaine. Der ist so verdutzt, dass er sich nicht mal wegduckt. Seine weitere Reaktion bekomme ich nicht mit, denn in diesem Moment stehe ich schon vor der Tür und winke ein Taxi heran.

12. Kapitel

Ich werde von einem Presslufthammer geweckt. Aus unerfindlichen Gründen kommt dieser offensichtlich direkt neben dem Kopfende meines Betts zum Einsatz. Mühsam rapple ich mich hoch. *Aua!* Mein Kopf ist offensichtlich doppelt so schwer wie sonst, ich kann ihn kaum aufrecht halten. Wo kommt nun dieser nervige Lärm her? Ich öffne erst ein Auge, dann das zweite und schaue mich um. Ganz langsam, damit mein Hirn nicht so sehr gegen die Schädeldecke drückt. Auf meinem Nachttisch liegt mein Handy und bimmelt um sein Leben. Das heißt, es bimmelt nicht, sondern vibriert. Seit wann ist der Vibrationsalarm bloß so laut? Gibt's ja gar nicht.

Ich greife nach dem Handy, erwische es aber nicht richtig und lasse es dabei zu Boden fallen. Bei dem Versuch, es von selbigem aufzuklauben, wird mir unglaublich schlecht. Ich lege mich wieder hin. So viel habe ich nun auch wieder nicht getrunken … oder? Ist Rotwein mit Gin Tonic doch keine so gute Mischung? Wieso bin ich mit Dwaine bloß ins 439? Ich hätte bei Finja schön brav noch ein stilles Wasser trinken und dann gleich nach Hause fahren sollen. Wenigstens habe ich nicht noch Unsinn angestellt. Ich bin ein bisschen stolz auf die Tatsache, dass ich Dwaine nach seinem Annäherungsversuch einfach so habe sitzenlassen. Und das, obwohl ich ihn gestern Nacht aus mir heute unerklärlichen Gründen irgendwie attraktiv fand. Ja, das war eine sehr erwachsene Entscheidung.

Gut, vielleicht hätte ich ihm nicht den Gin Tonic ins Gesicht kippen müssen, um meinen Standpunkt klarzumachen. Aber wenn ich den ganz ausgetrunken hätte, ginge es mir jetzt bestimmt noch schlechter. Und davon abgesehen: So eine kleine Dusche wird einen selbsternannten »richtigen Mann« wie Dwaine nicht umbringen. Das kann doch einen Cowboy nicht erschüttern, denke ich breit grinsend und bezahle dafür mit einem stechenden Schmerz hinter den Augen; offensichtlich ist das Anheben der Mundwinkel schon zu viel Gesichtsakrobatik in meinem derzeitigen Zustand.

Das Handy brummt noch einmal sehr entschlossen. Offensichtlich hat mir jemand auf die Mailbox gesprochen oder eine SMS geschickt. Leider kann ich das Telefon nicht vom Boden aufheben und bin auch sonst gelähmt. Ich werde also nie erfahren, wer mich zu dieser frühen Stunde behelligen wollte.

Apropos frühe Stunde: Ich drehe den Kopf ein wenig, um auf meinen Wecker sehen zu können. 11:53 Uhr. Na gut. Dann könnte ich vielleicht doch mal aufstehen und duschen. Obwohl: warum? Gibt es ein Gesetz, welches mich dazu zwingt, an einem Sonntag vor zwölf in Erscheinung zu treten? Eben. Ich drehe mich noch mal im Bett rum und dämmere friedlich weg.

Wieder weckt mich mein Handy. Das Vibrieren klingt allerdings nicht mehr ganz so scheußlich. Entweder weil ich mich langsam erhole oder weil das Telefon auf meinem flauschigen Bettvorleger liegt. Ist letztendlich auch egal – wach ist wach. Ein Blick auf den Wecker zeigt: 12:45 Uhr. Ich angle noch einmal nach dem Handy und bekomme es schließlich zu fassen.

»Ja?« Ich klinge wahrscheinlich wie aus dem Gully.

»Hallo Nina, hier ist Tom. Endlich erwische ich dich!«

»Hallo. Tust du mir einen Gefallen?«

»Ja?«

»Kannst du bitte nicht so laut und so schnell sprechen? Ich habe ziemliche Kopfschmerzen.«

»Oh, tut mir leid. Aber gleich wird es dir bessergehen – und zwar, wenn du meine sensationellen Neuigkeiten gehört hast!«

Was hat er diesmal verbockt – noch ein Fernsehteam? Oder Dwaine bei Sandra Maischberger in einer Talkrunde mit den führenden Frauenrechtlerinnen Deutschlands untergebracht? »Lass hören«, ergebe ich mich in mein Schicksal.

»Ich sag nur eine Zahl: 1005.«

»Aha.« Sollte es jetzt bei mir klingeln? Tut es leider nicht.

»Verstehst du nicht? Okay, dann jetzt im ganzen Satz: *1005 Personen gefällt das.*«

»Gefällt was? Wovon redest du? Ich verstehe nur Bahnhof.«

»Na – Facebook!«

»1005 Leuten gefällt Facebook? Und deswegen rufst du mich am Wochenende an?« Es mag an meiner dicken Birne liegen, aber ich kann die Sensation dieser Nachricht nicht erkennen. Ich hätte ehrlicherweise auch gedacht, dass mehr Leute auf Facebook unterwegs sind. Schlappe tausend – dafür lohnt sich der Aufwand der Programmierung einer solchen Plattform doch gar nicht. Tom schnaubt unwirsch.

»Nein, nicht 1005 Leuten gefällt Facebook. 1005 Leute haben sich in den letzten Tagen als Fans von Dwaine eintragen lassen! Oder genauer gesagt 1003. Denn dich und mich sollte man nicht unbedingt dazurechnen. Stell dir das mal vor: über tausend Fans! Das ist phänomenal!«

Jetzt bin ich auf einmal hellwach. »Das ist wirklich toll!«

»Ja, aber es kommt noch besser: Ich hatte eben den Buchhändler aus Üxleben am Telefon – du weißt schon, das ist der nächste Lesungsort. Er hat bereits über dreihundert Vorbestellungen für Karten – dabei passen in seine Buchhandlung nur hundert Zuhörer, und das auch nur dicht an dicht. Er will jetzt das Gemeindezentrum anmieten.«

»Wahnsinn!«, entfährt es mir.

»Tja, meine Idee mit dem Fernsehen war dann wohl doch nicht so schlecht, oder?« War ja klar, dass Tom jetzt damit ankommt. Aber Ehre, wem Ehre gebührt.

»Gut. Vielleicht hattest du tatsächlich recht, und ich habe neulich ein bisschen überreagiert.«

»Ein bisschen überreagiert?« Tom lacht. »Du wolltest mich rausschmeißen. Dwaine hat mich gerettet.«

Ja, so kann man das natürlich auch sehen … »Okay. Es tut mir leid. Ich war nicht besonders nett zu dir. Aber ich hatte Angst, dass die Geschichte genauso nach hinten losgeht wie die Reportage im *Spiegel der Frau.* Und dann habe ich mir natürlich auch gesagt, dass ich dich nach der Erfahrung an dem Abend in Drispenfeld nicht hätte allein lassen dürfen. Ich bin schließlich verantwortlich für die ganze Geschichte. Wenn du so willst, habe ich mich also auch über mich selbst geärgert«, gebe ich zu. »*Mea culpa!*«

»Schon gut. Du hast ja recht. Hätte auch schiefgehen können. Aber sag mal … also … es gibt noch einen anderen Grund für meinen Anruf.« Tom macht eine Kunstpause. »Darf ich dich von meinem schmalen Volontärsgehalt vielleicht heute Abend zum Essen einladen? Ich weiß, es ist sehr spontan, aber wir haben doch etwas zu feiern, findest du nicht?«

O nein. Bitte heute keine Abendveranstaltung! Ich habe zwar noch nicht in den Spiegel geschaut, aber ich bin mir sicher, dass ich wie ein alter Bretterhaufen aussehe. Außerdem wollte ich das Wochenende eigentlich ohne die lieben Kollegen genießen und mich von ihnen erholen. Das wird natürlich nichts, wenn ich an Abend Nr. 1 mit Dwaine und an Abend Nr. 2 mit Tom losziehe. Außerdem bin ich als seine Ausbilderin sowieso nicht das richtige Date für ihn.

»Danke für die Einladung, aber ich bin heute wirklich entschlossen, nur auf dem Sofa rumzuliegen«, gebe ich ihm einen Korb.

»Dann komme ich einfach mit etwas Leckerem vorbei?«, lässt er nicht locker. Okay, muss ich anscheinend deutlicher werden.

»Tom, das ist wirklich sehr nett. Aber ich möchte heute einfach allein sein. Ich brauche mal ein bisschen Ruhe.« Schweigen am anderen Ende der Leitung. »Bist du jetzt sauer?«

»Nein. Ich frage mich nur, ob du generell Ruhe brauchst – oder vor mir.« Das klingt gekränkt. Sollte mich Tom mehr in sein Herz geschlossen haben, als mir lieb ist? Ich überlege kurz. Ein betrübter Volontär ist das Letzte, was ich in den nächsten Wochen auf unserer Tournee gebrauchen kann.

»So war das nicht gemeint. Ich bin nur sehr erschöpft von den letzten Tagen und möchte mal ausspannen.«

»In der schicken Jogginghose und dem Mäuseshirt?«

Aha, der Herr wird schon wieder frech – dann wird er meinen Korb wohl überleben.

»Ja. Genau in diesem Aufzug.«

»Dann schon dich, Chefin. Wir sehen uns am Montag.«

Als ich aufgelegt habe, werfe ich noch einen Blick auf das Display. War da gerade nicht noch etwas? Tatsächlich, ich habe auch eine SMS bekommen. Von Dwaine.

baby, du bist ein harter brocken, aber so schnell wirst du mich nicht los

Auch gut. Wenigstens ist er nicht nachtragend. Und jetzt mache ich mir erst einmal einen richtig starken Kaffee. Vielleicht erweckt der meine Lebensgeister wieder. Außerdem will ich mich selbst von unserem sensationellen Erfolg im Internet überzeugen. Mit dem Kaffeepott in der Hand und dem Laptop unterm Arm verziehe ich mich wieder ins Bett.

Auf meiner Startseite ist naturgemäß sehr wenig los. Kein Wunder – ich habe in dieser virtuellen Welt nur vier Freunde, und die sind offenbar auch nicht die aktivsten. Immerhin hat meine Schwester neue Kinderfotos ins Netz gestellt. Die lieben Kleinen: ganz niedlich herausgeputzt und offenbar in Erwartung des Weihnachtsmannes. Eine richtige Bilderbuchfamilie. Kinder, ein wichtiger Mann und dann selbst noch Künstlerin – meine Schwester ist Superwoman. Kein Wunder, dass meine Mutter so stolz auf Finja ist. Für einen kurzen Moment versetzt mir dieser Gedanke einen Stich; ich schiebe ihn schnell beiseite.

Mit zwei Klicks lande ich auf Dwaines Facebook-Präsenz – und bin beeindruckt. Hier hat sich richtig viel getan! Mittlerweile hat Dwaine schon 1020 Fans. Dann müssen sich ja allein in der letzten halben Stunde noch 15 Leute dazugesellt haben! Die Fotos von den Veranstaltungen, die Tom geschossen und auf die Seite gestellt hat, machen auch richtig was her – es sieht auf jedem Bild so aus, als hätten die Massen die Säle gestürmt. Das Beste an der Seite sind aber Dwaines respektive Toms Texte. Wahre Meisterwerke chauvinistischen Geschwurbels:

Männer, ihr müsst eins begreifen: Als Verführungskünstler seid ihr die neue Guerilla der Städte. Ihr kämpft für die Freiheit, ihr lasst euch keine Fesseln anlegen. Ihr erreicht euer Ziel, ohne Gefangene zu machen. Und ohne selbst gefangen zu werden. Die Frau ist Gegner und Trophäe zugleich. Aber euer Ziel ist nicht die nächste Frau – euer Ziel muss euer persönliches Glück sein!

Wow! Ob die Uwes und Jürgens dieser Welt überhaupt verstehen, was Dwaine-Tom damit meint? Und was mich ehrlicherweise noch mehr interessiert: Ob sich Dwaine-Tom dabei tatsächlich etwas gedacht hat? Mal ehrlich: *Guerilla der Städte?* Das ist schon ein bisschen dicke. Aber offenbar bin ich die Einzige, die das komisch findet, denn immerhin hat Dwaines wertvoller Ratschlag, das persönliche Glück zu suchen, sehr wohlwollende Kommentare erhalten.

Simon Bechtler: Dwaine, du hast es einfach raus! Habe bisher immer versucht, mein Glück durch eine Frau zu finden. Kein Wunder, dass das nie klappt!
Axel Müller: JAAA! Guerilla! Wild und gefährlich – so wird's gemacht!
Birdy Bond: Hahahahaha! Forget Emanzipation!
Helge Pukowski: Hey Dwaine! Wann kommst du mal nach Kiel? Läuft gerade nicht so bei mir.
Simon Bechtler: @Birdy Bond: Du hast recht: Die Weiber schwafeln alle von Emanzipation. Aber dann wollen sie doch gehätschelt und getätschelt werden. Du sollst ihnen die Tür aufhalten und die Rechnung im Nobelrestaurant bezahlen. Aber wenn es dann im Gegenzug in die Kiste gehen soll – no way! Dann wollen sie auf einmal ihre Ruhe und den »neuen Mann«.
Birdy Bond: @Simon: So sieht's aus. Aber geh mal zu Meister Dwaine. Ich schwöre dir, du wirst es nicht bereuen.
Dwaine F. Bosworth: @all: Danke euch! Und don't worry: Auch der längste Weg beginnt mit dem ersten Schritt. Den habt ihr gemacht. Beim Rest zählt auf mich.

Aua, aua. *Auch der längste Weg beginnt mit dem ersten Schritt.* Aus welchem Poesiealbum hat Tom das denn abgekupfert?

Und auch sein nächster Tipp an die interessierte Männerwelt liest sich wie aus einem schlechten Film.

> **Dwaine F. Bosworth:** Ich bin der Bestimmer. Ich sage, was, ich sage, wann, ich sage, wie. Im Restaurant wähle ich den Tisch. Ich gebe den Verlauf des Abends vor. Und sie wird mir folgen. Ich schwöre dir, sie wird mir folgen. Denn die Frau will den Alphamann, den Führer der Gruppe. Sei niemals demütig oder gehorsam!

Es ist schon ein bisschen gruselig, wie gut Tom Dwaine kopieren kann. Ob er insgeheim sogar seiner Meinung ist? Das allerdings wäre natürlich fatal, denn Tom ist doch so ungefähr das Gegenteil vom Alphamann. Gut, er ist auch nicht *demütig und gehorsam,* aber ein Bestimmer? Ganz sicher nicht. Dafür ist er viel zu … ich suche nach dem richtigen Wort … viel zu *verspielt.* Genau, das trifft es: Tom ist verspielt. In gewisser Weise erinnert er mich an meinen kleinen Bruder.

Mein Bruder hat übrigens immer irgendeine Freundin am Strick, auch ohne ein Bestimmer zu sein. Ich halte also beruhigt fest, dass an Dwaines Thesen nicht viel dran ist. Alles andere wäre auch eine sehr bittere Erkenntnis für alle nicht völlig unterbelichteten Frauen auf dieser Welt. So, wie Dwaine uns schildert, sind wir einfach nicht. Davon bin ich fest überzeugt.

Es klingelt. Ich erwarte keinen Besuch, wahrscheinlich ist es also Frau Mischke, meine Nachbarin, die immer Post für mich annimmt, wenn ich nicht da bin. Kann ich ihr in meinem desolaten Zustand die Tür öffnen, oder wird sie dann die Polizei rufen, weil sie mich für das Opfer eines Gewaltverbrechens hält? Ach, egal. Frau Mischke sieht mich ja nicht zum ersten Mal. Auf meinem Nachttisch finde ich ein Zopfgummi, schnell binde ich meine Haare zu einem sehr kurzen Pferdeschwanz. Dann gehe ich so schnell, wie mein angeschlagener Zustand es zulässt, zur Tür – nicht, dass sie nachher noch mal klingeln muss.

Vor der Tür steht allerdings nicht Frau Mischke, sondern: meine Schwester. Was will die denn hier? Ob sie noch sauer ist wegen gestern und mir jetzt die Standpauke halten will?

»Hallo Finja!«, begrüße ich sie halbherzig und öffne die Tür auch nicht weiter als den Spalt, den sie schon offen steht.

»Hallo. Willst du mich nicht reinlassen?«

»Das kommt drauf an. Wenn du hier bist, um mir zu erzählen, dass ich mich unmöglich benommen habe, dann lieber nicht.«

»Quatsch, wie kommst du denn darauf? Ich bin so unglaublich nett und bringe dir dein Auto vorbei. Den Ersatzschlüssel hatte ich ja noch. Ich dachte, dass du es vielleicht brauchen könntest.«

»Oh, super – das ist wirklich eine gute Idee von dir gewesen.« Ich öffne die Tür und mache eine einladende Handbewegung. »Komm rein. Ich habe allerdings noch einen ziemlich dicken Kopf und wollte den Tag eigentlich auf dem Sofa verbringen.«

»Echt? Hast du gestern so viel getrunken? Habe ich gar nicht mitbekommen.« Finja guckt erstaunt. Kein Wunder. Ich glaube, im Hause von Kannhardt betrinken sich Gäste nicht. Und Frauen schon gar nicht. Es geht dort immer sehr gesittet zu.

»Na, so drei bis vier Gläser Rotwein und mehrere Gläser Sekt waren es sicher. Und nach unserem unrühmlichen Abgang war ich mit Dwaine noch ein bisschen unterwegs.«

Wir setzen uns nebeneinander auf das Sofa. Finja beäugt mich neugierig. »Dieser Dwaine ist doch nur ein Autor des Verlags, den du betreust, oder?«

»Was meinst du denn mit *nur ein Autor?*«

»Na, ich meine – kennst du den näher? Immerhin hast du ihn zu meinem Geburtstag mitgebracht.«

»Ich war jetzt zwei Wochen ununterbrochen mit Dwaine unterwegs, und er kennt keine Menschenseele in Hamburg. Deswegen habe ich ihn mitgebracht.« Ich muss ihr nicht auf die Nase binden, dass ich vor allen Dingen ihrem blasierten Ehemann eins auswischen wollte. »Er war ein bisschen einsam.«

»Ja? Komisch, auf mich wirkte er gar nicht so wie jemand, dem du als Gutmensch mal unter die Arme greifen müsstest.«

Wird das hier ein Verhör? Ich beschließe, nichts zu dieser Bemerkung zu sagen. Stattdessen stehe ich auf und gehe in Richtung Küche. »Möchtest du auch etwas trinken? Oder essen? Ich habe noch nicht gefrühstückt.«

»Danke, ein Kaffee wäre nett.« Finja folgt mir in die Küche. »Wie ist er denn so, dieser Dwaine?«

»Du hast ihn doch selbst kennengelernt.«

»Ja, aber ich meine – ist der wirklich so wie gestern Abend? So ein Macho? Könnte doch sein, dass das alles nur Show ist, damit sich sein Buch verkauft.«

Auf die Idee bin ich auch schon gekommen, liebe Schwester. Nein, das behalte ich lieber mal für mich. Es sind ja auch immer nur vorübergehende Anwandlungen. Stattdessen zucke ich mit den Schultern. »Möglich ist natürlich alles. Aber ich glaube, er ist da schon authentisch. Ist mir aber auch egal. Ich muss nur dafür sorgen, dass die Pressearbeit gut läuft. Und glaub mir, das ist schon schwierig genug.«

Ich stelle den frisch aufgebrühten Kaffee auf ein Tablett, hole noch zwei Joghurts aus dem Kühlschrank, dazu Marmelade, Butter und Milch. Dann stecke ich zwei Toastscheiben in den Toaster. Noch zwei Kaffeetassen und Teller, fertig. Das Tablett trage ich zurück ins Wohnzimmer und stelle es auf den Couchtisch vor dem Sofa. Finja setzt sich wieder.

»Aber schon irgendwie faszinierend, so ein Mann.«

Bitte? Da habe ich mich wohl verhört. »Was findest du denn an diesem Machogefasel faszinierend? Also, Dwaine kann schon ganz nett sein, aber das verbirgt er meist ganz ausgezeichnet hinter dieser ganzen Verführernummer.«

»Du hörst mir nicht richtig zu. Ich meine nicht nett, sondern *faszinierend*«, stellt meine Schwester klar. »So wild und rauh. Unangepasst. Ja, das beschreibt es: Dwaine ist so unangepasst. Weißt du, ich treffe sonst nur kultivierte, feinsinnige Männer. Da ist Dwaine so erfrischend anders.«

Ich mustere Finja aufmerksam. »Sag mal, Schwesterlein, gibt es da etwas, das ich wissen sollte? Noch alles in Ordnung bei Alexander und dir?«

»Also bitte!« Finja lacht laut auf, etwas schrill, wie mir scheint. »Natürlich ist bei uns alles in Ordnung. Ich fand den gestrigen Abend nur bei allem Chaos auch irgendwie erfrischend.«

Erfrischend – wenn Finja so redet, klingt sie, als ob sie mindestens sechzig Jahre alt ist. Das ist wahrscheinlich das Los älterer Geschwister: mentales Altern vor der Zeit.

»Und dann wart ihr noch auf dem Kiez?«

»Jepp. Genauer gesagt im Schanzenviertel. Ich muss es doch mal ausnutzen, wenn ich Deutschlands größten Frauenhelden im Schlepptau habe.« Ich grinse matt.

»Da hättet ihr mich ruhig mitnehmen können.«

Also, irgendwie ist Finja komisch heute. Auch wenn sie das Gegenteil behauptet: Sie ist definitiv anders als sonst. Irgendetwas stimmt da nicht.

»Meinst du das im Ernst? Da hätten deine Gäste aber nicht

schlecht geguckt, wenn ihnen auf einmal die Gastgeberin abhandengekommen wäre.«

Dazu sagt Finja nichts, stattdessen steht sie auf und wandert mit ihrer Tasse in der Hand in meiner Wohnung umher. Dabei entdeckt sie auch Dwaines Buch.

»Darf ich das mal mitnehmen?«

Ich schüttle den Kopf. »Das ist nicht dein Ernst, oder?«

»Ach komm, ich muss doch wissen, womit meine Schwester sich nun so intensiv beschäftigt.« Sie grinst mich an.

»Na, wenn du willst – bitte.« Ich kann mir wirklich nicht vorstellen, was Finja mit dem Buch will, aber mir soll's recht sein.

»So, ich muss dann mal wieder los.«

»Wie jetzt – willst du sofort losschmökern, oder was?«, frage ich, leicht verdattert über diesen abrupten Aufbruch.

»Ach was. Ich habe den Kindern versprochen, noch mit ihnen in diesen neuen Laden zu gehen, wo man selbst Keramik bemalen kann. Das wird bestimmt lustig.«

»Ja, bestimmt.« Ehrlicherweise ist das etwas, was ich nur tun würde, wenn man mich mit vorgehaltener Waffe dazu zwänge, aber jedem das, was ihm gefällt. Und ich kann doch noch mal ins Bett und ein bisschen schlafen – hurra!

Bevor ich mit den Jungs wieder auf Tour gehe, lege ich einen Bürotag ein. Kaum zu glauben – aber ich freue mich richtig darauf, und entsprechend gutgelaunt springe ich durch die große Drehtür im Erdgeschoss. Zeitgleich mit mir trudelt auch Susanne ein.

»Grüß dich, Nina! Wow – du strahlst ja eine Power aus! Die Lesereise scheint dir gutzutun. Macht Spaß, was?«

»Wie man's nimmt. Wenn man eigentlich schon immer Kindergärtnerin werden wollte – dann ja.«

Susanne lacht. »Das nehme ich dir nicht ab. Dafür siehst du viel zu gutgelaunt aus. Es gibt aber auch einen Grund, um zu feiern – Herr Salchow hat mich heute schon um halb neun auf dem Handy angerufen: Die jüngsten Abverkäufe von Dwaines Buch sind richtig gut! Der Verlag ist begeistert, unsere Strategie scheint also voll aufzugehen.«

Strategie würde ich unser Vorgehen zwar nicht nennen, denn das würde ja planvolles Handeln unterstellen – aber dass ein großer Teil unserer Pressearbeit bisher auf dem eigenmächtigen Vorgehen unseres Volontärs beruht, muss ich weder Susanne noch dem Kunden auf die Nase binden.

»Komm doch gleich mal bei mir vorbei – dann erzähle ich dir, was hier passiert ist, während du auf Tournee warst. Und umgekehrt interessieren mich natürlich auch die Details eurer Lesereise.«

»Klar, mach ich.«

Zwanzig Minuten später sitze ich vor Susannes Schreibtisch und lausche den Lobeshymnen, die sie für mein tolles konzeptionelles Vorgehen findet. »Also die Idee mit den Workshops – super, Nina! Und dass ihr dann noch diesen Regionalsender angeschleppt habt, war eine tolle Idee.«

»Genau genommen war die von Tom«, räume ich ein. Fremde Federn stehen mir nicht so gut.

»Na, siehst du: Mit einer Spitzenausbilderin wie dir kriegt sogar unser Verlegersöhnchen langsam was auf die Reihe.« Sie kichert. Und ich merke, dass ich mich über diese Bemerkung ärgere. Obwohl sie nett gemeint war.

»Lass mal, Tom ist gar nicht verkehrt.«

Susanne zieht die Augenbrauen hoch. »Ganz neue Töne – neulich wolltest du ihn doch noch hochkant rausschmeißen. Eigentlich wolltest du ihn überhaupt nicht einstellen.«

»Ich habe meine Meinung eben geändert. Tom ist mit

Feuereifer dabei und hatte schon viele gute Ideen«, verteidige ich ihn und bemerke zum ersten Mal so richtig, dass ich das auch wirklich meine.

»Aha.« Mehr sagt Susanne nicht, obwohl ich mir ziemlich sicher bin, dass sie sich mehr denkt. Bevor ich aber noch nachhaken kann, klingelt ihr Telefon. Sie nimmt den Anruf mit Lautsprecher an. Es ist Frau Smit vom Empfang.

»Frau Becelius, ich habe Herrn Weidner unterm Knöpfchen. Darf ich durchstellen?«

»Klar, machen Sie mal.« Es klickt kurz, dann hören wir die tiefe Stimme von Weidner senior.

»Ich grüße Sie, Frau Becelius.«

»Hallo Herr Weidner, ich sitze hier gerade mit meiner Projektleiterin Frau Seefeld und habe auf laut gestellt. Ist das in Ordnung?«

»Bestens! Dann kann ich auch gleich Frau Seefeld erzählen, wie begeistert wir hier alle sind. Sie haben, glaube ich, genau den richtigen Hebel gefunden, um unser Buch bekannt zu machen.«

»Danke, Herr Weidner. Das freut mich zu hören!«, erwidere ich höflich.

»Wir gehen jetzt schon in die dritte Auflage, das ist wirklich sehr erfreulich. Eine Frage am Rande – wie macht sich denn mein Sohn?« Bevor ich etwas sagen kann, mischt sich Susanne ein.

»Kein Grund zur Klage, Herr Weidner, so weit alles ganz gut. Den kriegen wir schon hin.«

»Dann bin ich beruhigt. Gut, die Damen, dann will ich auch nicht weiter bei der Arbeit stören. Einen schönen Tag noch!« Er legt auf.

»Warum sagst du ihm denn nicht, dass Tom sich sehr gut macht?«

»Ganz einfach: Ich möchte, dass uns der alte Weidner noch ein bisschen dankbar ist. Das ist bestimmt gut fürs Geschäft.«

Ich seufze. Susanne ist einfach der lebende Beweis dafür, dass man es mit Berechnung im Leben weit bringen kann.

Offenbar kann meine Chefin auch Gedanken lesen: »Also, bevor du nun noch Mitleid mit unserem armen Volontär bekommst, schlage ich vor, dass wir ihn gleich zum Mittagessen einladen. Dann werde ich ihn auch ausufernd loben, versprochen!«

»Na gut. Aber du zahlst.«

13. Kapitel

Das Gemeindezentrum von Üxleben im Westharz ist normalerweise wohl kein Ort überschäumender Lebensfreude, noch eine Stätte hysterischer Massenekstase. Der schlichte Zweckbau aus den mutmaßlich siebziger Jahren des vergangenen Jahrhunderts bietet mit seiner Mischung aus Waschbeton und Glasbausteinen vermutlich eher den beschaulichen Sitzungen von Gemeinderat und Schulausschuss eine Heimstatt.

Heute Abend aber ist das definitiv anders: Als ich eine Stunde vor Veranstaltungsbeginn zusammen mit Tom eintrudele, um ein wenig Smalltalk mit dem Buchhändler zu pflegen und zu kontrollieren, ob die notwendige Technik auch funktioniert, hat sich an den Türen zur Eingangshalle bereits eine Menschentraube gebildet. In der Luft liegt eine Stimmung, die sich irgendwo zwischen *aufgekratzt* und *aggressiv* bewegt. Aber nicht nur Stimmung liegt in der Luft – unverkennbar wabert auch der Geruch von Alkohol über den Köpfen der rund hundert Männer auf dem Vorplatz vor dem Zentrum. *Hm, lecker,* denke ich ironisch. Das kann ja ein toller Abend werden.

Ich klopfe an die gläserne Eingangstür, die Buchhändlerin sieht uns und schließt auf. Kaum stehen wir neben ihr, schließt sie die Türe hinter uns sehr hektisch wieder zu. Eindeutig: Die Frau ist nervös. Vorfreude auf eine gutbesuchte Veranstaltung?

»Hallo! Wir sind Nina Seefeld und Tom Weidner von Maximal-PR. Wir betreuen Herrn Bosworth«, stelle ich uns kurz vor. »Ich glaube, wir hatten telefoniert.« Die Buchhändlerin nickt uns kurz zu.

»Ich bin Sonja Meier von der Gilde Buchhandlung. Schön, dass Sie schon da sind – und dass Sie einen männlichen Kollegen mitgebracht haben, Frau Seefeld. Ich finde es hier nämlich gerade ein bisschen gruselig. Also, nicht dass Sie mich falsch verstehen – wir sind natürlich glücklich, dass wir so viele Karten verkauft haben. Aber in der Regel haben wir ein etwas anderes Publikum.« Sie deutet mit der Hand nach draußen.

»Na ja, das sind vielleicht nicht alles Günter-Grass-Leser«, räumt Tom ein, »aber es ist doch auch schön, wenn man das Kulturgut Buch auch weiten Bevölkerungsschichten …« In diesem Moment fliegt eine leere Bierflasche in unsere Richtung und zerschellt an der Eingangstür. Offenbar haben die Üxlebener ihrem schönen Gemeindezentrum Sicherheitsglas gegönnt. Durch das Glas dringt ein dumpfes Grölen. »He, ihr Weiber, was wollt ihr hier? Ist nur für Männer heute Abend – ihr geht wohl besser!« Gelächter der Umstehenden.

Tom räuspert sich. »Ja, da sind doch einige vor Vorfreude schon außer Rand und Band. Ihr entschuldigt mich mal kurz?« Er dreht den Schlüssel an der Tür um und springt mit einem Satz auf den Vorplatz, genau dorthin, von wo die Flasche geflogen kam. Die drei Männer, die eben noch feixend dastanden und sich ob der gelungenen Aktion die Hände rieben, schauen überrascht und machen einen Schritt zurück. Gedämpft, aber deutlich hören wir, wie sich Tom die mutmaßlichen Werfer zur Brust nimmt.

»Passt mal auf, ihr Honks – noch so eine Aktion und die Bullen rücken an. Dann könnt ihr euch Dwaines Buch ganz in Ruhe und mit viel Zeit im Polizeigewahrsam durchlesen. Übrigens handelt seine Masche davon, Frauen zu beeindrucken und nicht, sie zu verschrecken. Also lasst die Ladys in Ruhe, ihr kommt schon rechtzeitig rein.« Ohne eine Antwort abzuwarten, dreht er sich um und lässt die drei Krawallieros mit offenen Mündern stehen.

»Wow, Tom, du kannst ja richtig energisch sein!«, wundere ich mich. »Nicht, dass ich vor diesen Kapaiken Angst gehabt hätte, aber es ist trotzdem beruhigend zu wissen, dass wir einen starken Mann an unserer Seite haben.«

»Ist das dein Ernst?«, will Tom misstrauisch wissen.

»Natürlich! Ich bin froh, dass du den Idioten gezeigt hast, wo der Hammer hängt.«

»Und ich erst!«, bestätigt die Buchhändlerin und schenkt ihm ein Lächeln. »Und falls es Sie interessiert – ich habe schon ein bisschen Angst vor solchen Typen. Also danke!«

Tom lächelt verlegen, sie strahlt ihn jetzt richtig an.

»Vielleicht könnten wir nach der Veranstaltung ja noch alle zusammen etwas trinken gehen? Was meinen Sie, das wäre doch nett, oder?«, schlägt sie dann vor. Offensichtlich ist an Dwaines These mehr dran, als ich immer wahrhaben will – Frauen stehen auf Alphamännchen.

In diesem Moment fährt sehr langsam eine sehr lange, weiße Limousine vor. Das wirklich sehr, sehr, sehr lange Teil rollt auf die anstehenden Männer zu. Die Menge teilt sich daraufhin und bildet eine Gasse; die Limousine hält direkt vor der Eingangstür, durch die Frau Meier, Tom und ich fassungslos starren.

»Wo hat er denn das Teil her?«, murmelt Tom. »Eine Stretchlimo, ist es zu glauben?«

Die Fahrertür wird geöffnet, ein uniformierter Chauffeur steigt aus und öffnet eine der hinteren Türen. Ein mit Krokoleder beschuhter Fuß schiebt sich durch den Spalt, gefolgt von einem Bein in der bekannten weißen Smokinghose. Zehn Sekunden später steht Dwaine in voller Schönheit neben dem Wagen. Die Menge beginnt zu johlen, einige skandieren sogar:

»Dwaine, Dwaine!« Ob er diese Claqueure gemietet hat? Die können unmöglich freiwillig so einen Aufstand machen, nur weil Dwaine seine Männerfibel zum Vortrage bringt!

Der lauthals Gepriesene winkt seinen Fans gönnerhaft zu und sieht in diesem Moment ein bisschen so aus wie Hape Kerkeling als Königin Beatrix. Also, natürlich nicht wie ein Mann, der sich als holländische Monarchin verkleidet hat, aber genauso albern und affektiert in seiner gesamten Gestik.

Frau Meier, die eben noch in einer Art Schockstarre gefangen war, schüttelt sich kurz, dann beeilt sie sich, die Tür wieder aufzuschließen. Dwaines Chauffeur reißt dem großen Meister sofort selbige auf. Er marschiert hindurch und begrüßt mich, indem er mir huldvoll links und rechts ein Küsschen auf die Wange haucht. Tom ignoriert er, vor Frau Meier bleibt er stehen und reicht ihr mit großer Geste die Hand.

»Sie müssen die Buchhändlerin sein. Ich bin Dwaine F. Bosworth, aber nennen Sie mich bitte einfach Dwaine. Ich hoffe, meine Fans haben Sie nicht zu sehr bedrängt. Sie sind manchmal einfach etwas aufgeregt. Ich kenne das schon, es ist gewissermaßen die Kehrseite des Ruhms.«

Pfff! Die Kehrseite des Ruhms! Neulich haben wir uns noch über dreißig Zuhörer in Haselünne gefreut, jetzt tut Monsieur auf einmal so, als ob er auf den großen Bühnen dieser Welt zu Hause sei und es sich bei ihm um die Lichtgestalt der deutschen Selbsthilfeliteratur handele. Frau Meier scheint es aber nicht zu stören, sie schüttelt Dwaine freundlich die Hand.

»Schön, dass Sie gekommen sind. Ich bin schon sehr gespannt auf Ihre Lesung. Ihr Buch war für mich etwas … wie soll ich sagen … gewöhnungsbedürftig. Umso gespannter bin ich jetzt auf Ihre Ausführungen.«

»Das können Sie auch sein. Ich verspreche Ihnen, Sie werden Männer danach mit anderen Augen sehen«, erklärt Dwaine.

Was soll ich sagen: Da hat er recht! »So, und jetzt brauche ich noch etwas Ruhe, um mich auf meinen Auftritt vorbereiten zu können.«

»Kein Problem, neben dem Saal gibt es einen kleinen Raum. Kommen Sie, ich bringe Sie hin.« Dwaine zieht mit der Meier los, ich bleibe zurück mit Tom. Der schüttelt den Kopf.

»Unfassbar! Was war das denn für ein Auftritt? Kehrseite des Ruhms? Der hat sie doch nicht mehr alle. Ich meine – seien wir mal ehrlich: Tausend Fans auf Facebook machen noch keinen Michael Jackson.«

»Na, immerhin lebt Dwaine noch. Das ist doch schon mal was.«

Tom verdreht die Augen. »Und dann mit dieser Ludenschleuder vorzufahren und auf dicke Hose zu machen. Wo hat er die eigentlich her? Mann, der Typ nervt.«

»Schätze mal, er hat sie gemietet. Getreu seinem Motto *Sei ein Löwe!* War aber schon ein 1-a-Auftritt«, muss ich anerkennen.

»Findest du? Da habe ich ja langsam Sorge, dass an seinem Gefasel über Männer und Frauen wirklich was dran sein könnte, wenn schon so eine intelligente Frau wie du auf eine so derart billige Nummer abfährt.« Tom scheint richtig sauer zu sein.

»He, was ist denn los mit dir? Ich freue mich einfach, dass unsere Idee mit der Tournee mittlerweile richtig gut läuft. Und das ist auch dein Erfolg. Also lass ihn in seiner Limousine vorfahren, wenn ihm das Spaß macht. Hauptsache, er bezahlt das nicht aus unserem Etat.« Ich knuffe Tom in die Seite, der ringt sich ein mühsames Lächeln ab.

»Hast ja recht. Aber als mir Dwaine heute Morgen von eurem wilden Partywochenende erzählt hat, da habe ich mich schon komisch gefühlt. Irgendwie … ausgeschlossen. Mit mir wolltest du nicht mal abends essen gehen. Na ja, nichts für ungut. Du bist die Chefin, und er ist der Star. Also macht mal, wie ihr meint.«

Wildes Partywochenende? Da stellen sich mir doch zwei Fragen. Erstens: Ist Tom eifersüchtig? Zweitens: Was hat Dwaine erzählt? Und warum? Das sind genau genommen schon drei Fragen … und jede der Antworten würde mich brennend interessieren! Aber nun muss ich wohl erst mal Tom trösten, er klingt ziemlich demoralisiert.

»Ach komm – hat dir denn Dwaine wenigstens über das Ende unseres glorreichen Abends berichtet? Und dass er mir so auf die Nerven gegangen ist, dass ich ihm meinen Gin Tonic ins Gesicht schütten und dann die Flucht ergreifen musste?«

Tom schweigt und guckt betreten zu Boden.

»Aha. Also nicht. Dann hole ich das später nach. Nicht, dass es noch heißt, ich sei seinem Charme erlegen. Und jetzt lass uns los – *the show must go on.*«

Der Gemeindesaal ist wirklich bis auf den letzten Platz gefüllt. Zum Glück herrscht nun aber, im Gegensatz zu der aufgekratzten Stimmung auf dem Vorplatz, gespanntes Schweigen. Fast andächtig warten die versammelten Männer auf den Beginn der großen Dwaine-Show. Dann erlischt das Saallicht, und es ist mit einem Schlag vollkommen dunkel.

Als die Lampen zwei Stunden später wieder angehen, ist es mucksmäuschenstill. Man könnte die berühmte Stecknadel fallen hören. Denken all diese Männer darüber nach, wie sie Dwaines angebliches Erfolgsrezept in ihrem eigenen Alltag umsetzen können? Oder sind sie einfach noch benebelt von seiner Show? Dann steht plötzlich einer auf und beginnt zu applaudieren. Ein weiterer schließt sich an, dann eine ganze Reihe, und schließlich steht der ganze Saal des Gemeindezentrums Üxleben und klatscht. Ich merke, dass ich eine Gänsehaut bekomme.

Tom ist in der Zwischenzeit schon zum Büchertisch gegangen, um Frau Meier bei dem zu erwartenden Ansturm von Kaufwilligen zu unterstützen. Tatsächlich bildet sich dort schnell eine lange Schlange. Ich beschließe, auch beim Verkauf zu helfen. Nicht, dass sich die Fans noch um die Bücher schlagen. Als ich aufstehe und auf den Tisch zugehen will, tippt mir jemand von hinten auf die Schulter. Ich drehe mich um und sehe eine junge hübsche Frau mit roten, hochgesteckten Haaren. Wie hat sie sich denn hier reingeschmuggelt in die erklärte *Guys-only*-Zone? »Sind Sie zufälligerweise Frau Seefeld?«, will sie von mir wissen.

»Ja, das bin ich«, bestätige ich. Als eine von zwei Frauen bin ich hier natürlich leicht auszumachen.

»Gut!«, freut sie sich. »Der Verlag hat mir Sie als Ansprechpartnerin für Herrn Bosworth genannt. Ich bin Mona Reinert von der Redaktion *thomas talkt,* Sie wissen schon, die große Talkshow am Freitagabend. Ich habe mir den Auftritt heute angesehen, weil wir überlegen, Herrn Bosworth als Gast in unsere Sendung einzuladen. Ich muss sagen, ich bin wirklich sehr beeindruckt.«

Ich bin mit einem Mal wie elektrisiert: *thomas talkt!* Das wäre wirklich eine Riesensache! Die Einschaltquote der Show ist Legende, Kay Thomas lädt nur absolute A-Promis oder Menschen mit sehr spannenden Geschichten in seine Sendung ein. Wenn wir Dwaine dort unterbringen könnten, wäre uns ein Platz auf der Bestsellerliste sicher! Angesichts dieser Aussichten muss ich mich bemühen, nicht zu aufgeregt zu klingen. *Cool bleiben,* befehle ich mir selbst.

»Es freut mich, dass es Ihnen gefallen hat. Dwaine ist aber auch wirklich überzeugend – Sie sehen ja, was hier los ist.« Ich deute in Richtung Bühne, wo Dwaine geradezu umlagert wird von Männern, die sich ihre Bücher signieren lassen wollen. Mona Reinert nickt.

»Er kommt wirklich gut an. Wäre es denn möglich, ihn heute Abend persönlich kennenzulernen? Muss nicht lang sein, aber ich würde gerne ein paar Worte mit ihm wechseln, wo ich nun schon da bin.«

Das birgt natürlich ein gewisses Risiko. Immerhin ist Mona eine gutaussehende Frau, und ich bin mir nicht sicher, ob sie Dwaine immer noch beeindruckend findet, wenn der erst einmal seine peinliche Anbaggernummer an ihr ausprobiert. Andererseits kann ich ihr den Wunsch kaum abschlagen, ohne sie zu verärgern. Dann muss ich eben versuchen, Dwaine ein bisschen zusammenzufalten, bevor sie ihn trifft.

»Klar, kein Problem. Wir gehen noch etwas zusammen trinken, wenn Dwaine mit dem Signieren fertig ist. Kommen Sie doch mit. Ich sage Ihnen Bescheid, wenn es losgeht.«

Eine Stunde später sitzen wir alle in einer Üxlebener Kneipe, die Sonja Meier vorgeschlagen hat. Dwaine fühlt sich sichtlich wohl – umgeben von drei Frauen läuft er zur Höchstform auf. Ich habe noch versucht, ihm klarzumachen, dass es nicht schaden könnte, sympathisch zu wirken. Und dass das garantiert besser gelänge, wenn er jeden zweiten frauenfeindlichen Spruch einfach wegließe. Ob es nun an meiner unglaublich kompetenten Beratung liegt oder ob Dwaine heute einfach einen guten Tag erwischt hat: Er ist ganz charmant, für seine Verhältnisse auch fast bescheiden. Mona und Sonja hängen an seinen Lippen, und Tom ist anzumerken, dass ihm genau diese Tatsache ziemlich auf den Keks geht. Vielleicht sollte ich ihn erlösen? Ich schätze, dass man Dwaine mit den beiden Damen ruhig alleine lassen kann; sie sind bereits völlig von ihm eingenommen. Ich gähne.

»Tom, ich würde gerne noch ein paar geschäftliche Sachen mit dir besprechen. Wäre es okay, wenn wir schon einmal zum

Hotel gehen?« Er guckt irritiert. Kein Wunder, ist ja auch Schwachsinn.

»Klar, wenn du meinst, dann komme ich mit.«

»Können wir Sie mit Herrn Bosworth allein lassen?«, wende ich mich freundlich an die Damen. Mona und Sonja nicken synchron und sehen dabei aus wie zwei Wackeldackel.

»Mach dir keine Sorgen, Nina. Ich kümmere mich schon um die beiden«, gibt Dwaine den generösen Gastgeber. Ich lächle ihn an.

»Genau deswegen mache ich mir Sorgen.« Jetzt muss auch Tom grinsen. Ich zahle noch für alle, dann gehe ich mit ihm hinaus.

»Was willst du denn noch mit mir besprechen?«, erkundigt sich Tom, als wir vor der Tür stehen.

»Ach, in Wirklichkeit gar nichts. Ich hatte nur das ganz starke Gefühl, dass du keine weitere Stunde von Dwaines Geschwafel ertragen würdest.«

»Oh, danke, das ist nett von dir. Und du hast völlig recht. Wenn ich bedenke, dass wir nun wieder zwei Wochen mit ihm durch die Lande tingeln, könnte ich sofort Ohrensausen bekommen.« Wir lachen, dann gucke ich auf die Uhr.

»Ist auch schon nach zehn. Ich glaube, ich gehe ins Bett.«

»Würdest du vorher vielleicht noch ein Glas Wein mit mir trinken? Immerhin hast du mir vorgestern einen Korb gegeben. Also, wenn das nicht persönlich gemeint war, steht mir doch jetzt mindestens ein Rioja in deiner Anwesenheit zu.«

Hoppla, der gute Tom ist aber hartnäckig. Andererseits – warum nicht? Er wird mich schon nicht beißen. Und mittlerweile mag ich ihn ganz gerne.

»Na gut. Aber wirklich nur ein Glas.«

In der Hotelbar sind wir die einzigen Gäste. Der Barkeeper scheint über die Aussicht, noch ein wenig Umsatz zu machen, nicht sonderlich erbaut. Wahrscheinlich hatte er schon mit einem frühen Feierabend geliebäugelt. Das Schälchen mit Erdnüssen knallt er so lustlos auf unseren Tisch, dass gleich ein paar Nüsse herausspringen und auf den Boden kullern. Davon lassen wir uns aber nicht abbringen, sondern bestellen ganz tapfer zwei Gläser Rotwein.

Schon nach wenigen Schlucken breitet sich in mir eine wohlige Wärme aus. Tom sieht mich erwartungsvoll an. Fragt sich nur, was genau er erwartet. Ich versuche, ein möglichst unverfängliches Thema anzuschneiden.

»Wie läuft's denn so auf Facebook?«

Er verzieht das Gesicht. »Du willst dich aber nicht den restlichen Abend mit mir über Dwaines Medienpräsenz unterhalten, oder? Weil, wenn das so ist, gehe ich lieber gleich ins Bett.«

»He, ich dachte, dich interessiert der Job! Also, was ist mit Facebook.« »Zweitausend Fans mittlerweile.« Er grinst. »Hammer, oder?«

»Unglaublich! Ich frage mich immer, was für arme Würstchen das wohl sind.«

»Wieso arme Würstchen? Ehrlich gesagt, ist das mit euch Frauen auch ganz schön kompliziert. Da kann man schon mal ein bisschen Unterstützung gebrauchen. Und sei es nur durch so eine Flachzange wie Dwaine.« *Flachzange* klingt nun wirklich negativ. Da könnte man doch glatt denken, dass Tom nicht hinter seinem Job steht … »Ich dachte eigentlich, Frauen suchen einen gleichberechtigten Partner. Aber wenn ich sehe, wie Dwaine eben zwei gebildete Frauen in null Komma nichts hypnotisiert hat – dann kommen mir da langsam Zweifel.«

»Das ist aber nicht repräsentativ. Sieh mich an, ich sitze hier noch ganz entspannt.«

Tom mustert mich kritisch. »Dwaine hat mir erzählt, dass ihr am Samstag zusammen weg wart. Du hast ihn sogar mit zu deiner Schwester geschleppt. Natürlich geht es mich nichts an – aber stehst du auf einen Typen wie ihn?«

Langsam komme ich mir vor wie bei der spanischen Inquisition. Ich hatte heute schon einmal das Gefühl, dass Tom eifersüchtig auf Dwaine ist. Und ich glaube, damit liege ich richtig. Da wechsle ich doch mal lieber das Thema.

»Tja, meine Schwester … weißt du, bei der ist es immer so langweilig. Ich war mir sicher, dass Dwaine diese Spießerrunde aufmischen würde. Ist ihm auch gelungen, war dann eine sehr lustige Familienfeier. Apropos Familie – hast du eigentlich auch Geschwister?«

Tom holt Luft, scheint etwas sagen zu wollen, lässt es aber.

»Was ist?«, hake ich nach. »Musst du erst überlegen, ob du Geschwister hast?«

Er schüttelt den Kopf. »Nein, natürlich nicht. Ich bin Einzelkind.« Er schweigt kurz, fügt dann noch ein knappes, bitter klingendes »Vaters ganzer Stolz« hinzu. Öha, dieses Thema ist wohl auch nicht Smalltalk-tauglich.

»Tschuldigung, ich wollte nicht zu persönlich werden.«

»Brauchst dich nicht zu entschuldigen, war ja eine ganz normale Frage.«

»Willst du darüber reden?«, erkundige ich mich.

Tom lächelt. »Wenn ich jetzt mit dem großen Seelenstriptease anfange, sitzen wir noch nachts um zwei hier. Ich glaube, das wird dem Barkeeper nicht gefallen. Und dir wahrscheinlich auch nicht.«

»Quatsch, auf mich musst du keine Rücksicht nehmen. Ich bin immer froh, wenn jemand eine gruselige Familiengeschichte parat hat, dann kommt mir die eigene bucklige Verwandtschaft gleich viel schöner vor.« Wir lachen beide.

»Gut, aber meine Geschichte in der Kurzversion kannst du dir ja denken: Reicher Unternehmersohn enttäuscht Papi, weil er nichts auf die Reihe kriegt, während sein alter Herr noch ein Selfmademan vom alten Schlag ist.«

»Echt? So unspektakulär ist die Geschichte? Jetzt bin ich aber ein bisschen enttäuscht. Das ist ja auch nicht mehr Drama als bei mir.«

Tom guckt mich sehr interessiert an, ich werfe aber erst einmal ein paar Erdnüsse ein und lasse ihn zappeln. Nach einem weiteren Schluck aus meinem Weinglas ringe ich mich zu einem gedehnten »Na gut, dann verrate ich dir auch meine dunkle Familiengeschichte« durch. »Ich bin wahrscheinlich das typische Sandwichkind: eingeklemmt zwischen zwei Geschwistern, mit dem permanenten Gefühl, nicht beachtet zu werden. Meine Schwester ist eine sehr erfolgreiche Nachwuchspianistin. Oder besser: war. Dann heiratete sie den noch erfolgreicheren Chefarzt und bekam erst einmal ein Kind nach dem anderen. Alle Welt beneidet sie, inklusive meiner Wenigkeit. Wenn ich mit meiner Mutter spreche, dreht sich alles nur um Finja. Oder um Jakob, meinen kleinen Bruder. Der wiederum schickt sich jetzt an, in die Fußstapfen unseres verstorbenen Vaters zu treten und ein berühmter Journalist zu werden.« Ich nehme noch einen großen Schluck aus meinem Glas, das jetzt fast leer ist. Wenn wir bei diesem Thema bleiben, brauche ich gleich dringend Nachschub, das ist schon mal klar.

»Aber du bist doch auch sehr erfolgreich«, wendet Tom ein, »wo ist das Problem?« Wie nett von ihm.

»Erfolg ist leider immer relativ.«

»Ach so, du meinst, du bist nur in dem Blickwinkel des leider total erfolglosen und viel zu alten Volontärs erfolgreich?«

»Quatsch, so habe ich das nicht gemeint. Aber ich könnte wahrscheinlich die tollste PR-Agentin der Welt sein, meine Mutter würde es nicht bemerken. Die hat bis heute nicht verstanden, was ich eigentlich beruflich mache. Für sie ist klar, dass ich irgendwas mit Journalismus mache, ohne richtige Journalistin zu sein. Und gemessen an meinem Vater sehe ich damit immer alt aus. Demnächst auch gemessen an meinem kleinen Bruder.« Ich winke dem Barkeeper und halte mein leeres Glas hoch. Der soll mal nicht glauben, dass er uns gleich in die Heia schicken kann.

»Auweia. Und ich dachte immer, Geschwister zu haben sei etwas Tolles. Ich habe immer andere Menschen mit Bruder oder Schwester beneidet. Da lag ich dann wohl gründlich falsch, oder?« Tom grinst.

»Nee, so ist es natürlich auch wieder nicht. Ich liebe meine Geschwister, ganz klar. Aber es ist eben nicht immer leicht.«

»Und deswegen hast du Dwaine mitgeschleppt? Zu deiner Musterschwester? Um mal zu zeigen, mit was für tollen Typen du zusammenarbeitest? Okay, da hätte ich nicht so viel hergemacht, das gebe ich zu.«

»Schon wieder falsch. Was meinst du, wie glücklich es meine Mutter gemacht hätte, wenn ihr Finja von meiner Begleitung durch einen echten Verlegersohn erzählt hätte.« Ich greife in das Schälchen mit Erdnüssen – im gleichen Moment wie Tom. Für den Bruchteil einer Sekunde hält er meine Hand fest und guckt mir dabei direkt in die Augen.

»Den Gefallen hättest du ihr doch ruhig tun können, finde ich.«

Ich ziehe meine Hand zurück. Mir wird warm, und ich bezweifle, dass das nur am Rioja liegt. Für einen Moment weiß ich nicht, was ich sagen soll – und sage deswegen einfach nichts. Tom beschließt offenbar auch, dass es in diesem Moment die beste Taktik ist, den Mund zu halten. Es ist ein Schweigen, das nicht unangenehm ist, sondern sich ein bisschen spannend anfühlt. Erwartungsfroh. Und auch das liegt nicht nur am Rioja, wie ich mir eingestehen muss.

Tom schaut mir noch immer tief in die Augen. So langsam werde ich nervös. Dann sagt er mit dunkler Stimme: »Bei der nächsten Familienfeier bestehe ich darauf, dabei zu sein. Das würde mir schon Spaß machen, die Frau Mama zu beeindrucken. Und die schöne Tochter gleich mit …«

Huch, schöne Tochter? Meint der etwa mich? Ich kichere etwas verlegen und rette mich dann in einen Allgemeinplatz: »Äh, ja, Mütter. Ein abendfüllendes Thema.«

Jetzt grinst auch Tom ganz verlegen und rückt wieder etwas von mir ab. »Ja, ja, die liebe Familie …«

Mit einem Mal ist der spannende Moment vorbei. Super, Nina, den Flirt hast du dir jetzt ganz allein versaut. Aber ist wahrscheinlich besser so. Angeschickert mit dem Volontär zu flirten ist mit Sicherheit keine meiner besseren Ideen.

14. Kapitel

Uah, was für eine Nacht! Ich habe einen Bärenhunger!« Dwaine erscheint an meinem Frühstückstisch, in der Hand einen Teller, auf dem sich Berge von Wurst und Käse befinden. Er sieht tatsächlich etwas zerknittert aus.

»Guten Morgen, Dwaine«, begrüße ich meinen Starautor freundlich. »Und, war es noch eine lange Nacht?«

»Es war vor allem eine heiße Nacht. Aber der Gentleman genießt und schweigt.« Er macht Anstalten, sich zu setzen.

»Du, das ist Toms Platz. Der kommt gleich wieder, holt sich auch nur gerade etwas vom Buffet.« Dwaine zögert natürlich keine Sekunde und setzt sich trotzdem.

»Also, ich bin mir sicher, dass ich demnächst eine Einladung in diese Talkshow bekomme. Diese Mona ist total auf mich abgefahren«, raunt er mir zu.

»Wie schön, aber bitte keine Details.«

»He, was bist du denn so unfreundlich? Freust du dich nicht? Ich habe das nur für unser gemeinsames Baby getan. Habe quasi meinen Körper verkauft.« Er grinst.

»Ich sagte doch: keine Details! Aber wenn du eine Einladung bekommst, wäre das natürlich toll.«

»Wirst schon sehen, die kommt garantiert. Apropos *kommen* – also diese Mona …«

In diesem Moment taucht Tom hinter Dwaine auf. »He, das war mein Platz!«

»Ist ja gut, Kleiner.« Dwaine dreht sich nur sehr kurz um. »Ich musste mal eben etwas Dienstliches mit deiner Chefin besprechen. Setz dich einfach woanders hin, sind doch genug Stühle da.« Tom will etwas sagen, überlegt es sich aber anders und setzt sich an den Nachbartisch. Wenn Blicke töten könnten, müssten wir bald mit Dwaines Erbengemeinschaft über die Rechte an seinem Buch verhandeln. Eine Idee, die ich gerade durchaus reizvoll finde, denn der Herr Starautor ist noch nicht fertig: »Aber wo du sowieso gerade stehst, habe ich noch eine andere tolle Idee: Meister Dwaine erzählt seinen Fans etwas über die Unterschiede zwischen deutschen und amerikanischen Frauen. Hopp, hopp, hol mal dein Notebook.«

»He, ich will erst einmal in Ruhe frühstücken!«, protestiert Tom. Für solche menschlichen Grundbedürfnisse hat Dwaine allerdings überhaupt keinen Sinn, wenn ihn die Muse erst einmal geküsst hat.

»Nix da, der frühe Vogel fängt den Wurm!«

Tom schüttelt den Kopf, geht aber trotzdem.

»Sag mal, muss das sein?«, ranze ich mein Gegenüber an. »Tom ist nicht dein Dienstbote, sondern mein Volontär.«

»Nun reg dich doch nicht gleich auf, Hase. Genieß es einfach, etwas Zeit mit mir allein verbringen zu dürfen.«

Während wir darauf warten, dass Tom zurückkommt, genieße ich vielmehr die Vorstellung, wie es aussehen würde, wenn unerwartet ein Klavier vom Himmel fallen und den Herrn Superautor unter sich begraben würde.

Als Tom schließlich wieder da ist, grinst er von einem Ohr bis zum anderen.

»Tja, Leute. Offenbar hat Dwaine nicht nur Fans. Guckt mal.« Er klappt sein Laptop auf und stellt es mir vor die Nase.

Fred Frauenversteher: @all: Ganz schön testosterongeschwängerte Luft hier. Meint denn ernsthaft jemand, mit diesen lahmen Sprüchen auch nur eine einzige Frau abschleppen zu können? Das ist doch alles nur dummes Gelaber! Vielleicht funktioniert das in Texas – immerhin hat Sue Ellen dort einst JR geheiratet. Hier in Deutschland halte ich die meisten Damen jedoch für wesentlich schlauer. Also, Dwaine, geh doch dahin zurück, wo du wohnst! Dein Fred

10 Personen gefällt das.

Luisa Gericke: Danke, Fred! Mein Freund hat sich aus Neugier Dwaines Buch gekauft. Ich hab's gelesen, und es ist wirklich totaler Schwachsinn. Also, Männer – lasst es euch gesagt sein: So sind wir Frauen nicht!
Birdy Bond: He Luisa, zieh Leine und nimm Weichei Frauenversteher am besten gleich mit. Kaum zu glauben, dass du einen Freund hast. Dein Kommentar klingt eher so, als müsstest du mal wieder richtig ****
Fred Frauenversteher: Birdy, du machst deinem Nickname alle Ehre, du hast echt ein Spatzenhirn. Frauen sind etwas Wunderbares, viel zu schade für Typen wie dich – und Dwaine!

Ich würde mal sagen, da bildet sich gerade eine Art Opposition. Gut, zwei Protestler sind noch nicht dramatisch, aber was heißt eigentlich *10 Personen gefällt das?*

»Mal eine ganz dumme Frage: Woher weiß Facebook, dass zehn Leuten der Beitrag von diesem Fred Frauenversteher gefällt?« Tom guckt mich jetzt an, als ob ich ihn gefragt hätte, woher er weiß, dass der Papst katholisch ist.

»Du bist nicht oft bei Facebook, oder?«

»Nein, warum auch. Das ist eindeutig dein Job.«

»Also«, holt er mit einem unglaublich belehrenden Tonfall aus, »unter jedem Beitrag findest du bei genauerem Hinsehen zwei Buttons: *Kommentieren* und *Gefällt mir.* Wenn du auf *Kommentieren* klickst, öffnet sich ein Textfeld und du kannst den Beitrag, wie der Name schon sagt, selbst kommentieren. Das hat diese Luisa gemacht. Klickst du hingegen auf *Gefällt mir,* dann wirst du zu den Unterstützern dieses Beitrags gezählt. Das haben hier offensichtlich zehn Leser gemacht. Wenn du mal da draufklickst, zeigt dir Facebook auch, wem das gefallen hat. Ist doch total einfach.«

Ich komme mir auf einmal vor wie in den Tagen nach meiner Einschulung auf der Gemeinschaftsgrundschule Teshoop. Tom sieht zwar deutlich besser aus als meine damalige Klassenlehrerin Frau Malzkorn, aber darin erschöpfen sich seine Sympathiepunkte auch schon. Ansonsten ist er gerade genauso nervig oberlehrerhaft. Komisch, gestern Abend in der Bar fand ich ihn deutlich anziehender.

»Na gut, das Prinzip ist mir klar. Aber ich frage mich, ob wir uns nun Sorgen machen müssen. Wir wollen uns natürlich auch nicht selbst schlechte Kritiken organisieren.«

»Ich finde das gar nicht schlecht«, mischt sich Dwaine ein. »Wenn dieser Fred unbedingt gegen den Strich bürsten will – warum nicht? Dann ist auf meiner Seite wenigstens was los. Nur das Lobgehudel meiner Fans ist auf Dauer vielleicht ein bisschen langweilig. Ich könnte mir vorstellen, dass kontroverse Diskussionen noch mehr Leute anlocken. Und natürlich stehe ich meilenweit über dieser völlig schwachsinnigen Kritik von Fred und seiner Freundin. Das ist doch der blanke Neid.«

Ja, es geht bekanntlich nichts über ein gesundes Selbstbewusstsein.

»Okay«, entscheide ich, »aber ich möchte, dass Tom die

Sache weiter beobachtet. Nicht, dass wir noch den Verlag verschrecken.«

Tom schüttelt den Kopf. »Keine Sorge, ich habe das alles unter Kontrolle«, versichert er, »ich kenne mich schließlich damit aus.« So unterschiedlich Tom und Dwaine auch sind – in einem Punkt unterscheiden sie sich überhaupt nicht voneinander: Wichtighuberei auf Feldern, auf denen sie sich für beschlagen halten. Bescheidenheit ist da eine offensichtlich gering geschätzte Tugend. Ob's daran liegt, dass sie beide Männer sind? Ich muss gähnen.

»Nanu«, will Dwaine wissen, »langweilen wir dich?«

»Kein Stück. Ich bin nur müde.«

»Komisch, dabei warst du doch so früh im Bett.«

»Im Gegenteil«, wirft Tom ein, »wir sind gestern noch an der Hotelbar versackt. Ich habe auch einen Schädel ...«

Also, das ist eine ziemliche Übertreibung: Zwei Glas Rotwein würde ich noch nicht als *an einer Bar versacken* bezeichnen. So zimperlich wird Tom doch nicht sein. Dwaine zieht die Augenbrauen hoch.

»Ach, ihr wart noch etwas trinken? Ich denke, ihr musstet noch etwas Geschäftliches besprechen und du warst schon so unglaublich müde?« Er guckt mich scharf an.

»Na und? Nach einem Spaziergang in der klaren Frühlingsluft war Nina dann wieder wach, und ich habe ihr bei ihrer Unternehmungslust noch Gesellschaft geleistet. Ist doch wohl nicht verboten, oder?« Tom funkelt Dwaine herausfordernd an. »Du warst außerdem noch schwer beschäftigt, deine beiden Tischdamen zu beeindrucken.« Er grinst über das ganze Gesicht.

Verstehe, das ist ganz offensichtlich so ein Jungsding und Toms Retourkutsche für Dwaines Schilderung des netten Samstagabends mit mir. Ich beschließe, mich da rauszuhalten. Sollen sie sich ruhig kloppen, ich werde in der Zeit noch ein bisschen arbeiten.

»So. Müde hin oder her – ich muss noch mal in Ruhe mit der Agentur telefonieren. Ich schlage vor, wir treffen uns in einer Stunde am Auto und fahren dann nach ... was ist eigentlich der nächste Veranstaltungsort? Ich komme schon durcheinander.«

»Holtau«, sekundiert Tom.

»Okay, also in einer Stunde Abfahrt nach Holtau. Bis später!« Ich schnappe mir meine Tasche und marschiere aus dem Frühstücksraum.

Susanne unterwegs und Salchow im Weidner-Verlag in einer Besprechung. Wichtige E-Mails habe ich auch keine bekommen – es scheint, dass man auch ohne mich gut zurechtkommt. Na gut. Dann kann ich ohne schlechtes Gewissen noch ein paar private Telefonate führen. Ich setze mich auf die Bank neben dem Hoteleingang. Für einen Märztag ist es ungewöhnlich warm, und die Sonne wirft ein paar einladende Strahlen auf besagte Bank. Als Erstes rufe ich meine Schwester an. Ich werde das Gefühl nicht los, dass im Hause von Kannhardt momentan nicht alles im Lack ist. Es klingelt sehr lange, dann meldet sich eine ziemlich verschnieft klingende Finja.

»Hallo Schwesterlein«, begrüße ich sie erstaunt, »du klingst ja furchtbar. Ist etwas passiert?«

»Ach, du bist es, Nina. Nee, ich bin nur furchtbar erkältet.«

»Echt? Samstag warst du doch noch fit.«

»Ja, komisch. Ging gestern los. Hat mich auf einmal umgehauen wie einen gefällten Baum.«

»Du Arme!«

»Sag mal, wo seid ihr denn gerade? Du bist doch noch auf dieser Tournee, oder?«

»Richtig. Jetzt sind wir noch in Üxleben, das ist ein Kaff im Westharz, heute Abend gastieren wir dann in Holtau, das dürfte schon Sachsen-Anhalt sein. Also von Hamburg aus grobe Richtung Goslar. Warum?«

»Ach, ich habe nur überlegt, dich da mal zu besuchen.«

Mich? Besuchen? Im Westharz?

Das ist nun aber eine sehr unerwartete Wendung! An der Geschichte stimmt etwas nicht, da kann man eindeutig mit dem Stock dran fühlen. »Aber ich denke, du bist so erkältet. Ist das dann das Richtige für dich?«

Finja schluckt hörbar. »Also, *so* schlecht geht es mir auch wieder nicht, und ich habe das Gefühl, ein Tapetenwechsel würde mir ganz guttun.«

»Klar, warum auch nicht. Aber wie machst du das mit den Kindern? Willst du die etwa mitbringen? Ich glaube nicht, dass das hier so spannend für die drei …«

»Natürlich will ich die Kinder nicht mitbringen«, fällt Finja mir mit einem motzigen Unterton ins Wort. »Dann könnte ich auch gleich zu Hause bleiben. Ich werde Mama fragen, ob sie mal einspringen kann. Die ist ja seit gestern aus der Karibik zurück. Außerdem haben die Kinder auch einen Vater. Vielleicht kümmert der Herr Chefarzt sich mal selbst.«

Oha! Eindeutig schiefer Haussegen in Wellingsbüttel. So habe ich Finja noch nie erlebt. Die ist ja richtig krawallig! Vielleicht ist ein bisschen Auslauf dann wirklich nicht das Schlechteste.

»Ruf mich einfach an, wenn deine Kinderbetreuung steht, dann sage ich dir, wo wir gerade sind. Komm gerne ein paar Tage mit uns auf Tour, kannst ja mit bei mir im Zimmer schlafen.«

»Ach danke, das ist super! Ich werde mich auch bemühen, dich nicht anzustecken.«

»Keine Sorge, davor habe ich keine Angst.« *Weil du nämlich meiner Meinung nach überhaupt nicht erkältet bist,* füge ich in Gedanken hinzu. In diesem Moment signalisiert mir mein Handy mit einem Klopfton, dass ein weiterer Anruf in der Leitung wartet. Ich schaue schnell auf das Display – es ist Susanne.

»Du, Finja, meine Chefin versucht, mich zu erreichen. Da muss ich eben rangehen.«

»Alles klar, ich melde mich dann.« Sie legt auf, und sofort klingelt mein Handy.

»Hallo!«, begrüße ich Susanne. »Ich habe auch schon versucht, dich zu erreichen.«

»Hat mir Frau Smit schon erzählt. Es gibt großartige Neuigkeiten!« Susanne klingt völlig euphorisch.

»Echt? Was denn?«

»Ich sage nur: *thomas talkt.*«

»Wow, das klappt?«

»Jepp. Und sie wollen ihn schon an diesem Freitag in der Sendung haben. Haben dafür wohl extra einen anderen Gast rausgekickt. Ist das nicht sensationell?«

Unglaublich! Was hat Dwaine bloß mit Mona Reinert angestellt? Sollte er wirklich Gottes Geschenk an die Frauen sein? Wobei, nein, *so* genau will ich es nun wirklich *nicht* wissen.

»He, bist du noch dran?«, fragt Susanne. »Du sagst ja gar nichts mehr.«

»Doch, doch. Mir hat es vor Begeisterung nur gerade die Sprache verschlagen! Die Redakteurin von *thomas talkt* war gestern bei Dwaines Show, aber dass da so schnell etwas passieren würde, hätte ich nicht gedacht. Klasse!«

»Und es kommt noch besser: Rate, was ich gerade noch mit dem Verlag verhandelt habe.« Wenn Susanne diesen besonderen Unterton in der Stimme hat, kann man in ihren Augen wahrscheinlich gerade Dollarzeichen sehen. Oder Eurozeichen, um genau zu sein.

»Nun mach's nicht so spannend. Was denn?«

»Schafft es Dwaines Buch unter die Top Ten der Bestsellerliste, bekommen wir noch mal ein sattes Erfolgshonorar. Na, wie klingt das?«

»Ich finde, das klingt nach einer fetten Prämie für die betreuende Projektleiterin!« Wir müssen beide lachen. »Gut, Top Ten ist wahrscheinlich nicht besonders realistisch, aber wer weiß …«

»Ich glaube, Herr Salchow hält das für nahezu ausgeschlossen, sonst hätte er sich wohl nicht darauf eingelassen«, gibt Susanne mir recht. »Aber durch *thomas talkt* kommen wir in die richtige Richtung. Ich habe mir mal die Verkaufsränge der Bücher angeschaut, über die in der Show gesprochen wurde – wir könnten es schaffen.«

»Lass mich raten – der Verlag weiß noch nichts von der Einladung in die Talkshow, oder?«

»Reicht doch, wenn die das am Mittwoch erfahren. So, und jetzt muss ich los in die nächste Besprechung. Die Möbelhausjungs haben wieder irgendwelche tollen Pläne. Wir sprechen später noch mal, tschüs!«

Susanne ist wirklich ein Schlitzohr. Gut, es ist natürlich nicht verboten, das Beste herauszuverhandeln. Aber ich wäre im Leben nicht auf so eine Idee gekommen. Ich hätte als Erstes treudoof von *thomas talkt* erzählt und mich dann gewundert, warum sich niemand auf die Prämienidee einlassen will. Ach was, die Prämienidee wäre mir erst gar nicht gekommen.

Manchmal frage ich mich, ob ich im falschen Job arbeite. Nicht, dass ich auf das Gerede meiner Mutter vom echten, wertvollen Journalismus etwas geben würde. Aber verglichen mit Susanne bin ich wahrscheinlich viel zu sehr Gutmensch, um als PR-Frau so richtig *richtig* erfolgreich zu sein. Wahrscheinlich wäre ich als Pressesprecherin der evangelischen Kirche besser. Oder vom deutschen Tierschutzbund. Wobei – meine Tierliebe hat bisher nicht mal für einen Goldfisch gereicht, geschweige denn für etwas Größeres. Vielleicht nimmt mich Greenpeace, wenn ich behaupte, schon seit Jahren keinen Thunfisch mehr gegessen zu haben?

Während ich noch über neue berufliche Perspektiven jenseits von Public Relations sinniere, setzt sich Dwaine neben mich auf die Bank.

»Hast du gestern wirklich einen mit Tom draufgemacht?«, reißt er mich aus meinen Gedanken.

»Wie bitte?«

»Na, ob du gestern Nacht wirklich noch einen mit unserer Schnullerbacke draufgemacht hast.« Das scheint den Guten ernsthaft zu beschäftigen. Ich beschließe, ein wenig Öl ins Feuer zu gießen.

»Ja, wir hatten tatsächlich noch viel Spaß.«

Dwaine schnaubt empört. »Viel Spaß? Mit *Tom?* Du willst mir nicht erzählen, dass du mich auf dem Kiez sitzen lässt, gerade als der Abend beginnt, richtig lustig zu werden, aber mit einem solchen Weichei hast du Spaß in einem Kaff mitten im Nirgendwo. Ach komm, das glaube ich jetzt nicht.«

»Dann lässt du es halt«, entgegne ich kühl.

»Das ist ein Spiel, oder? Du spielst mit mir.« Dwaine beugt sich vor und mustert mich. »In Wirklichkeit bist du längst rattenscharf auf mich, aber du musst mir unbedingt beweisen, dass ich bei dir keine Chance habe.«

Was für ein eingebildeter Idiot! Jetzt beuge ich mich auch vor und mustere Dwaine genauso eindringlich wie er mich.

»Genau, Dwaine, du hast es erkannt: Es ist ein Spiel. Und gewinnen werde ich.« Dann stehe ich auf und lasse den Blödmann einfach sitzen.

15. Kapitel

Zwei Tage später ruft mich Finja schon morgens um acht Uhr an. Nachdem der gestrige Abend wieder relativ lang war, weckt sie mich, und ich muss erst eine Weile nach dem Handy auf meinem Nachttisch suchen. Ihren ersten Anruf verpasse ich deshalb, aber bevor ich sie zurückrufen kann, lässt sie es noch mal klingeln.

»Also, Schwesterlein, alles klar«, ruft sie aufgeregt in den Hörer, »die Kinderbetreuung steht. Wo soll ich hinkommen?«

»Morgen, Finja«, bringe ich heraus, bevor ich kräftig gähnen muss. »Lass mich erst mal wach werden. Ich kann noch gar nicht klar denken.«

»'tschuldigung, aber ich will hier so früh wie möglich losfahren und wollte deshalb keine Zeit verlieren.« Unwillkürlich muss ich an einen Flummi denken, der mit einem *Boing* immer wieder in die Höhe springt. Und das um diese Uhrzeit!

»Hm, verstehe«, murmle ich, während ich mich im Bett aufsetze. »Also, wir sind jetzt in Holtau, das ist kurz vor Leipzig. Kommst du mit dem Zug oder mit dem Auto?«

»Mit dem Zug. Ich lasse Mama mein Auto da – Alexander rückt seines garantiert nicht raus. Lieber setzt der Mama mit der ganzen Bande in den Bus, als sie ans Steuer seines wertvollen Cayennes zu lassen.«

»Höre ich da eine kleine Spitze? Was ist eigentlich bei euch los?«

»Gar nichts, wieso?«, tut Finja ganz unschuldig, nur um

dann mit definitiv spitzem Unterton hinterherzuschicken: »Aber du weißt doch, wie sich Alexander immer mit seinem Auto anstellt. Also, wo komme ich am besten hin?«

Ich seufze. Schätze mal, da ist nachher ein Gespräch unter Schwestern fällig. »Ich glaube, es ist am besten, wenn du nach Leipzig fährst. Sag mir Bescheid, wann du ankommst. Ich hole dich dann ab, und wir fahren zusammen nach Thanow, das ist der nächste Veranstaltungsort.«

»Danke, Nina! Du bist ein Schatz!«

»Ja, kein Problem.«

Als wir aufgelegt haben, drehe ich mich noch mal im Bett um. So komisch, wie Finja momentan unterwegs ist, könnten die nächsten Tage noch anstrengender werden, als sie ohnehin schon sind. Da kann ein bisschen mehr Schlaf bestimmt nicht schaden.

Ich bin gerade weggedämmert, als es an meine Tür klopft. Menno! Was soll das denn? Sollte das Zimmermädchen um Viertel nach acht das dringende Bedürfnis haben, nach dem Rechten zu sehen und ein bisschen aufzuräumen? Ich stelle mich tot und bleibe einfach liegen.

Das Klopfen wird energischer.

Da hilft nur noch das Kissen, das ich mir unwillig auf mein Ohr drücke. Trotzdem höre ich Dwaines Stimme: »He, ich weiß, dass du da drin bist. Ich muss dringend mit dir sprechen.«

Der spinnt doch! Ich spiele mit dem Gedanken, nicht zu reagieren, aber er hämmert jetzt mit einer Heftigkeit gegen meine Tür, dass ich Angst habe, gleich den Wachdienst am Hals zu haben. Ich habe mit Dwaine kaum noch gesprochen, und offenbar tut ihm diese Form von Liebesentzug überhaupt nicht gut. Ich winde mich also aus dem Bett, ziehe meinen Bademantel über und wanke zur Tür.

»Was gibt's denn so Wichtiges zu besprechen?«

Dwaine antwortet nicht gleich, sondern drängt sich an mir vorbei durch die Tür und setzt sich auf den einzigen Sessel in meinem Zimmer.

»Nina, so geht das nicht weiter mit uns«, beginnt er und setzt dabei seinen Dackelblick auf. »Ich habe die ganze Nacht nicht geschlafen. Morgen Abend ist der wichtigste Auftritt meiner Karriere, da muss ich fit sein. Also – ich möchte, dass wir uns wieder vertragen, denn so kann ich nicht arbeiten.«

Ach. Dwaine ist offensichtlich sensibler als gedacht.

»Haben wir uns denn gestritten?«, frage ich mit honigwarmer Stimme, als könne ich kein Wässerchen trüben.

»Also komm – seit zwei Tagen ignorierst du mich.«

Das lasse ich so erst einmal im Raum stehen. Es stimmt ja auch.

Dwaine windet sich ein wenig, dann platzt es aus ihm heraus: »Okay, ich habe gesagt, dass du eigentlich scharf auf mich bist. Tut mir leid! Es war nicht so gemeint. Ich wollte dich provozieren, und es kommt nicht wieder vor. In Zukunft nur Business, von mir aus. Aber lass uns wieder normal miteinander umgehen. Friede?«

Dieser Mann schafft es doch immer wieder, mich zu überraschen. Ich hätte nie gedacht, dass er sich so offen und aufrichtig bei mir entschuldigen würde. Ich unterdrücke ein Lächeln. »Von mir aus. Friede.«

Er steht auf und reicht mir die Hand; ich schüttle sie und mustere ihn dabei aufmerksam. »Aber sag mal, du hast nicht wirklich die ganze Nacht nicht geschlafen, weil du dir wegen mir Gedanken gemacht hast. Das glaube ich nicht. Also, was ist los?«, bohre ich nach.

»Ja, es gibt noch ein anderes Problem. Ich …« Er zögert einen Moment, dann seufzt er und fragt: »Was ziehe ich bloß für die Talkshow an? Ich will gut aussehen, sexy, verstehst du? Das Publikum soll mich lieben. Meinst du, mein weißer Smoking passt? Weil, wenn nicht, muss ich noch shoppen gehen. Und ich brauche eine Frau mit gutem Geschmack. So eine wie dich.«

Ha! Ich wusste es: Es gab noch einen anderen Grund. Dwaine schmeißt mich also in aller Herrgottsfrühe aus dem Bett, weil er einkaufen möchte? Andererseits: Irgendwie ist es schon süß, dass er nervös ist und offen zugibt, meine Hilfe zu brauchen.

»Gut«, seufze ich, »ich hole später meine Schwester vom Bahnhof in Leipzig ab. Komm mit, dann können wir dort nach Klamotten für dich gucken. In Leipzig finden wir bestimmt etwas Passendes.«

»Deine Schwester kommt? Wie reizend!«

Oh-oh … »Dwaine?«

»Ja?«

»Lass die Finger von ihr, klar? Du erinnerst dich: in Zukunft nur Business. Das betrifft auch alle meine Familienmitglieder, inklusive meiner Mutter, Großmutter und Urgroßmutter.«

Dwaine schlägt gespielt die Hacken zusammen. »Aye, aye, Sir.«

»Also langsam nervt dieser Typ.« Tom hat seinen Laptop wieder mit zum Frühstück gebracht und zeigt uns die neuen Beiträge auf Dwaines Fanseite. Die gute Nachricht: Mittlerweile hat Dwaine schon fast dreitausend Fans. Immer noch nicht Til Schweiger oder Madonna, aber immerhin.

Die weniger gute: Fred Frauenversteher hat sich heute Nacht wieder gemeldet. Mittlerweile macht er das täglich, manchmal sogar mit zwei oder drei Einträgen.

Fred Frauenversteher: Hallo Dwaine, habe über deine plumpen Anmachtricks in Kapitel 10 und 11 nachgedacht. Besonders peinlich ist die Wette um einen Kuss. Verstehe ich dich richtig? Du wettest ernsthaft mit einer Frau um fünf Euro, dass du sie küsst, ohne ihre Lippen zu berühren? Und dann küsst du sie und gibst ihr den Fünfer? Und das macht sie so an, dass sie dich ganz toll findet? Mein Lieber, das klappt doch nicht mal in der Dorfdisco von Hintertupfing! Vergiss nicht: Frauen sind denkende Wesen. Im Gegensatz zu dir. Dein Fred

4 Personen gefällt das.

Simone Neuthaler: Echt, so plump? Ich wohne zufälligerweise in Hintertupfing, und ich kann nur bestätigen: Das funktioniert nicht mal hier. Hat der Typ nichts Besseres drauf?
Dwaine F. Bosworth: He, Fred, aus dir spricht der Neid. Du glaubst nicht, wie viele sehr, sehr (!) heiße Küsse ich schon mit dieser Nummer abgestaubt habe. Und wenn du schon bei Kapitel 11 bist, solltest du bis dahin gelesen haben, dass ein heißer Kuss die Zielgerade ins Bett ist. Aber du bist wahrscheinlich ein elendiger Theoretiker. Oder, noch wahrscheinlicher, du bist eine Frau. Eine frustrierte Frau. Also nichts für ungut.
Klaus Leopold: Dwaine, ich habe es genau so ausprobiert. Es hat funktioniert. Wir haben geknutscht, und sie gab mir ihre Nummer. Werde berichten, wie es weitergeht.
Dwaine F. Bosworth: Way to go, Klaus. Lass dich von Freds Gejammer nicht verunsichern. IT WORKS!

Ich muss lächeln. Genau das Gleiche wie Freund Frauenversteher und diese Simone habe ich mir auch gedacht, als ich es zum ersten Mal gelesen habe. Auf so eine plumpe Masche kann ernsthaft keine Frau reinfallen, die schon einmal einen Abend bei klarem Bewusstsein in einer Bar verbracht hat. Das ist einfach völlig ausgeschlossen. Und der Abend in der ChiChi-Bar hat ja auch eindrucksvoll bewiesen, dass dieser Baggertipp bestens dazu geeignet ist, eine fulminante Bauchlandung einzuleiten.

»Mach dir keine Gedanken, Tom«, beruhige ich ihn, »Dwaine hat bestimmt recht, und ein bisschen Leben kann der Seite nur guttun. Ich finde Fred außerdem ganz lustig.«

»Du bist auch eine Frau. Also eindeutig keine Zielgruppe.«

»Nina, ich freu mich so, dich zu sehen!« Finja fällt mir am Bahnsteig um den Hals, als wären seit unserer letzten Begegnung mindestens zehn Jahre vergangen. Tatsächlich waren es nur vier Tage, offenbar für sie aber gefühlt deutlich länger.

»Ich find's auch schön, dass du da bist«, antworte ich, wobei mir ein *Spuck's aus, was willst du wirklich hier* eigentlich lieber wäre. Aber ich werde schon noch herausbekommen, was hinter der plötzlichen Gefühlsverwirrung meiner großen Schwester steckt.

Dwaine ist mit zum Bahnhof gekommen. Galant nimmt er Finja mit einer Hand die Reisetasche ab, mit der anderen drückt er kurz ihren Unterarm. »Hallo Finja, schön, dich wiederzusehen.« Dazu grinst er so schmierig, dass ich ihm am liebsten *Denk dran: weder Schwester noch Mutter, Oma oder Uroma* zuraunen oder ihm einfach kräftig vors Schienbein treten würde. Aber Finja lächelt ihn dankbar an, und so unterdrücke ich meine gewalttätigen Fantasien.

»Du, Finja«, ergreife ich das Wort, um Dwaine von weiterem Begrüßungsgesäusel abzuhalten, »hast du Lust, mit uns ein bisschen shoppen zu gehen? Dwaine braucht noch etwas zum Anziehen für die Talkshow morgen.«

»Shoppen? Na klar, da bin ich dabei«, freut sich Finja.

Wir zockeln los und stolpern gleich in den Hauptbahnhofpromenaden über den Herrenausstatter Engbers, dessen Auswahl man wohl als gediegen-sportiv bezeichnen kann. Ein distinguierter Verkäufer steuert auf uns zu. »Sie wünschen?« Dabei mustert er Dwaine unauffällig von oben bis unten. Ich habe mich schon so an seinen Anblick gewöhnt, dass mir erst jetzt auffällt, wie unmöglich er wieder aussieht: schwarze Fransen-Lederjacke, darunter das lilafarbene Satinhemd mit Siebziger-Jahre-Kragen weit aufgeknöpft, damit man auch bloß das Geschmeide sieht; eine hautenge Röhrenjeans, die an einer bestimmten Stelle wie mit Socken ausgepolstert scheint; dazu Westernstiefeletten aus blauem Schlangenleder. Das ist unser Dwaine, der Möchtegernzuhälter.

Der Verkäufer lässt sich natürlich nichts anmerken, beflissen präsentiert er uns Sakkos, Anzüge, Hosen. Alles sehr geschmackvoll, sehr dezent, in gedeckten Farben – Braun, Dunkelblau, Grau und Schwarz. Dwaine rümpft die Nase. »Haben Sie nicht etwas Stilvolleres, ein bisschen was mit Farbe oder so?«

»Bedaure«, der Verkäufer zuckt mit den Schultern, »das ist die aktuelle Kollektion, also das, was man jetzt trägt.«

»Na, damit kriegen Sie aber kein Häschen zum Hoppeln«, klärt ihn Dwaine auf und verlässt schnurstracks den Laden. Etwas ratlos schaut uns der Mann an.

»Er ist Tierschützer«, behauptet Finja spontan, aber ganz so, wie man es von einer Vorzeigeehefrau erwarten würde: souverän, freundlich, ohne auch nur den leisesten Zweifel an ihrer Aussage aufkommen zu lassen. »Er vertreibt Hasen und

Damwild aus den Jagdgebieten, um sie vor Jägern zu schützen. Und dazu braucht er natürlich etwas, vor dem die kleinen Hoppelmänner und Bambis sofort Reißaus nehmen.«

Nun starrt der Verkäufer Finja fassungslos an. Wir verabschieden uns schnell und stolpern hinter unserem Modeexperten her. Dabei krame ich in meiner Handtasche nach dem Zettel, auf dem ich mir wohlweislich die Adressen von ein paar Geschäften in Leipzig notiert habe. Irgendwie hatte ich geahnt, dass so ein Einkaufsbummel mit dem Meister kein reines Vergnügen wird …

Auf dem Bahnhofsparkplatz will ich gerade auf mein Auto zusteuern, als mich Finjas gequiektes »O Dwaine!« im Lauf unterbricht. Von links rollt nämlich die weiße Stretchlimousine heran. Nee, oder?

»Dwaine, das ist jetzt nicht dein Ernst«, protestiere ich, als der Chauffeur aussteigt und uns die Tür aufhält.

»Natürlich, Baby«, grinst Dwaine weltmännisch, »ich weiß, was sich gehört, wenn ich mit zwei so entzückenden Täubchen unterwegs bin.«

Was für ein Angeber!

Mit hochrotem Kopf krabbele ich unter den neugierigen Blicken des umstehenden Publikums in den Fond. Wie peinlich! Meine Schwester dagegen ist ganz aus dem Häuschen. Sie klatscht vor lauter Begeisterung sogar in die Hände. »Ach Dwaine, das ist ja aufregend. In so einem Auto bin ich noch nie gefahren.«

Nein, denke ich, *als Hamburger Chefarztgattin warst du bis vor kurzem auch eher auf hanseatisches Understatement gepolt.*

Dwaine tätschelt gönnerhaft Finjas Knie und fragt: »Champagner gefällig, die Damen?«

Ich werfe ihm einen scharfen Blick zu. *Finger weg von den*

weiblichen Familienmitgliedern! Dwaine setzt sein unschuldigstes Lächeln auf und klopft an die Glasscheibe, die uns vom Fahrer trennt. Dieser fährt sie kurz ein Stück herunter.

»Mach uns mal ein bisschen Musik!«, befiehlt Dwaine. Es dauert keine zwei Sekunden, dann dudelt Maria Mena aus den Lautsprechern.

You self-destructive little girl
Pick yourself up, don't blame the world
So you screwed up, but you're gonna be OK

Finja seufzt tief. »Dass nun ausgerechnet dieses Lied kommt! Ich höre es momentan ständig, ich finde, es beschreibt mein Leben ganz genau. Das ist doch ein Zeichen!«

»Ja, ein Zeichen für gute Chart-Plazierung«, kommentiere ich bissig.

Now call your boyfriend and apologize
You pushed him pretty far away last night
He really loves you, you just don't always love yourself

»Soso, Frau Mena, im Zweifelsfall ist also die Frau schuld, oder was?« Das ist doch nicht zu fassen! Aber Finja ignoriert mich, und Dwaine tätschelt noch mal verständnisvoll ihr Knie.

»Zu Mey und Edlich in der Ernst-Mey-Straße«, weise ich den Fahrer ermattet an. Dann rollt die Stretchlimo los.

Leider kann auch Mey und Edlich den elaborierten Geschmack unseres Bestsellerautors nicht befriedigen. Langweilig, spießig und provinziell findet er die dargebotene Ware. Weiter geht's zu Peek und Cloppenburg. Immerhin lässt sich Dwaine hier überreden, in einen cremefarbenen Leinenanzug von Boss zu schlüpfen. Als er aus der Umkleidekabine kommt, trägt er unter dem Sakko nichts als seine gestählte Männerbrust. Ich fange an, mich in Grund und Boden zu schämen. Finja und die Verkäuferin allerdings können ihren Blick kaum von seinem Sixpack losreißen.

»Na ja, ganz nett«, Dwaine dreht und wendet sich vor dem Spiegel, »aber gar nicht mein Style.«

Langsam fange ich an, genervt zu sein. Als wir wieder in der Limo hocken, zische ich ihm zu: »Mensch, wir sind hier in Leipzig, nicht in Las Vegas.«

Er hebt beschwichtigend die Hände. »Schon gut, wenn wir nichts finden, hab ich ja immer noch meinen Smoking.« Und meine Schwester entblödet sich nicht, ein »Im Smoking siehst du bestimmt toll aus« hinterherzuschieben. Was ist bloß mit der los?

Zum Abschluss unserer Tour landen wir bei Breuninger am Markt. Dwaine stolziert in den Laden, schnippt den Verkäufer herbei und fragt von oben herab: »Sagen Sie, haben Sie hier etwas von Gucci oder Versace?«

Gucci? Versace? Bei dem Herrn scheint der plötzliche Reichtum ausgebrochen zu sein! Breuninger führt weder Gucci noch Versace, dafür haben sie ganz hübsche Hemden von Dolce & Gabbana. Dwaine liebäugelt selbstredend mit dem schrillsten Exemplar: weißer Kragen, weiße Manschetten, der Rest über und über mit roten und schwarzen Pünktchen übersät. »Sitzt tadellos. Und passt prima zum Smoking«, entscheidet er sich.

Klar, denke ich gehässig, *wenn man als Clown im Zirkus auftreten möchte, ist es perfekt.*

Dwaine drückt mir seine Beute in die Hand, hakt Finja unter und flaniert mit ihr in Richtung Limousine. »Nina, bist du so nett und erledigst das mal eben? Ich hab gar kein Geld dabei …«

Sprachlos starre ich den beiden hinterher und wanke dann zur Kasse.

»240 Euro, bitte. Zahlen Sie bar oder mit Karte?«

240 Euro? Für ein hässliches Hemd? Ich glaub, ich spinne!

In Thanow wollen Finja und ich uns erst einmal ein wenig frisch machen. Tom, der im Hotel schon auf uns gewartet hat, empfängt uns mit einem vorwurfsvollen: »Wo wart ihr denn so lange?«

»Shoppen. Mit Dwaine. Weißt Bescheid?«, erkläre ich kurz.

»Ach so.« Tom guckt mitleidig. »Alles klar.« Dann schnappt er sich den Fashion-King, um mit ihm das örtliche Gemeindezentrum, in dem am Abend der Auftritt stattfindet, zu erkunden. »Ich hab das im Griff, Nina, ruht euch ruhig ein bisschen aus.«

Ich lächle ihn dankbar an und schiebe meine Schwester in den Aufzug, bevor die auf die Idee kommen kann, doch noch etwas mehr Zeit mit Dwaine verbringen zu wollen.

»Der ist aber auch sehr nett«, sagt Finja, kaum dass sich die Tür geschlossen hat.

»Das ist Tom«, entgegne ich irritiert.

»Und das eine schließt das andere aus, oder was?«

Ich verdrehe genervt die Augen. »Finja, im Ernst: Ausruhen ist jetzt angesagt, nicht über irgendwelche Männer reden, okay? Das kann heute Abend alles ganz schön anstrengend werden.«

»Meinst du?«

Ja, Schwesterchen, denke ich. *Glaub mir einfach. Alles, was mit Dwaine zu tun hat, wird irgendwann anstrengend …*

Und richtig: Als Finja und ich um 19:30 Uhr im Gemeindezentrum auflaufen, ist der Saal schon rappelvoll, ausverkauft bis auf den letzten Platz. Auch der sächsische Mann braucht anscheinend dringend Baggerhilfe. Wir quetschen uns zu Tom in den kleinen Regieraum auf der Empore, von dem wir einen 1-a-Blick auf die Bühne haben.

»Ich bin ja sooo gespannt«, raunt Finja mir zu. Irgendwie erkenne ich meine Schwester gar nicht mehr wieder. Sie ist so aufgedreht. Und, nebenbei bemerkt, für den Anlass etwas zu aufgerüscht in ihrem Kleidchen, das irgendwo zwischen *kleinem Schwarzen* und *einem Hauch von Nichts* rangiert. Auch ihre silbernen High Heels finde ich für das Thanower Kopfsteinpflaster eher suboptimal. Auf dem Weg vom Hotel hierher hat sie sich schon fast das Bein gebrochen.

Das Saallicht erlischt, dann beginnt die große Show, die Dwaine mittlerweile routiniert abspult. Ich kann sie selbst schon herunterbeten, und wahrscheinlich dauert es auch nicht mehr lang und ich kann mühelos eines seiner Go-go-Girls ersetzen – selbst eine tänzerische Null wie ich dürfte die richtige Schrittkombination langsam draufhaben.

Zwei Stunden später tobt die aufgewühlte Menge. Bei der anschließenden Signierstunde wird Dwaine vor lauter Begeisterung fast erdrückt. Wir anderen drei beobachten den Tumult aus sicherer Entfernung.

»Wow!«, flüstert Finja atemlos. »Was für ein Auftritt. Der Mann ist ja echt der helle Wahnsinn!« Sie scheint völlig hingerissen zu sein. Tom und ich gucken uns erstaunt an.

Dwaine will den Erfolg natürlich begießen. Wir landen im einzigen Thanower Restaurant, einem kleinen italienischen, das kurioserweise von einem vietnamesischen Ehepaar betrieben wird. Finja schält sich aus ihrem Mantel und humpelt erst mal zur Toilette; einer ihrer Stilettos hat die Schlaglöcher offenbar nicht überlebt. Dwaine pfeift ihr anerkennend hinterher. »Baby, du siehst heiß aus!«

Meine Schwester kichert und entschwindet.

»Dwaine!«, fahre ich ihn an. »Lass das! Denk dran, wir haben eine Abmachung.«

»Kein Grund zur Eifersucht. Ich wollte nur nett sein«, erwidert er.

»Und überhaupt«, zicke ich weiter, »ich bekomme noch 240 Euro von dir.«

»Wofür?«

»Für dieses scheußliche Hemd. Du erinnerst dich?«

»Ich dachte, das geht jetzt mal auf Agenturkosten. Das könnt ihr doch bestimmt absetzen, als Spesen oder Arbeitsmaterial oder so. Schließlich musste ich schon die Go-gos, die Stretchlimousine und den Chauffeur bezahlen.« Dwaine guckt mich bittend an. »Der Spaß kostet satte tausend Tacken am Tag.«

»Na und? Ich denke, in Amerika bist du Auflagenmillionär. Da muss doch ein bisschen was hängen geblieben sein.«

»Klar, das bin ich prinzipiell natürlich auch. Aber die Finanzkrise, der Aktienmarkt … du weißt schon – Rentabilität ist nicht automatisch Liquidität, und deshalb …«

»Dwaine«, unterbreche ich ihn kühl, »wir sind hier nicht im Proseminar Betriebswirtschaftslehre. Also, was ist jetzt mit der Kohle?«

Er guckt mich böse an, dann gibt er zu: »Ehrlich gesagt, bin ich gerade ein bisschen klamm …«

Ach nee, schön einen auf dicke Hose machen, sich das aber gar nicht leisten können, denke ich – und dummerweise ist es da auch schon aus meinem Mund heraus: »Ach nee, schön einen auf dicke Hose machen, sich das aber gar nicht leisten können?«

Mist. Damit bin ich nun definitiv zu weit gegangen. Tom pult verlegen an der Tischdecke herum, Dwaine hat wieder seinen Hundeblick aufgesetzt. Bevor er noch anfängt zu hecheln und zu sabbern, sage ich: »Okay, ich werde nachfragen, was Susanne dazu meint.« Sollte ich mich vielleicht auch noch bei ihm für die schroffe Anfuhr entschuldigen? Genau im richtigen Moment kommt nun aber Finja zurückgestöckelt: »Kaugummi!«, strahlt sie.

»Eine tolle Frau findet eben immer Mittel und Wege«, ölt Dwaine los. Das scheint bei ihm ein Reflex zu sein. Aber immerhin ist die angespannte Situation damit vom Tisch, und wir bestellen Antipasti, Pasta und eine Flasche Rotwein. Mein Schwesterherz stürzt ihr erstes Glas herunter, als wäre es Wasser, und hält es Dwaine zum Nachfüllen sofort unter die Nase. So geht es munter weiter.

Nach ihrem dritten Glas im Turbotempo reicht es mir. »Vielleicht solltest du zwischendurch auch mal etwas essen«, sage ich und deute auf ihren vollen Teller.

»Meine Güte, Nina«, Finja stupst mich an, »du hörst dich an wie unsere Mutter.« Dann rutscht sie noch ein wenig näher zu Dwaine und gurrt: »Du warst einfach großartig heute Abend. Einfach groß-ar-tig!«

»Ja, das war ich«, grinst der Gelobte. Wie er da so selbstgefällig und breitbeinig sitzt, könnte ich ihm glatt ein paar reinhauen.

»Da bekommt man als Frau glatt Lust, deine Tipps am eigenen Leib zu erfahren«, schmeichelt sie weiter.

»Honey«, haucht Dwaine ihr ins Ohr, »ich gebe dir gerne eine Kostprobe meines Könnens …«

»Tja, zu schade, dass Finja schon in festen Händen ist. Fester geht es ja kaum«, unterbreche ich das Geturtel und bin kurz davor, auf den Tisch zu hauen. Tom malträtiert schon wieder die Tischdecke und bestellt vorsichtshalber noch eine Flasche Wein.

Als wir beim Dessert angelangt sind, ist meine Schwester stockbesoffen und sitzt fast auf Dwaines Schoß. »Du bisssa ssso sssüssss«, lallt sie, »hättich dich blosss früher getrowwen …«

»Das Schicksal wollte es leider anders«, wehrt er ihre Liebesbekundungen charmant, aber bestimmt ab und bestellt die Rechnung. Nanu, sollte da ein Rest Anstand in diesem verkommenen Cowboy sitzen?

In ihrem Zustand und auf diesen Schuhen schafft Finja den Weg zum Hotel niemals. Dwaine nimmt sie beherzt huckepack und schreitet entschlossen voran. Tom und ich folgen mit einem kleinen Sicherheitsabstand.

»Uuha, mir isss ssso übel«, jammert die Schnapsleiche.

»Sag mal, was ist denn in deine Schwester gefahren?« Tom, der offenbar seine Sprache wiedergefunden hat, schaut mich kopfschüttelnd an. »Die machte in deinen Erzählungen bis jetzt eigentlich eher einen kontrollierten Eindruck.«

»Ich weiß es nicht«, seufze ich. »Wenn sie morgen wieder klar ist, werde ich mal in Ruhe mit ihr reden.«

Als Dwaine mit seinem brabbelnden Gepäck an der Rezeption vorbeigeht, schreckt der Nachtportier aus seinem Nickerchen. »Herrje, ist die Dame verletzt? Soll ich einen Arzt rufen«, fragt er bestürzt.

»Nein, nein«, beruhige ich ihn, »da hat jemand nur ein klitzekleines bisschen zu tief ins Glas geschaut.« Ich verabschiede mich von Tom und wünsche ihm eine gute Nacht. Dann schaue ich mich um. Wo ist denn jetzt Dwaine mit Finja hin? Der wird doch wohl nicht …?

Zwei Stufen auf einmal nehmend, stürme ich die Treppe

rauf. Ich hechte in unser Zimmer und sehe gerade noch, wie Dwaine Finja vorsichtig auf dem Bett ablegt, ihr die High Heels abstreift und ihr die Decke bis zum Kinn zieht.

Er geht aus dem Zimmer, an der Tür dreht er sich noch einmal um. »Hase«, sagt er streng zu mir, »was denkst du eigentlich? Entweder kommen die Rehlein freiwillig mit oder nicht. Ich habe es nicht nötig, meine Beute zu sedieren.«

Dem Rehlein geht es erwartungsgemäß am nächsten Morgen gar nicht gut: Es ist sehr blass um die Nase und sitzt mit einem Glas stillem Mineralwasser vor mir am Frühstückstisch. Ich schiebe Finja eine Packung Aspirin über den Tisch, die ich noch in meiner Handtasche gefunden habe. Wortlos greift sie danach und nimmt zwei Tabletten mit einem großen Schluck Wasser.

»Danke, Nina. Ich hoffe, die helfen schnell.«

»Vielleicht legst du dich einfach noch mal hin? Ich habe mit der Rezeption gesprochen, wir brauchen das Zimmer erst um 15 Uhr zu räumen, du könntest also noch ein bisschen schlafen, bevor wir zum nächsten Veranstaltungsort fahren.«

Finja nickt. »Ja, ist vielleicht eine gute Idee. Mein Gott, geht es mir schlecht.«

»Du hast aber gestern auch ganz schön zugelangt. Was ist denn bloß los mit dir?«

»Wieso?«, fragt sie gereizt. »Ich war eben in Partylaune.«

»In Partylaune? Das glaube ich nicht. Also, schieß los – wo ist das Problem? Stress mit dem Göttergatten?«

Finja schüttelt den Kopf. »Bitte, Nina, lass uns ein anderes Mal darüber reden. Ich bin so fertig, ich will einfach nur wieder ins Bett.«

»Okay, wenn du nicht drüber reden willst …« Ich zucke mit den Schultern. »Aber nur, damit du es weißt – wenn ich da irgendwie helfen kann, lass es mich wissen.« »Danke, das weiß ich zu schätzen.« Sie lächelt mich matt an. »Und es gibt tatsächlich etwas – könnte ich ein paar Tage bei dir wohnen, wenn wir wieder in Hamburg sind?«

Ich seufze. *Aha: Ehekrise!* Wusste ich es doch.

»Klar, das geht in Ordnung. Wenn wir morgen wieder nach Hamburg fahren, kannst du gleich mit zu mir kommen.«

16. Kapitel

Die Aufnahmeleiterin unterhält sich angeregt mit dem Knopf in ihrem Ohr. Sie gestikuliert, zeigt mal auf Dwaine, mal auf die Dressler-Zwillinge und den anderen Studiogast, mal auf den noch leeren Platz von Moderator Kay Thomas. Ich stehe am Studioeingang, direkt neben mir die Maskenbildnerin, die die Szenerie gelangweilt beobachtet. Hat die es gut! Langeweile ist ein Gefühl, das ich gerade auch sehr gerne hätte. Stattdessen bin ich unglaublich aufgeregt.

Direkt neben mir geht jetzt die schwere Metalltür auf – und es erscheint Kay Thomas. Das kann doch nur bedeuten, dass es gleich losgeht. Deutschlands beliebtester Talkmaster schlendert ins Studio und verströmt Lässigkeit aus jeder Pore. Ganz Vollprofi eben. Und gut schaut er aus. Zwar nicht besonders groß, aber ein sehr sportlicher Typ, leicht gebräunt, die dunklen Haare an den Schläfen schon etwas ergraut. Mit anderen Worten: Kay Thomas ist ein schöner Mann. Das scheint mittlerweile auch Dwaine erkannt zu haben, denn er beginnt, sich aufzuplustern. Streckt sich in seinem Sessel, fährt sich immer wieder durch die Locken und zerstört damit wahrscheinlich eine Stunde harter Arbeit in der Maske. Nun knöpft er tatsächlich auch noch das sauteure, saubunte D&G-Hemd von unserem Leipziger Shoppingtrip einen Knopf weiter auf. Ich seufze. Hoffentlich geht die Nummer hier nicht gleich grandios in die Hose!

Kay Thomas nimmt hinter seinem Tisch Platz, die Maskenbildnerin pudert noch ein letztes Mal allen die Näschen. Die

Managerin der Dressler-Zwillinge verhandelt mit der Aufnahmeleiterin – auf keinen Fall näher als einen halben Meter an die Damen heran, auf keinen Fall! Gut, für ihre mutmaßlichen siebzig Jahre haben sich die beiden sensationell gehalten, wahrscheinlich sollte man aber tatsächlich nicht genauer hinsehen. Dann die Stimme der Regie aus dem Off: »So, noch zehn Sekunden, dann sind wir drauf. Viel Spaß!«

Kurz darauf ertönt die Erkennungsmelodie der Show – jetzt wird's ernst. Kay Thomas begrüßt seine Gäste und stellt sie einzeln vor. Erst die Dresslers, dann den anderen Gast, der Winfried Bornhold heißt und Verhaltensbiologe ist. Als Dwaine an der Reihe ist, grinst er so breit, dass er eine Banane locker quer verspeisen könnte. Seriös ist anders, aber bei seinem Outfit und der Vorstellung als Verführungskünstler hätte ihn wahrscheinlich sowieso niemand für den Finanzvorstand der Kreissparkasse Storman gehalten.

Die Dresslers gehen mal wieder auf Abschiedstournee und erhalten hier Gelegenheit, diese Tatsache sowie alle 32 Auftrittsorte gefühlte 45 Mal zu erwähnen. Dann plauschen sie mit Thomas über ihre glanzvollen Jahre als Entertainerinnen in den frühen sechziger Jahren des letzten Jahrhunderts. Dwaine guckt gelangweilt. Vermutlich hat er *thomas talkt* noch nie zuvor gesehen und wundert sich jetzt, dass hier noch andere Leute außer ihm zu Wort kommen. Frau Smit hatte ihm zur Vorbereitung zwar ein paar ältere Sendungen auf DVD gebrannt, aber der Meister hatte bestimmt Besseres zu tun. Nun gähnt er ausgiebig und zeigt dabei noch einmal sein ebenmäßiges Gebiss. Schöner kann man Desinteresse gar nicht demonstrieren. Ich hoffe sehr, dass er darüber nicht seinen Einsatz verpasst, denn mittlerweile steuert Thomas auf eine Überleitung zum großen Meister zu.

»Eva, Marie – Sie waren absolute Sexsymbole, der Wunschtraum aller Männer. Haben Sie denn damals auch sogenannte Verführungskünstler wie Dwaine Bosworth kennengelernt? Für die waren Sie doch bestimmt eine begehrte ... äh, nun ... ich will es mal *Trophäe* nennen.«

Die beiden älteren Damen kichern und werfen sich gegenseitig vielsagende Blicke zu. »Ach wissen Sie, Herr Thomas«, beginnt Eva Dressler, »zu unserer Zeit brauchte man andere Dinge, um eine Dame zu beeindrucken. Ein buntes, aufgeknöpftes Hemd gehörte jedenfalls eindeutig nicht dazu. Wenn Sie Frank Sinatra einmal persönlich kennengelernt haben, wissen Sie: Ein echter Kerl ist trotzdem auch immer ein Gentleman.« Schwester Marie nickt heftig, Kay Thomas fixiert Dwaine.

»Nun, Dwaine. Was sagen Sie dazu? Hat man als Gentleman heute überhaupt noch Chancen? Wenn ich Ihr Buch richtig verstehe, sollte man Frauen nicht mit guten Manieren verwöhnen, wenn man Erfolg haben will.«

Dwaine zieht die Augenbrauen hoch und überlegt kurz. »Kay – hat Ihnen meine Agentur etwa das falsche Buch geschickt?«

»Nein, wieso?« Thomas guckt irritiert. »Wir reden doch über dieses hier, oder?« Bei den letzten Worten hält er Dwaines Buch frontal in die Kamera. Sehr schön! Das hat jetzt auch der Letzte deutlich gesehen.

»Tja, Kay, aber dann haben Sie es nicht richtig verstanden. Natürlich sind gute Manieren wichtig. Und gerade in Gegenwart von Damen.« Er grinst Marie und Eva an, und die fangen wie aufs Stichwort an zu kichern. »Ich habe den größten Respekt vor Frank Sinatra. Er war ein *Gott*. Aber ich glaube nicht, dass er den Frauen alles hat durchgehen lassen. Sehen Sie, ich höre heute oft, dass Männer möglichst nett und nachgiebig bei Frauen auftreten. Sie sind höflich, widersprechen nie. Und dann wundern sie sich, dass sie nie eine ins Bett kriegen. Dabei ist das völlig logisch.«

»Ich fürchte, das müssen Sie uns genauer erläutern«, hakt Thomas nach. »Ich habe es jedenfalls noch nicht verstanden.«

Dwaine seufzt, als habe er es mit der Dementenwohngruppe einer Seniorenresidenz zu tun. »Okay, ich will es noch mal versuchen. Es ist eine Frage des Respekts. Und so ungefähr nichts von dem, was uns Männern heute als gute Erziehung eingebleut wird, lässt Frauen Respekt vor uns haben: Tu, was Mami und ihre Freundinnen zu dir sagen, und du endest als frauenverstehender Schwächling. Wenn du Pech hast, wird sie dir noch ihren Liebeskummer mit allen möglichen geilen Kerlen klagen – aber ins Bett kriegst du sie so niemals.« Dwaine legt eine kurze, aber trotzdem bedeutungsschwere Pause ein, bevor er nachlegt: »Du musst dich nicht schlecht benehmen, aber du musst der Chef sein. Du machst klare Ansagen, du bestimmst, wie der Hase läuft.«

Kay legt den Kopf schief und mustert Dwaine, auch die Dresslers sind sehr interessiert, und Winfried Bornhold sieht so aus, als würde ihm gerade klarwerden, woran es bei ihm bisher immer gehapert hat.

»Ja, klare Ansagen, schönes Stichwort«, beginnt Thomas seine nächste Frage. »Nun hat eine Kollegin Sie ja schon einmal bei einer Ihrer Aufrisstouren begleitet und war nicht so begeistert. Sie kennen den Artikel sicherlich. Da ist auch von sexueller Belästigung die Rede. Was sagen Sie dazu?«

Auweia, mir wird heiß und kalt. Damit hatte ich nicht gerechnet. Mist, ich habe Dwaine nicht gut genug vorbereitet! Wenn das nun schiefgeht, habe ich es versemmelt. Dwaine allerdings bleibt völlig gelassen.

»Ach, Sie meinen Shari? Die Kleine, die mir in einer Bar erst einmal eine gescheuert hat?« Er strahlt den Talkmaster an.

»Diese Reaktion kenne ich schon. Viele Frauen reagieren erst einmal mit heftiger Ablehnung, wenn sie ihre eigentlichen Gefühle nicht zugeben wollen. Das ist normal. Es ist ja für keine Frau leicht, sich einzugestehen, dass sie mir im Grunde genommen schon nach fünf Minuten verfallen ist.«

»So, und diese Ohrfeige war also ein Zeichen inniger Zuneigung?«, hakt Thomas spöttisch nach.

»Genau so ist es. Entscheidend ist, wie es hinterher weitergeht. Warten Sie, ich zeige Ihnen etwas.« Dwaine greift sich in die Gesäßtasche und zieht ein Stück Stoff heraus. Als er es auseinanderfaltet, entpuppt es sich bei näherem Hinsehen allerdings als ein schwarzer Spitzentanga. »Sehen Sie, die Nacht war natürlich noch lange nicht zu Ende, als Ihre Kollegin keine Lust mehr hatte, zu recherchieren. Nach der Abfuhr kommt immer Teil zwei, garantiert. In diesem Fall die Versöhnung mit Shari. Ich war selbstverständlich noch einmal in dem Club und habe die Aussprache gesucht. Mit Erfolg. Dies hier«, er schwenkt den Tanga, »ist eine kleine, süße Erinnerung daran.« Dann blickt er direkt in die Kamera. »Shari, du heißes Teil! Du hast was Besseres als diesen milchgesichtigen Barbesitzer verdient. Also ruf mich gerne wieder an!«

Ach du Scheiße! Ich hoffe, Dwaine hat sich das nicht ausgedacht, denn sonst können wir uns schon einmal einen guten Anwalt suchen. Zugegeben, die Retourkutsche war klasse, aber wenn das gelogen war, werden wir einen Riesenärger bekommen. Gleiches scheint sich auch Kay Thomas zu denken, der einen Moment lang sprachlos ist. Wahrscheinlich überlegt er gerade, ob man auch den Sender für so etwas verklagen kann. Dann räuspert er sich und wechselt schnell das Thema.

»Äh, ja. Danke, dann hätten wir das ja geklärt. Herr Bornhold, Sie beschäftigen sich mit sozialen Strukturen in Ameisenhaufen …«

»Na, wie war ich?« Dwaine grinst mich sehr breit an. Noch bevor ich antworten kann, beugt er sich zu mir vor und flüstert mir ins Ohr: »Normalerweise sind die Damen, die ich das frage, nicht mehr in der Lage zu antworten. Sie sind zu erschöpft.«

Ich grinse ebenfalls. Das Spielchen spiele ich doch locker mit. »Erschöpft davon, sich den ganzen Abend deine Selbstbeweihräucherungen anzuhören?«

»Komm schon.« Er rückt so nah an mich heran, wie es der Tisch zwischen uns eben zulässt. »Ich war geil, oder?«

»Ts, ts, ts, was ist das wieder für eine Wortwahl?«, frage ich tadelnd. »Aber bevor du anfängst zu weinen: Ja, du warst toll. Ehrlich, du hast mir gut gefallen. Du warst schlagfertig, witzig – einfach toll. Gratulation. Und die Nummer mit dem Höschen: I a.« So viel zum Kuschelkurs, nun müssen wir noch über die harten Fakten reden. »Ich hoffe allerdings, die hast du dir nicht einfach ausgedacht, denn sonst sehe ich da das ein oder andere Problem auf uns zukommen.« Ich sehe ihn streng an.

»Pah!« Dwaine gibt einen verächtlichen Laut von sich. »Ich habe dir doch schon vorher gesagt, dass ich es draufhabe. Du wurdest gerade Zeugin einer strategischen Meisterleistung. Ich habe mich mit der DVD von Frau Smit gewissenhaft auf die Sendung vorbereitet und hatte schon vermutet, dass so etwas kommt. Die Geschichte mit dem Höschen habe ich mit der Dame vorher geklärt, für ein entsprechendes Honorar war sie gerne bereit, mir zu helfen. Von so einer blöden Journalistin lasse ich mir doch nicht in die Suppe spucken. Also mach dir keine Sorgen: Niemand wird mich verklagen.«

Ich bin perplex. Ich bin erleichtert. Und ich bin … wie soll ich's nennen … ja, ich bin auch beeindruckt. Wieder einmal zeigt sich, dass Mister Große-Klappe doch einiges mehr zu bieten hat als nur seine Sprüche, und das imponiert mir doch. »Na gut. Dann vertraue ich in diesem Punkt mal dem Wort des Ex-Anwalts Bosworth und gebe zu: Unter diesen Umständen warst du in der Tat sensationell!«

»Nina, dein Lob bedeutet mir viel.« Dwaine greift nach meiner Hand und hält sie fest, ich ziehe sie nicht zurück. »Sehr viel.«

Ich merke, wie sich die kleinen Härchen entlang meines Halses aufstellen – ein kribbeliges, aber durchaus angenehmes Gefühl. *Vorsicht,* mahnt meine innere Stimme, *das hier wird eindeutig zu heiß für dich! Wenn du nicht in Dwaines Sammlung enden willst, dann wechselst du jetzt besser das Thema.* Also ziehe ich meine Hand zurück. Schade. Eigentlich hätte ich gerne weitergemacht. Womit auch immer. Aber natürlich hat meine innere Stimme völlig recht.

Mit einem diensteifrigen Räuspern ziehe ich meinen Laptop aus der Tasche. Dwaine guckt völlig entgeistert.

»Du willst doch wohl jetzt nicht noch arbeiten, Hase?«

»Aber natürlich. Ich muss überprüfen, ob der gemeine deutsche Wald- und Wiesenfernsehzuschauer meine Begeisterung für deinen Auftritt teilt.«

»Aha? Und wie willst du das herausfinden?«

»Ganz einfach: auf Amazon. Der Verkaufsrang deines Buches war in den letzten Tagen meist vierstellig und schwankte immer so um Platz 1 000 herum. Schon nicht schlecht, aber bis ich meine Bestsellerprämie bekomme, muss da noch mehr passieren.«

»Deine Bestsellerprämie?« Dwaine schaut mich groß an. »Bitte was? Kriegst du noch mal Geld, wenn das Buch besonders erfolgreich ist?«

Ich nicke. »Natürlich. Woher, denkst du, stammt meine Leidenschaft für dein Buch? Aus meiner plötzlich erwachten Liebe zu chauvinistischer Literatur?« Hach, es mag manchmal nett sein, mich für einen kurzen Moment seinem durchaus vorhandenen Charme zu ergeben – aber es ist viel besser, ihm Paroli zu bieten!

Dwaine verzieht das Gesicht und gibt sich betont empört. »Aha. Du tust es also nur des Geldes wegen.«

»Jupp. So sieht es aus.«

»Okay, dann ist Amazon jetzt tatsächlich spannender als unser kleiner Flirt.« Dwaine steht auf, kommt um den Tisch herum und setzt sich neben mich. Gespannt warten wir, dass sich mein Computer im Internet einloggt und die Amazon-Seite erscheint. Ich gebe den Buchtitel ein und …

TATAAA!

Ich kann sie alle haben hat sich tatsächlich schon auf Rang 117 vorgearbeitet. Das ist ein Riesensprung, ich bin begeistert! Jetzt ist auch Dwaine auf einmal ganz aufgeregt.

»Wahnsinn! Dabei ist die Sendung noch keine Stunde zu Ende!«

»Ja, das hätte ich auch nicht gedacht. Ich meine, ich habe es gehofft – aber fest gerechnet habe ich damit nicht. Dann müssen ab morgen nur noch die Leute die Buchläden stürmen, und schon sind wir in einer Woche auch auf der offiziellen Bestsellerliste.«

Dwaine springt auf und … rennt weg? Komisch, wo will er denn hin? Dringendes menschliches Bedürfnis? Ich sehe ihm erstaunt nach, zucke dann aber mit den Schultern und überlege, ob ich die Zeit nutzen und kurz Susanne anrufen soll. Schließlich muss ich doch von unserem Erfolg berichten. Bevor ich aber dazu komme, ist Dwaine schon wieder da. Auch recht. Wahrscheinlich ist Susanne sowieso dauerhaft auf Amazon eingeloggt, und ich erzähle ihr überhaupt nichts Neues.

»Ich musste schnell ein wichtiges Accessoire besorgen: Champagner.« In diesem Moment erscheint der Kellner an unserem Tisch, bewaffnet mit einem Sektkühler und einer sehr vielversprechend aussehenden Flasche Veuve Cliquot.

Als unsere Gläser gefüllt sind, hebt Dwaine seines an und schaut mir tief in die Augen. »Liebe Nina!«

Oh, eine Ansprache – und das nur für mich, denn andere Gäste gibt es in diesem Bereich der Bar schon nicht mehr. Ich bin begeistert!

»Ich möchte mit dir hier und heute auf den Erfolg meines Buches anstoßen, der auch – und zwar nicht zuletzt – dein Erfolg ist. Ohne deine Idee, mich mit meinem Werk auf die Reise zu schicken, wäre das alles nicht passiert. Dafür möchte ich dir danken.«

Ich merke, dass ich ganz verlegen werde. So über den grünen Klee gelobt zu werden, ist mir immer ein wenig unangenehm.

»Und weil das so ist und du damit gewissermaßen auch mich zu demjenigen gemacht hast, der ich heute bin, möchte ich, dass du etwas von mir erfährst, was sonst niemand weiß. Vorausgesetzt, du versprichst mir, es niemandem zu erzählen.«

Öha. Mit Schweigegelübde? Der macht es aber spannend. Ich hebe feierlich meine rechte Hand. »Ich schwöre!«

»Gut.« Er macht noch einmal eine bedeutungsschwangere Pause, und ich finde es niedlich, mit welcher Ernsthaftigkeit mir Dwaine etwas über sich erzählen will, was wahrscheinlich wieder den Gehalt von amerikanischem Diätjoghurt hat.

»Liebe Nina, ich heiße nicht Dwaine. Und ich komme auch nicht aus Texas. Ich heiße Nils und komme aus Unna.«

17. Kapitel

Manchmal erfährt man Dinge, die man nicht glauben kann. Die man nicht glauben *will,* weil man sie schlicht für unmöglich hält. Und weil sie einer Katastrophe gleichkommen. Sehr gut erinnere ich mich zum Beispiel an ein Gespräch mit Finja vor rund 28 Jahren. Inhalt desselben war ihre Behauptung, dass es den Weihnachtsmann gar nicht gäbe. Ich war fassungslos. Und wütend! Ich wollte ihr nicht glauben, drohte Finja an, ihr in Zukunft immer nachts die Bettdecke wegzunehmen, wenn sie nicht sofort widerrufe. Was sie nicht tat. Stattdessen präsentierte sie mir die rote Jacke und den Bart des Weihnachtsmannes, die sie in Papas Kleiderschrank gefunden hatte. Auch die rote, mit einer goldenen Borte verzierte Mütze war dabei. Unwiderlegbare Beweisstücke: Der Weihnachtsmann war nur eine Erfindung! Noch in der gleichen Nacht bekam ich hohes Fieber und musste drei Tage im Bett bleiben. Ich persönlich neige nämlich dazu, auf schicksalhafte Mitteilungen mit körperlichen Symptomen zu reagieren.

Dwaine F. Bosworth ist also auch so eine Erfindung. Und stellt sich damit in eine Reihe mit dem Weihnachtsmann. Ich horche in mich hinein. Bekomme ich schon Herzrasen? Ohrensausen? Ja, in der Tat. Dwaine – oder vielmehr: Nils – sagt noch irgendetwas, aber ich kann ihn nicht verstehen, weil es in meinen Ohren gerade gewaltig rauscht. Hoffentlich kein Hörsturz. Wobei – wäre das ein Wunder, nach dieser Nachricht?

»Nina? Hörst du mir noch zu?«

Gott sei Dank. Doch kein Hörsturz. Ich habe wieder Ton.

»Ja, ja, ich höre. Aber ehrlich gesagt: Ich verstehe nicht ganz.« Das ist nicht gelogen: In meinem Kopf zischen unzählige Fragen, Befürchtungen, Schlussfolgerungen und allerlei anderes herum, ein regelrechtes Tohuwabohu. Ich schüttle den Kopf, als könne ich das Chaos damit ein bisschen eindämmen. Und tatsächlich, langsam fallen zumindest ein paar Dinge dorthin, wo sie sein sollten, und ich beginne zu begreifen, was das Geständnis bedeutet. »Du bist nicht Dwaine?«, frage ich sicherheitshalber noch einmal nach.

»Nein, bin ich nicht. Und es fühlt sich gut an, nun endlich offen zu dir sein zu können.« Dwai… äh … Nils sieht mich erleichtert an.

»Das sind aber genauso offen gestanden sehr schlechte Nachrichten«, bremse ich seine Begeisterung. »Denn das bedeutet, dass dein Buch und damit auch unsere ganze PR-Show ein gigantischer Schwindel sind.«

»Na ja, wie man's nimmt.« Dwaine-Nils bemüht sich, besonders treudoof zu gucken.

»Was heißt hier *wie man's nimmt?*«, knarze ich ihn an. »*Wer* bist du denn?«

Mein Gegenüber seufzt. »Ich heiße Nils Schlemmberger und bin Schauspieler. Leider ein sehr erfolgloser.«

»Und?«, hake ich spitz nach.

»Vor einem Jahr war ich an dem Punkt, an dem ich eine Entscheidung treffen musste: Hartz IV beantragen oder etwas ganz Neues versuchen. Ich entschied mich für Letzteres … und kam auf die Idee, zu behaupten, ein amerikanischer Verführungskünstler zu sein, und meine Tricks in einem Buch zu verraten. Zeit genug, eines zu schreiben, hatte ich mangels irgendwelcher Engagements schließlich genug. Ich dachte, wenn ich für diese völlig schwachsinnige Geschichte einen Verlag finden würde, dann hätte es die Menschheit nicht anders verdient. Und so schrieb ich mein Buch und bat einen Freund, es als angeblich amerikanischer Agent in Deutschland anzubieten. Dann musste ich nur noch eine Website ins Netz stellen, auf der natürlich alles frei erfunden ist, und abwarten.«

Das alles war ein Schwindel? Auch die Website, auf der ich doch selbst recherchiert habe? »Ja, aber … aber, das muss doch aufgefallen sein. Ich meine, das kann nicht so einfach gewesen sein. Millionen Menschen träumen davon, ein Buch zu veröffentlichen, und kassieren nur Absagen. Und dein Freund behauptet, er sei Agent, und schwupp, schon hast du einen Verlag? Das glaube ich nicht. Das *kann* gar nicht funktionieren.«

»Doch, es hat funktioniert.« Dwaine-Nils grinst. »Und ich habe dabei etwas ganz Wesentliches über menschliches Verhalten gelernt: Wenn die Geschichte wild genug ist, werden die Leute sie glauben. Das ist das Grundprinzip der Hochstapelei: Du musst das ganz große Rad drehen. Bei kleinen Geschichten werden alle schneller misstrauisch. Aber wenn du losziehst und richtig auf die Kacke haust, kann sich offenbar niemand vorstellen, dass du lügst. In meinem Fall: Der Verlag sieht Dwaines angebliche Homepage, und der angebliche Agent berichtet von einem angeblichen Konkurrenzangebot eines anderen großen Verlags. Dann noch ein bisschen künstlicher Zeitdruck dazu – und schon ist das natürliche Misstrauen überwunden.«

»Aber das verstehe ich nicht – ich habe dich doch auch gegoogelt und gefunden. Es sah alles so echt aus.«

»Ja, die Homepage war gut, nicht? Da habe ich mir auch wirklich Mühe gegeben. Allein die Behauptung, das Buch sei im Selbstverlag erschienen. Genial, oder?«

»Warum?«

»Na, weil ich so behaupten konnte, ich hätte rasend viele Bücher verkauft, ohne auf der Bestsellerliste der *New York*

Times zu erscheinen. Books on Demand werden da nicht berücksichtigt. Aber das erklärte alles, sonst wäre der Verlag doch gleich misstrauisch geworden.«

»Also war das *alles* Lüge?«, frage ich fassungslos.

»Na ja. Lüge ist so ein hässliches Wort.« Er lehnt sich lässig zurück.

»Entschuldige, aber das ist doch wohl nicht Interpretationssache!«

»Nein, natürlich nicht.« Nun wird Dwaine-Nils wieder ernst. »Ich meine nur, dass meine Show doch auch irgendwie echt ist. Ich helfe den Männern ja trotzdem, obwohl ich nicht Dwaine bin.«

»Stopp mal – du hilfst den Männern nicht!« Ich merke, wie sich eine steile Falte auf meiner Stirn bildet. »Denn die kommen zu Dwaine, dem erfahrenen Frauenaufreißer, und wollen von seinem Wissen profitieren. Ein Wissen, das du gar nicht hast. Oder bist du als Nils ein echter Aufreißer und Dwaine ist quasi eine Art Pseudonym?«

Er guckt betreten zu Boden.

»Aha«, schlussfolgere ich daraus, »also nicht. Dachte ich mir schon.«

»Du hast recht, Nina«, gesteht der Möchtegernaufreißer betreten. »Ich bin nicht nur als Schauspieler erfolglos. Mit den Frauen läuft es eigentlich auch nicht so rund.« Er sieht mich groß an. »Und jetzt?«

Mit seinen beiden letzten Worten lässt er die Gedanken in meinem Kopf wieder nur so umherwirbeln: *Ich muss jetzt sofort Susanne anrufen und ihr davon erzählen.* Und: *Was passiert, wenn jemand Dwaine im Fernsehen erkannt hat? Und der Presse erzählt, dass es sich in Wirklichkeit um Nils handelt? Wie kriegen wir diese Geschichte noch eingefangen?* Und: *Wie ziehen wir möglichst geräuschlos die Reißleine?*

Denn eines ist doch wohl klar: Wir können unmöglich weiter mit einer Show auf Tour gehen, von der wir wissen, dass sie von hinten bis vorne erlogen ist.

»Bist du jetzt sauer auf mich?«

»Dwaine!«, fahre ich ihn an. »Äh, ich meine … *Nils!* Sauer ist überhaupt nicht das richtige Wort. Ich bin *entsetzt!*«

»Komisch.« Er schaut mich direkt an. »Irgendwie hatte ich gehofft, du seist vielleicht auch ein bisschen froh.«

»Ein bisschen *froh?* Wie soll ich denn darüber ein bisschen froh sein?«

»Immerhin bin ich in Wirklichkeit kein männliches Chauvinistenschwein. Ich hatte den Eindruck, dass dir das an Dwaine nicht so gut gefallen hat.«

»Na großartig. Kein Chauvi, sondern ein Betrüger. Das ist eine tolle Verbesserung. Da erscheint der Herr gleich in einem viel besseren Licht«, ätze ich.

»Und jetzt?«, will er wissen.

»Jetzt gehe ich!« Mit diesen Worten springe ich auf, lasse den Laptop so laut zuklappen, dass Dwaine-Nils erschrocken zusammenzuckt, und marschiere aus dem Raum.

Ich liege in meinem Bett und kann nicht schlafen, weil ich wechselweise Magenschmerzen und Herzrasen habe. Kamillentee hilft nicht, Baldriantee auch nicht, und stärkere Tranquilizer stehen mir nicht zur Verfügung. Okay, vielleicht noch die Flasche Rotwein, die seit meinem letzten Geburtstag mit hübscher Schleife verziert in meinem Wohnzimmerregal steht. Aber die jetzt köpfen?

Nachts um drei? Alleine? Das ist doch definitiv etwas für Alkoholiker.

Verdammt – der Korken geht aber schwer raus! Ich muss mir bei Gelegenheit mal diesen Wunderkorkenzieher besorgen, den sie immer auf dem Homeshopping-Kanal anpreisen. Noch einmal ganz fest gezogen – endlich! Mit einem lauten *Plopp* lässt sich der Korken schließlich herausziehen, ich gieße einen sehr großen Schwung in mein Glas. Besondere Situationen erfordern eben besondere Maßnahmen, und die Situation, in der ich mich befinde, ist zweifelsohne besonders.

Vor drei Stunden habe ich Dwaine – oder Nils? – mit der fast vollen Flasche Veuve Cliquot sitzen lassen. Gut, das war wahrscheinlich keine besonders erwachsene Reaktion, aber zu mehr war ich nach seinem spontanen Geständnis nicht in der Lage. Und über diesen Schwindel soll ich auch noch *froh* sein? Schon bei dem Gedanken daran bekomme ich sofort wieder Herzrasen. Entschlossen nehme ich einen Schluck aus dem Glas.

»Nina? Bist du es?« Finja steckt ihre Nase aus dem Arbeitszimmer. »Mann, hast du mich erschreckt, ich dachte schon, es wäre ein Einbrecher.« »Ich wollte dich nicht wecken, tut mir leid.«

Finja hat ihre Ankündigung, bei mir Asyl zu suchen, in die Tat umgesetzt, ohne mit einer Silbe zu erwähnen, was genau das Problem in Wellingsbüttel ist. Sollte das jetzt der richtige Moment sein, ihr ein bisschen auf den Zahn zu fühlen?

Warum eigentlich nicht. Ein bisschen Ablenkung von meinem eigenen Problem kann ich ganz gut gebrauchen.

»Möchtest du auch ein Glas Rotwein?«

»Ja, gerne. Ich schlafe gerade sowieso nicht besonders gut, vielleicht hilft das.«

»Bestimmt.« Ich stehe auf und hole ihr noch ein Glas, sie setzt sich auf das Sofa. »Sag mal, Schwesterlein, was ist da eigentlich los bei euch? Knies mit Alexander?«

»Nö. Wie kommst du darauf?« Auf Finjas Wangen breitet sich ein Hauch Röte aus. Wenigstens ist ihr diese faustdicke Lüge also unangenehm.

»Wie komme ich da wohl drauf? Lass mich mal überlegen … Du tauchst auf, als seist du auf der Flucht, gibst dir abends so richtig amtlich die Kante und bist dann dermaßen anhänglich bei Dwaine, dass es schon an sexuelle Belästigung grenzt«, lege ich los. »Dann fährst du nicht nach Wellingsbüttel zurück, sondern quartierst dich ohne weitere Erklärungen in meinem Gästezimmer ein, während Mutti bei euch einhütet und dem armen Alexander wahrscheinlich gerade mördermäßig auf den Keks geht. Das ist zugegebenermaßen nicht die Finja, die ich kenne. Meine Finja ist sehr kontrolliert, immer damenhaft und trinkt höchstens mal 'ne Weißweinschorle. Außerdem ist sie Daueranwärterin auf den Titel *Mutter des Jahres* und lässt ihre Brut garantiert nie länger als drei Stunden aus den Augen.« Ich sehe ihr fest in die Augen. »Also, was ist los bei euch?«

Finja sagt nichts, stattdessen fängt sie an zu schluchzen. Ich rutsche ganz nah an sie heran und lege meinen Arm um sie.

»Ist ja gut, Süße, ist ja gut.«

Ich streichle Finja über die Haare, sie legt ihren Kopf auf meine Brust und weint so sehr, dass ihre Tränen in meinen Ausschnitt laufen und eine warme Spur in Richtung meines Bauchnabels hinterlassen. Dann richtet sie sich wieder auf, holt Luft und beginnt zu erzählen.

»Ich glaube, ich möchte mich von Alex trennen.«

Ich bin baff – das ist nun eindeutig mehr als einfach nur Knies und bringt mein Weltbild doch einigermaßen ins Wanken.

»Aber Finja, nun mach mal halblang. Eine Krise kann doch in jeder Partnerschaft vorkommen. Ihr seid immerhin schon elf Jahre verheiratet, da gibt es eben mal Höhen und Tiefen.«

»Nein, du versteht mich nicht. Wir haben keine Krise. *Ich* habe eine Krise.« Sie schluckt schwer. »Ich halte das Leben, das ich führe, einfach nicht mehr aus.«

Ich starre Finja sprachlos an.

»Ich weiß, dass das schlimm klingt«, sagt sie mit erneut fast tränenerstickter Stimme. »Aber genau so ist es.«

Wie tröstet man jemanden, dem es objektiv betrachtet gutgehen müsste? Ist das ein Fall für *Oh, du Ärmste* oder eher für eine gepflegte Kopfwäsche? Ich entscheide mich für Letzteres, allerdings in der gemäßigten Variante.

»Ja, aber … du hast drei niedliche Kinder und einen erfolgreichen Mann, der dich auf Händen trägt«, zähle ich auf. »Du sitzt in einem Riesenhaus, von dem ich gar nicht wissen möchte, was es gekostet hat. Was genau ist daran so furchtbar? Ich stelle mir das eigentlich ganz schön vor, und ich bin mir sicher, dass dich sehr viele Menschen beneiden. Also … ich zum Beispiel manchmal.«

Bevor Finja weitersprechen kann, greift sie sich ein Taschentuch vom Wohnzimmertisch und schneuzt laut.

»Nein. Ich beneide dich.«

»Du beneidest … *mich?*« So langsam verstehe ich gar nichts mehr. »Worum genau beneidest du mich denn? Um die Tatsache, dass ich seit vielen tausend Jahren Single bin? Keine Kinder habe?«

»Genau darum!«, entfährt es ihr unerwartet heftig. »Natürlich liebe ich meine Kinder über alles. Aber manchmal habe ich das Gefühl, dass sie mich regelrecht auffressen. Ständig zerrt irgendeins an mir herum. Ich kann nicht mal in Ruhe duschen gehen!«

»Also, so nervig finde ich deine drei wirklich nicht«, schiebe ich ein. Die Bemerkung hätte ich mir sparen sollen. Finja heult laut auf.

»Logisch, wenn du als nette Tante mit dem Arm voller Geschenke hereinschneist, machen sie natürlich auf extrem wohlgeraten. Und bevor sie maulig werden, bist du ja schon wieder weg. Du bist eben unabhängig. Du kannst tun und lassen, was du willst. Du hast einen eigenen Job, eine eigene Wohnung, ein eigenes Leben. Ich habe nichts davon. Wenn Alexander mich morgen verlassen würde, wäre ich komplett hilflos.«

»Äh, Moment mal, aber hast du nicht gerade gesagt, dass *du* dich gerne von ihm trennen würdest? Und jetzt sagst du, dass du Angst hast, er könnte dich verlassen? Das kriege ich irgendwie nicht zusammen.«

»Das ist doch ganz einfach: Ich habe in letzter Zeit oft an Trennung gedacht, und dabei ist mir aufgefallen, dass ich mich von Alex total abhängig gemacht habe. Als ich ihn kennengelernt habe, galt ich als talentierte Pianistin, das weißt du doch noch«, erinnert sie mich unnötigerweise. Wie könnte ich das vergessen? Aber sie macht einfach weiter, so als müsse sie selbst sich daran erinnern: »Ich hatte schon einige sehr erfolgreiche Konzerte gegeben, ich war auf dem Sprung, richtig Karriere zu machen. Und jetzt? Ich habe seit fast zehn Jahren nicht mehr professionell gespielt – momentan würde mich wahrscheinlich nicht mal mehr die Jugendmusikschule nehmen. Ich habe mich um die Kinder gekümmert und mich gefreut, dass es bei Alexander so gut läuft. Ich dachte immer, sein Erfolg ist auch mein Erfolg. Und jetzt merke ich, dass das ein Irrtum war.« Sie schneuzt laut in das Taschentuch, das schon sehr durchweicht aussieht. Ich stehe auf und hole ihr aus meiner Handtasche ein neues.

»Aber Finja, natürlich ist sein Erfolg auch dein Erfolg. Ohne dich wäre er doch nie so weit gekommen.« Das sagt man doch in solchen Situationen, oder?

Finja lacht laut auf, was durch ihre verschniefte Nase sehr seltsam klingt. »Quatsch! Das mag zwar menschlich so sein, aber in Wirklichkeit bin ich ohne ihn gar nichts … und er ist ohne mich immer noch Chefarzt.«

»Hmmm.« Darüber habe ich noch nie nachgedacht. »Gibt er dir denn das Gefühl, dass er das genauso sieht?«

Sie schüttelt den Kopf. »Nein, nicht direkt. Aber ich sehe mich so, und das ist fast schlimmer. Ach, Nina ... ich möchte wieder die Frau sein, die ich mal war! Und als du an meinem Geburtstag plötzlich mit Dwaine aufgetaucht bist und alle vor den Kopf gestoßen hast, da ... da fühlte ich mich auf einmal wieder wie früher, so lebendig, so jung – wenigstens für eine Stunde.«

Damit ist es amtlich: Meine Schwester hat eine Lebenskrise. Für Midlife ist sie natürlich zu jung, dann wird's wohl Quarterlife sein. Ich packe sie an den Schultern und schüttle sie sanft.

»Aber Finja – du *bist* jung. Dein Leben liegt noch vor dir, statistisch mindestens fünfzig Jahre!«

Sie schaut mich aus verheulten Augen an. »Fünfzig Jahre Vorort – das ist doch die Höchststrafe!«

»So schlimm ist Wellingsbüttel nun auch wieder nicht«, behaupte ich und lege so viel Überzeugungskraft in meine Stimme, wie es einer erfahrenen PR-Frau möglich ist. »Ich würde es wenigstens als Nobelvorort bezeichnen«, versuche ich mich dann noch an einem kleinen Scherz. Gelingt leider nicht, Finja schluchzt noch lauter. »Okay, was genau ist denn jetzt dein Plan?«

»Ich weiß nicht«, schnüffelt meine Schwester in meine Schulter. »Als wir am Dienstag telefoniert haben, wollte ich einfach nur weg. Mal raus, um ein paar Tage den Kopf freizubekommen. Danke, dass ich kommen durfte!«

»Das war doch selbstverständlich. Ich habe mich schon bei deinem Spontanbesuch am Sonntag gefragt, ob da etwas nicht stimmt bei euch. Und als du dann noch Dwaines Buch mitgenommen hast ...«

Finja setzt sich auf, und ich sehe, dass sie wieder rot wird. Oder besser gesagt: Ihre Wangen passen sich farblich ihren Augen an. »Na ja, ich finde ihn schon ein bisschen spannend. Vielleicht auch *ziemlich* spannend. Aber das ist Unsinn, das weiß ich auch. Trotzdem wollte ich gerne sein Buch lesen. So hatte ich das Gefühl, ihn ein wenig besser kennenzulernen.«

Ich seufze. Zu gerne würde ich Finja jetzt die Wahrheit erzählen. Aber ich habe Nils mein Versprechen gegeben, das nicht zu tun. Wobei es mir gerade extrem unfair erscheint, dass sich jetzt ausgerechnet ein Lügner auf ein solches Versprechen beruft.

Finja mustert mich. »Du findest Dwaine überhaupt nicht interessant? Das glaube ich dir nicht.«

Ich zucke mit den Schultern. »Also gut, er sieht natürlich nicht schlecht aus.«

»Es hat überhaupt nie geknistert bei euch?«, hakt sie nach. »Obwohl ihr so viele Abende miteinander verbracht habt?«

»Weißt du, ich bin mir zu schade für eine schnelle Nummer mit jemandem, der ganz offensichtlich Strichlisten über seine Damenbekanntschaften führt«, erkläre ich ihr. »Selbst wenn es mal ein bisschen geknistert hat.«

Finja nickt. »Verstehe. Also auch eine Frage der Ehre.«

»Gewissermaßen.« Nur, dass dieser Grund nun komplett entfallen ist, aber das darf ich Finja leider nicht erzählen. Die hat allerdings schon ein ganz anderes Thema.

»Sag mal, was ist denn mit Tom? Ich hatte an dem Abend in Thanow den Eindruck, dass der dich sehr gerne mag.«

»Ja, Tom ist nett«, gebe ich zu. »Aber als Volontär sozusagen mein Azubi. Für ein wildes Techtelmechtel also auch nicht der Richtige.«

»Mann, bist du streng mit dir!« Finja grinst. »Der eine ist

dir zu gefährlich, der andere nicht auf Augenhöhe – mit dieser Haltung verpasst du bestimmt eine Menge Spaß im Leben.«

»Sagt die Frau, die mit Mitte zwanzig geheiratet und dann drei Kinder bekommen hat«, kontere ich genervt.

»He, das ist unfair!«, wehrt sich Finja. »Du musst nicht gleich scharf schießen, nur weil ich dich hier mal auf das eine oder andere in deiner Lebensführung hinweise.«

»Entschuldigung. War nicht so gemeint. Wahrscheinlich nervt mich nur, dass du womöglich ein klein wenig recht hast. Aber nur ein klitzeklein wenig.«

»Sieh es doch mal so – ich würde es an deiner Stelle einfach mal ausprobieren.«

»Es?«

»Na gut: einen von ihnen.«

»Einen von ihnen mal *ausprobieren?* Finja, du bist schlimm! Ich erkenne dich gar nicht wieder. Was ist denn bloß aus meiner vernünftigen großen Schwester geworden?«

»Das kann ich dir genau sagen.« Mit einem Schlag guckt mich Finja sehr ernst an. »Die ist eines Morgens aufgewacht und hat festgestellt, dass das Leben zu kurz ist, um nur das zu tun, was alle von dir erwarten.« Dann sagt Finja nichts mehr, und eine unangenehme Stille entsteht, weil ich auch nicht weiß, was ich darauf erwidern könnte. Und verglichen mit den Sorgen, die sich Finja gerade macht, ist Dwaine-Nils natürlich das kleinere Problem. Immerhin haben Alexander und Finja drei süße Kinder – einfach hinschmeißen ist also nicht.

In das Schweigen hinein beginnt mein Handy zu summen. Eine SMS. Ich stehe auf, gehe zum Wohnzimmertisch und werfe einen kurzen Blick auf das Display. Dwaine. Beziehungsweise Nils. Na, der hat Nerven. Auch Finja rappelt sich hoch.

»Lass mich raten, von einem deiner Verehrer?«

»Ich habe keine Verehrer, Finja. Die SMS kommt von Dwaine.«

»Und, was schreibt er?«

Ich halte das Display erst einmal so, dass Finja nicht sehen kann, was dort steht – das fehlt mir gerade noch, dass sie mitbekommt, was mein selbsternannter Starautor mir gebeichtet hat.

Liebe Nina, erstens: Platz 23! Zweitens (wichtiger!): Bitte rede mit mir! Es tut mir furchtbar leid!

Kann sie das nun lesen, oder … bevor ich noch weiß, wie mir geschieht, hat Finja mir das Handy vorwitzig aus der Hand geklaut und schaut nun verständnislos.

»Platz 23? Was meint er denn damit? Und was tut ihm leid?«

»Das ist der Verkaufsrang seines Buches bei Amazon. Nach der Talkshow ist der geradezu durch die Decke gegangen. Wir wollten das gerade mit Champagner begießen, als Dwaine wieder mit so einem doofen Anmachspruch um die Ecke kam und ich ihn in der Bar sitzen ließ.« Puh, den Einsatz von Notlügen muss ich noch üben. So richtig geschmeidig kam mir das gerade nicht über die Lippen. Aber Finja hat es gekauft.

»Ach so, verstehe. Aber ein Gespräch mit dir scheint ihm jetzt wirklich wichtig zu sein. Das ist doch süß.« Ich gucke skeptisch, sage aber nichts. Finja seufzt. »Und?«

»Und was?«

»Wirst du mit ihm sprechen?«

»Ich weiß es noch nicht.«

18. Kapitel

Nils, jetzt versteh doch endlich: Es ist völlig egal, was ich persönlich von Dwaine gedacht oder gehalten habe. Es geht hier um unser Projekt. Wie kann ich froh sein, wenn ich merke, dass die Arbeit der letzten Wochen auf einer gigantischen Lüge beruht?«

Nils sagt erst einmal nichts, sondern betrachtet seine Fingerkuppen. Dann räuspert er sich. »Wenn du es nicht weitererzählst, wird es niemand erfahren. Und du hast mir versprochen zu schweigen.«

Ich sitze mit Nils in einem Frühstückscafé direkt neben seinem Hotel. Nachdem er mir heute Nacht noch drei weitere SMS geschickt hatte, habe ich ihn schließlich angerufen und mich mit ihm verabredet. Nun sind wir hier, beide völlig übernächtigt und blass um die Nase; ich habe bereits einen sehr starken Kaffee getrunken, ohne deutlich fitter zu werden.

»Okay, selbst wenn ich es nicht erzähle, was mir zugegebenermaßen schwerfällt: Wer sagt dir denn, dass es nicht sowieso rauskommt? Gestern Abend haben dich wahrscheinlich schlappe zwei Millionen Menschen im Fernsehen gesehen. Da wird schon der ein oder andere dabei gewesen sein, der dich kennt.«

»Keine Sorge«, will er mich beruhigen. »Momentan sehe ich überhaupt nicht aus wie Nils. Ich sehe aus wie Dwaine. Niemand wird mich erkennen.«

Das muss ich jetzt nicht verstehen, oder? Will er mir damit erzählen, dass er sich die Haare gefärbt und die Nase hat richten lassen? Ich gucke skeptisch.

»Es ist ganz einfach, Nina: Ich bin zwar ein *erfolgloser* Schauspieler, aber trotzdem ein *guter.* Nämlich einer, der völlig mit seiner Rolle verschmilzt«, erklärt er. Als er sieht, dass er meine Zweifel damit nicht ausräumen kann, seufzt er. »Als Nils war ich immer unscheinbar, Dwaine hingegen ist ein Typ, der sofort auffällt.«

»Dein Wort in Gottes Ohr. Wenn wir mit der Nummer nämlich in der Zeitung landen, wird es verdammt unangenehm. Und deswegen würde ich zumindest meiner Chefin gerne davon erzählen.«

»Nein, das will ich auf keinen Fall.« Nils schüttelt den Kopf. »Ich habe dir davon erzählt, weil ich dir vertraue. Und du hast mir versprochen – zu niemandem ein Wort!«

»Das ist doch Unsinn. Susanne ist ein echter Profi, und sollten wir im Verlauf der Geschichte noch von normaler Pressearbeit auf Krisen-PR umsteigen müssen, wäre sie genau die Richtige.« Ich seufze. Worauf habe ich mich da bloß eingelassen? »Außerdem konnte ich nicht ahnen, dass du mit so einem Hammer ankommst, als du mir das Versprechen abgenommen hast. Das war schon eine ziemlich linke Nummer.«

Eine Zeitlang sagen wir beide nichts. »Nina, ich weiß, dass das nicht in Ordnung war. Aber ich wusste nicht mehr weiter«, gibt er kleinlaut zu. »Nichts in meinem Leben hat bisher geklappt. Ich war völlig pleite und verzweifelt. Und dann kam mir die Idee mit Dwaine, und plötzlich liefen die Dinge wie von selbst. Dieses Buch ist mein erster wirklicher Erfolg. Ich kann jetzt nicht einfach aufhören. Es ist nicht nur das Geld, weißt du? Es ist das Gefühl, jemand …« Er schluckt. »Jemand zu sein. Etwas darzustellen. Bewundert zu werden.« In seinen Worten schwingt ein Flehen mit, und ich merke, dass es mir schwerfällt, so hart zu bleiben, wie ich es eigentlich wollte. Ich versuche es trotzdem.

»Nils, du hättest das Buch einfach unter deinem eigenen Namen schreiben sollen. Vielleicht wäre es trotzdem ein Erfolg geworden.«

»Das glaube ich kaum.«

»Woher willst du das wissen?«

»Dass sich niemand für ein Buch von Nils interessiert hätte? Das liegt doch auf der Hand: Die Wahrheit will keiner hören. Sie ist einfach nicht interessant genug. Und die Wahrheit über Männer und Frauen erst recht nicht.«

»Was ist denn die Wahrheit, deiner Meinung nach?«

»Über Männer und Frauen? Wenn du denkst, dass du eine einfache Lösung gefunden hast, bist du mit Sicherheit auf dem Holzweg. Denn jeder Mensch ist anders, also auch jede Frau.«

»Dass Frauen auch Menschen sind, ist nun eine Erkenntnis, die Dwaine mit Sicherheit erschüttert hätte«, stelle ich trocken fest.

»Ja, aber sieh dir mal all die armen Schweine an, die in meine Show gerannt kommen: Die sind an der Wahrheit nicht interessiert, sondern suchen die einfache Lösung. Die es aber nicht gibt im wirklichen Leben.«

Nachdenklich schaue ich Nils über den Rand meines Kaffeebechers an. Unglaublich, wie sehr er sich von Dwaine unterscheidet. Er ist intelligent und differenziert. Eigentlich ein Klassetyp. Also, wenn er jetzt nicht gerade ein Betrüger wäre. Ich stelle meinen Kaffeebecher wieder hin; in diesem Moment greift Nils nach meiner Hand und hält sie ganz fest.

»Ich verstehe ja, dass du die ganze Geschichte nicht gut findest. Aber bitte erzähle es niemandem. Es ist doch nur noch ein Auftritt, dann sind wir fertig. Bitte, du hast es versprochen!«

»Warum hast du es mir überhaupt erzählt?«, frage ich ebenso anklagend wie hilflos. »Wolltest du dein Gewissen erleichtern? Das war dann eine sehr egoistische Aktion, denn für mich ist das jetzt eine echt schlimme Situation.«

»Also gut – du hast recht. Es war egoistisch von mir, es dir zu erzählen.« Nach wie vor hält Nils meine Hand, und er macht nicht den Eindruck, als habe er vor, sie heute noch einmal loszulassen. »Aber du … du bedeutest mir mittlerweile so viel – ich konnte es nicht mehr vor dir verbergen. Erst seitdem ich dich kenne, fühle ich mich auch als Nils so, wie ich als Dwaine auftrete: so selbstsicher. So cool. Aber natürlich nicht so ein Chauvi.« Er sieht mir tief in die Augen. »Du bist mein Glücksbringer, Nina. Deswegen bitte ich dich: Verzeih mir – und zwar mein Verhalten jetzt und meine Lüge sowieso.« Mittlerweile klingt Nils wie ein Ertrinkender, und ich fühle mich tatsächlich wie der Bademeister, der ihm den Rettungsring mutwillig vorenthält.

Wenn ich ganz ehrlich zu mir selbst bin, habe ich nicht nur das Gefühl, an mein eigenes Versprechen gebunden zu sein. Sondern auch sehr deutlich das Bedürfnis, Nils helfen zu wollen. Mist, wo kommt das denn auf einmal her? Und vor allem – was mache ich jetzt? Beharre ich auf meinen Prinzipien? Gebe ich meinem Herz nach? Oder lasse ich es einfach laufen und warte ab, was passiert?

»Also gut«, sage ich schließlich. »Du hast es zwar nicht verdient – aber ich behalte dein Geheimnis für mich.«

Nils beginnt, über das ganze Gesicht zu strahlen. »Danke, Nina! Das bedeutet mir sehr viel!«

»Aber nur unter einer Bedingung!«, füge ich streng hinzu.

»Und die wäre?«

»Lass endlich meine Hand los – die fällt mir gleich ab, wenn du noch fester drückst.«

Viertausend Fans! Unglaublich, aber wahr: Dwaine hat schon viertausend Fans. Genau genommen viertausendundeinundzwanzig Fans. Vor *thomas talkt* waren es zweitausendundkeks – und jetzt das. Phänomenal, welche Wirkung das Fernsehen hat. Und wie von Nils vorhergesagt, hat sich bisher auch noch kein alter Bekannter gemeldet, um ihn auffliegen zu lassen. Lauter gute Nachrichten also, außer vielleicht für Tom, der alle Hände voll damit zu tun hat, bei der Beantwortung von Fanpost noch hinterherzukommen. Er sitzt mit seinem Laptop an dem kleinen Besprechungstisch in meinem Büro und tippt ununterbrochen auf der Tastatur. Hin und wieder unterbricht er seine Arbeit kurz, um mir die neuen Ergüsse der stetig wachsenden Dwaine-Gemeinde zu zeigen. Während es in den letzten Wochen vor allem Männer waren, die Dwaine ihr Herz ausschütten wollten, sind jetzt die weiblichen Fans auf dem Vormarsch. Es scheint geradezu, als ob Deutschlands Frauen darauf gewartet hätten, endlich mal mit einem sogenannten »echten Kerl« in Kontakt zu treten. Erschütternd.

Alexandra Schöne: Dwaine, ich will ein Kind von dir!
Dwaine F. Bosworth: Hi Alex! Ein verständlicher Wunsch. Wann hast du Zeit?
Alexandra Schöne: Für dich immer! ;-)
Elke Mosmeier: Wo finde ich bloß einen Kerl wie dich, Dwaine? Um mich herum nur Weicheier, ehrlich!
Dwaine F. Bosworth: Elke, entweder du gehst nach Texas. Oder – einfachere Methode – du schenkst den Männern in deiner Umgebung mein Buch.
Sandra Leuthagen: Dwaine, Verführung ist ja das eine – aber woran merke ich schon beim Flirt, ob der Typ wirklich ein Sexgott ist? Oder nur ein Hochstapler?
Dwaine F. Bosworth: Das ist in der Tat eine schwierige Frage. Ich denke, du solltest dich am besten auf deinen

Instinkt verlassen und lernen, seine Körpersprache zu deuten. Den meisten Männern fällt es zwar leicht, mit Worten zu lügen, ihre Körpersprache haben sie aber nicht so im Griff. Wenn er sich also wie ein Panther bewegt, wird er auch im Bett zum Tier. Viel Glück bei der Jagd!
Birdy Bond: VIEL GLÜCK BEI DER JAGD??? Hey, Dwaine, wirst du jetzt zum Frauenversteher? Ich denke, wir Männer müssen zusammenhalten. Was soll denn das jetzt?
Dwaine F. Bosworth: Keine Panik, Birdy. Aber wenn die Ladys mal von sich aus aktiv werden wollen, sollten wir sie nicht daran hindern. Gönnen wir ihnen den Spaß, auch mal selbst etwas in die Hand zu nehmen. Und zeigen wir ihnen, was das am besten sein sollte …
Birdy Bond: Du bist ein schlimmer Finger. Ein schlimmer Finger!

»Tom, ich bin beeindruckt. Wie denkst du dir bloß diesen ganzen Schwachsinn aus?«, will ich wissen, als mir Tom voller Stolz seinen Laptop vor die Nase hält.

»Ganz einfach: Ich lasse meiner Kreativität völlig freien Lauf.« Er grinst und kehrt zu seinem Platz zurück.

»Aber ich habe irgendwie das Gefühl, dass du mittlerweile dazu übergegangen bist, dir auch die Beiträge der Fans auszudenken. *Dwaine, ich will ein Kind von dir!* Das kann doch nicht ernst gemeint sein!«

»Von mir stammt es jedenfalls nicht – großes Ehrenwort!« Tom hebt feierlich die rechte Hand zum Schwur.

»Na gut, dann bin ich beruhigt. Wahrscheinlich ist es eher meine große Schwester, die hier unter Pseudonym aktiv geworden ist«, füge ich ironisch hinzu. »Die ist nämlich ein ausgewiesener Dwaine-Fan.«

»Ich denke, die hat schon drei Kinder und einen Chefarzt?«,

fragt Tom erstaunt. »Was will die denn mit einem Balg von unserem texanischen Freund?«

»Da fragst du mich was! Irgendetwas an ihm findet sie jedenfalls toll.« Ich verschweige wohlweislich, dass ich das inzwischen zumindest ansatzweise nachvollziehen kann, auch wenn es mir natürlich um Nils geht, nicht um den Megamacho.

»Tja, Dwaine übt offenbar eine große Faszination auf die Damenwelt aus«, grummelt Tom. »Warum das so ist, verstehe ich allerdings nicht. Mir persönlich zeigt es aber, dass ich wohl viel zu nett bin, um durchschlagenden Erfolg bei Frauen zu haben.«

»Och, du Armer!«, ziehe ich ihn auf und streiche ihm über die Haare. »Bist einfach zu gut für uns Frauen, nicht wahr?«

»Mach dich nur lustig. Aber eines steht für mich fest: Frauen wollen offenbar das miese Machoschwein.«

»Quatsch. Das wollen sie nicht. Sieh mich an – jemand wie Dwaine käme für mich niemals in Frage.«

»Na, wenn das mal so stimmt.« Tom schaut mich skeptisch an. »Ich finde, er hat in letzter Zeit ganz schön an dir rumgegraben, und manchmal hatte ich schon die Befürchtung, er könne Erfolg haben.«

»Oh?« Ich gebe mich erstaunt und frage dann mit einem genüsslich frotzelnden Unterton: »Eifersüchtig?«

»Nein, einfach besorgt.« Er schaut mich ernst an. »So einer ist nicht der Richtige für ... für meine Chefin!«

Ich rolle mit den Augen. »Glaub mir, Tom. Von Dwaine geht nicht die geringste Gefahr aus.« In dem Moment, in dem ich dies sage, muss ich natürlich wieder an Nils denken und fühle mich Tom gegenüber wie eine Lügnerin. Kein schönes Gefühl, aber ich kann ihn auf keinen Fall einweihen. Zum einen, weil er der Sohn des Verlegers ist; ich mag mir nicht vorstellen, wie

Weidner senior reagiert, wenn er erfahren sollte, dass Nils ihm eine Lügengeschichte verkauft hat. Und zum anderen bin ich mir ziemlich sicher, dass da doch mehr in ihm rumort als die bloße Sorge um seine nette Chefin. Ich beschließe, das Thema zu wechseln.

»Sag mal, haben wir eigentlich schon neue Zahlen aus dem Verlag?« *Tschakka!* Das war das richtige Stichwort: Tom springt sofort auf und reicht mir die Aktenmappe, die mir vorher schon neben seinem Laptop aufgefallen war.

»Aber natürlich, Chefin. Ich habe gleich heute Morgen angerufen – alleine heute sind sage und schreibe dreitausend Bücher nachgeordert worden. Toll, oder? Langsam glaube ich wirklich, unsere Machobibel hat das Zeug zum echten Bestseller.«

»Sehr gut, das wollte ich hören. Dann ist Herr Salchow doch bestimmt sehr zufrieden mit uns.«

»Ja, das kann man sagen. Allerdings«, er legt die Stirn in Falten, »schien er mir von meiner Idee des Guerillamarketings nicht gerade überzeugt.«

»Wieso? Facebook ist doch eine feine Geschichte. Ich meine – viertausend Fans, das soll uns doch erst mal einer nachmachen.«

»Finde ich auch. Aber die häufigen Einträge von Fred Frauenversteher machen ihn nervös. Ich habe ihm zwar erklärt, dass die gewissermaßen das Salz in der Suppe sind und die Seite nur interessanter machen, aber das hat er anscheinend nicht verstanden. Ich glaube, wenn ich nicht meines Vaters Sohn wäre, hätte Salchow schon verlangt, dass wir die Seite runternehmen.«

»Wahrscheinlich geht es Herrn Salchow da wie mir: Facebook ist wohl nichts für Leute jenseits der dreißig«, versuche ich ihn zu beruhigen. »In diesem hohen Alter sollte man sich vom Internet einfach fernhalten. Allerdings ist uns Salchow sowieso nicht besonders wohlgesonnen. Der sucht doch nur einen Grund, um zu meckern. Kein Wunder: Jeder Cent, den wir für die Pressearbeit kriegen, wird von Salchows Etat abgezogen. Er kann uns also nicht wirklich gut finden und freut sich bestimmt einfach, wenn er irgendwo ein vermeintliches Haar in der Suppe findet. Wann hat denn Freund Frauenversteher das letzte Mal etwas geschrieben?«

»Heute früh. Warte mal, ich zeige es dir.« Tom bringt den Laptop zu mir herüber, und ich überfliege den Text. Danach bin ich einigermaßen sprachlos. Ich kann kaum glauben, was ich da gelesen habe.

Fred Frauenversteher: @all: Nach dem Auftritt von Dwaine bei thomas talkt muss doch auch dem Letzten klargeworden sein, dass der Typ die totale Verarsche ist. Aber wenn ich eure Kommentare hier lese, vermute ich: Die Wahrheit will keiner hören. Sie ist einfach nicht interessant genug. Und die Wahrheit über Männer und Frauen schon erst recht nicht. Wenn ihr denkt, dass Meister Dwaine eine einfache Lösung für eure Probleme gefunden hat, seid ihr mit Sicherheit auf dem Holzweg. Jeder Mensch ist anders, also auch jede Frau. Seht euch doch mal all die armen Schweine an, die in seine Show gerannt kommen: Die sind an der Wahrheit nicht interessiert, sondern suchen die einfache Lösung. Die es aber nicht gibt im wirklichen Leben.

31 Personen gefällt das.

Das ist doch nicht möglich! Genau die gleichen Worte habe ich gestern erst gehört – und zwar von Nils. »Bist du sicher, dass das heute Morgen geschrieben wurde? Und nicht schon gestern?«

»Ja, ganz sicher. Ich kontrolliere die Seite schließlich regelmäßig. Und Freund Fred fällt mir natürlich immer sofort auf. Warum?«

»Es kommt mir … irgendwie bekannt vor.«

»Liegt wahrscheinlich daran, dass es eine ziemliche Binsenwahrheit ist. Ich meine, *Jeder Mensch ist anders* ist nun wirklich keine Erkenntnis, für die man ein abgeschlossenes Philosophiestudium braucht. Ich finde, da hat Fred schon tiefsinnigere Dinge vom Stapel gelassen.«

»Das sagst du so. Sieh dir Dwaine an – der kommt mit seinen platten Sprüchen ganz schön weit«, gebe ich zu bedenken. »Verglichen damit ist Fred Frauenversteher geradezu ein Intellektueller. Selbst wenn er einen schlechten Tag hat.«

»Wie du meinst.« Tom seufzt und klappt den Laptop zu. »Ich bin jedenfalls froh, wenn Dwaines Tournee beendet ist und ich an einem anderen Projekt arbeiten kann. Die Gefahr, dass mein Sozialverhalten hier nachhaltig Schaden nimmt, ist mir doch zu groß. Bei den Frauen, die ich gut finde, gelte ich sonst noch als schwer vermittelbar.« Er macht Anstalten, in sein eigenes Büro zurückzugehen.

Ich muss grinsen. »Aha. Was sind denn das für Frauen?«

Tom will antworten, zögert dann aber.

»Das, meine liebe Chefin, verrate ich dir nicht. Kannste ruhig selbst rausfinden.« Und damit ist er dann auch aus der Tür hinaus.

Der Herr Volontär. Ganz schön frech!

Ich beschließe, endlich das zu tun, wofür ich ursprünglich heute ins Büro gekommen bin: zu arbeiten. Nachdem ich mir einen kurzen Überblick verschafft habe, weiß ich, dass das auch dringend nötig ist. Henning, der mich eigentlich vertreten sollte, hat offensichtlich beschlossen, dass das Lesen fremder Post auch dann gegen das Briefgeheimnis verstößt, wenn es eigentlich zum Job gehört und bezahlt wird. Ich beginne also, einen Teil des Arbeitsberges auf meinem Schreibtisch abzutragen.

Die ersten Schreiben fallen eindeutig in den Bereich *ungewünschte Werbung* – Druckereien, die uns versprechen, die tollsten Flyer der Welt zu liefern, und Branchenbücher, in denen man unsere Agentur mit Sicherheit sofort findet; das alles wandert ungelesen in den Papierkorb. Danach zeichne ich Rechnungen ab und schreibe eine kurze Notiz für unsere Buchhaltung, wie mit einer der Zahlungen zu verfahren ist. Zwei Einladungen, einmal zu einem Fachkongress, bei dem ich offensichtlich viel Geld dafür ausgeben soll, das zu erfahren, was ich sowieso tagtäglich mache, und einmal an die Uni, um dort mein Wissen an Studenten weiterzugeben, kostenlos allerdings. Und dann noch ein paar Rechnungen.

Der nächste Brief sieht allerdings interessant aus: Er ist per Hand an mich adressiert und mit einer Schrift, die mir sehr bekannt vorkommt. Ich drehe ihn um, damit ich den Absender lesen kann – Fehlanzeige. Stattdessen hat Frau Smit darauf notiert: *Wurde heute durch Boten abgegeben.*

Neugierig reiße ich den Umschlag auf und überfliege die ersten Zeilen. Der Brief ist recht kurz, und das Gefühl, die Handschrift zu kennen, hat mich nicht getäuscht. Er ist von meinem Schwager Alexander.

Liebe Nina,
Du wirst Dich vielleicht wundern, warum ich Dir an Dein Büro schreibe. Ich mache das, weil ich davon ausgehe, dass Finja eben nicht mit der mysteriösen Freundin auf einem noch mysteriöseren Kurzurlaub ist, sondern wahr-

scheinlich gerade bei Dir wohnt, also auch die eingehende Post sieht. Es wäre wohl ganz gut, wenn sie nicht mitbekommt, dass ich mich an Dich wende. Ich möchte nicht, dass sie das Gefühl bekommt, dass etwas hinter ihrem Rücken geschieht. Aber ich weiß weder ein noch aus und brauche einfach jemanden, mit dem ich reden kann.
Ich gebe zu, dass ich auch zu Dir in letzter Zeit nicht immer der nette Schwager war, der ich hätte sein können. Trotzdem bitte ich Dich um Hilfe. Ich habe wahnsinnige Angst, Finja zu verlieren. Ich weiß, auch ich habe in letzter Zeit nicht alles richtig gemacht. Wahrscheinlich habe ich ihr viel zu wenig gezeigt, was sie für mich bedeutet, wie wichtig sie für mich ist. Dabei liebe ich sie doch!
Natürlich ist mir klar, dass Du als ihre Schwester eher auf ihrer Seite stehst. Aber ich wäre Dir unendlich dankbar, wenn Du Zeit für ein Gespräch hättest. Ruf mich doch bitte an.
Viele Grüße
Alexander

Gut, wahrscheinlich ist es nicht exakt das, was sich Susanne unter »arbeiten« vorstellt, aber besondere Situationen erfordern besondere Maßnahmen: Ich schnappe mir mein Telefon und rufe im Krankenhaus an. Die Vorstellung, Finja könnte demnächst mitsamt ihren drei Kleinkindern dauerhaft bei mir einziehen, ist nicht besonders verlockend. Wenn ich das verhindern kann, werde ich es tun.

19. Kapitel

Eine halbe Stunde später treffe ich Alexander in einem kleinen Café in der Nähe des Krankenhauses. Offensichtlich ist er richtig verzweifelt, er wollte unbedingt sofort mit mir sprechen. Tom habe ich etwas von einem Auswärtstermin erzählt und ihn dazu verdonnert, meine Post schon einmal vorzusortieren und nach Vorgängen zu ordnen. Das beschäftigt ihn mindestens eine Stunde. Außerdem soll er mein Telefon bewachen und mich sofort anrufen, sollte Dwaine … äh, Nils in der Agentur auftauchen. Der Gedanke, dass die beiden Jungs ohne mich allzu viel Zeit miteinander verbringen könnten, ist mir nicht sympathisch – nicht, dass sich Nils nun doch noch verquatscht und das Schlamassel immer größer wird. Aber Alexander ließ sich nicht vertrösten, und so habe ich mich gleich nach unserem Telefonat auf den Weg gemacht.

Er wartet schon auf mich; als ich hereinkomme, springt er von seinem Stuhl auf und winkt mir hektisch zu. Schlecht sieht er aus, mit Augenringen und fahler Gesichtshaut. Ich tippe mal auf ständige Schlafunterbrechungen durch kleine Kinder. Nun, mein Mitleid *dafür* hält sich in überschaubaren Grenzen.

»Danke, dass du gleich gekommen bist, Nina. Ich hoffe, ich bringe deinen Tag jetzt nicht völlig durcheinander.«

»Hallo Alexander. Ist schon okay, ich habe allerdings nicht viel Zeit.«

»Ich habe mir schon einen Kaffee bestellt, möchtest du auch einen?« Ich schüttle den Kopf.

»Nein danke, ich habe heute schon zu viel von dem Zeug getrunken und bin schon etwas fahrig. Du siehst allerdings auch nicht gerade strahlend aus.«

Alexander guckt unsicher und fährt sich mit der Hand durch die Haare. »Tja, es geht mir auch nicht besonders gut. Ich vermisse Finja. Erst habe ich gedacht, sie will sich einfach nur zwei nette Tage machen, mal ausspannen. Aber dann hat sie mir eine SMS geschickt, dass sie noch Zeit zum Nachdenken braucht. Über uns. Seitdem habe ich eine Heidenangst.«

»Verstehe. Aber mal etwas ganz Praktisches: Ist unsere Mutter denn immer noch bei euch? Oder wie machst du das gerade mit den Kindern?«

»Hör bloß auf – das kommt ja noch dazu!« Alexander stöhnt wie unter einer sehr schweren Last. »Deine Mutter ist jetzt seit einer Woche da, und langsam werde ich wahnsinnig. Natürlich würde ich es ohne sie nicht hinkriegen, dafür bin ich ihr auch sehr dankbar. Aber sie ist einfach eine richtige Nervensäge. Nichts, absolut nichts, was ich mache, bleibt unkommentiert, ständig hat sie Verbesserungsvorschläge und hält mir entsprechende Vorträge. Wenn die Kinder nicht wären, würde ich mich rund um die Uhr ins Krankenhaus flüchten.«

»Echt? Das wundert mich jetzt aber. Du bist doch ihr großer *Mein-Schwiegersohn-ist-Arzt*-Liebling«, ziehe ich ihn auf. »Das ist sicher nur gut gemeint.«

Alexander verdreht die Augen. »*Gut gemeint* ist bekanntlich die kleine Schwester von *dumm gelaufen.* Wirklich, die Vorstellung, es noch länger mit ihr aushalten zu müssen, ist furchtbar.«

»Aha, daher weht der Wind.« Verstehen kann ich es ja. Ich dachte allerdings bisher immer, ich sei die Einzige, die so ihre Schwierigkeiten mit ihr hat. Allerdings lässt das auch einen anderen Rückschluss zu: »Du willst also nur, dass Finja schnell zurückkommt, damit sie dich von Mama erlöst?«

Alexander schüttelt jetzt heftig den Kopf. »Nein, so meine ich das nicht. Mit eurer Mutter komm ich schon noch klar. Da stelle ich notfalls auf Durchzug. Es geht mir um Finja. Ich vermisse sie. Ich …« Er blickt zu Boden, dann schaut er mir direkt in die Augen. »Ich habe furchtbare Angst, sie zu verlieren.«

Ich erkenne meinen sonst so selbstsicheren und immer wieder überheblichen Schwager kaum wieder – er scheint wirklich zu leiden. Einerseits tut mir das leid, andererseits freut es mich: Vielleicht gibt es doch noch Hoffnung für die beiden? Ich kann mir nicht vorstellen, dass Finja Alexander keine Chance mehr gibt, wenn sie merkt, wie ernst es ihm ist. Ich greife über den schmalen Bistrotisch und drücke kurz seine Hand.

»Komm, das wird schon wieder. Ich glaube nicht, dass Finja dich tatsächlich verlässt. Sie ist nur momentan etwas frustriert und durcheinander. Ich glaube, das Hausfrauendasein bekommt ihr nicht so gut.«

»Hoffentlich hast du recht. Ich habe aber ehrlich gesagt Angst, dass … dass noch etwas anderes dahintersteckt. Oder genauer gesagt: ein anderer.« Er sieht betreten zu Boden. »Ich weiß, du darfst es mir wahrscheinlich nicht sagen, aber ich frage dich trotzdem: Hat Finja eine Affäre?«

»Bitte?« Ich muss laut losprusten. »Wie kommst du denn darauf?«

»Also, so abwegig ist der Gedanke gar nicht«, verteidigt Alexander sich. »Und ich habe auch schon einen Verdacht, wer es sein könnte: dieser blöde Ami, den du neulich auf ihre Geburtstagsfeier mitgeschleppt hast.«

»Du meinst Dwaine?«

»Genau den meine ich.«

»Alexander, da kann ich dich beruhigen. Zwischen den beiden ist absolut nichts.«

Mein Schwager beäugt mich misstrauisch. »Bist du sicher? Ich meine – sie lernt diesen Typen kennen, und drei Tage später ist sie weg. Das kann doch kein Zufall sein! Du hättest sie mal nach der Feier hören sollen – sie hat regelrecht von diesem Idioten geschwärmt.«

Holla, da ist jemand eifersüchtig. Aber geschieht ihm auch ein bisschen recht. Wenn er Finja nicht die ganze Zeit wie ein Möbelstück behandelt hätte, wäre das mit Sicherheit nicht passiert.

»Also, ich glaube, da bist du auf dem Holzweg. Außerdem war ich in den letzten Tagen fast ununterbrochen mit Finja oder Dwaine zusammen, da wäre mir bestimmt aufgefallen, wenn die beiden eine heiße Affäre hätten.« Ich gucke auf meine Uhr. Mist, schon Viertel nach drei – so langsam muss ich wirklich ins Büro zurück. »Ich hab leider nicht mehr viel Zeit. Aber wenn du möchtest, rede ich noch mal mit Finja und versuche, sie davon zu überzeugen, dass sie mit dir spricht.«

»Danke, diese Hilfe nehme ich sehr gerne an.« Er schaut mich so hoffnungsvoll an, dass es mir einen regelrechten Stich versetzt. »Wenn du bei deiner Schwester ein gutes Wort für mich einlegst und sie dazu bringst, wenigstens wieder mit mir zu reden, wäre ich dir extrem dankbar.«

»Also, ich werde es versuchen.« »Meinst du, du hast Erfolg?«, hakt Alex sofort nach. Typisch der erfolgsgewohnte Herr Doktor, immer dabei, seine Chancen abzuwägen.

»Nun sei mal nicht so pessimistisch. Ich kenne Finja – ich kann mir nicht vorstellen, dass sie nicht auch gerne ihre Ehe retten würde.« Ich tätschle ihm beruhigend den Unterarm.

»Hoffentlich ist sie nicht diesem unmöglichen Ami verfallen«, fängt er schon wieder mit Dwaine an. »Dass der mit einem solchen Schund so viel Erfolg hat! Finja hat sein Buch mitgebracht, ich habe mal reingelesen, wollte mir schließlich ein Bild von diesem Typ machen. Wenn es das ist, was Frauen wollen, sage ich nur: Willkommen in der Steinzeit! Ich hoffe, du hast bessere Ratschläge für meine Frau auf Lager.«

Also, in zerknirscht hat mir Alex gerade deutlich besser gefallen als auf latentem Angriffskurs. »Ich denke schon«, antworte ich säuerlich. Und hoffe gleichzeitig sehr, dass Finja nicht doch ein Fan von Dwaines Brachialcharme geworden ist. Denn dass sie den Mann gut findet, kann ich nicht leugnen. Ob sie vielleicht doch …? Aber nein, das kann nicht sein. Das hätte ich doch gemerkt. Und außerdem ist Dwaine ja gar nicht Dwaine, sondern Nils. Und Nils ist kein fieser Aufreißer. Glaube ich. Hoffe ich. Ach, eigentlich weiß ich gar nichts mehr! Nur, dass mir die ganze Geschichte langsam deutlich zu kompliziert wird.

»Nina, hallo? Was ist denn bloß mit dir los? Ich dachte, ich sei durcheinander. Aber bei dir scheint es auch nicht viel besser zu sein.«

Ich glotze Alexander verständnislos an. »Wie kommst du denn darauf?«

»Gerade habe ich dich gefragt, ob wir uns bald mal mit etwas mehr Zeit treffen können. Wenn du mit Finja gesprochen hast. Und du starrst mich nur an und sagst kein Wort.«

»Entschuldige, ich bin mit den Gedanken schon im Büro. Noch mal treffen ist eine gute Idee. Ich rufe dich an.«

Schon auf dem Flur vor meinem Zimmer höre ich Nils und Tom. Offensichtlich streiten die beiden. Worüber, kann ich durch die geschlossene Tür allerdings nicht verstehen. Ich öffne sie schwungvoll, die beiden Streithähne sehen mich und zucken zusammen wie ertappte Schulkinder.

»Hallo Jungs, schlechte Stimmung?«

Tom räuspert sich. »Nein, wieso?«

»Ach, war nur ein Gefühl. Du wolltest mich doch anrufen, wenn Dwaine ins Büro kommt.«

»Ja, hätte ich auch getan. Aber er ist gerade erst hier reingeschneit.«

»Soso.« Ich schaue zu Nils, der betont lässig seine Hände in die Hosentaschen steckt.

»Genau. Vor ungefähr einer Minute bin ich durch die Tür spaziert.« Die beiden wollen mich ganz offensichtlich für dumm verkaufen.

»Aha. Eben erst angekommen, und schon in lebhafter Diskussion mit dem Kollegen Weidner.«

»Wie das eben so ist, wenn man gemeinsam mit Leidenschaft an einer Sache arbeitet«, startet Tom einen wenig überzeugenden Erklärungsversuch.

»Mit Leidenschaft dabei, das höre ich als Ausbilderin natürlich ausgesprochen gerne«, sage ich mit ironischem Unterton und hake sofort nach: »Woran habt ihr denn gerade gearbeitet? Ich meine, in der Minute, *nachdem* Dwaine durch die Tür spaziert ist?«

»Facebook!«, kommt es wie aus einem Mund.

»Wir sind uns in der Tat nicht ganz einig, wie wir auf den neuen Beitrag von *Frauenversteher* reagieren sollen«, erklärt Tom. »Dwaine ist für *ignorieren,* ich bin für *kommentieren.* Was meinst du denn dazu?« Er geht einen Schritt zur Seite und gibt den Blick auf meinen Schreibtisch frei, auf dem sein Laptop steht. Ich setze mich, um besser lesen zu können.

Fred Frauenversteher: Was Frauen wollen? Ehrlichkeit. Was viele Männer geben: Angeberei. Rumgeprotze. Selbstdarstellung. Warum denkt ihr, dass Frauen die Wahrheit nicht wollen? Habt ihr es schon einmal versucht? Los! Traut euch und lasst die Masken fallen. Ihr werdet überrascht sein, wie einfach es ist. Und an euch Frauen da draußen: Belohnt diesen Mut. Erziehung durch positive Verstärkung!

Schon wieder so ein seltsamer Eintrag. Was weiß dieser Fred über Dwaine-Nils? Mein Gefühl sagt mir, dass wir bald mächtig Ärger bekommen werden. Ich drehe mich zu Tom.

»Was willst du denn da kommentieren?«

»Na, dass Dwaine kein Lügner ist, oder? Klingt ja fast so, als wäre das alles nur Show bei ihm. Dabei ist unser Dwaine doch quasi Casanovas Wiedergeburt – oder?«

»Du brauchst gar nicht so ironisch zu sein, mein Lieber«, wehrt sein Gegenüber lässig ab. »Natürlich sage ich die Wahrheit. Und deswegen habe ich es auch gar nicht nötig, mich an diesem Idioten abzuarbeiten. Soll der doch denken, was er will. Das kratzt mich nicht.«

»Dich vielleicht nicht, Herrn Salchow aber schon. Zumal, wenn Nina recht hat und der nur nach einem Grund sucht, um uns Ärger zu machen.« Tom klingt so, als könne er sich nur mühsam beherrschen, Dwaine ein bisschen durchzuschütteln.

»Wer zum Teufel ist Herr Salchow?«

»Einer der Menschen, die für dich das Geld verdienen.«

»So? Andere verdienen für mich Geld? Das ist doch wohl eher umgekehrt – andere verdienen Geld *mit* mir«, kommt es jetzt sehr spöttisch von Nils.

»Du bist so ein arroganter Idiot, ich könnte …«

Oha, hier muss ich nun wirklich eingreifen. »He, Jungs, beruhigt euch mal. So ein Eintrag von *Frauenversteher* ist doch wohl kein Grund, sich gegenseitig an die Gurgel zu gehen. Ich schlage vor, Tom macht einen Vorschlag, was er daraufhin kommentieren würde, und dann sehen wir weiter. Und bis dahin: *peace, love and understanding!*«

Nils zuckt betont gelangweilt mit den Schultern, Tom murmelt etwas Unverständliches und will aus dem Zimmer stürmen.

»Wohin gehst du?«, halte ich ihn mit strengem Unterton auf.

»Ich hole mir einen Kaffee, und dann mache ich den gewünschten Vorschlag.« Er rauscht raus. Was für ein Abgang! Ich warte einen Augenblick, dann schließe ich die Tür.

»Sag mal, was war denn gerade *wirklich* los?«, frage ich Nils. »Hast du Tom erzählt, dass du in Wahrheit gar nicht Dwaine bist?«

Er schüttelt den Kopf. »Nein, natürlich nicht. Wir haben uns tatsächlich nur über diesen Frauenversteher gestritten. Tom macht sich einfach zu viele Gedanken. Er hat Sorge, dass der Verlag langsam sauer wird. Ist bestimmt so ein Vater-Sohn-Ding: Facebook war seine Idee, also will er nicht, dass sein alter Herr deswegen bei euch Ärger macht.«

»Ja, wahrscheinlich hast du recht«, sage ich nachdenklich. »Das Problem ist allerdings eher der Marketingleiter. Der will uns natürlich lieber heute als morgen loswerden, damit die Pressearbeit wieder von seinen eigenen Leuten gemacht wird. Und nun sucht er wohl nach einem Grund, an uns rumzukritteln. Fred Frauenversteher kommt ihm da gerade recht.«

»Das hatte ich noch gar nicht bedacht.« Nils runzelt die Stirn. »Das ist natürlich blöd, auch wenn ich Fred ansonsten total harmlos finde.«

»Ja, ich finde seine Einträge auch nicht schädlich für dich.

Aber …« Wie fasse ich mein komisches Gefühl nun am besten in Worte? »Ein bisschen … komisch sind sie in letzter Zeit schon. Findest du nicht?«

»Nee, warum?«

»Weil er deine Gedanken zu lesen scheint.«

Nils macht ein erstauntes Gesicht. »Ist mir noch nicht aufgefallen.«

»Doch. Neulich kommentierte er so etwas in Richtung: *Jeder Mensch ist anders* – das war genau einen Tag, nachdem wir uns darüber unterhalten haben. Und jetzt die Geschichte mit der Wahrheit und der Maske? Das ist doch komisch. Hast du noch mit irgendjemand anderem als mit mir darüber gesprochen?«

»Nein, habe ich nicht. Aber warum sollen nicht auch andere vernünftige Menschen auf dieselben Ideen kommen wie ich? Es wundert mich schon länger, dass Fred der Einzige ist, der Dwaines Unsinn auf Facebook kritisch begleitet. Also, sei mal nicht paranoid, und mach dir keine Sorgen. Dass Dwaine gar nicht Dwaine ist, wird niemand merken.«

»Dein Wort in Gottes Ohr. Es wäre aber trotzdem schön, wenn du dich mit Tom etwas besser verstehen könntest. Er hat sich immerhin ganz schön reingehängt für dein Buch. Also, sei mal ein bisschen netter zu ihm.«

Nils verzieht das Gesicht. »*Ich* bin nett zu ihm. Aber aus irgendeinem Grund scheine ich für ihn ein rotes Tuch zu sein. Wahrscheinlich ist er einfach neidisch. Und ich kann ihn verstehen. Ich war auch jahrelang die Erfolglosigkeit in Person. Menschen, die fitter waren als ich, waren mir ein Greuel. Wie dem auch sei – ich hau wieder ab. Habe keine Lust, mich noch mal mit Tom über diese blöde Facebook-Geschichte zu streiten. Soll er es kommentieren oder bleibenlassen, ist mir egal.«

Nachdem Nils sich verabschiedet hat, mache ich mich auf die Suche nach Tom. Mal schauen, wie's der beleidigten Leberwurst geht. Er hockt missmutig in seinem Verschlag und starrt auf den Bildschirm.

»Sag mal, was war das denn eben?«, frage ich ihn streng. »Ich weiß, dass Dwaine oft nervt. Aber du warst ja kurz davor, ihm ein paar reinzuhauen!«

»Verdient hätte er's«, brummelt Tom. Okay, hier komme ich mit meinem Chefinnenton nicht weiter.

»Ach komm«, versuche ich ihn darum etwas aufzuheitern, »bald sind wir ihn doch erst mal los.« Als Antwort kommt von Tom nur ein Schnaufen. Okay, auch der Kuschelkurs kommt nicht an. Ich versuche es mal auf der Sachebene: »Und? Wie reagieren wir denn jetzt auf unseren Freund Fred?«

Tom schiebt mir wieder seinen Laptop rüber. »So zufrieden?« Immerhin: Jetzt grinst er schon wieder. Ich überfliege den kurzen Text.

Dwaine F. Bosworth: @Fred: Wer glaubt, dass Frauen Ehrlichkeit wollen, hat die Damen immer noch nicht verstanden. Frauen wollen den Chef. Denjenigen, der den nächsten Drink bezahlt. Und im täglichen Leben die Kohle ranschleppt. Was einen Mann innerlich bewegt, was er wirklich denkt und fühlt, wer er tatsächlich ist, das dürfte nur die wenigsten Frauen tatsächlich interessieren. Wenn du weibliche Aufrichtigkeit suchst, mach Urlaub mit deiner Mama. Ansonsten vergiss es!

4 Personen gefällt das.

Birdy Bond: YEEEZZZ! Dwaine rulez!

Das ist natürlich ziemlich hart. Es ist wirklich erstaunlich, dass sich Tom, trotz aller Abneigung, immer wieder so an Dwaines Duktus anpassen kann. Allerdings sagt auch die schnelle Zustimmung zu einem Beitrag, der höchstens fünf Minuten online steht, einiges über das Verhältnis zwischen Männern und Frauen aus.

»Na also«, lobe ich Tom, »geht doch.«

»Ja, ja«, mault er, strahlt mich dann aber an. »Habe ich mir damit einen Kaffee mit meiner Chefin verdient? Frau Smit hat, glaube ich, gerade eine Kanne aufgebrüht.«

Ich seufze. »Nichts lieber als das, aber wie du sehr genau weißt, wartet auf meinem Schreibtisch noch ein Postberg auf mich.«

Als ich ein paar Stunden später nach Hause komme, bin ich rechtschaffen erschöpft, aber auch hochzufrieden: Mein Posteingangskörbchen ist leer! Ich schließe meine Wohnungstür auf – und werde fast geblendet von dem, was mich dort erwartet. Wow! Irgendjemand hat offensichtlich einige Stunden damit verbracht, gründlich aufzuräumen und noch gründlicher zu putzen. Auf dem Esstisch steht ein großer, frühlingshaft bunter Blumenstrauß, und neben der Vase liegt ein kleines Päckchen. Zudem ist der Tisch wie für ein festliches Essen gedeckt – mit Tischdecke und dem guten Hutschenreuther meiner Oma, das ich in dieser Wohnung eigentlich noch nie benutzt habe. Der Fall ist klar: Eine gute Fee war da! Ich habe auch schon einen Verdacht, wer das gewesen sein könnte.

»Finja, ich bin wieder da! Hier sieht es so aus, als hätte jemand einen schweren Anfall manischer Putzwut gehabt. Weißt du da vielleicht Genaueres?«

Meine Schwester kommt mir aus der Küche entgegen, gefolgt von einem verführerischen Duft.

»Hallo Süße! Ich wollte mich bei dir bedanken, dass du mir so unkompliziert Asyl gewährt hast. Deine Wohnung auf Vordermann zu bringen schien mir eine gute Idee zu sein. Wenn man so viel auf Achse ist wie du gerade, kommt man ja meistens nicht selbst dazu.«

»Danke! Und gekocht hast du auch?« Ich schnuppere. »Hmmm, Coq au Vin?«

»Richtig. Das ist mein Abschiedsessen für dich. Ich habe schon gepackt, danach fahre ich nach Hause.«

Aha, gute Nachrichten! Ehekrise beendet. »Das freut mich. Und Alex wird es bestimmt auch sehr freuen. Der macht sich mittlerweile bestimmt ernsthaft Sorgen.«

Bei der Erwähnung meines Schwagers verdüstert sich das Gesicht meiner Schwester sofort ein bisschen. »Kein Grund zur Entwarnung! Ich vermisse die Kinder, aber mit Alexander wird es nicht so einfach werden.«

»Na, du solltest ihm wenigstens zugutehalten, dass er es jetzt schon seit zehn Tagen mit Mutter aushält, damit du in Ruhe nachdenken kannst«, beginne ich die Operation *Gutes-Wort-für-Alex-einlegen.* »Ich bin mir sicher, dass dein Mann dich immer noch liebt.«

»Ja, das tue ich ja auch«, räumt sie ein. »Aber trotzdem! Nun lass uns aber erst einmal essen.«

Finjas Coq au Vin schmeckt einfach köstlich. Dazu noch ein gutes Glas Rotwein – sie hat wirklich an alles gedacht. Kein Wunder, dass Alexander in Wellingsbüttel sitzt und weint. Es muss toll sein, jemanden zu haben, der sich so sehr um einen kümmert. Aber wenn ich an mein Gespräch mit ihm denke, verbindet er mit Finja ganz offensichtlich noch mehr als die Sehnsucht nach einem trauten Heim. Ich hoffe es jedenfalls für die beiden, denn meine Schwester erwartet zu Recht eindeutig mehr vom Leben als eine bloße Zweckgemeinschaft, in der der eine die Kohle ranschafft und der andere es ihm dafür nett macht. Eigentlich bin ich deswegen stolz auf sie. Auch wenn es dadurch momentan etwas ungemütlich in meinem Leben geworden ist. Denn die beste Nachricht des heutigen Abends ist eindeutig, dass ich meine kleine Wohnung demnächst nicht mit drei Kleinkindern teilen muss … Ich drücke den beiden also nicht ganz uneigennützig beide Daumen.

Finja sieht mich über den Rand ihres Rotweinglases an. »Woran denkst du gerade? Du schmunzelst so.«

»Ich denke, dass ich ganz schön Angst hatte, du könntest hier mit allen deinen Gören einziehen wollen«, gebe ich zu. »Insofern bin ich froh, dass ihr es noch mal versucht. Prost!«

»Freu dich nicht zu früh«, sagt Finja, hebt aber auch ihr Glas. »Vielleicht geht's schief, und dann bringe ich nicht nur die Kinder, sondern auch noch Mutti mit!«

20. Kapitel

Bevor ich nächste Woche mit Nils zu seiner Abschlussveranstaltung nach Hannover fahre, steht in Hamburg noch ein immens wichtiger Termin an: unsere Präsentation beim Weidner-Verlag, mit der Susanne sich nach unserer erfolgreichen Vermarktung der Baggerbibel einen Großteil des Presseetats sichern will.

Zwei Tage verbringe ich damit, unterstützt von Tom an ebendieser Präsentation für den Weidner-Verlag zu arbeiten, und gleich werde ich erfahren, ob sie uns gelungen ist. Natürlich hoffe ich es sehr, denn Susanne hat mir gestern in einem Vieraugengespräch noch einmal klargemacht, dass wir den Auftrag wirklich brauchen.

Ich gebe zu: Ich bin aufgeregt. Und zwar mehr als sonst. Es ist nicht einfach das normale Lampenfieber vor einer Präsentation. Ich frage mich, ob das auch daran liegt, dass ich mich seit dem Geständnis von Nils tendenziell selbst wie eine Betrügerin fühle. Natürlich, ich habe ihm versprochen zu schweigen. Aber wenn man im Weidner-Verlag wüsste, wie das Buch wirklich zustande gekommen ist, wäre man wohl kaum begeistert. Und wahrscheinlich würde man erwarten, von der betreuenden Agentur über dieses nicht ganz unwesentliche Detail informiert zu werden. Erst recht, wenn man als Verlag kurz davor steht, besagter Agentur als Nächstes einen Großteil des Presseetats anzutragen.

Trotzdem versuche ich, nach außen die Ruhe selbst auszustrahlen – schon allein deshalb, weil Tom neben mir sitzt und es mir unangenehm wäre, vor ihm wie ein aufgescheuchtes Huhn herumzuzappeln. Heute Morgen habe ich schließlich noch die toughe Geschäftsfrau gegeben und ihn ob seiner großen Aufregung, endlich mal zu einem wichtigen Termin mitkommen zu dürfen, belächelt. Aber das ist schon zwei Stunden her. Jetzt fahren wir im Taxi mit Susanne in Richtung Verlag, nur ein kurzes Stück noch, dann sind wir da. Meine Chefin dreht sich zu uns um.

»Salchow wollte es mir gestern am Telefon nicht verraten, aber die Zahlen von Dwaine müssen sensationell sein. Endlich war der Mann mal richtig gut gelaunt – vielleicht kann er sich jetzt doch mit dem Gedanken an eine dauerhafte Zusammenarbeit mit uns anfreunden. Das ist für uns natürlich eine Steilvorlage. Also, wenn wir den Etat gewinnen, habt ihr beide eine Flasche Schampus bei mir gut!«

Tom beugt sich zu mir vor und flüstert mir ins Ohr: »Ich finde nicht, dass das ein gutes Angebot ist. Da sollten wir dringend noch einmal nachverhandeln!« Ich nicke. Susanne beobachtet das irritiert.

»He! Wer flüstert, der lügt! Was gibt's zu tuscheln?«

»Nichts, nichts, Chefin«, lacht Tom, »wir besprechen nur noch einmal unsere Taktik.«

»Darüber sollten Sie sich nicht zu viele Gedanken machen, Tom«, bescheidet sie ihm freundlich. »Präsentieren Sie einfach so locker, wie Sie das eben bei mir im Konfi gemacht haben, dann wird das schon. Übrigens ein großes Lob: Die Präsentation sieht wirklich gut aus. Also entweder haben Sie dafür das richtige Händchen oder eine Topausbilderin. Oder beides.«

»Tom hat das ganz prima alleine hinbekommen, ich musste nur ab und zu eine Hilfestellung geben.« Tatsächlich war ich selbst ein bisschen überrascht, wie gut Tom seinen Teil der Präsentation vorbereitet hatte. Er wollte zuerst gar nichts sagen, aber Susanne und ich waren der Meinung, dass er den Teil des Konzepts, der überwiegend auf seinen Ideen beruht, auch ruhig selbst vortragen könne.

Im Verlag angekommen, holt uns Herr Salchow höchstpersönlich am Empfang ab. Das ist ein Novum, und ich versuche, das als gutes Omen zu werten.

»Kommen Sie, Sie lernen jetzt den schönsten Raum des gesamten Gebäudes kennen. Herr Weidner hat extra den Raum *Elbe* reservieren lassen. Er liegt im obersten Stockwerk und hat wirklich eine fantastische Aussicht.« Offensichtlich sind wir in der internen Agenturhierarchie deutlich aufgestiegen; die letzten Besprechungen fanden alle noch im dritten Stock statt.

Salchow hat nicht zu viel versprochen, der große Konferenzraum macht seinem Namen alle Ehre: Als wir ihn betreten, bin ich schon ein bisschen beeindruckt. Die Längsseite ist eine einzige, riesige Fensterfront, durch die man direkt auf die Elbe schaut. Von hier oben im sechzehnten Stock hat man einen freien Blick von den alten Landungsbrücken bis zur neu entstehenden Hafencity – es ist wirklich sehr eindrucksvoll.

In der Mitte des Raumes steht ein langer Tisch, auf ihm hat eine gute Seele Konferenzgetränke, Kekse und Obst plaziert. Beim Anblick der kunstvoll drapierten Erdbeeren und Weintrauben fängt mein Magen an zu knurren – leider haben wir es vor dem Termin nicht mehr geschafft, essen zu gehen. Meine gute Erziehung hält mich allerdings davon ab, hier sofort zuzulangen. Dieses Meeting ist zu wichtig, um gleich zu Beginn durch Verfressenheit aufzufallen.

Weidner senior steht bereits am Kopfende des Tisches. Als er uns sieht, kommt er auf uns zu und streckt Susanne die Hand entgegen.

»Frau Becelius, schön, dass Sie da sind! Ich bin schon sehr

gespannt auf Ihre Vorschläge. Unserem Herrn Bosworth haben Sie ja ganz schön auf die Sprünge geholfen.« Dann schaut er an ihr vorbei und entdeckt mich und Tom.

»Sie sind die verantwortliche Projektleiterin, nicht wahr? Wie war noch gleich Ihr Name?«

»Seefeld«, helfe ich ihm auf die Sprünge.

»Aber natürlich. Also, Frau Seefeld, auch Ihnen ein herzliches Willkommen. Sehr gute Arbeit bisher! Und dann haben Sie noch meinen Filius mitgebracht. Hallo Thomas, als Praktikant bei so einer wichtigen Besprechung, das ist doch schön, oder?« Der Ton, in dem er Tom begrüßt, lässt mich kurz zusammenzucken. Er ist irgendwie – eiskalt.

»Guten Tag, Vater«, erwidert Tom sehr förmlich. »Ich bin übrigens Volontär, nicht Praktikant.«

»Volontär, Praktikant – tut mir leid, ich kann mir langsam wirklich nicht mehr merken, was du gerade so tust und treibst. Immerhin scheinst du diesmal ein bisschen länger bei der Sache zu bleiben. Dann war meine Idee, dich bei Frau Becelius unterzubringen, wohl doch nicht so schlecht.« Er dreht sich um, lässt Tom einfach stehen und setzt sich auf seinen Platz. Zwei Sachen stehen jetzt schon fest: Erstens – vielleicht ist das Verhältnis zwischen meiner Mutter und mir doch nicht so schlecht. Zweitens – vielleicht war die Idee, Tom mitzunehmen, nicht meine beste. Ich schaue zu ihm hinüber: Er hat die Lippen aufeinandergepresst und sieht auf einmal sehr blass aus.

»Komm«, ich zupfe ihn am Ärmel, »lass dich davon nicht irritieren. Hilf mir lieber, Laptop und Beamer aufzubauen und hier unsere große Show abzuziehen.« Tom nickt, sieht aber nicht besonders überzeugt aus. Susanne, die dem kurzen Scharmützel mit der ihr eigenen Art keinerlei Beachtung geschenkt hat, unterhält sich derweil angeregt mit Salchow und schildert ihm noch mal in den glühendsten Farben, wie sensationell Dwaines Tournee läuft. Man könnte wirklich meinen, sie sei selbst dabei gewesen. Salchow guckt sie beeindruckt an.

Als Tom Beamer und Laptop verkabelt hat und ich überprüft habe, dass die Technik läuft, gebe ich Susanne ein Zeichen. Sie wendet sich daraufhin strahlend an Weidner senior.

»Also, wir wären dann so weit. Es kann losgehen.«

Salchow setzt sich neben den Verleger, und Susanne beginnt mit ein paar einführenden Worten.

»Maximal-PR hatte in den vergangenen Wochen die Gelegenheit, den Weidner-Verlag bei der Pressearbeit zu unterstützen und neue Wege in der Kommunikation aufzuzeigen. Die bisherigen PR-Maßnahmen für das Buch *Ich kann sie alle haben* sind als überaus erfolgreich zu bezeichnen. Dabei haben wir von Anfang an auf drei verschiedene Instrumente gesetzt: klassische Pressearbeit, Vor-Ort-Veranstaltungen und Internetmarketing. Diese drei Bausteine schlagen wir auch für zukünftige Projekte vor. Im Detail werden Ihnen dies Frau Seefeld und Herr Weidner erörtern.«

Ich stehe auf und stelle mich neben die Leinwand, auf die der Beamer die Folien unserer Präsentation projiziert. »Vielen Dank, Susanne. Ich möchte Ihnen zunächst noch einmal die Ergebnisse unserer klassischen Pressearbeit in Erinnerung rufen.« Diesen Teil der Präsentation kann man getrost als Leistungsschau bezeichnen. Artikel über Dwaine und das Buch werden eingeblendet, die Auftritte im Fernsehen werden eingespielt. Danach gehe ich noch mal auf unser Veranstaltungskonzept ein, eingerahmt von Fotos, die Tom an den jeweiligen Abenden gemacht hat. Schließlich zeige ich ein Diagramm, das die stetig ansteigenden Zuschauerzahlen auf den Lesungen verdeutlicht – an dem breiten Lächeln von Salchow und Weidner kann ich sehen, dass mein Vortrag sehr gut ankommt.

Ich erläutere, dass dieses Konzept auch bei anderen Büchern sehr erfolgversprechend ist, und erkläre, wie wir Veranstaltungen unter dem Motto *Show statt Lesung* anbieten würden. Weidner und Salchow nicken begeistert. Okay, dieser Teil der Präsentation kommt offensichtlich sehr gut an. Trotzdem übergebe ich mit einem etwas mulmigen Gefühl an Tom. Ich hoffe, dass er seinen Part jetzt professionell durchzieht und durch den Vorfall mit seinem Vater nicht völlig aus dem Konzept gekommen ist. Als ich mit ihm den Platz tausche, lächle ich ihm aufmunternd zu. Zumindest äußerlich wirkt er ganz gelassen.

»Da es sich beim Internetmarketing für den Weidner-Verlag noch um ein relativ neues Instrument handelt, möchte ich zu Beginn ein paar allgemeine Worte zu seiner Anwendung und Bedeutung sagen und diese auch am Bespiel unserer Kampagne für *Ich kann sie alle haben* erläutern«, beginnt er mit souveräner Stimme. Ich bin richtig stolz auf ihn und lehne mich entspannt in meinem Stuhl zurück. Wenn er so cool und professionell bleibt, kann nichts mehr schiefgehen. »Es wurden ja im Verlauf der Umsetzung dieses Instruments – beispielsweise auf der Internetplattform Facebook – Zweifel Ihrerseits geäußert, ob der direkte Kontakt und Austausch mit Lesern dem Absatz wirklich förderlich sei. Ich habe hier mal ein paar Zahlen aufbereitet, die belegen …«

Noch bevor Tom seinen Satz beenden kann, fällt ihm sein Vater schon ins Wort. »Wusste ich doch, dass du für diesen Internet-Schwachsinn verantwortlich bist. Herr Salchow hat mir schon davon erzählt. Hatte mir auch gar nicht recht vorstellen können, dass eine angesehene Agentur wie Maximal-PR mit solchen abstrusen Ideen ankommt.«

»Also, Moment mal«, mische ich mich ein. Obwohl das hier ganz offensichtlich ein ungelöster Vater-Sohn-Konflikt ist, den wir heute mit Sicherheit nicht aus der Welt schaffen werden, kann das wohl kaum unwidersprochen bleiben. »Natürlich war die Grundidee von Ihrem Sohn, aber Frau Becelius und ich waren von Anfang an begeistert von diesem Ansatz und sind es noch. Sehen Sie doch mal, wie viele Menschen sich schon auf der Seite von Dwaine Bosworth eingetragen haben – über viertausend! Das ist ein gigantisches Ergebnis.« Ich stehe auf und trete neben Tom. »Es sollte auch nicht unerwähnt bleiben, dass unserem Autor dadurch keine Zusatzarbeit entstanden ist, das hat Tom Weidner für ihn vorbereitet und sich tiefer in die Materie eingearbeitet, als es manchem erfahrenen PR-Profi möglich gewesen wäre. Und was den Nutzen angeht, nun, der ist doch offensichtlich.« Ich strahle Weidner senior an, um ihm klarzumachen, dass er und ich im selben Boot sitzen. »Immer, wenn Dwaine beziehungsweise Tom jetzt etwas Neues schreibt, sehen das all diese Fans, sobald sie sich auf Facebook anmelden. Das ist doch toll!«

»Wirklich, Frau Seefeld, das ist ja ganz rührend, wie Sie meinem Sohn hier zu Hilfe eilen. Aber das ist wirklich nicht nötig. Glauben Sie mir, Sie müssen ihn nicht verteidigen, nur weil er mein Sohn ist.« Weidner senior schnaubt verächtlich. »Ich bin durchaus selbstkritisch genug, um einzusehen, wenn Thomas mal wieder Mist gemacht hat.«

Susanne und ich schnappen synchron nach Luft, Tom sagt gar nichts mehr. Es ist wirklich nicht zu fassen! »Herr Weidner, wenn ich den Eindruck gehabt hätte, dass sich die Idee von Thomas nicht umsetzen lässt, hätte ich es auch nicht getan«, meldet sich Susanne zu Wort. »Sie können mir als Beraterin durchaus so viel Selbstbewusstsein zugestehen, dass ich Kunden von unsinnigen Manövern abhalte. Es geht bei jeder Kampagne schließlich auch um den Ruf der Agentur.«

»Ach, und das Geschreibsel dieses Fred Frauenverstehers

war dann in Ihren Augen gut für die Verkäufe?«, will Salchow wissen.

»Natürlich. Und das habe ich Ihnen auch schon auseinandergesetzt. Eine zu glatte Präsentation in den *Social Networks* ist langweilig. Nur durch die lebhafte, kontroverse Diskussion laden wir Leute dazu ein, länger auf der Seite zu bleiben.« Susanne bleibt ganz ruhig, aber ich kenne sie ja schon ein paar Jährchen und weiß, dass sie innerlich kocht. »Ich schlage also vor, dass wir uns die Ausführungen meines Mitarbeiters einfach in Ruhe anhören und wir alle Fragen dazu im Anschluss klären.«

Klasse, Susanne, gib's ihm, möchte ich am liebsten rufen. Doch bevor ich zu dieser oder einer ähnlichen Äußerung ansetzen kann, ergreift Tom das Wort.

»Danke, Frau Becelius. Das ist nett, dass Sie für mich eine Lanze brechen. Aber ich gehe jetzt lieber. Offenbar ist es den Herren nicht recht, hier mit meinen Vorschlägen behelligt zu werden. Für mich ist das Volontariat und alles, was ich bei Ihnen und Frau Seefeld lernen darf, eine große Chance – aber für meinen Vater nur wieder eins von seinen Machtspielchen. Darunter sollte Ihre hervorragende Präsentation nun aber nicht leiden.« Dann nimmt er die Kuriertasche, die neben seinem Sitz liegt, und geht ohne ein weiteres Wort und ohne sich noch einmal umzusehen aus dem Raum. Weidner senior springt von seinem Platz auf.

»Thomas, komm sofort zurück! Was fällt dir ein? *Thomas!*« Er ist völlig außer sich und kann offenbar nicht fassen, dass sein dreißigjähriger Sohn beschlossen hat, sich nicht mehr wie ein Schuljunge behandeln zu lassen. Natürlich kommt Tom nicht zurück, und das freut mich wirklich. Ich fühle mich Tom gerade in innigster Solidarität verbunden. Kinder nerviger Eltern müssen doch zusammenhalten. Wobei dieser Gedanke meiner Mutter schwer unrecht tut. Sie ist anstrengend, aber bösartig ist sie nicht.

Susanne und ich sagen erst einmal nichts, und selbst Herr Salchow blickt betreten zu Boden. Nach einer gefühlten Ewigkeit räuspert er sich. »Tja, meine Damen. Ich würde vorschlagen, dass wir vielleicht da weitermachen, wo wir eben stehengeblieben sind? Ich würde sehr gerne noch Ihre Vorschläge für unser nächstes Programm hören.«

Susanne nickt, ganz die kühle Businessfrau. »Sicher. Herr Weidner junior hatte allerdings zum Thema Internetmarketing noch eine ganze Reihe erfolgversprechender und innovativer Vorschläge vorbereitet. Die finden Sie im Handout zur Präsentation, und ich möchte Sie wirklich bitten, sie sich nachher noch einmal in Ruhe anzuschauen.« Sie bückt sich und zieht zwei schmale Hefte mit Spiralbindung aus der Tasche. Weidner greift nach einem, dann steht er auf.

»Ich würde mich gerne für heute entschuldigen. Besprechen Sie doch den Rest mit Herrn Salchow, er wird mich auf dem Laufenden halten.« Er reicht über den Tisch erst Susanne die Hand, dann mir. »Und verzeihen Sie bitte den ungewöhnlichen Verlauf dieses Treffens. Es ist mir wirklich sehr unangenehm.«

»Keine Ursache.« Susanne lächelt ihn so freundlich an, als wäre nichts passiert, obwohl sie vermutlich genau wie ich gerade denkt: *Recht geschieht es dir!*

Nachdem dann auch der zweite Weidner den Raum verlassen hat, verbringen meine Chefin und ich die nächste halbe Stunde damit, Salchow unsere weiteren Ideen vorzustellen. Allerdings sind wir alle nicht mehr so recht bei der Sache, die Atmosphäre ist mittlerweile zäh wie Kaugummi, und als Susanne die letzte Folie aufruft, bin ich wirklich froh, dass die Veranstaltung endlich vorbei ist. Fünf weitere Minuten brauchen wir dafür, uns wortreich, aber inhaltslos zu verabschieden. Dann sind wir draußen. *Puh!* Geschafft.

»Was war denn das gerade für eine Vorstellung?«, fragt Susanne, als wir im Taxi sitzen. Und auch als wir wieder in der Agentur ankommen, ist sie immer noch fassungslos. Mir geht es nicht anders. »So etwas habe ich ja noch nie erlebt. Stellt seinen eigenen Sohn aber so was von in den Senkel, unglaublich!« Sie sieht mich prüfend an. »Wusstest du, dass die beiden so ein schlechtes Verhältnis haben?«

Ich schüttle den Kopf. »Natürlich nicht. Sonst hätte ich wohl kaum vorgeschlagen, dass Tom uns begleitet. Ich dachte vielmehr, es wäre eine gute Gelegenheit, Weidner senior mal zu zeigen, was er schon alles bei uns macht. Und dann das!«

»Gott, Tom tut mir wahnsinnig leid.« Susanne ist eine berechnende Geschäftsfrau, für die Befindlichkeiten ihrer Mitmenschen hat sie meistens keine besonders sensiblen Antennen – aber wenn es wirklich darauf ankommt, kann man sich immer auf sie verlassen. »Ich hoffe, wir bekommen ihn wieder aufgerichtet. Und dann müssen wir ihn dringend von dem Projekt abziehen. Das geht ja gar nicht! Es ist, denke ich, für alle Beteiligten besser, wenn er ab sofort Henning zuarbeitet. Klar, natürlich habe ich ihn ursprünglich nur wegen seines Alten eingestellt, aber ich finde, er hat sich sehr gut gemacht, oder?«

»Ja, das hat er wirklich. Mann, das ist mir alles so unangenehm.«

Susanne seufzt. »Ich hoffe natürlich, dass damit nicht gerade das ganze Projekt baden gegangen ist. Wäre echt zu ärgerlich.« Damit hat sie natürlich recht, aber wenn ich ehrlich bin, hat meine Motivation, mich für den alten Weidner so richtig ins Zeug zu legen, gerade einen empfindlichen Dämpfer erhalten.

»Ich gehe mal zu Tom rüber. Vielleicht hat er Lust, mit mir essen zu gehen.« Tatsächlich hängt mir der Magen schon in den Kniekehlen. Zu den Leuten, denen schlechte Stimmung den Appetit verdirbt, habe ich noch nie gehört.

Im Volontärszimmer gibt es allerdings keine Spur von Tom, in meinem Büro auch nicht. Ich gehe rüber zum Empfang; vielleicht hat er eine Nachricht bei Frau Smit hinterlassen.

»Haben Sie Tom gesehen, Frau Smit?«

Unsere Empfangsdame schaut mich betreten an, greift in ihre Schreibtischschublade und holt etwas hervor, was verdächtig nach einer Magnetkarte für unsere Eingangstür aussieht. Dann fördert sie noch einen verschlossenen Briefumschlag zutage.

»Hier, das hat Herr Weidner vor einer halben Stunde bei mir abgegeben. Dann ist er gegangen.«

Ich bin wie vor den Kopf geschlagen. »Hat er noch etwas gesagt?«, frage ich erschrocken.

»Nein, leider nicht.« Sie schüttelt den Kopf. »Er schien mir allerdings auch relativ … aufgewühlt. Ja, *aufgewühlt* beschreibt es am besten.«

Ich nehme den Brief und öffne ihn. Der Text ist denkbar kurz.

Sehr geehrte Frau Becelius,
hiermit mache ich von meinem Sonderkündigungsrecht in der Probezeit Gebrauch und kündige zum Ende dieser Woche.
Mit freundlichen Grüßen
Thomas Weidner

Ich starre auf den Brief und mag es nicht glauben. Keine Erklärung, keine bedauernden Worte, gar nichts? Das trifft mich. Ich verstehe zwar, dass er geknickt und sauer ist, aber deswegen hier gleich alles hinzuschmeißen? Ob er in Wirklichkeit nur einen Grund gesucht hat, um zu gehen? Aber warum? Bis heute Morgen schien er sehr zufrieden.

Ich stecke sein Schreiben ein und gehe zu Susanne zurück. »Hier, lies mal.« Ich reiche ihr den Brief. »Tom hat gekündigt. Und zwar zu sofort.«

»Bitte? Das ist nun doch überraschend.« Susanne nimmt das Blatt und liest es sich durch. »Hmmm … Und auch ein bisschen kindisch. Kannst du das bitte mit ihm klären?«

»Ja, ich werde auf alle Fälle noch mal mit ihm sprechen. Ich meine, das war heute echt nicht schön für ihn, aber gleich zu kündigen finde ich schwer übertrieben. Ich rufe ihn mal an.«

Tom hat sein Handy ausgeschaltet – ich erwische nur die Mailbox. Und zwar sowohl bevor ich mir eine Pizza hole als auch nachdem ich sie gegessen habe. Offensichtlich will er mit niemandem sprechen. Ich überlege kurz, ob ich nach Feierabend zu ihm fahren soll, verwerfe den Gedanken aber wieder. Zum einen weiß ich gar nicht, wo er wohnt, und obwohl ich mir seine Adresse natürlich aus der Personalakte fischen könnte, will ich eigentlich nicht uneingeladen bei ihm aufkreuzen. Also vertraue ich darauf, dass er sich noch einmal von selbst melden wird, wenn er sich wieder beruhigt hat. Dann kann ich immer noch in Ruhe mit ihm sprechen.

21. Kapitel

Die Gelegenheit zu einem Gespräch ergibt sich wesentlich früher als erwartet. Die Ereignisse haben mich so gebeutelt, dass ich schon um vier Uhr Feierabend mache und nach Hause fahre. Dort sitzt, im Flur direkt vor meiner Wohnungstür: Tom. Im Schneidersitz, die Augen halb geschlossen, sieht es fast so aus, als würde er meditieren.

»Hallo Tom!«, begrüße ich ihn. »Was machst du denn hier?«

Er schreckt hoch. »Hallo Nina! Ich hatte noch gar nicht mit dir gerechnet.«

»Wie lange sitzt du denn schon da?«

Er zuckt mit den Schultern. »Weiß nicht. Vielleicht eine Stunde.«

»Du sitzt seit einer Stunde vor meiner Tür und dachtest, ich komme wahrscheinlich viel später? Das klingt ein bisschen verrückt, oder?«

Er nickt. »Ist es wahrscheinlich auch. Aber als ich in der Agentur raus bin, wusste ich, dass mir zu Hause die Decke auf den Kopf fallen würde. Also bin ich erst mal eine Stunde ziemlich planlos durch die Gegend geradelt.«

»Und dann bist du zufälligerweise hier vorbeigekommen?«

»Nein, nicht zufällig.« Er sieht mich nicht an, sondern studiert die Bodenfliesen, als würden sie aus Pompeji stammen und nicht aus dem nächsten Großhandel. »Ich wollte dich gerne sehen.«

»Aber woher weißt du denn, wo ich wohne?«

»Ganz einfach: über die Auskunft.« Er grinst mich schief an. »Recherchieren habe ich doch schließlich gelernt in den letzten Wochen.«

»Okay. Du hast mich gefunden. Und nun?«

»Ich brauche jemanden, mit dem ich reden kann. Du hast das Debakel heute ja miterlebt.«

»Klar. Und natürlich war es unangenehm. Aber wieso hast du gekündigt? Ich verstehe das nicht ganz.«

»Ich hatte auf einmal das Gefühl, dass ihr mich alle für einen Totalausfall haltet und mich sowieso nur wegen meines Vaters noch mitschleppt«, erklärt er kleinlaut. »Das ist ein schreckliches Gefühl; ich wollte mir – und euch – das nicht länger antun.«

Ich nicke und krame dann den Haustürschlüssel aus meiner Handtasche. »Komm, lass uns mal reingehen. Wir müssen das doch nicht im Hausflur besprechen.«

In meiner Wohnung biete ich Tom einen Platz auf dem Sofa an, dann hole ich uns etwas zu trinken. Ich setze mich neben ihn und drücke ihm ein Glas Apfelschorle in die Hand.

»Zurück zu unserem Ausgangsthema: Ich finde, die Nummer heute wirft ein wesentlich schlechteres Licht auf deinen Vater als auf dich. Also, genau genommen wirft sie auf dich überhaupt kein schlechtes Licht. Du warst gut vorbereitet – und dein Vater ist, aus für Außenstehende völlig unerklärlichen Gründen, ausfallend geworden. Es war für ihn peinlich, nicht für dich. Allerdings muss man lernen, mit solchen Situationen umzugehen.«

»Ich konnte einfach nicht länger bleiben. Und dann habe ich mir gesagt, dass ich ohne meinen Vater bei euch sowieso kein Volontariat bekommen hätte und dass sein Schatten mich deswegen auch bei euch immer verfolgen wird. Falls du verstehst, was ich meine.«

»Klar verstehe ich das. Aber in diesem Fall bildest du dir das ein.«

»Ach wirklich?« Tom runzelt die Stirn. »Du hattest mir doch schon abgesagt. Ich habe mich wirklich gefreut, als du mich dann wieder angerufen hast, aber im Nachhinein war das wahrscheinlich nur, weil Susanne es wollte.«

Gut, wo er recht hat, hat er recht. Ich bin mir aber ziemlich sicher, dass dies genau die Situation ist, in der Notlügen nicht nur moralisch erlaubt, sondern sogar zwingend erforderlich sind. Ich schüttle also den Kopf.

»Nein. Das stimmt nicht. Wir haben damals schon über dieses Thema gesprochen. Und außerdem: Nach dem zugegebenermaßen etwas holprigen Start lief es in letzter Zeit doch super! Also, willst du es dir nicht noch einmal überlegen? Du könntest auch an einem anderen Projekt arbeiten, dann hättest du mit dem Verlag überhaupt nichts mehr zu tun.«

»Ich weiß nicht«, murmelt er. »Sieh mich an! Ich bin dreißig Jahre alt und habe außer unglaublich vielen Unisemestern ohne Abschluss noch nichts auf die Reihe gekriegt. Zur Krönung watscht mich mein Alter heute wie einen kleinen Jungen ab. Das kann so nicht weitergehen. Und nur ich habe es in der Hand, daran etwas zu ändern. Das muss ich schon aus Selbstachtung tun, und wenn es mich zur Stadtreinigung verschlägt. Lieber demnächst den gelben Sack einsammeln, als weiter als Weidner junior durchs Leben zu laufen. Ich muss mir etwas suchen, was nicht das Geringste mit meinem Vater zu tun hat.«

»Vielleicht hast du recht. Mir geht es irgendwie ähnlich«, räume ich ein. »Okay, ich bin so weit leidlich erfolgreich, aber verglichen mit meinem Vater ist das nicht so beeindruckend. Ich hätte mir auch besser eine Branche suchen sollen, die nicht so leicht zu vergleichen ist. Muss ja nicht gleich Müllabfuhr sein, aber etwas in Richtung ...« Ich überlege. »Amtstierarzt beispielsweise. Oder Heißmangelbetreiberin, wäre auch eine super Idee gewesen.«

Jetzt muss Tom grinsen. »Du weißt aber schon, dass es in einer Heißmangel ganz schön heiß wird, oder? Und ich hatte bisher nicht den Eindruck, dass Bügeln eine deiner großen Leidenschaften ist.«

»Wieso? Sehen meine Blusen zerknittert aus?« Ich drohe ihm spielerisch mit dem erhobenen Zeigefinger.

»Nein, überhaupt nicht. Aber du hast so gar nichts von einer Frau an dir, die gerne bügelt.«

»Soll das ein Kompliment sein?«, frage ich erstaunt.

»Das kannst du jetzt sehen, wie du willst.« Tom trinkt sein Glas aus und stellt es auf den Couchtisch. »Sag mal, ich würde gerne noch etwas Richtiges trinken gehen. Kommst du mit?«

Einen Augenblick überlege ich. Eigentlich ist mir viel mehr nach einem Abend auf dem Sofa, aber ich will Tom auch nicht alleine lassen. »Ja, warum nicht? Allerdings würde ich auch gerne etwas essen, denn das einzig Warme, das ich heute zu mir genommen habe, war eine halbe Pizza Tonno, die eher scheußlich schmeckte.«

»Gut. Unter einer Bedingung.«

»Und die wäre?«

»Da ich nicht ausschließen kann, dass ich dich im Laufe des Abends noch mit weiteren traurigen Familiengeschichten behelligen werde, zahle ich. Quasi als Therapeutenhonorar.«

Ich lächle ihn an. »Einverstanden, Herr Weidner. Dann wählen Sie aber auch das Restaurant. Und Vorsicht – ich bin anspruchsvoll!«

»Ja, ja. Verstehe.« Er lacht, und zumindest ein Teil der Anspannung scheint auf einmal von seinen Schultern zu fallen. »Pizza Tonno, ja? Keine Sorge, da komme ich locker drüber.«

Wir landen schließlich im *Freischwimmer*, einem Laden, den man mit entspannt szenig wohl am besten beschreibt. Er ist nicht weit von meiner Wohnung entfernt und war früher wahrscheinlich ein typisches Eimsbüttler Ecklokal; jedenfalls gibt es im Keller sogar noch eine Kegelbahn. Wir ergattern einen freien Tisch im hinteren Gastraum, was ohne Reservierung an einem Freitagabend einem Sechser im Lotto ziemlich nahekommt. Ich werfe einen Blick auf die Karte: lecker! Tom hat genau das richtige Restaurant für mich ausgesucht.

Als der Kellner kommt, habe ich mich schon entschieden. Formvollendet lässt Tom mich aber nicht selbst bestellen, sondern übernimmt es gleich für uns beide. Zu meiner Überraschung trifft er meinen Geschmack perfekt. »Woher wusstest du, dass ich das Backhendl bestellen wollte?«

Er grinst mich an. »Glaub mir, wenn man so viel Zeit mit dir verbringt, wie ich es in den letzten Wochen getan habe, bekommt man ein gutes Gespür dafür, was Madame gefällt und was nicht.«

»Na, solange Monsieur eine so sensible Antenne für meine Wünsche hat, werde ich mich nicht beschweren.«

Als der Wein kommt und wir uns entspannt zuprosten, starte ich noch einmal einen Überredungsversuch. »Mensch, Tom, willst du dir das mit der Kündigung denn nicht überlegen?«

»Ach, Nina, ich weiß nicht.« Tom seufzt. »Ich glaube aber eher nicht.« Er nippt nachdenklich an seinem Rotwein. »Diese ganze Vater-Sohn-Geschichte hängt mir so was von zum Hals raus. Das verfolgt mich seit Jahren. Weißt du was? Lass uns einfach das Thema wechseln, sonst werde ich noch trübsinniger. Wir tun jetzt einfach so, als hätten wir ein ganz normales Date.«

Ein … ein bitte was?

Ein *Date?*

Wahrscheinlich sollte ich ihm jetzt schonend beibringen, dass ich doch eigentlich nur aus Mitleid mitgegangen bin. Und doch ist der einzige Gedanke, der mir durch den Kopf spukt, ein entschiedenes: *Wie aufregend!* Und das ändert sich auch erst einmal nicht. Das Essen ist einfach köstlich, der Wein wunderbar, und noch dazu unterhält mich Tom mit lustigen Geschichten aus seiner wilden Studentenzeit. Ich lasse mich sogar noch zu einem Dessert überreden. Und weil's so nett ist, müssen wir danach natürlich noch einen Espresso bestellen. Und einen Grappa, schon allein, um die Verdauung anzukurbeln. Und danach einen weiteren, weil man bekanntlich auch nicht so gut auf einem Bein stehen kann. Obwohl ich mir im Moment überhaupt nicht vorstellen kann, aufzustehen – ich fühle mich wie ein gestrandeter Walfisch, der noch dazu leicht angetüddelt ist und darauf wartet, dass ein Greenpeace-Aktivist ihn wieder ins Wasser zieht.

Nachdem Tom schließlich, ganz Gentleman, die volle Rechnung beglichen hat, strahlt er mich an. »Na, noch Lust auf einen kleinen Spaziergang – damit die Crème brûlée nicht direkt auf die Hüften geht und der Kopf ein bisschen durchgelüftet wird?«

Kann der Kerl Gedanken lesen?

»Gute Idee. Lass uns doch an die Elbe runter. Da können wir ein bisschen Schiffe gucken.«

Mit der U3 fahren wir vom Schlump bis zu den Landungsbrücken. Gemächlich und schweigend wandern wir über die Pontons, schauen auf den dunklen Fluss und bewundern die atemberaubende Sicht auf den glitzernden Hafen, in dem natürlich auch jetzt, mitten in der Nacht, noch gearbeitet wird.

Irgendwie ganz schön romantisch – wenn es bloß nicht so kalt wäre. Von lauem Frühlingsabend ist jedenfalls nichts zu spüren. Ob das schon die Eisheiligen sind? Zudem pfeift der Wind hier unten am Wasser ziemlich. Ich fröstele. Tom, der offenbar beschlossen hat, heute mal in die Rolle des edlen Ritters zu schlüpfen, zieht seine Jacke aus und legt sie mir galant über die Schultern.

»Nicht, dass du mir erfrierst«, sagt er leise und schaut mir tief in die Augen. Hoppla, das hatten wir doch schon mal! Offenbar scheint mich der Gedanke so zu verwirren, dass ich über meine eigenen Füße stolpere. Bevor ich völlig undamenhaft der Länge nach hinschlage, greift Tom nach meiner Hand und fängt mich auf.

»Danke«, hauche ich, dann gehen wir schweigend weiter. Meine Hand hält Tom allerdings immer noch fest. Fühlt sich eigentlich ganz gut an. So sicher. Und auf einmal ist mir auch gar nicht mehr kalt, ganz im Gegenteil.

Irgendwann sind aber auch die Landungsbrücken zu Ende, wir kehren um. »Du siehst müde aus«, sagt Tom.

»Stimmt«, erwidere ich, »das war ein aufregender Tag. Bist du böse, wenn ich jetzt einfach nur noch nach Hause will?«

»Ich bin ja nicht Dwaine. Der würde dir jetzt einfach eine Keule über den Kopf ziehen und dich in seine Höhle schleppen.« Bei der Vorstellung müssen wir beide lachen. Dann bringt Tom mich zum Taxistand.

»Fährst du mit?«, will ich wissen. »Du hast doch dein Fahrrad noch bei mir stehen, oder?«

»Nee, ich geh jetzt zu Fuß nach Hause. Ich wohne hier gleich um die Ecke.«

Bevor ich noch *Wie schade!* denken kann zieht Tom mich an sich und gibt mir zum Abschied einen ganz zarten, vorsichtigen Kuss, den ich ebenso vorsichtig, aber sehr begeistert erwidere. Selig lächelnd, sinke ich dann ins Taxi und schließe die Augen. Was für ein schöner Abend!

Was für ein schrecklicher Morgen! Ich wache mit den schlimmsten Halsschmerzen der Welt und einer Nase auf, die Karl Malden, Gott hab ihn selig, alle Ehre machen würde. Schon der Versuch, mich zu räuspern, tut höllisch weh, und Kopfschmerzen habe ich sozusagen als Dreingabe. Kein Zweifel – der romantische Elbspaziergang mit Tom ist in eine fette Erkältung gemündet. Mist! Endlich Wochenende, und dann das!

Ich überlege, ob ich irgendwelche Mittelchen im Haus habe, die das Schlimmste noch verhindern können, aber das ist insofern Unsinn, als dass das Schlimmste ganz offensichtlich bereits eingetreten ist. Mir ist wirklich hundeelend. Am liebsten würde ich mir die Decke über den Kopf ziehen, noch eine Runde schlafen und dann gesund aufwachen. Aber das wird schon deswegen nichts werden, weil ich kaum noch Luft durch die Nase bekomme und in diesem Zustand an erholsamen Schlaf nicht zu denken ist. Es hilft nichts: Ich muss aufstehen und mir in der Apotheke zumindest Nasentropfen kaufen.

Das Telefon klingelt, ich wälze mich aus dem Bett.

»Hallo?«, krächze ich in den Hörer.

»Nina? Bist du es?« Am anderen Ende der Leitung ist Nils. Ich schaue auf die Uhr. Warum ruft der mich am Samstagmorgen um neun Uhr an? Wenn es mir nicht so schlecht ginge, würde ich jetzt noch wie ein Baby schlummern.

»Ja, natürlich bin ich es«, entgegne ich deswegen etwas vergrätzt, was in Kombination mit meiner angeschlagenen Gesundheit durchaus furchteinflößend klingt. Macht allerdings trotzdem keinen größeren Eindruck auf meinen Anrufer.

»Komisch, man erkennt deine Stimme kaum. Du klingst, als

ob du gestern Abend mindestens eine Flasche Whiskey alleine gesoffen hättest. Aber auch irgendwie sexy.«

»Danke für das Kompliment«, krächze ich. »Ich bin lediglich erkältet.«

»Oh, das tut mir leid. Wo hast du dir das denn eingefangen?«

Die Halsschmerzen machen mich wahnsinnig. Mit Smalltalk kann ich mich beim besten Willen nicht aufhalten. »Nils, was willst du?«

»Äh, ich wollte eigentlich nur wissen, wie eure Präsentation gestern gelaufen ist. Die war doch gestern, oder?«

»Und deswegen rufst du mich an einem Samstag um neun an?«

»Neulich hast du mir noch vorgeworfen, ich sei egoistisch und würde mich nicht dafür interessieren, was das Team macht. Nun will ich dir das Gegenteil beweisen – und das ist auch wieder nicht richtig. Also echt! Frauen!«

»Jetzt klingst du schon wie Dwaine«, beschwere ich mich. Nils lacht.

»Manchmal hat er eben doch recht. Aber im Ernst – du klingst schlimm. Kann ich irgendetwas für dich tun?«

»Danke, nein. Lass mich einfach noch ein bisschen schlafen. Muss schließlich nächste Woche fit für unsere letzte Lesung sein!« Während ich das sage, merke ich, dass an einen Ausflug zur Apotheke wirklich nicht zu denken ist. Ich fühle mich ja jetzt schon, als müsse ich gleich ins Koma fallen.

»Richtig. Na dann, gute Nacht.«

Ich schleppe mich zurück ins Bett und hoffe, auch ohne Nasentropfen noch ein kleines Nickerchen machen zu können.

22. Kapitel

Tatsächlich: Ich muss noch einmal eingeschlafen sein. Denn als ich vom Klingeln an meiner Haustür geweckt werde, ist es laut meinem Radiowecker schon fast elf Uhr. Und es geht mir auch schon ein kleines Stückchen besser: Mein Hals kratzt zwar immer noch ordentlich, aber dafür habe ich keinen allzu schlimmen Brummschädel mehr. Ich überlege kurz, ob ich nicht einfach liegen bleibe und das Klingeln ignoriere. Aber wer auch immer vor der Tür steht, scheint finster entschlossen, eingelassen zu werden. Mittlerweile klingelt es jedenfalls Sturm.

Ich ziehe mir schnell einen Bademantel über und werfe dann einen Blick durch den Spion. Das mache ich sonst nie, aber in meiner derzeitigen Verfassung würde mich auch ein siebenjähriger Einbrecher sehr leicht überwältigen. Draußen steht allerdings kein gewaltbereites Schulkind, sondern …

… Nils, mit einem großen Karton unter dem Arm. Ich öffne die Tür.

»Na, das ist aber eine Überraschung!«

»Du klangst am Telefon so schlecht, dass ich mich spontan zum Packen eines Carepakets entschieden habe. Darf ich reinkommen?«

»Ach, Mensch …« Ich seufze. »Mir geht es heute wirklich nicht gut. Ich fühle mich furchtbar und sehe auch genauso aus.«

»Ach komm«, grinst Nils. »Die schöne Frau entstellt bekanntlich nichts. Und sieh mich mal an: So ganz ohne Dwaine-Verkleidung bin ich auch nur ein Schatten meiner selbst.«

Tatsächlich: Nils sieht vollkommen normal aus. Jeans, weißes T-Shirt, Schluss. Sehr nett. Sollte er definitiv öfter machen. Dieses gockelhafte Dwaine-Outfit entstellt ihn geradezu.

»Ich finde dich so deutlich sympathischer«, kommentiere ich deswegen.

»Na, dann kannste mich ja auch reinlassen. Bitte, bitte!« Okay, den Hundeblick hat er auch in seiner wahren … äh … Identität drauf.

»Na gut«, entgegne ich matt und öffne die Tür weiter. Er geht an mir vorbei in meinen Flur und stellt dort den Karton ab.

»Woher weißt du eigentlich, wo ich wohne?«, röchle ich ihn an.

»Na rate! Von der guten Frau Smit natürlich. Der habe ich schon vor einiger Zeit deine Adresse aus dem Kreuz geleiert – mit dem Vorwand, meine Projektleiterin müsse schließlich immer für mich erreichbar sein.«

»Wie nett«, kommentiere ich trocken – und denke: *Wenn ich wieder fit bin, ist die alte Plaudertasche fällig.*

»Also: Ich habe Erkältungstee, frisches Obst wie zum Beispiel Orangen, Vitamin-C-Tabletten, Aspirin, Nasentropfen und Halsbonbons. Außerdem einen dicken Schal und dicke Socken.«

Ich muss zugeben: Ich bin gerührt. So etwas Nettes hätte ich Nils gar nicht zugetraut. Dwaine natürlich sowieso nicht. Gespannt luge ich in den Karton – er ist wirklich randvoll mit lauter guten Sachen, die man bei einer Erkältung brauchen kann.

»Was ist denn dieses große Teil da?« Ich deute auf ein Gerät aus Edelstahl, das entfernt an eine dieser neumodischen Kaffeemaschinen erinnert.

»Das ist meine professionelle Saftpresse. Mit dieser werde

ich dir jetzt aus Äpfeln, Karotten und Orangen meinen ACE-Spezialsaft zubereiten. Davon zwei Gläser, und du wirst dich wundern, wie schnell du wieder auf den Beinen bist.«

»Du hast eigens eine Saftpresse mitgebracht?«, frage ich ungläubig. »So ein Riesenteil?«

»Klar. Ich reise nie ohne. Mich wundert auch immer wieder, dass es in Deutschland so wenig frisch gepressten Saft zu kaufen gibt. In Texas hast du eigentlich an jeder Ecke eine Saftbar.«

»In Texas? Hallo? Spreche ich gerade mit Nils oder mit Dwaine?«

Nils erschrickt, dann lächelt er schief. »O Mann, da kannst du mal sehen, wie sehr ich schon in meiner Rolle aufgehe. Jetzt mal im Ernst – diese 1-a-Saftpresse habe ich zu einem wahren Schnäppchenpreis bei Rudis Resterampe gekauft. Seitdem presse ich wirklich oft Saft – schmeckt viel besser als aus der Flasche, wirst schon sehen. Und mein ACE-Rezept ist wirklich der Hammer!«

»Ich bin gespannt. Stört es dich, wenn ich mich so lange ein bisschen auf's Sofa lege? So schlapp habe ich mich schon lange nicht mehr gefühlt. Ich glaube, ich habe auch ein bisschen Fieber.«

»Kein Problem, mach nur. Ich serviere dir den Saft, wenn er fertig ist. Für's Sofa ist übrigens auch noch etwas Passendes im Karton. Vielleicht musst du nur ein bisschen tiefer graben.« Ich bücke mich also noch einmal über den Karton und wühle mich an Erkältungstee und Schal vorbei. Ganz unten entdecke ich es schließlich: Nils hat auch noch die neue *Gala* mitgebracht. Sollte es sich bei ihm doch um einen tollen Typen handeln, Marke Frauenversteher? Ich ziehe das Magazin aus dem Karton und lege mich damit auf die Couch.

Fünf Minuten später wird es in der Küche unglaublich laut –

diese Saftpresse kann locker mit einem startenden Transportflugzeug mithalten. Mein Kopfschmerz meldet sich zurück. *Aua!* Aber der ist auch schnell wieder verschwunden, als Nils kurz darauf mit einem großen Glas Saft an meinem Krankenlager erscheint. Ich nippe daran. Sehr lecker!

»Hm, das schmeckt aber gut.«

»Danke, freut mich.« Nils strahlt mich an. »Er ist dazu noch total gesund: viel Vitamin A, C und E. Also, wenn dir das nicht wieder auf die Beine hilft, weiß ich auch nicht.«

»Hoffentlich hast du recht.«

»Warum hat es dich eigentlich so umgehauen? Diese Woche hattest du doch ausreichend Gelegenheit, dich vom Tourneestress zu erholen.«

»Na, von wegen. Und es ist doch immer so: Wenn der Stresslevel sehr hoch ist, wird man nicht krank. Dafür aber gleich im Anschluss. Kennst du das nicht?«

Nils schüttelt den Kopf. »Hab ich noch nie so drauf geachtet.«

»Außerdem habe ich gestern in einem Anflug von Wahnsinn einen ziemlich langen Elbspaziergang gemacht. Die ganze Zeit war mir ein bisschen kalt – das ist vermutlich die Quittung dafür.« Noch in dem Moment, in dem ich von dem Spaziergang erzähle, weiß ich, dass das keine gute Idee war. Nun wird Nils vermutlich gleich wissen wollen, mit wem ich unterwegs war, und eigentlich wollte ich das hier gar nicht vertiefen.

»Soso, die Frau PR-Managerin hat sich also den Nachmittag freigenommen?«, stichelt er freundlich.

»Nein, gestern Abend, nach dem Essen.« Das ist schneller heraus, als ich es verhindern kann. Offenbar wurde ich gerade ein Opfer meines eigenen Brummschädels: Ich kann einfach nicht mehr klar denken.

»Aha. Ein nächtlicher Elbspaziergang.« Er zieht die Augenbrauen zusammen. »Warst du da alleine?«

War so was von klar, dass diese Frage kommt! Ich bin kurz versucht zu schwindeln, verwerfe den Gedanken aber sofort. Zum Lügen brauche ich einen klaren Kopf, und den habe ich heute einfach nicht.

»Nein, ich war mit Tom unterwegs.«

»Du warst mit Tom abends an der Elbe spazieren? Im Dunkeln?« Er klingt so empört, als hätte ich mindestens eine Bank überfallen und die Ersparnisse eines ganzen Seniorenheims mitgehen lassen. »Das gibt's doch gar nicht.«

»Doch«, schieße ich ein bisschen patzig zurück. »Wir haben April, da wird es ab ungefähr sieben Uhr abends dunkel. Das fällt aber nicht in die Kategorie *unerklärliches Naturphänomen.*«

»So meine ich das doch nicht. Ich finde, dass du mit unserem Volontär abends spazieren gehst, *das* fällt in die Kategorie Phänomen. Hab ich irgendetwas diesbezüglich verpasst?« Nils wirkt ernsthaft konsterniert. Was soll ich sagen – das gefällt mir eigentlich ganz gut. Unter normalen Umständen würde ich ihn jetzt ein bisschen zappeln lassen. Aber nicht mit dieser dicken Nase.

»Du hast tatsächlich etwas verpasst: Tom hat gestern fristlos gekündigt. Die Präsentation im Verlag war ein echtes Debakel für ihn. Er tat mir leid, ich wollte ihn danach einfach ein bisschen aufrichten.« Den Teil mit *außerdem war es richtig romantisch und hat geknistert* lasse ich einfach mal weg. Zu viele Informationen verwirren Nils bestimmt.

»O nein! Wieso das denn?« Nils schlägt die Hände über dem Kopf zusammen. Die Nachricht geht ihm offenbar sehr nahe. Hätte ich jetzt gar nicht vermutet. Zuletzt hatten die beiden sich doch in der Wolle? Ich berichte Nils detailgetreu von

Weidner seniors Auftritt bei der Präsentation und nicht ganz so detailgetreu von meinem Abend mit Tom.

»Hm, verstehe. Ein überdominanter, erfolgreicher Vater kann ganz schön nerven. Es ist immer schwer, aus dem Schatten solcher Menschen zu treten.«

»Sprichst du da auch aus eigener Erfahrung?«

»Nein, mein Vater ist schon lange tot.«

»Tut mir leid, ich wollte dir nicht zu nahe treten.«

»Keine Sorge, bist du nicht. Aber das mit Tom ist wirklich schade. Ich finde, er hat einen guten Job gemacht. Und du konntest ihn nicht überreden zu bleiben?«

»Ich fürchte nicht«, erkläre ich schulterzuckend. »Er hat zwar gesagt, er wolle noch mal ein, zwei Nächte drüber schlafen, aber eigentlich will er in Zukunft auf eigenen Füßen stehen, und da sein Vater ein großer Kunde von uns ist, dürfte das in unserer Agentur unmöglich sein.«

»Das stimmt. Habt ihr ihn damals eigentlich nur wegen seines Vaters eingestellt?«

»Ehrlich gesagt, ja. Sein Vorstellungsgespräch war katastrophal, und von dem Deal, den Susanne gerade mit dem Weidner-Verlag eintütete, hatte ich nichts mitbekommen. Also habe ich ihm seine Unterlagen gleich zurückgeschickt. Susanne hat dann darauf bestanden, dass ich die Sache wieder ausbügle. Tja, und so habe ich bei Tom angerufen. Er war überhaupt nicht sauer, sondern vielmehr beeindruckt, dass ich ihm trotz seines Vaters eine Absage geschickt habe. Dass ich davon gar nichts wusste, sondern ihn einfach nur schlecht fand, konnte ich ihm natürlich nicht mehr sagen. Also habe ich behauptet, ich hätte noch mal über unser Gespräch nachgedacht und sei der Meinung, man müsse auch mal einem Paradiesvogel wie ihm eine Chance geben.«

»Verstehe. Na, vielleicht überlegt sich Tom das Ganze ja

noch mal. Wenn er noch an deine alte Version glaubt, kann er sich immerhin daran festhalten, dass du ihn *trotz* seines Vaters eingestellt hast.«

»Ja, vielleicht.«

Nils schaut mich nachdenklich an. »Du siehst jetzt ganz schön müde aus. Ich glaube, ich lasse dich besser allein. Also, trink brav den Saft aus, nimm eine Aspirin und entspann dich bei Lektüre.« Er streicht mir über die Haare – eine sehr schöne, beinahe zärtliche Geste. Und garantiert nicht so ansteckend wie ein Wangenkuss.

»Mach ich. Und danke noch mal für das Carepaket!«

Nach einer weiteren ungemütlichen Nacht verbringe ich auch den Sonntag dösend auf dem Sofa. Nils hat gestern eine ganze Karaffe von seinem Wundersaft gepresst, ich trinke also ab und zu ein Glas davon; essen mag ich überhaupt nichts, kein Appetit. Die Halsbonbons aus dem Carepaket lindern das Kratzen tatsächlich ein wenig, aber noch immer fühle ich mich schlapp und benommen. Hoffentlich bin ich morgen wieder halbwegs fit und kann ins Büro.

Ob Tom es sich noch einmal überlegt und wiederkommt? Seit unserem Spaziergang hat er sich überhaupt nicht mehr gemeldet, und das scheint mir eher ein schlechtes Zeichen zu sein. Überhaupt wundere ich mich, dass er noch nicht einmal kurz anruft. Nein, wundern ist falsch: Ich bin enttäuscht. Gut, es gibt natürlich kein Gesetz, das einen Mann verpflichten würde, nach einem netten gemeinsamen Abend anzurufen. Und auch nach einem Kuss ist es natürlich nicht zwingend vorgeschrieben. Aber erwartet hätte ich es doch. Ist er irgendwie sauer? Nur – warum?

Ich überlege, Tom eine SMS zu schicken. Oder besser eine E-Mail? Ich wälze mich vom Sofa und hole meinen Laptop vom Schreibtisch. So, was genau schreibe ich denn an den lieben Tom? Ich tippe erst mal drauflos, ändern kann ich dann immer noch. Als Erstes versuche ich es mit einer harmlosen Variante:

Lieber Tom,
hoffentlich geht es Dir besser als mir: Ich habe mir bei unserem Elbspaziergang eine amtliche Erkältung geholt. Melde Dich doch mal, wenn Du das liest.
Viele Grüße
Nina

Hm. Vielleicht ein bisschen *zu* harmlos. Etwas direkter kann sie wohl ausfallen.

Hallo Tom,
sag mal, was soll denn das? Wir verbringen einen schönen Abend miteinander, Du küsst mich zum Abschied – und dann tauchst Du unter? Ich liege total krank im Bett, es geht mir sehr schlecht, und Du hältst es nicht für nötig, mich anzurufen?

Okay, das geht so natürlich auch nicht. Den sterbenden Schwan – sowohl in körperlicher als auch emotionaler Hinsicht – muss ich nun wirklich nicht geben. Vielleicht sollte ich es eher über die berufliche Ebene angehen.

Lieber Tom,
ich höre so gar nichts mehr von Dir. Alles in Ordnung? Hast Du noch einmal über Deine Kündigung nachgedacht?

Oder ich schreibe es irgendwie ganz anders.

Oder doch gar nicht.

Meine Güte, bin ich heute entscheidungsschwach! Hoffentlich liegt das wirklich nur an meiner Erkältung. Ich grüble weiter über eine passende Formulierung nach, aber viel mehr fällt mir nicht ein.

Was sich wohl gerade bei *Facebook* tut? Surfen im Internet ist doch immer eine klasse Ablenkung.

Auf meiner eigenen Seite tut sich naturgemäß nicht viel. Kein Wunder, ich habe nach wie vor nur vier Freunde, und die sind offenbar alle zu beschäftigt oder zu selten am Computer, um aufregende Neuigkeiten über Facebook zu verbreiten. Aber auf Dwaines Seite ist bestimmt wieder so einiges los. Wobei Dwaine selbst momentan kaum zu Wort kommen dürfte, denn bisher hat sich ausschließlich Tom um die Seite gekümmert. Falls er wirklich nicht wiederkommt, müssen wir uns ganz schnell etwas einfallen lassen.

Birdy Bond: @all: Nächste Woche gibt es noch eine Veranstaltung mit Dwaine. Geht jemand von euch hin? Gibt es noch Karten? Danach macht er offensichtlich eine längere Pause. Denke mal, er ist dann wieder in Texas. Würde ihn also schon gerne noch mal in Deutschland sehen.
Kay May: Jipp. Ich gehe zu seinem Workshop in Hannover. Habe aber gehört, dass der Abend schon ausverkauft ist.
Clemens Rüttler: Hannover ist definitiv ausverkauft. Nix mehr zu machen!
Fred Frauenversteher: Jungs, ich verrat euch mal was: Ich habe noch eine Karte für Hannover. Wer mir auf folgende Frage die richtige Antwort als Nachricht schickt, hat sie gewonnen. Hier also die Frage: Wie heitert man(n) die

Frau, die Mann toll findet und die krank im Bett liegt, wieder auf?
a) Mann sagt ihr, sie soll sich nicht so anstellen.
b) Mann verabredet sich einfach mit einer anderen Frau. Gibt ja schließlich genug.
c) Mann verwöhnt sie mit einem Carepaket, das alles enthält, was eine kränkelnde Frau braucht. Inklusive Taschentücher und einer Gala.
Fred Frauenversteher: Was ist los, Jungs? Wo bleiben eure Antworten? So schwer ist das doch nicht. Oder seid ihr alle schon completely brainwashed von dem Idioten Dwaine?
Birdy Bond: Fred, verpiss dich. Du nervst hier alle, und zwar gewaltig.

Ich starre auf den Bildschirm. Mit einem Schlag ist mir alles klar: Nils ist Fred Frauenversteher! Hundertprozentig! Er muss es einfach sein. Noch nie war ich mir einer Sache so sicher. Ich greife zum Telefon und rufe ihn an. Das muss er mir sofort erklären. Aber ich erreiche ihn nicht.

Auch am nächsten Tag versuche ich es ununterbrochen. Ohne Erfolg. Sein Handy ist ausgeschaltet, und auf meine gefühlten 27 Nachrichten auf seiner Mailbox meldet er sich nicht. Ihm müsste eigentlich klar sein, worüber ich mit ihm reden will – und wahrscheinlich meldet er sich deswegen nicht.

Ich sitze im Büro, immer noch ziemlich erkältet, und bin inzwischen einigermaßen ratlos. Denn der zweite Kandidat, der offenkundig verschollen ist, ist Tom. Gleiches Spiel wie bei Nils. Ob die beiden sich abgesprochen haben? Oder haben die Taliban sie verschleppt? Okay, das wohl wirklich nicht.

Ebenfalls noch nicht gemeldet hat sich übrigens Herr Salchow; Susanne befürchtet schon, dass es mit dem Etat nun doch nichts wird. An dem peinlichen Vorfall vom Freitag trifft uns zwar überhaupt keine Schuld, trotzdem hält es Salchow vielleicht für besser, in Zukunft ohne uns auszukommen. *Ach, Mist!* Freitagmorgen war ich noch bester Dinge, nun ist von meiner generellen Zuversicht nicht mehr viel übrig. Lustlos tippe ich an einem Protokoll unseres Meetings im Verlag herum. Eigentlich die klassische Volontärsaufgabe. Aber ohne einen solchen muss ich wohl selbst ran. Meine Laune verschlechtert sich sekündlich. Ich gucke auf die Uhr. Gleich drei, und ich habe heute noch nichts gebacken bekommen. Dann hätte ich eigentlich auch im Bett bleiben können. Wäre wahrscheinlich besser gewesen. Herr, schick mir einen Lichtblick!

Mein Telefon klingelt. Auf dem Display sehe ich, dass es Susanne ist.

»Ja?«

»Komm in mein Büro. Sofort!« Meine Chefin klingt ansatzweise hysterisch. Auch das noch. Wann wird dieser Tag beginnen, besser zu werden? Ich mache mich auf den Weg zu Susanne und überlege, was ich ihr sagen könnte, wenn der Weidner-Etat wirklich futsch ist. Ein schlichtes »Halb so schlimm« wird sie vermutlich nicht trösten, hat sie doch große Hoffnungen in die Geschichte gesetzt. Und das geht mir nicht anders. Die Aussicht, mich demnächst wieder verstärkt um die Eröffnung von Möbelhäusern zu kümmern, stimmt mich nicht gerade froh.

Susanne sitzt hinter ihrem Schreibtisch. Als sie mich sieht, springt sie hoch, rennt zu mir und hält mir ein Blatt Papier unter die Nase, und zwar so nah, dass ich im ersten Moment gar nicht lesen kann, was darauf steht. Ich gehe also einen Schritt zurück und gucke noch mal genau hin. Jetzt kann ich zumindest schon mal die Überschrift erkennen.

SPIEGEL
Hardcover-Bestseller

Langsam beginnt es in meinem Hirn zu rattern. Susanne hält die Vorankündigung der offiziellen Spiegel-Bestsellerliste in der Hand! Ich reiße ihr den Zettel aus der Hand, um ihn mir genauer durchzulesen – und werde gleich fündig.

8	neu auf der Liste	**Bosworth, Dwaine F.** Ich kann sie alle haben!	Weidner 17,95 € 1. Woche

23. Kapitel

AAAAHHHH! Wahnsinn! Dwaine hat es unter die Top Ten der Bestsellerliste geschafft! Oder?

»Bedeutet es das, was ich glaube?«, schreie ich Susanne fast an.

Sie schreit zurück: »JAAA!«

»Hurra!« Wir fallen uns beide um den Hals und vollführen dann ein spontanes Freudentänzchen. Es ist geschafft! *Wir* haben es geschafft! War ich eben noch deprimiert? Ach was, das Leben ist *großartig!*

Henning kommt von seinem Nachbarbüro herüber und schaut einigermaßen verwundert durch die Tür. »Mädels, was ist denn bei euch los?«

»Frag nicht, hol lieber den Champagner!«, ruft Susanne. Tatsächlich haben wir im Kühlschrank unserer Teeküche meistens eine Flasche auf Halde liegen. Henning tut also, wie ihm geheißen, und trabt los.

»Aber wie bist du denn jetzt an diese Liste gekommen?«, will ich von Susanne wissen.

»Salchow hat sie mir gerade zugemailt. Er bekommt die Liste immer schon eine Woche, bevor sie im *Spiegel* abgedruckt wird. Sie ist also brandneu. Salchow war völlig aus dem Häuschen! Mit so einem genialen Einstieg in die Bestsellerliste hat er nicht gerechnet.«

»Und, grämt er sich schon wegen der Prämie?«

»Darüber haben wir gar nicht gesprochen. Er war so aufgeregt, ich glaube, die Prämie ist für ihn wirklich Nebensache. Und wir haben sie uns auch redlich verdient.«

Bei dem Wort *redlich* wird mir für einen kurzen Moment etwas unwohl. Aber wirklich nur kurz, dann drückt mir Henning ein Glas in die Hand und Susanne erzählt ihm begeistert, was wir gerade feiern. Henning pfeift durch die Zähne.

»Wow, nicht schlecht! Ich habe den Typen am vergangenen Freitag in dieser Talkshow gesehen und fand ihn ziemlich durchgeknallt. Aber sehr unterhaltsam. Mal unter uns: Glaubt denn jemand ernsthaft, dass man mit so einer platten Nummer irgendeine Frau in die Kiste kriegt? Also jedenfalls so eine, die man ansatzweise gerne dort hätte?«

Susanne zuckt mit den Schultern. »Keine Ahnung. Wenn ich ehrlich bin, habe ich das Buch bis heute noch nicht so richtig gelesen.«

»Was so was von klar war«, grinse ich sie an.

»Aber: Wir haben es sensationell verkauft«, geht meine Chefin gar nicht erst auf die Frotzelei ein. »Und darauf möchte ich jetzt mit euch anstoßen. Also – auf den Erfolg!« Sie hebt ihr Glas, und wir prosten uns zu. Herrlich! Erfolg zu haben ist ja so viel schöner, als keinen Erfolg zu haben.

»Weiß es Dwaine eigentlich schon?«, will ich von Susanne wissen.

»Keine Ahnung, von mir jedenfalls nicht. Aber ich denke doch, dass der Verlag ihn informiert hat.«

»Ich habe heute schon ein paarmal versucht, ihn wegen einer anderen Sache anzurufen, aber irgendwie erwische ich ihn nicht. Scheint abgetaucht zu sein.«

»Wahrscheinlich in einer fremden Kiste!«, witzelt Henning. »Wo ist denn eigentlich euer Voli? Der war doch sehr eifrig an diesem Projekt beteiligt, oder? Dann solltet ihr ihm wenigstens ein Gläschen gönnen.« Susanne und ich gucken offenbar sofort betreten, denn Henning hakt noch mal nach. »Was ist denn los mit Tom? Ist ihm was passiert?«

Susanne räuspert sich. »In gewisser Weise schon. Er hat sich am letzten Freitag entschieden, sein Volontariat bei uns zu beenden. Seitdem habe ich nichts mehr von ihm gehört. Nina wollte eigentlich noch mal mit ihm reden, aber das hat offensichtlich auch nichts gebracht.« Henning runzelt die Stirn, sagt aber nichts weiter. Darüber bin ich ganz froh, denn ich habe wenig Lust, die ganze Geschichte in größerer Runde zu diskutieren. Zumal ich von Tom auch immer noch nichts gehört habe.

»Ich sage mal Frau Smit Bescheid, dass es etwas zu feiern gibt.« Auf dem Weg zum Empfang habe ich für einen kurzen Moment die Hoffnung, dass Tom dort vielleicht eine Nachricht hinterlassen hat. Wenn er – aus welchen Gründen auch immer – nicht mit mir persönlich sprechen will, hat er möglicherweise Frau Smit angerufen?

Hat er nicht. Meine Frage beantwortet Frau Smit mit einem Kopfschütteln. Na ja, war auch nur so eine Idee. Vielleicht doch die Taliban? Wenigstens freut sich Frau Smit, dass ich sie auf ein Glas Schampus mit nach hinten nehme. Begeistert erzählt sie mir von ihrem Neffen, dem sie Dwaines Buch geschenkt hat: »Wo der doch so ein Pech mit den Frauen hat.«

Na, dann wird er es demnächst bestimmt in eine Erfolgsgeschichte ummünzen können …

Ich trinke mein Glas aus und verabschiede mich wieder. Ohne Tom werde ich nun selbst einen etwas gründlicheren Blick auf die letzte Veranstaltung werfen müssen.

Die nächste Stunde verbringe ich damit, mit dem beteiligten Buchhändler und dem Hausmeister des Veranstaltungsorts zu telefonieren. Die Listen für die erforderliche Technik müssen verglichen, letzte Pressemitteilungen für die Lokalpresse vor Ort verschickt werden. Und dann ist da auch immer die beliebte Frage nach dem Catering. Abgesehen davon, dass ich Tom wirklich gerne um mich herum habe, vermisse ich es auch, einen Volontär mit diesen Fragen beschäftigen zu können. Selbst arbeiten macht eindeutig weniger Spaß.

Zu allem Überfluss bin ich gerade sehr, sehr müde. Die Kombination aus Erkältung und Alkohol ist für die Arbeitsmoral sehr ungünstig. Ich schiele auf meine Uhr. Fast vier. Wenn ich jetzt nach Hause gehe, ist das zwar sehr früh, aber keine Arbeitsverweigerung. Noch eine kurze Mail an Susanne geschrieben – nicht, dass sie mich vermisst meldet –, dann bin ich weg in Richtung heimisches Sofa.

Wird nichts mit Sofa. Ich bekomme nämlich meine Haustüre nicht aufgeschlossen. Von dem Schloss trennt mich der größte Blumenstrauß, den ich je in meinem Leben gesehen habe. Es ist kein Strauß, es ist eher ein riesiger Busch. Das müssen mindestens hundert langstielige rote Rosen sein, die in einem großen Eimer vor meiner Tür stehen. Es sieht irre aus, einfach wunderschön! Ganz oben auf dem Strauß liegt ein Briefumschlag.

Liebe Nina,
Platz 8! Ohne dich hätte ich es nicht geschafft. Bist Du schon gesund genug, um mit mir zu feiern? Ich melde mich bei Dir.
Nils

Ich gebe zu, ich bin beeindruckt. So einen tollen Strauß habe ich noch nie bekommen. Das ist schon ganz süß von Nils. Vorsichtig wuchte ich den Eimer zur Seite und kämpfe mich so zur Tür vor. Als ich zwei Minuten später endlich in meiner Wohnung stehe, klingelt mein Handy. *Dwaine* steht auf meinem Display. *Nils,* denke ich – und zwar ziemlich erfreut.

»Hallo Nina. Gefällt dir meine Überraschung?«

»Hey, woher weißt du denn, dass ich schon zu Hause bin?«

»Ich habe meine Quellen«, gibt er sich geheimnisvoll.

»Ach?«

»Nein, im Ernst: Ich hatte Frau Smit gebeten, dass sie mich anruft, sobald du das Büro verlässt.«

»Du Fuchs!« Allerdings wird das Gespräch mit unserer Empfangsdame über ihr übergroßes Mitteilungsbedürfnis, was mein Privatleben angeht, nun wirklich fällig.

»Also, gefallen dir die Blumen?«

»Ja, sehr. Vielen Dank. Ich muss schon sagen – dafür, dass du einen so üblen Machoratgeber geschrieben hast, bist du doch ein ganz schöner Romantiker. Geradezu ein ... *Frauenversteher.* Bist du doch, oder?« Diese Bemerkung kann ich mir nicht verkneifen – und damit habe ich ihm nun doch die perfekte Vorlage gegeben, um sich zu outen, oder?

Nils lacht. »Und, feiern wir zusammen?«

Okay, war wohl nichts mit der Vorlage. *Aber warte, mein Hase,* denke ich, *darüber wird noch zu sprechen sein, und dann ziehe ich dir das Fell über die Ohren.*

»Ja, warum nicht? Was hattest du dir denn vorgestellt?«

»Also, heute Abend gibt es erst einmal ein Abendessen, zu dem Herr Salchow gerade eben eingeladen hat. Ihr seid mit von der Partie, das hat er mir extra bestätigt. Ich würde gerne danach mit dir noch irgendwo eine schöne Flasche Champagner klarmachen. Was meinst du?«

»Ich bin zwar heute noch etwas angeschlagen, aber mit Aspirin im Gepäck sollte es gehen.«

»Großartig! Soll ich dich nachher mit dem Taxi abholen und wir fahren gemeinsam ins Restaurant?«

»Gerne!«

Pünktlich um sieben stehe ich geschniegelt und gestriegelt vorm Haus. Hoffentlich kommt das Taxi bald, ich habe einen relativ kurzen Rock an, und es ist empfindlich kalt. Wahrscheinlich wäre eine Hose vernünftiger gewesen, aber noch lieber als gesund will ich eigentlich schön sein. Und mit meinen Beinen war ich schon immer sehr zufrieden.

Dass es heute auch relativ windig ist, stört mich hingegen nicht: Zur Feier des Tages habe ich meine Haare zu einem losen Knoten hochgesteckt und mit ungefähr fünf Liter Haarlack festgeklebt, weil sie für diese Frisur eigentlich zu kurz sind. Sieht aber ziemlich gut aus, finde ich. Es darf jetzt nur nicht anfangen zu regnen, denn wenn der Haarlack durch Feuchtigkeit mit meinen Haaren zu einer Masse verschmelzen sollte, kann man später garantiert kleine Schnitzereien in meine Frisur sägen.

Endlich biegt ein Taxi um die Ecke und hält direkt neben mir. Nils springt aus dem Fond und hält mir galant die Wagentür auf. Ich nehme Platz, er setzt sich neben mich und strahlt mich an.

»Hallo Nina! Du siehst umwerfend aus.«

»Danke. Ich habe versucht, meine Erkältung ein bisschen wegzuschminken«, gebe ich mich bescheiden. Er muss ja nicht wissen, wie lange ich vor dem Spiegel gestanden habe. »Ich hoffe, das ist mir gelungen.«

»Also, wie gesagt, du siehst toll aus. Aber es wäre gar nicht nötig gewesen – ich habe es dir ja schon einmal gesagt: Eine schöne Frau entstellt nichts.«

Hu, das ist jetzt fast ein bisschen dicke, aber natürlich trotzdem sehr schmeichelhaft. Allerdings sieht Nils heute Abend selbst im Dwaine-Style zum Anbeißen aus: Er trägt einen schwarzen, sehr lässig geschnittenen Anzug, dazu ein weißes Hemd ohne Krawatte. Der Kragen ist nicht geschlossen und liegt über dem Revers des Sakkos, was ich normalerweise als modischen Schnickschnack verurteilen würde, aber bei ihm sieht es gut aus. Seine blonden, vollen Haare fallen mit einer großen Locke in die Stirn. Kurzum: ein sehr schmucker Mann, dem ich für einen Moment sogar das LOVE-Kettchen verzeihe.

Wir kommen am Restaurant an. Im Verlag ist man offenbar wild entschlossen, einen Großteil der Gewinne aus den Buchverkäufen heute Abend zu verfuttern, denn das Fischereihafenrestaurant ist nicht nur für seine exzellente Küche berühmt, sondern auch für seine Preisgestaltung – sie bewegt sich eindeutig im obersten Segment. Meine Mutter hat uns hier ein paarmal zum Geburtstag eingeladen und dürfte dabei schon den ein oder anderen Fünfhunderteuroschein verbrannt haben. Aber lecker war's, keine Frage.

Im Inneren des Gourmettempels geht es gediegen hanseatisch zu: Stiche an den Wänden, Messing und Holz sind offenbar die Lieblinge des verantwortlichen Innenarchitekten. Gut, Geschmackssache. Überhaupt nicht Geschmackssache ist allerdings der Blick aus dem Fenster: Der ist einfach toll! Das Fischereihafenrestaurant liegt direkt an der Elbe, fast kann man die großen Pötte beim Vorbeifahren anfassen.

Als wir an den Tisch kommen, begrüßt uns Weidner senior höchstpersönlich und euphorisch. »Der Bestsellerautor – herzlichen Glückwunsch, Herr Bosworth! Ich freue mich, Sie und die anderen Gäste heute Abend in eines der besten Hamburger Restaurants einzuladen. Glauben Sie mir – hanseatischer geht es nicht!«

Susanne ist auch schon da, des Weiteren Salchow und eine Dame, die ich heute zum ersten Mal sehe und die mir als Irene Lichtenhagen vorgestellt wird. Als wir sitzen und der Kellner den Aperitif serviert, beugt sich Salchow verschwörerisch zu mir und flüstert: »Dann wollen wir dem Bosworth doch mal zeigen, was ein tolles Restaurant ist. Gibt's doch so gar nicht in Amerika.«

Ich verzichte auf den Hinweis, dass es erstens in den Vereinigten Staaten ganz hervorragende Restaurants gibt und dass es auch zweitens gar keine Rolle spielt, weil der Herr Bosworth sowieso kein Amerikaner ist. Wir wollen Herrn Salchow doch nicht den schönen Abend verderben. Aber innerlich muss ich zum ersten Mal, seit mich Nils eingeweiht hat, über die ganze Geschichte schmunzeln. Es hat doch etwas von *Des Kaisers neue Kleider.* Aber natürlich gilt: *The show must go on,* und so bedankt sich Nils wortreich mit seinem bescheuerten amerikanischen Akzent bei Weidner und Salchow, erwähnt netterweise noch die unglaublichen Verdienste der betreuenden Agentur und endet mit einem treuherzigen: »Was wäre ich ohne Sie alle?« – was bei ihm natürlich wieder einmal so klingt, als würde sich Howard Carpendale bei seinen Fans bedanken. Überhaupt läuft er heute wieder zu großer Form auf, die Rolle des Dwaine ist ihm wirklich wie auf den Leib geschrieben. Allein wie er Frau Lichtenhagen anflirtet, die sich als seine Lektorin entpuppt, kommt mir vor wie in einem schlechten Film. Ihr scheint es allerdings zu gefallen, denn sie zeigt das gesamte Repertoire, das Soziologen wohl als weibliches Balzverhalten bezeichnen würden: Sie wirft beim Lachen den Kopf nach hinten, dreht andauernd eine Locke ihrer blonden Mähne zwischen den Fingern und fährt sich alle zwei Minuten mit der Zunge über die Lippen.

Gott sei Dank müssen wir nicht lange auf den ersten Gang warten, und als die Kellner ein sehr verführerisch aussehendes Thunfischtatar vor jedem von uns abstellen, hört auch die blöde Lichtenhagen mit ihrer Show auf und konzentriert sich auf das Wesentliche: essen!

Vielleicht hatte ich auch einfach Hunger, denn nach dem ebenfalls hervorragenden Hauptgang (Steinbuttfilet mit Gamba-Ragout, lecker!) bin ich schon viel friedfertiger gestimmt und verfolge das dümmliche Gespräch zwischen Lichtenhagen und Nils mit mildem Verständnis. Soll die Pute sich doch schön an ihm abarbeiten, sie weiß schließlich nicht, was ich weiß.

Zum Dessert hat die Küche ein Zitronensorbet mit Prosecco und frischer Minze für uns gezaubert – ich beschließe, dass dazu ein weiteres Glas Champagner sehr viel besser passt als der Espresso, den sich alle anderen bestellen. Weidner senior prostet mir mit seinem Wasserglas zu.

»Sie haben recht, Frau Seefeld. Heute ist definitiv ein Abend, um Champagner zu trinken! Ich bin wirklich sehr glücklich mit meiner Entscheidung, Ihnen diesen Auftrag gegeben zu haben. Aber sagen Sie«, setzt er wie beiläufig hinterher, »wollte denn mein Sohn gar nicht mitkommen?«

Diese Frage macht mich jetzt allerdings ein Stück weit fassungslos. Weiß er etwa noch nicht, dass Tom gekündigt hat?

»Haben Sie mit Ihrem Sohn denn seit letzter Woche gar nicht gesprochen?«, erkundige ich mich vorsichtig.

»Nein, seit seinem unrühmlichen Auftritt am Freitag habe ich ihn weder gesehen noch von ihm gehört.«

Ich ringe kurz mit mir, dann starte ich das Projekt *Stunde der Wahrheit.* »Tom hat bei uns gekündigt. Und zwar fristlos, gleich am Freitag.«

»Das musste ja so kommen.« Weidner senior schüttelt den Kopf. »Dieses Kind macht mich wahnsinnig. Nie bringt es etwas zu Ende. Nie!«

»Also, verzeihen Sie mir, wenn ich das so deutlich sage. Aber Tom ist kein Kind, sondern ein dreißigjähriger Mann.« Ups. Das ist wohl eher der Champagner als der gesunde Menschenverstand, der da aus mir spricht. Über den Tisch wirft mir Susanne ein strahlendes Lächeln zu, das allerdings von einem stählernen Blick der Marke *Schnauze, sonst Beule* begleitet wird. Es wäre also schlauer, jetzt den Mund zu halten.

Ach, ich pfeife auf schlau!

»Und wie Sie ihn am Freitag behandelt haben, war unter aller Kanone. Dass er da keinen Wert mehr auf die weitere Zusammenarbeit legt, wundert mich nicht im Geringsten.«

Weidner schaut mich erstaunt an, vielleicht auch konsterniert. »Ich muss doch sehr bitten – wie ich mit meinem Herrn Sohn verfahre, geht Sie überhaupt nichts an.«

Okay, konsterniert. Trotzdem habe ich nicht vor, so schnell klein beizugeben.

»Ist Ihnen schon mal der Gedanke gekommen, dass es einen Zusammenhang zwischen Ihrem Verhältnis zu Tom und seinem Verhalten geben könnte? Es muss doch einen Grund geben, warum es ihm so schwerfällt, seinen beruflichen Weg zu finden. Und seitdem ich Sie beide am Freitag zusammen erlebt habe, ist mir so einiges klargeworden.« Am liebsten würde ich ihm noch ein donnerndes *Kein Wunder, dass Ihr Sohn mich erst küsst und dann im Regen stehen lässt, ohne sich zu melden, bei so einem emotional unterentwickelten Vater* an den Kopf werfen, denn tatsächlich piesackt es mich sehr, dass Tom sich immer noch nicht bei mir gemeldet hat. Aber offensichtlich bin ich mittlerweile sowieso schon ziemlich laut, denn Susanne steht auf einmal neben mir und legt ihre Hand auf meinen Arm.

»Also bitte, Nina, das geht uns wirklich nichts an. Lass Herrn Weidner jetzt mal in Ruhe sein Dessert genießen.« Klar, die hat natürlich Angst um ihren Premiumkunden.

»Wieso, du hast doch selbst gesagt, dass du das am Freitag unmöglich fandst.«

Weidner schnappt nach Luft, Susanne schaut mich scharf an.

»Damit meinte ich natürlich das Verhalten unseres Volontärs«, sagt sie langsam und sehr deutlich, damit kein Zweifel daran besteht, auf wessen Seite sie sich damit schlägt.

»Gut. Dann meintest du eben das. Trotzdem, ich bleibe dabei: Wenn Sie denken, dass Ihr Sohn ein Problem hat, Herr Weidner, dann sollten Sie sich fragen, ob Sie nicht auch ein Teil davon sind.« In diesem Moment wird mir bewusst, dass mich alle an unserem Tisch anstarren – und auch drei oder vier andere Gäste um uns herum. Bin ich zu weit gegangen? Egal, jetzt kann ich es sowieso nicht mehr ändern.

Auch Nils scheint zu merken, dass sich gerade ein Unheil anbahnt. Und bevor Weidner mich hochkant hinausschmeißt und Susanne mitteilt, dass ein Auftrag von ihm nur in Kombination mit meiner Kündigung in Frage kommt, klopft er kurzerhand an sein Glas. Alle Köpfe drehen sich in seine Richtung.

»Liebe Freunde – noch eine weitere Sache möchte ich Ihnen an diesem schönen Abend verraten, die Sie sicherlich freuen wird.« Er macht eine bedeutungsvolle Pause. »Es gibt einen zweiten Teil von *Ich kann sie alle haben*. Ich habe ihn schon fast fertiggeschrieben. Ich freue mich also, im nächsten Jahr wieder eine erfolgreiche Lesereise mit Unterstützung unserer tollen Agentur Maximal-PR und der noch tolleren Projektleiterin Nina Seefeld absolvieren zu können.«

Seine Lektorin lässt ein begeistertes »Ohhh!« hören, Salchow stehen bereits die Dollarzeichen in den Augen, und selbst Weidner sieht so aus, als hätte er das Messer wieder weggesteckt. Das ist für ihn natürlich eine ausgesprochen gute Nachricht, ich möchte nicht wissen, was der Verlag schon an Dwaines erstem Buch verdient hat. Auch Susanne ist wieder deutlich entspannter: »Darauf sollten wir trinken –

und natürlich geht die nächste Flasche Champagner auf mich!«

Ich beschließe, es für heute gut sein zu lassen, und bestelle mir nun einen Espresso.

24. Kapitel

Möglicherweise liegt es an dem vielen Champagner, den ich heute schon getrunken habe, oder daran, dass es nach dem offiziellen Teil des Abends einfach herrlich ist, allein mit Nils im 439 zu sitzen und auf den ganzen Schampus noch einen schönen Gin Tonic zu schütten. Auf alle Fälle bin ich blendend gelaunt – und bereit, mein Projekt *Stunde der Wahrheit* auch bei Nils fortzusetzen.

»Hand aufs Herz: Fred Frauenversteher, das bist doch du, oder?« Ich lasse Nils, der nun sein Glas auf den Tresen stellt, keine Sekunde aus den Augen.

»Leugnen hat wohl keinen Sinn, oder?«

»Nee.« Ich schüttle den Kopf. »Aber ich habe auch nicht das Gefühl, dass es dir wichtig war, nicht von mir enttarnt zu werden: Gerade dein letzter Beitrag war doch zu offensichtlich. *Alles, was eine kränkelnde Frau braucht: Taschentücher und* Gala.«

»Okay, du hast recht. Und ja – ich wollte, dass du es merkst, denn ich hatte dieses … dieses Versteckspiel satt.« Er greift nach seinem Glas und nimmt noch einen großen Schluck. »Bist du jetzt böse?«, will er dann wissen.

»Nein, eigentlich nicht. Ich verstehe es bloß nicht. Warum hast du überhaupt damit angefangen? Das ist doch völlig schizophren.«

»Ja, das ist es wahrscheinlich.« Er schweigt einen Moment. »Aber nach ein paar Veranstaltungen als Dwaine F. Bosworth stand ich vor der Wahl, entweder jeden Abend drei Flaschen

Weißwein zu trinken oder mir ein anderes Ventil zu suchen. Ich habe mich im Sinne meiner Leber entschieden.« Es mag an dem ganzen Alkohol liegen, den ich schon intus habe, aber das verstehe ich nicht ganz.

»Was meinst du denn mit *Ventil?*«

»Na ja, dass man als Arschloch so einen Erfolg haben kann, war für mich schön und frustrierend zugleich. Dwaine ist so ziemlich das Gegenteil von dem, wie ich mich selbst als Mann sehe. Das musste ich dann irgendwie mal loswerden. Und als ich dann den ganzen Müll las, den Dwaines Fans auf Facebook vom Stapel ließen – da konnte ich nicht anders. Zuerst hatte ich auch noch ein ganz schlechtes Gewissen, aber als du dann sagtest, dass das der Seite eigentlich ganz guttun würde, habe ich einfach immer weitergemacht.« Jetzt wird mir so einiges klar. Ich muss lachen.

»Das ist schon wunderbar – Tom schreibt auf Facebook als Dwaine, und Nils, der eigentlich Dwaine ist, gibt sich als Fred Frauenversteher aus, also sozusagen als sein eigener ärgster Feind.« Dass sich nach diesem Satz mein Kopf dezent dreht, hat nichts mit dem Gin Tonic zu tun, ehrlich! »Da hast du uns ganz schön ausgetrickst. Wenn das Herr Weidner wüsste, er würde dir wahrscheinlich sofort die Rechnung vom Fischereihafenrestaurant in die Hand drücken.« Bei dem Gedanken an den alten Weidner verlässt mich meine gute Laune allerdings für einen Moment. »Tom hat tatsächlich ziemlich viel Ärger wegen der ganzen Geschichte bekommen.«

»Ich weiß«, gibt Nils zu und schaut ziemlich betreten aus seinen schicken Klamotten. »Und das tut mir auch sehr leid. Am liebsten würde ich mit ihm darüber sprechen, aber das geht natürlich nicht. Ich kann ihm unmöglich die ganze Wahrheit erzählen.« Ich seufze.

»Tja, eine Lüge zieht immer gleich die nächste nach sich. Wie soll es denn mit Dwaine weitergehen?«

»Das habe ich doch heute Abend schon erzählt: Ich habe noch ein Buch geschrieben. Und darin sage ich die Wahrheit.«

Mir bleibt einen Moment lang der Mund offen stehen. Will Nils das wirklich tun? Offensichtlich steht mir diese Frage überdeutlich ins Gesicht geschrieben, denn er beantwortet sie, ohne dass ich etwas sage. »Du hast mich richtig verstanden: Ich werde die Wahrheit schreiben.«

»Aber ... aber willst du das wirklich machen? Das wird für die Leser doch ein Schock! Ganz zu schweigen davon, was das für die Verkaufszahlen bedeutet ... und deine Zukunft.«

»Ja, einige werden schockiert sein, und ja, mein zweites Buch wird wohl kaum den Sprung auf die Bestsellerliste schaffen. Trotzdem, ich finde, die Menschen haben ein Recht auf die Wahrheit. Auch wenn es sehr schmerzhaft sein wird. Das gilt für mich genauso, aber ich werde es tun.«

Ich bin beeindruckt. Gut, dass die Menschen ein Recht auf die Wahrheit haben, ist vielleicht ein bisschen staatstragend formuliert. Immerhin hat Nils nicht die Bibel geschrieben, sondern einen Ratgeber für Aufreißer. Aber immerhin.

Allerdings kann ich mir nicht vorstellen, dass der Weidner-Verlag ein Buch veröffentlichen wird, das den verlagseigenen Bestseller als Lüge enttarnt. Spätestens, wenn das Manuskript im Lektorat eintrudelt, wird Nils mächtig Druck bekommen.

»Hast du denn auch an den Ärger gedacht, den du mit dem Verlag bekommen wirst? Ich meine, ich finde es natürlich toll, dass du reinen Tisch machen willst, aber es hat mit Sicherheit einige unangenehme Konsequenzen für dich.«

»Damit muss ich dann leben.«

Okay, er ist wild entschlossen. Ein warmes Gefühl breitet sich in meinem Bauch aus, das ganz sicher nichts mit meinem

Alkoholkonsum und alles mit dem Mann zu tun hat, der mir gegenübersitzt. Nur ein Gedanke macht mir noch Kopfschmerzen.

»Sag mal – du machst das aber nicht nur wegen mir, oder?«

Nils stellt sein Glas wieder auf den Tresen, nimmt meine Hände in seine und schaut mir tief in die Augen.

»Nina, bei dieser Entscheidung hast du eine wichtige Rolle gespielt. Weil du *für mich* wichtig bist.«

Ich merke, wie sich die feinen Härchen an meinem Hals aufstellen und mir nun überall ganz warm wird. Meine Hände liegen immer noch in seinen, und während ich sie eben für einen kurzen Moment instinktiv zurückziehen wollte, muss ich nun gestehen, dass sich das sehr schön anfühlt. Sein Händedruck ist angenehm warm und fest, aber sanft. Schon lange habe ich eine Berührung nicht mehr so genossen … Nun ja, wenn man von dem Spaziergang mit Tom absieht. Aber den Gedanken schiebe ich energisch zur Seite und schaue stattdessen verlegen zu Boden.

»Alles in Ordnung?«, will Nils von mir wissen.

Ich nicke stumm.

»Also, mach dir um mich keine Sorgen, Nina. Ich weiß genau, was ich tue.« Was er damit meint, weiß ich keine zwei Sekunden später genau: Er beugt sich zu mir vor – und küsst mich. Seine Lippen sind ganz weich; erst küsst er mich zärtlich, dann stürmischer. Ich spüre seine Zungenspitze und muss kichern, weil es ein bisschen kitzelt. Er lässt mich kurz los und guckt mich an, dann zieht er mich noch näher an sich heran. Ich habe das Gefühl, inmitten eines Feuerwerks zu stehen – mein Herz beginnt zu rasen, und in meinen Ohren rauscht es so stark, dass ich nicht einmal mehr die laute Musik um uns herum hören kann.

Mittlerweile sitzen wir nicht mehr auf unseren Barhockern,

sondern stehen neben dem Tresen. Nils hält mich so fest im Arm, dass ich kaum noch Luft bekomme, aber es ist ein eigenartig schönes Gefühl. Er küsst mich wieder, und jetzt kann ich nicht anders, als ihn auch zu küssen. Als sich unsere Zungenspitzen treffen, bekomme ich so weiche Knie, dass ich fast anfange zu taumeln. Aber Nils hält mich immer noch ganz fest, und so bleibe ich auf den Beinen.

Zeit und Raum haben sich endgültig aufgelöst, deshalb habe ich auch keine Ahnung, wie lange wir schon dort stehen, als uns der Barmann fragt, ob wir eigentlich noch etwas trinken wollen. Nils lässt mich kurz los und bestellt noch einmal zwei Gin Tonic. Wahrscheinlich wäre ein Mineralwasser für mich die bessere Wahl, denn mittlerweile ist mir schon sehr schummrig. Ich setze mich wieder auf meinen Hocker und hole tief Luft.

»Geht es dir gut?«, fragt Nils fürsorglich.

Ich nicke und zupfe mein Kleid zurecht, das unter unserem kurzen Tête-à-tête ein klein wenig gelitten hat. »Danke, ich glaube, es ging mir schon lange nicht mehr so gut wie jetzt.«

Nils lächelt. »Das freut mich. Mir geht es genauso. Übrigens küsst du sensationell. Ich hätte große Lust, stundenlang so weiterzumachen.« Er senkt die Stimme und raunt mir ins Ohr: »Von all den anderen Sachen, zu denen ich jetzt große Lust hätte, mal ganz abgesehen.«

Ich merke, dass ich rot werde. Ehrlicherweise hätte ich auch noch auf ein paar andere Dinge Lust … aber in diesem Moment beschließe ich, dass ich besser nach Hause fahre und mich ins Bett lege. Alleine, wohlgemerkt. Denn so angeschickert, wie ich mittlerweile bin, ist es bestimmt eine gute Idee, diesen schönen, aber unerwartet verlaufenen Abend genau hier enden zu lassen. Ich gleite also von meinem Barhocker und hoffe, es sieht auch wirklich nach *gleiten* aus und nicht nach *Guck mal, die besoffene Tante fällt fast vom Stuhl.*

»Du, ich glaube, noch einen Gin schaffe ich nicht. Ich rufe mir jetzt lieber ein Taxi und fahre nach Hause. Es ist schon sehr spät, und ich muss morgen früh raus.«

»Dann trinke ich auch nichts mehr.« Nils steht ebenfalls wieder auf. »Ich komme lieber mit und bringe dich nach Hause.«

»Danke, aber das ist nicht nötig«, lächle ich ihn dankbar an.

»Doch, darauf muss ich als Gentleman bestehen.«

»Nein, das ist völlig in Ordnung«, sage ich mit sanftem Nachdruck. »Ich fahre allein.«

»Machst du dir etwa Sorgen, ich könnte die Situation ausnutzen?«

»Im Gegenteil, ich mache mir Sorgen, *ich* könnte die Situation ausnutzen.«

Nils muss grinsen. »Na ja, so gesehen …« Er winkt dem Barmann und bestellt unsere Getränke wieder ab. Ich gebe ihm noch einen letzten Kuss, dann wanke ich nach draußen Richtung Taxistand.

Obwohl ich todmüde bin, kann ich nicht einschlafen. Zu viele Dinge schwirren in meinem Kopf herum, der noch dazu besonders schwer von Champagner und Gin Tonic ist. Gut, dass ich den letzten nicht mehr getrunken habe. Ich hatte definitiv genug davon. Ob das erklärt, warum ich mit Nils unbedingt knutschen musste? Wahrscheinlich auch – aber nicht nur. Wenn ich ehrlich bin, wäre es zu billig, das einfach auf den Alkohol zu schieben. Ich wollte es wirklich. Und es hat sich gut angefühlt. Verdammt gut.

Ich mache meine Nachttischlampe an und versuche, etwas zu lesen. Vielleicht beruhigt mich das. Aber schon nach drei Seiten kehren meine Gedanken immer wieder zu Nils zurück. So hat es keinen Sinn. Ich lege das Buch zur Seite. Wie wird es wohl sein, wenn ich Nils das nächste Mal sehe? Ob mir dieser Abend dann peinlich ist? Immerhin haben wir noch eine Lesung vor uns, die professionell betreut werden will. Dort nur mit rotem Kopf neben Nils zu stehen kann ich mir nicht leisten.

Und dann muss ich auf einmal an Tom denken. Was würde er sagen, wenn er wüsste, wie kuschelig es zwischen mir und Nils geworden ist? Es ist noch keine vier Tage her, dass ich mit Tom händchenhaltend an der Elbe spazieren war. Was ist denn bloß mit mir los? Jahrelang tut sich in meinem Liebesleben gar nichts, und auf einmal habe ich das Gefühl, zwischen zwei Männern zu stehen! Unruhig wälze ich mich im Bett hin und her.

Andererseits habe ich keinen Grund, ein schlechtes Gewissen zu haben: Ich habe Tom schließlich nichts versprochen. Und er ist schließlich derjenige, der auf Tauchstation gegangen ist. Trotzdem werde ich dieses Gefühl nicht los: das Gefühl, mich nicht ganz richtig verhalten zu haben.

Ich stehe wieder auf und mache mir eine warme Milch. Während ich auf der Bettkante sitze und sie trinke, denke ich noch einmal an den Abend mit Tom. Der war auch schön. Sehr, sehr schön sogar. Aber warum hat sich Tom danach nicht mehr bei mir gemeldet? Ich beschließe, ihm nun endlich die E-Mail zu schreiben, die ich neulich nicht zustande gebracht habe. Und zwar gleich. Schlafen kann ich sowieso nicht.

Mit dem Laptop auf den Knien sinniere ich über einen möglichst intelligenten Text. Leider will mir keiner einfallen. Und so schreibe ich einfach:

Lieber Tom,
wieso meldest Du Dich nicht mehr? Versuche die ganze Zeit, Dich zu erreichen.
Viele Grüße, Nina

Dann klicke ich auf *Senden.* Hoffentlich bekomme ich diesmal eine Reaktion.

Sie folgt zu meiner Überraschung schon eine halbe Stunde später: Es klingelt an meiner Tür. Morgens um 4:36 Uhr?

Während ich mir schlaftrunken die Augen reibe, ist mir sofort klar, dass das nur Tom sein kann. Der Blick durch den Spion bestätigt das: Er steht im Hausflur und wartet darauf, dass ich die Tür öffne. Ich schaue kurz in den Spiegel neben meiner Garderobe: Mist, ich habe schon wieder das unglückselige Minni-Maus-T-Shirt an! Für ein aufwendiges Styling ist auf keinen Fall Zeit, Tom wird kaum zwanzig Minuten vor der verschlossenen Tür ausharren. Also rufe ich »Komme gleich!«, renne ins Schlafzimmer und springe schnell in ein schwarzes Shirt und eine Jeans.

Als ich Tom öffne, bin ich außer Atem. Und außerdem baut sich in mir eine Spannung auf, die mich ganz kribbelig macht.

»Guten Morgen, Nina. Ich weiß, es ist eine ungewöhnliche Uhrzeit. Aber aus deiner Mail habe ich geschlossen, dass du auch noch wach bist. Geht's dir gut? Du wirkst so abgehetzt.«

»Doch, doch, alles gut. Ich habe mir nur schnell etwas anderes angezogen.«

»Lass mich raten – Minni Maus?« Wir müssen beide lachen, und ich merke, wie sich das unangenehme Gefühl der Anspannung bei mir wieder löst. Ich bitte Tom herein, wir setzen uns ins Wohnzimmer.

»Es tut mir leid, dass ich nicht auf deine Anrufe reagiert habe«, beginnt Tom das Gespräch. »Aber seit Freitag bin ich ein bisschen durcheinander. Es ist so viel passiert, und ich dachte, etwas Abstand wäre für mich nicht schlecht.«

»Habe ich irgendetwas … falsch gemacht?«

»Nein, überhaupt nicht!« Tom schüttelt heftig den Kopf. »Warum solltest du etwas falsch gemacht haben?«

»Na ja, ich hatte am Freitag das Gefühl, als wäre da … also … als wäre da irgendwas zwischen uns. Das klingt jetzt zugegebenermaßen ein bisschen blöd, aber ich kann es nicht anders erklären.« Ich zucke mit den Schultern. »Ich weiß nicht so recht, wie ich darauf komme, aber es war so ein Gefühl. Und ich dachte, wenn du dich dann nicht bei mir meldest, dann liegt das möglicherweise irgendwie an mir?«

Dazu sagt Tom nichts, und gerade das bestärkt mich darin, dass ich mir das überhaupt nicht eingebildet habe.

Ich beschließe, das Thema zu wechseln. »Du wolltest doch auch noch mal über deine Kündigung nachdenken. Hast du dir das durch den Kopf gehen lassen?«

Tom schaut mich überrascht an, offenbar war er mit seinen Gedanken gerade völlig woanders. »Äh, richtig, die Kündigung. Ich bleibe dabei.«

Das ist doch mal kurz und schmerzlos. Ich bin enttäuscht. Auch darüber, dass Tom es offenbar nicht so bedauert wie ich. Überhaupt ist die ganze Situation mehr als seltsam. Erst kommt Tom extra zu mir, und nun ist er regelrecht distanziert. Ich ärgere mich, dass ich ihm überhaupt eine Mail geschrieben habe

»Schade. Ich hätte mich gefreut, wenn du es dir anders überlegt hättest.«

»Es ist aber die richtige Entscheidung. Sag mal, hast du Dwaine eigentlich noch einmal getroffen?«

Wie kommt er denn jetzt auf den? »Ja. Wir haben gestern mit dem Verlag seinen Einstieg auf die Bestsellerliste gefeiert, warum?«

»Nur so. Reine Neugier. Er war schließlich auch mein Autor. Und du begleitest ihn auch noch bei seiner letzten Lesung?«

»Natürlich«, bestätige ich einigermaßen überrascht. »Du

bist schließlich nicht mehr an Bord. Da muss ich wohl wieder selbst arbeiten.«

»Tja, ein schweres Schicksal.« Das klingt nun richtig bitter. »So, ich werde mal wieder nach Hause fahren.«

Bitte wie?

Er steht auf. Ich sehe ihm fassungslos hinterher. Bevor er hinausgeht, dreht er sich noch einmal um. »Du hast recht. Da war wirklich etwas mit Freitag, und ich wollte es dir schon die ganze Zeit sagen.«

Ha! Ich wusste es! Ich stehe auch auf und gehe zu Tom. Wenn er jetzt endlich mit der Wahrheit herausrückt, dann … ja, was dann? Ach, egal, dann wird alles gut. Oder so. »Was wolltest du mir denn sagen?«

»Also, es ist mir ein bisschen unangenehm. Und der Abend war auch wirklich toll – aber: Du bist überhaupt nicht mein Typ. Deswegen habe ich mich auch nicht mehr gemeldet. Weil ich Angst hatte, dass du mehr erwartest. Weißt du, ich mag dich sehr gerne. Aber mehr ist da nicht.«

Ich traue meinen Ohren nicht. *Mehr ist da nicht?*

»Und dafür bist du jetzt extra mitten in der Nacht hierhergekommen? Um mir *das* zu sagen?« Das muss doch ein schlechter Scherz sein.

»Ja. Nur deswegen.« Er schaut mich traurig an. »Damit du dir keine falschen Hoffnungen machst.«

WUMMS. Das sitzt.

Zum zweiten Mal innerhalb von zwölf Stunden bekomme ich gewaltiges Ohrenrauschen und weiche Knie. Aber beim ersten Mal hat es sich bedeutend schöner angefühlt.

»Also, verstehe ich das richtig: Du hast mit Dwaine rumgeknutscht, und dann hast du Tom eine Mail geschrieben, weil du ihn vermisst hast.« Finja schaut mich irritiert an. »Und dann hat dir Tom gesagt, dass er nicht auf dich steht. Und deswegen bist du jetzt deprimiert. Klingt für mich alles ein bisschen seltsam.«

»In dieser verkürzten Form vielleicht. Aber in der ausführlicheren Version macht es durchaus Sinn.«

Ich habe heute zum ersten Mal in meinem Leben als Berufstätige tatsächlich einen Tag blaugemacht, sitze auf Finjas Sofa in Wellingsbüttel und versuche, meiner Schwester zu erklären, warum ich so übellaunig bin. Leider versteht sie mich nicht. Was ich ihr nicht ernsthaft vorwerfe: So ganz verstehe ich mich selbst nämlich auch nicht.

»Aber wenn du Dwaine so gut findest, dass es zwischen euch schon knistert, dann kann dir doch völlig egal sein, was Tom über dich denkt«, schlussfolgert meine Schwester messerscharf. Na vielen Dank. So weit war ich auch schon.

»Ist es aber nicht.«

Finja legt den Kopf schief und guckt mich nachdenklich an. »Könnte das gekränkte Eitelkeit sein? Immerhin dachtest du, dass Tom ein bisschen verguckt in dich ist. Dann so direkt gesagt zu bekommen, dass das Gegenteil der Fall ist, kommt natürlich nicht besonders charmant rüber.«

»Nein«, ich schüttle heftig den Kopf, »mit gekränkter Eitelkeit hat das nichts zu tun. Ich finde Tom sehr nett. Also: ich *fand.* Vielleicht sogar mehr als nur nett. Und bei unserem Elbspaziergang hatte ich schon das Gefühl, dass es zwischen uns geknistert hat. Immerhin hat er mich geküsst.«

»Und wieso hast du dann Dwaine geküsst?«, hakt Finja nach. »Wenn es doch mit Tom geknistert hat und du Dwaine immer doof fandst? Es tut mir leid, das kapier ich einfach nicht.«

Ich seufze und überlege, wie ich Finja meinen plötzlichen Meinungswandel über Dwaine erklären kann, ohne ihr zu erzählen, dass er in Wirklichkeit Nils ist.

»Ich verstehe es ja selbst nicht. Tatsache ist, dass Dwaine doch netter ist, als ich ursprünglich dachte. Man kann sich sogar richtig gut mit ihm unterhalten. Und ein leckeres Kerlchen ist er auch.«

»Meine Worte! Und zwar von Anfang an! Ich habe nie verstanden, warum du bei ihm immer so anti warst. Dann freu dich doch einfach darüber, dass die Sympathie ganz offensichtlich gegenseitig ist, und genieße es. Über Tom brauchst du dir unter diesen Umständen wirklich keine Gedanken mehr zu machen.«

Wahrscheinlich hat Finja recht. Und vielleicht ist die Vermutung mit der gekränkten Eitelkeit auch nicht ganz so verkehrt?

»Unabhängig davon fand ich es einfach unmöglich, dass Tom nachts bei mir aufkreuzt, um mir zu sagen, dass er nicht auf mich steht«, beschwere ich mich. »Sind das etwa Manieren?«

»Er wollte eben ehrlich mit dir sein und hatte vielleicht Angst, dass du dich da in etwas verrennst. Immerhin hast du ihm nachts gemailt.«

»Ja, und was meinst du, wie unglaublich peinlich mir das jetzt ist. Ich wünschte, ich hätte ihm nicht geschrieben.«

»Siehst du: eben doch gekränkte Eitelkeit. Hak die mal ab. Widme dich lieber Dwaine.« Sie sieht mich neugierig an. »Wie soll es denn da weitergehen?«

Ich zucke mit den Schultern. »Keine Ahnung. Wenn ich ehrlich bin, habe ich vor unserem nächsten Treffen schon ein bisschen Angst. Wenn das doof wird, kann ich nicht mal abhauen – schließlich muss ich noch einen Abend mit ihm professionell über die Bühne bringen. Im wahrsten Sinne des Wortes.«

»Es wird schon nicht doof werden. Ich finde, dass es eigentlich nach den optimalen Rahmenbedingungen klingt: Nur ihr beiden, fern der Heimat, Romantik pur …« Finja lächelt so versonnen, als sähe sie sich selbst in den Armen eines schönen Unbekannten und im Hintergrund versänke die Sonne in der Karibik. Ich räuspere mich.

»Apropos Romantik pur: Wie geht es eigentlich dir und Alex? Alles wieder im Lot?«

»Ooch«, sagt Finja gedehnt, »so weit alles in Ordnung im Moment …«

»Was soll das heißen?«, insistiere ich. »Nun lass dir nicht alles aus der Nase ziehen. Los, erzähl schon!«

»Also«, beginnt meine Schwester, »als ich nach Hause zurückgekommen bin, war Alexander ganz klein mit Hut. Keine Vorwürfe, keine Fragen, wo ich eigentlich war. Wir haben uns dann in Ruhe zusammengesetzt und geredet. Und ich habe ihm gesagt, dass ich vorhabe, wieder an die Hochschule zu gehen, weil mir hier sonst die Decke auf den Kopf fällt. Ich weiß selbst, dass mir für Konzerte momentan die Übung fehlt. Aber ich denke, dass mein alter Professor sicher nichts dagegen hat, ein bisschen mit mir zu arbeiten und mich in Form zu bringen.«

»Und was hat Alexander dazu gesagt?«, will ich wissen.

»Dass er mich voll und ganz dabei unterstützen wird. Und dass wir uns, wenn ich wieder arbeite, ein Au-Pair-Mädchen nehmen sollten. Das Haus ist schließlich groß genug. Und am nächsten Tag hat er mir eine Liebeserklärung mit allem Drum und Dran gemacht.«

Finja streckt mir ihre linke Hand entgegen. Am Ringfinger glitzert mir das Drum und Dran mit etlichen Karat entgegen.

»Wie schön«, freue ich mich. Ich bin tatsächlich erleichtert, dass der Haussegen in der Villa Kannhardt nicht mehr schief hängt.

»Aber das Beste ist«, Finja lächelt mich jetzt schelmisch an, »Alexander ist eifersüchtig auf Dwaine. Irgendwie glaubt er, dass da was zwischen uns gelaufen ist. Das würde er so natürlich nie zugeben. Aber ich merke es an seinen komischen Bemerkungen und Fragen. Und weißt du was: Erst einmal lasse ich ihn auch in dem Glauben. Diese potenzielle Affäre ist irgendwie ganz belebend für unsere Ehe. Im Moment trägt Alex mich jedenfalls auf Händen …«

Jetzt muss auch ich schmunzeln. So ein raffiniertes Biest!

Als ich nach Hause komme, checke ich schnell meine Mails und den Anrufbeantworter, bevor ich meine Tasche für Hannover packe. Aber da ist nichts, null Komma nichts.

Was habe ich auch erwartet? Wildes Entschuldigungsgestammel von Tom à la »Ich wusste nicht, was ich tat. Kannst du mir noch einmal verzeihen?« *Nein, Nina,* sage ich mir, *den Typen musst du gedanklich echt begraben. Wer nicht will, der hat schon.*

Aber auch Nils hat sich nicht gemeldet. Das versetzt mir nun doch einen kleinen Stich. Ob ich ihn einfach anrufe? Lieber nicht. Nach der Erfahrung mit Tom habe ich keine Lust, mir noch einen Korb zu holen. Was soll's, morgen sehe ich ihn ja eh wieder. Ich sammle meine Klamotten zusammen, springe unter die Dusche und gehe dann geradewegs ins Bett.

Am nächsten Morgen fühle ich mich seit langer Zeit mal wieder so richtig fit und ausgeschlafen. Was so eine ruhige Nacht ohne vorherigen Alkoholkonsum doch ausmacht. Oder beflügelt mich etwa die Tatsache, dass ich Nils gleich wiedersehe?

Ich mache mich auf in die Agentur. Bevor wir heute Nachmittag nach Hannover fahren, werde ich noch ein paar Kleinigkeiten wegarbeiten. Ursprünglich wollten wir erst einen

Tag später los, aber nun ist Nils gleich morgen früh Studiogast beim Lokalradio und muss schon um sieben Uhr in Hannover sein. Frühstücksradio – eine echte Herausforderung für Langschläfer. Hoffentlich kann Nils um die Uhrzeit überhaupt schon denken. Für mich wäre das nichts, aber trotzdem werde ich ihn solidarisch begleiten und ihm morgen früh – und deswegen auch schon heute Abend – Gesellschaft leisten.

Frau Smit hat mir die ausgedruckte Anfahrtsskizze vom Hotel Neumann, unserer Bleibe in Hannover, auf den Schreibtisch gelegt, daneben stapeln sich ein paar Memos zu kleineren Projekten, die nach Ende der Lesereise auf mich warten: Spirituosen, Baustoffe und Drogerieartikel – ich bin doch erleichtert, dass wir Weidner weiterhin als Kunden haben. Auch wenn mein Ausflug in die glamouröse Welt der Möbelhäuser lustig war, bin ich froh, dass Henning diesen Kunden betreut. Tauschen möchte ich nicht mit ihm.

Die nächsten Stunden arbeite ich gewissenhaft meine E-Mails ab und führe ein paar Telefonate. Nichts Besonderes oder Aufregendes also, deshalb bin ich froh, als Frau Smit durchklingelt und mitteilt, dass Herr Bosworth jetzt da sei.

Nils wartet schon am Empfang und strahlt mich an. Ich strahle zurück. »Hallo Nnn-, äh, Dwaine!« Puh, das war knapp.

»Hi Baby. Bist du bereit für unsere große Sause?«

»Mehr als bereit!«

Bilde ich es mir ein, oder ist er tatsächlich ein wenig rot geworden? Jedenfalls habe ich das Gefühl, dass *mein* Kopf leuchtet wie eine Notrufsäule.

Frau Smit ist ob unserer herzlichen Begrüßung etwas irritiert, versucht aber, sich nichts anmerken zu lassen. »Frau Seefeld, viel Erfolg bei der Veranstaltung!«

»Danke schön. Wir sind dann weg!«

Im Auto entsteht erst einmal ein verlegenes Schweigen. Keiner von uns weiß so recht, was er sagen soll. Hektisch fummle ich am Radio herum, bis Nils meine Hand nimmt und sie lange und fest drückt. »Geht's dir gut?«, will er wissen. Ich schaue ihm in die Augen. Und auf einmal ist alle Befangenheit wie weggeblasen.

»Ja, mir geht's richtig gut«, sage ich. »Und dir?«

»Ach Nina, mir ging's selten besser.«

25. Kapitel

Das Hotel Neumann hat seine besten Zeiten definitiv hinter sich – und das seit mindestens dreißig Jahren. Wobei noch zu klären wäre, ob es sich vor vierzig Jahren denn an die Spitze des damaligen Trends gesetzt hätte: Die orangefarbenen Vorhänge und das dunkle Holz am Tresen der Rezeption lassen dies zumindest möglich erscheinen. Auch die psychedelische Blümchentapete war in den sechziger Jahren des letzten Jahrhunderts bestimmt der Knaller. Ja, das Neumann wird damals als Design-Hotel gegolten haben.

Aber ich will nicht ungerecht sein, denn zeitgleich mit Dwaines letztem Auftritt findet in Hannover auch eine riesige Computermesse statt, und die beiden Einzelzimmer, die für uns gebucht sind, waren erstens recht billig und zweitens sowieso die einzigen, die noch zu kriegen waren.

Ich klingle nach der Rezeptionistin und lege meine Kreditkarte auf den Tresen, bereit, eine Reise in die Vergangenheit anzutreten. Unwillkürlich muss ich an alte Fotos meiner Eltern denken – meine Mutter mit Bienenkorb-Hochsteckfrisur, mein Vater mit Monsterkoteletten. Oder waren das die Siebziger? »Äh, also das ist mir jetzt sehr unangenehm, Frau Seefeld«, sagt die Frau hinter der Rezeption, »aber auf Ihren Namen habe ich hier gar keine Reservierung.«

»Wie bitte?«, frage ich erstaunt. »Ich verstehe nicht ganz.«

»Ja, ich habe weder auf Seefeld noch auf Weidner-Verlag irgendeine Reservierung. Und freie, unreservierte Zimmer habe ich momentan natürlich auch nicht. Während der großen

Messen arbeiten wir sogar mit einer Warteliste, wir haben also absolut nichts frei.« Ich fühle, wie meine Gesichtszüge entgleisen.

»Das kann doch nicht sein. Dann schauen Sie noch einmal unter Maximal-PR. Oder Bosworth vielleicht?«

Sie guckt wieder auf ihren Bildschirm, schüttelt dann den Kopf. »Nein, tut mir leid. Weder das eine noch das andere.«

Ich bin fassungslos. »Ich glaube das einfach nicht. Ein Mitarbeiter von mir hat mir die Buchung vorgelegt, er hat sie über ein Reservierungssystem im Internet getätigt. Meinen Sie, ich bilde mir das ein?« Oder hat Tom – der IDIOT! – doch nicht gebucht wie besprochen?

»Nein, natürlich nicht, das glaube ich Ihnen. Aber hier liegt keine Buchung vor. Wie heißt denn der Mitarbeiter, der sich darum gekümmert hat? Vielleicht hat er es ja auf seinen eigenen Namen reserviert?«

»Tom Weidner«, murmele ich matt. »Es waren ursprünglich drei Einzelzimmer. Eines sollte storniert werden.« Mir dämmert Furchtbares. Hat Frau Smit vielleicht aus Versehen alle drei Zimmer storniert? Ich fühle mich auf einmal sehr, sehr müde. Und so wie es aussieht, wird es leider kein Kissen geben, auf das ich heute Nacht mein müdes Haupt betten kann. Es ist zum Heulen! Wie wird es wohl sein, zu zweit in meinem Opel Corsa zu übernachten?

»Hm, Weidner hatte ich gerade schon nachgeguckt, da hatte ich ja nichts …«

»Und Sie haben überhaupt kein freies Zimmer mehr?«, mischt sich Nils jetzt in das Gespräch ein. »Eine intelligente und schöne Frau wie Sie findet doch immer eine Lösung«, ölt er hinterher – prallt damit aber ab: »Tut mir leid. Zur Messezeit sind wir immer total ausgebucht.«

Ich versuche es noch mal auf die kämpferische Tour. »Das

kann ich so nicht akzeptieren. Wir haben mit Sicherheit hier zwei Zimmer gebucht. Ich will sofort den Geschäftsführer sprechen!«

»Bitte, wenn Sie wollen!« Die junge Frau sieht mich mit einem *Nun-plustere-dich-mal-nicht-so-auf-Püppi*-Ausdruck an; viel Eindruck hat meine unterschwellige Drohung also nicht gemacht. »Aber Herr Salewi wird Ihnen auch nicht weiterhelfen können, denn wir haben keine Zimmer frei. Gar keine.«

»Sie brauchen gar nicht so süffisant zu klingen!«, fauche ich sie an und schalte aus dem zweiten Gang sofort in den fünften hoch. »Ich finde es eine *Frechheit,* dass hier unsere Buchung verbaselt wurde. Da kann ich wohl ein bisschen mehr Engagement Ihrerseits zur Lösung des Problems erwarten. Also rufen Sie Ihren Geschäftsführer, und ich werde …«

Ich vermute, Herr Salewi kann mich inzwischen bereits deutlich hören, es sei denn, er befindet sich nicht im Haus, so wütend und laut bin ich mittlerweile. Aber weiter komme ich nicht, denn Nils zieht mich sanft am Ärmel.

»Komm, Nina, das hat doch keinen Zweck. Lass uns lieber selbst nach einem anderen Hotel suchen.«

»Und wo willst du das finden?«, plärre ich nun ihn an. Okay, er kann auch nichts dafür, aber wer will schon gerecht sein, wenn er wütend ist. »Wenn schon dieser Schuppen hier ausgebucht ist, brauchen wir es woanders doch überhaupt nicht zu versuchen.«

»Lass mich mal machen.« Nils greift nach meiner Hand und drückt sie kurz. »Ich schlage vor, wir gehen in die nächste Kneipe, du trinkst ein Glas Wein, und ich mache mir das World Wide Web zunutze. Du wirst sehen – in den nächsten sechzig Minuten habe ich für uns ein schönes Hotel gefunden.«

Eines muss man Nils lassen, der Mann ist Optimist. Aber da

ich momentan auch keine bessere Idee habe, lasse ich mich widerstandslos in die nächstgelegene Pinte mit dem schönen Namen *Zum Weinkrug* führen. In der Hoffnung, dass der Name Programm ist, bestelle ich mir ein Glas Hauswein rot und beobachte Nils dabei, wie dieser hektisch auf seinem iPhone rumtippt. Hochkonzentriert sieht der Herr aus, aber leider noch nicht besonders erfolgreich. Ich bestelle auch für ihn ein Glas.

»Komm, trink erst einmal etwas. Falls wir heute Nacht im Auto übernachten müssen, können wir jedes Promille brauchen.«

Nils guckt mich strafend an. »Ts, ts, ts, nun sei doch nicht so negativ. Bei diesen Schwingungen kann das ja nichts werden. Du wirst dich wundern, was ich noch Feines für uns finden werde.«

»Ja, ist ja gut. Dann eben nicht.« Ich will sein Glas zu mir herüberziehen, er hält es lachend fest.

»He, den Alkohol nehme ich trotzdem.« Er prostet mir zu. »Lach doch mal, Nina. Ich finde, man kann dem Ganzen auch etwas Gutes abgewinnen.«

»Ich wüsste nicht, was das sein sollte.«

»Na, immerhin müssen wir nicht in dem scheußlichen Hotel Neumann übernachten. Das war nicht retro, das war gammelig.«

»Du wirst dich noch wundern, was alles auf der Rückbank meines Corsas gammelt.« Ich nehme einen großen Schluck Rotwein. Nils sagt erst einmal nichts, sondern beginnt wieder, auf seinem iPhone zu tippen.

Ich überlege gerade, ein zweites Glas für mich zu bestellen – oder sollte ich direkt die ganze Flasche ordern –, als mich ein wahres Triumphgeheul aus meinen trüben Gedanken hochschrecken lässt.

»*Ha!* Ich wusste es!«

»Was denn?«

Er grinst. »Wird nicht verraten. Lass uns zahlen, dann zeige ich es dir selbst.«

»Geheimniskrämer.«

Zwanzig Minuten später bin ich wirklich beeindruckt. Wir stehen vor einer wunderschönen Jugendstilfassade, nur ein kleines, feines Messingschild neben dem Hauseingang weist diese Stadtvilla als Hotel aus.

Hotel Belle Epoque

Luxury Small Hotels of the World

»Na, wie sieht das für dich aus?«, will Nils von mir wissen.

»Als ob es meinen Spesensatz deutlich überschreitet.«

Er knufft mich in die Seite. »Mach dir keine Sorgen. Die Rechnung übernimmt der Erfolgsautor.« Ich will darauf etwas erwidern, aber Nils lässt mich gar nicht erst zu Wort kommen, sondern schiebt mich energisch in Richtung der gläsernen Eingangstür.

Drinnen sieht das Haus fast noch besser aus als von außen. Es ist der Gegenentwurf zum Neumann: eine große, lichtdurchflutete Halle, an der Decke dezenter Jugendstilstuck, das Parkett ist an den Seiten mit Intarsien geschmückt. Nils und ich gehen zum Empfang, an dem eine junge Frau mit blonden, hochgesteckten Haaren und einem dunkelblauen Kostüm schon auf uns wartet.

»Herzlich willkommen im Belle Epoque. Sie müssen Herr Bosworth sein, richtig?« Die Blondine strahlt über das ganze Gesicht, als ob es sich bei uns um die Geldboten von der Lottozentrale handeln würde. Das nenne ich mal einen warmherzigen Empfang. Nils nickt.

»Richtig. Das bin ich – und froh, dass wir bei Ihnen noch ein Zimmer bekommen haben. Ganz Hannover scheint ausgebucht zu sein.«

Ein Zimmer?

Ich hoffe sehr, ich habe mich verhört. Mir nun ein Doppelzimmer mit Nils zu teilen, und sei es ein noch so schönes, ist mir ein bisschen zu viel erzwungene Nähe. Ich hätte gerne mein eigenes Bett! Die Rezeptionistin dreht sich zu einem Bord mit schweren Messingschlüsseln um und nimmt tatsächlich nur einen von der Wand.

»Ja, Sie haben wirklich Glück. Während der Messe sind wir normalerweise ausgebucht. Und die Hochzeitssuite ist meiner Meinung nach unser schönstes Zimmer.«

»Entschuldigen Sie«, mische ich mich jetzt ein, »aber wir brauchen zwei Zimmer, denn leider verschlägt uns keine Hochzeitsreise ins schöne Hannover, sondern die schnöde Arbeit. Herr Bosworth und ich sind Kollegen, kein Paar.«

»Ach so?« Blondie guckt mich erstaunt an. »Tja, also, leider habe ich nur das eine Zimmer. Allerdings besteht die Suite aus zwei Räumen, man kann sich also durchaus aus dem Weg gehen.«

Nils legt seine Hand auf meinen Arm. »Ich wollte es dir gerade erklären: Zwei Zimmer habe ich nirgendwo mehr bekommen. Eine Suite hielt ich deshalb für eine gute Alternative: Ich schlafe im Wohnzimmer auf der Couch, und du kannst es dir im Schlafzimmer gemütlich machen.«

»Ich rufe gleich das Housekeeping an«, meldet sich die Rezeptionistin dienstbeflissen zu Wort, »eine Aufbettung ist natürlich gar kein Problem. Wollen Sie die Erdbeeren und den Champagner trotzdem behalten?«

Erdbeeren und Champagner?

Sie sieht meinen erstaunten Gesichtsausdruck. »Na ja,

das ist unser üblicher Willkommensgruß in der Hochzeitssuite.«

»Och, wissen Sie«, erwidere ich großzügig, »die können Sie ruhig stehenlassen.« Wo Vitamine so gesund sind!

Wie nicht anders zu erwarten, ist das Zimmer eine Wucht. Und *Zimmer* ist sowieso die Untertreibung des Jahres – diese *Suite* ist mit Sicherheit größer als meine Wohnung. Das Wohnzimmer ähnelt in Farben und Ausstattung der Empfangshalle. Natürlich ist es etwas kleiner, aber nur geringfügig. Vor den tiefen Fenstern hängen bodenlange Seidenvorhänge, auch hier windet sich ein Stuckband aus Blumengirlanden an der Decke entlang. Die Couch ist in Wirklichkeit eine ganze Sitzlandschaft, ihre moderne S-Form bildet einen aparten Kontrast zum Altbauambiente der Suite. Wie das Housekeeping die elegant geschwungene Form in ein praktikables Bett verwandeln will, ist mir zwar schleierhaft, aber das soll nicht mein Problem sein.

Auf dem Tisch neben der Couch steht tatsächlich ein Sektkühler, bis zum Rand mit Eis gefüllt und bestückt mit einer Flasche Champagner – das Etikett ragt noch ein wenig heraus und lässt die edle französische Herkunft erkennen. Daneben findet sich eine Schale mit Erdbeeren. Die Szenerie kommt mir bekannt vor … hmmm … Ich überlege kurz.

Richtig! *Pretty Woman!* Und das ist hier der Standard-Willkommensgruß? Ich bin bisher offenbar immer in den falschen Hotels abgestiegen.

Der Page stellt unsere Koffer neben der Tür ab, Nils bedankt sich und gibt ihm ein Trinkgeld. »Und? Gefällt es dir?«, will er von mir wissen.

»Es ist ganz toll.«

»Nicht wahr? Na, dann geh mal weiter auf Entdeckungstour.«

Ich öffne die Tür zum Schlafzimmer. Hier steht ein riesiges Himmelbett mit einem Überwurf aus cremefarbenen Rüschen und einem weißen Himmel, der mit goldenen Fäden durchzogen ist. Ein bisschen kitschig, aber trotzdem wunderschön.

»Wow! Das sieht aus wie im Märchen!« Ich fühle mich tatsächlich ein bisschen wie Prinzessin Lillifee. Nils lächelt.

»Stimmt. Schade eigentlich, dass das hier tatsächlich nur eine Dienstreise ist.«

Ich knuffe ihn in die Seite. »He, freu dich lieber, dass du jetzt nicht auf deinem Kämmerlein im Hotel Neumann sitzt.«

»Du hast völlig recht. Und deswegen köpfen wir zur Feier des Tages die Flasche Schampus. Danach werde ich mich ganz brav auf mein Sofa zurückziehen und dir diesen Kleinmädchentraum von Bett überlassen. Versprochen!«

Der Champagner ist eiskalt und sehr prickelnd, die Erdbeeren passen fantastisch dazu. Richard Gere wusste einfach, wie man's macht. Ich lasse mich auf die Couch fallen, Nils prostet mir im Stehen zu.

»Ich trinke auf Tom und Frau Smit. Oder wer auch immer die Sache mit dem Hotel verbaselt hat und mir dadurch diesen Abend beschert.« Ich hebe ebenfalls mein Glas, denn wo er recht hat, hat er recht.

»Prost! Und auf den erfolgreichen Abschluss deiner Lesereise!«

»Du bist froh, wenn die vorbei ist, oder?«

»Ja, du weißt doch, dass ich mich damit ein bisschen schwertue. Aber in zwei Tagen hast du es geschafft und kannst endlich wieder der sein, der du bist.«

»Der sein, der ich bin.« Nils guckt mich nachdenklich an. »Das klingt leicht und schwer zugleich.« Er setzt sich neben mich. Ich spüre, wie mir wärmer wird. »Der Abend mit dir nach der Verlagsfeier war unglaublich schön. Aber ich habe seitdem Angst, dass du ihn vielleicht bereut hast.« Nils stellt sein Glas ab und nimmt meine freie Hand. »Hast du?«

Ich schüttle den Kopf und stelle mein Glas ebenfalls ab. »Nein, ich fand ihn auch sehr schön. Ich hatte zwar einen Schwips, aber ich war noch im Vollbesitz meiner geistigen Kräfte. Mach dir also keine Sorgen.«

Nils lächelt. »Da bin ich aber froh. Das bedeutet mir viel. Als du nach unserem Barbesuch so schnell verschwunden warst, hatte ich das Gefühl, einen Fehler gemacht zu haben. Ich wollte dich nicht bedrängen, aber du sahst einfach umwerfend aus. Siehst du heute übrigens auch.«

Das ist eine fette, wenn auch sehr charmante Lüge. Ich glaube, ich sehe heute eher genauso aus, wie ich mich gerade fühle: ein bisschen müde nach einem langen Tag, ungeschminkt und leicht zerzaust. Aber das nur nebenbei bemerkt.

»Ich fühlte mich nicht bedrängt. Im Gegenteil, ich habe den Abend mit dir sehr genossen.«

»Wenn das so ist, würde ich gerne daran anknüpfen.« Er lässt meine Hand los und streicht mir über die Wange. Ich bekomme sofort eine Gänsehaut.

»Sagtest du nicht irgendwas von *brav auf dein Sofa zurückziehen?*« Dazu sagt Nils gar nichts mehr, nimmt stattdessen mein Gesicht in beide Hände und beginnt, mich leidenschaftlich zu küssen. Ich zögere einen Moment, dann erwidere ich seine Küsse. Nils' Hände wandern von meinem Kopf zu meinem Oberkörper, er zieht mich ganz dicht an sich heran. Da ist es wieder, das Gefühl, mitten in einem Feuerwerk zu stehen!

Und es fühlt sich toll an!

Ich fahre durch das dichte, gelockte Haar und genieße jede seiner Berührungen. Er riecht fantastisch und fasst sich noch besser an. Unter seinem Hemd spüre ich seine festen Muskeln; es ist einfach kein Nachteil, wenn ein Mann gut gebaut ist. Wir rutschen vom Sofa auf den Fußboden, mittlerweile hat Nils begonnen, sich von meinem Mund zu meinem Hals zu küssen. Meine Haut fängt offensichtlich an, Funken zu schlagen, und bei jeder Berührung von Nils' Lippen verspüre ich einen leichten Stromschlag. Als er an meinem Ausschnitt ankommt, rapple ich mich hoch. Wenn wir in diesem Tempo weitermachen, muss das Housekeeping sich nicht mehr um die Aufbettung kümmern.

»Ich glaube, ich brauche dringend noch ein Glas Champagner.«

Nils setzt sich auf und schaut mich an. Falls er enttäuscht ist, lässt er es sich jedenfalls nicht anmerken. »Eine exzellente Idee. Für mich bitte auch.«

Ich fülle unsere Gläser auf und setze mich wieder neben ihn auf den Boden.

»Was, denkst du, werden sie dich morgen in der Radioshow fragen?«

Nils verzieht das Gesicht. »Du willst jetzt nicht ernsthaft über die Arbeit reden, oder?«

»Worüber denn sonst?« Ich lächle verlegen.

»Na, über uns zum Beispiel.«

Über uns – mir wird wieder ganz warm.

»Oder noch besser: gar nicht reden. Machen!« Er beugt sich zu mir und küsst mich ganz zärtlich. Mein Widerstand, sollte es ihn denn überhaupt gegeben haben, schmilzt wie ein Eiswürfel auf der heißen Herdplatte. Als seine Zunge meine Lippen berührt, beschließe ich, mich einfach treiben zu lassen.

Nils macht dort weiter, wo er eben aufgehört hat: an meinem Ausschnitt. Gleichzeitig schiebt er eine Hand unter mein T-Shirt und streichelt sanft über meine Brust. Ich spüre, wie sich meine Brustwarzen aufrichten. Nils fährt unter meinen BH und berührt sie.

Mir schießen die seltsamsten Gedanken durch den Kopf. Wann habe ich eigentlich das letzte Mal meine Beine rasiert? Und was für Unterwäsche trage ich gerade? Hoffentlich nicht die Drogeriemarkt-Schlüpper für 2,95 und den Sport-BH, den ich schon vor zwei Jahren wegschmeißen wollte. Leider flutet gerade so viel Adrenalin durch meinen Körper und mein Hirn, dass ich mich beim besten Willen nicht daran erinnern kann. Was mir stattdessen durch den Kopf schießt, ist eine Stelle aus dem Roman *Das kunstseidene Mädchen* von Irmgard Keun. Ich habe diese Geschichte vor ungefähr dreizehn Jahren im Deutschunterricht gelesen. Der Tipp der Heldin, um sich nicht vor Leidenschaft zu Dummheiten verleiten zu lassen, war es, sich immer eine rostige Sicherheitsnadel ans Mieder zu klemmen. Hindert Frau garantiert daran, sich entblättern zu lassen. Ob Sicherheitsnadel oder olle Unterwäsche – der Effekt ist irgendwie derselbe: So will ich nicht gesehen werden. Ich versuche, in meinen Ausschnitt zu linsen, um zu erkennen, was für einen BH ich heute trage. Aber keine Chance, Nils verdeckt ihn gerade komplett. Ich räuspere mich.

»Nils, ich müsste mal kurz aufstehen.« Er setzt sich auf.

»Was hast du denn?«

Was sage ich denn jetzt? Dass mich der Gedanke an meine Unterhose hemmt?

»Ich – ich muss mal kurz verschwinden.«

Eine gute Idee. Auf der Toilette sollte sich doch klären lassen, in welcher Verfassung sich meine Verpackung befindet. Ich schnappe mir meine Handtasche und gehe ins Bad, wie nicht anders zu erwarten ein Designtraum in Marmor und gebürstetem Edelstahl. Es ist ungefähr so groß wie mein heimisches Wohnzimmer, und in der Mitte steht eine kreisrunde

Badewanne. Na ja, die vielen Düsen in der Wanne deuten darauf hin, dass es sich eher um einen Whirlpool handelt. *Wahnsinn!* Ein Hauch von Hollywood umweht mich.

Vor dem großen Spiegel ziehe ich mein T-Shirt nach oben. O nein, tatsächlich der ausgeleierte Sport-BH! Und der Schlüpfer macht es nicht besser, das einzig Positive, was man über ihn sagen kann, ist *kochfest.* Mist. Was für ein Erotikkiller. Gut, Nils würde es wahrscheinlich nicht stören, aber für mich ist der Gedanke, dass er mich so sieht, unglaublich abtörnend. *Das kunstseidene Mädchen.* Es funktioniert wirklich. Wenn in diesem Fall auch unabsichtlich.

Aber vielleicht ist es auch besser so und die heutige Wahl meiner Unterwäsche irgendwie Fügung? Ich werde mal eine Nacht drüber schlafen und bei Bedarf morgen in einem Dessousgeschäft vorbeischauen, wenn Nils im Frühstücksradio ist. Das dauert immerhin bis elf Uhr, bis dahin sollte ich doch etwas Schönes gefunden haben. Muss Nils eben allein ins Funkhaus marschieren, es ist ja nur zu seinem Besten. Und ich kann noch ein bisschen länger schlafen, bin morgen Abend schön fit – und morgen Nacht erst recht!

Nils sitzt immer noch da, wo ich ihn zurückgelassen habe, und schaut mich erwartungsvoll an.

»Und? Was machen wir jetzt?«

»Also, versteh mich nicht falsch. Das soll wirklich kein Korb sein«, beteure ich, »aber ich für meinen Teil bin todmüde und möchte ins Bett. Allein.«

»Autsch!« Nils seufzt. »Und das soll *kein* Korb sein?«

Ich schüttle den Kopf. »Ist es wirklich nicht. Vielleicht können wir einfach ein bisschen das Tempo rausnehmen?«

»Natürlich.« Nils nickt verständnisvoll. »Nimm dir die Zeit, die du brauchst. Ich warte gerne.« Er hält kurz inne, dann grinst er. »Nee, gerne eigentlich nicht. Aber ich warte.«

Er ist doch einfach zu niedlich! Ich gehe zu ihm und gebe ihm einen Kuss. »Danke und gute Nacht!« Dann schnappe ich mir mein Köfferchen und verziehe mich ins Schlafzimmer. Heute Nacht werde ich mit Sicherheit süß träumen.

26. Kapitel

Ein schöner BH in 75 A? Ein Riesenproblem. Wer so gebaut ist wie ich, weiß, wovon ich rede. Wobei die Bezeichnung *Riesenproblem* in diesem Zusammenhang schon lustig ist.

Die Verkäuferin von *Lingerie Mademoiselle* schaut ratlos zwischen den verschiedenen Modellen hin und her, die sie mir bereits in die Kabine gebracht hat. »Also, die gefallen Ihnen alle nicht?«

Natürlich gefallen die mir nicht: Sämtliche Cups sind bei diesen Modellen so stark gepolstert, dass ich automatisch auf 80 C springe. Aber wie soll ich Nils erklären, wohin mein Busen auf einmal verschwunden ist, sollten wir uns heute Nacht tatsächlich näherkommen?

»Haben Sie etwas, was nicht so stark ausgestopft aussieht? Ich will mich schließlich nicht verkleiden.«

»Also dann doch eher ein Sport-BH?«

Es ist zum Verzweifeln. Keiner versteht mich!

»Nein, eben *kein* Sport-BH! Es muss doch etwas zwischen diesen beiden Extremen geben! Verstehen Sie, was ich meine? Sexy, aber nicht übertrieben.«

Die Verkäuferin schaut genervt bis zickig. »Ich fürchte, da kann ich Ihnen nicht weiterhelfen. Vielleicht schauen Sie mal in einem Kaufhaus in der Kinderabteilung? Bei den Größen für junge Mädchen? Die haben doch bestimmt ganz reizende Sachen.«

Kinderabteilung? Was für eine Unverschämtheit! Der werde ich gleich erzählen, was ich von dem Vorschlag … Bevor ich noch zum verbalen Gegenschlag ausholen kann, klingelt irgendwo in den Untiefen meiner Handtasche das Handy. Gut, *first things first:* Zusammenstauchen kann ich die Alte immer noch, jetzt muss ich erst mal das Telefon finden, bevor die Mailbox anspringt. Ich wühle hektisch in der Tasche herum und bekomme es endlich zu fassen. »Hallo?«

»Hallo Nina? Hier ist Tom. Ich muss dich ganz dringend sprechen.«

Tom? Was will der denn? Noch mal genau erklären, warum er nicht auf mich steht? Er ist jedenfalls so ungefähr der letzte Mensch auf der Welt, mit dem ich halbnackt in einer Umkleidekabine stehend telefonieren möchte.

»Du, es ist gerade ganz schlecht. Ich ruf dich an, wenn ich wieder in Hamburg bin«, will ich ihn kurzerhand abwürgen.

»Nein, warte doch mal! Es ist wirklich wichtig!«

»Wie ich schon sagte: Es ist gerade ganz schlecht«, sage ich noch einmal nachdrücklich. »Falls es etwas Berufliches ist – mach einen Termin bei Frau Smit. Falls es etwas Privates ist – ich will es nicht wissen.«

»He, Nina, ich verstehe ja, dass du sauer auf mich bist. Aber ich würde dich nicht stören, wenn es nicht so wichtig wäre. Es geht um Dwaine.«

Ich seufze. Mann, ist der hartnäckig. »Also gut. Ich rufe dich gleich zurück.«

»Aber wirklich!«

»Ja, versprochen.«

Als ich aufgelegt habe, ziehe ich mich schnell an, drücke der Verkäuferin gefühlte 27 Büstenhalter in die Hand und verschwinde wort- und grußlos. Das sollte als Feedback reichen.

Auf der Straße schaue ich mich nach einem Ort um, an dem ich in Ruhe telefonieren kann, und entscheide mich für ein kleines Café neben dem Dessousgeschäft. Ich bestelle mir einen Latte macchiato, dann wähle ich Toms Nummer.

»Hallo Tom. Was gibt es denn so Dringendes?«

»Wohnst du im Hotel Neumann?«

»Bitte?«

»Ob du im Neumann wohnst? Das Hotel, das ich für euch gebucht habe?«

»Nein, wir sind woanders. Das mit dem Neumann scheinst du grandios vermasselt zu haben, aber ich verstehe nicht ganz, was das …«

»Mein Gott, nicht im Neumann?« Seine Stimme überschlägt sich fast. »Ich muss dich sofort treffen!«

»Sag mal, bei dir ist doch wohl eine Schraube locker!«, fahre ich ihn ungehalten an. »Dass das mit dem Hotel schiefgegangen ist – geschenkt! Da hast du schon größere Böcke geschossen. Deswegen müssen wir uns garantiert nicht treffen.«

»Nein, darum geht es doch gar nicht! Ich muss dich warnen: Dwaine ist nicht der, der du glaubst.«

Oh-oh … Offensichtlich hat Tom herausgefunden, dass Dwaine Nils ist. Gut, das hat mich auch erst umgehauen. Aber der Alarm, den Tom hier verbreitet, ist arg übertrieben.

»Tom, das weiß ich längst. Kein Grund, panisch zu werden.«

»*Doch!* Es ist überhaupt nicht so, wie du denkst! Bitte, wir müssen uns treffen. Sofort.«

Komisch, Tom klingt wirklich ernsthaft beunruhigt. Vielleicht sollte ich mir doch anhören, was er zu erzählen hat.

»Okay, ich bin aber erst morgen Abend wieder in Hamburg. So lange wirst du dich gedulden müssen.«

»Nein, ich bin ja schon in Hannover. Wo steckst du gerade? Ich komme vorbei.«

»Moment mal – wieso bist du in Hannover? Was geht hier eigentlich vor?«

»Nina, bitte sag mir, wo du bist!«

Eine Viertelstunde später kommt Tom durch die Tür und steuert gleich auf mich zu. Angespannt sieht er aus und sehr gestresst. Ich stehe auf und gebe ihm die Hand. Bloß keine Vertraulichkeiten. Der soll nicht meinen, dass ich ihn vermisst habe.

Tom lässt sich neben mich auf die Bank fallen und kommt gleich zur Sache. Und zwar ohne Umschweife.

»Nina, hast du mit Dwaine geschlafen?«

»Wie bitte? Ich wüsste nicht, was dich das angeht.«

»Ja, ich verstehe, dass dich diese Frage erstaunt. Aber ich muss es wissen.«

»Du spinnst wohl! Du willst mir nicht erzählen, dass du mal eben spontan von Hamburg nach Hannover gefahren bist, um mich das zu fragen, oder? Denn wenn es so ist, kannst du dich gleich wieder in dein Auto setzen und zurückfahren. Du glaubst doch wohl nicht allen Ernstes, dass ich dir diese Frage beantworte.«

»Bitte, Nina, sei nicht böse.« Tom guckt mich eindringlich an. »Ich mache mir Sorgen um dich. Du bist in großer Gefahr!« Er greift nach meiner Hand, ich ziehe sie schnell zurück.

»Tom, spinnst du? Wir sind in Hannover, nicht in Kabul! Was ist eigentlich los?«

»Wie viel Zeit hast du?«

Ich gucke auf die Uhr. »Dwaine ist ungefähr noch eine Stunde im Funkhaus. Also, schieß los.«

Tom holt tief Luft. Dann dreht er sich zu seiner Tasche und zieht etwas daraus hervor, das wie ein Manuskript aussieht. Stirnrunzelnd lese ich das Deckblatt.

DAS SAHNEHÄUBCHEN

Wie ich die besten Frauen bekomme, auch wenn sie eigentlich nicht wollen

»Was ist das?«

»Das ist Dwaines neues Buch.«

»Ach stimmt. Er hat davon erzählt. Allerdings wird es wohl ein bisschen anders ausfallen, als alle denken.« Schließlich hat sich Nils ja entschlossen, die Wahrheit zu sagen. Gut, der Titel klingt jetzt nicht ganz danach, aber wahrscheinlich will er einen kleinen Etikettenschwindel betreiben – wäre ja nicht das erste Mal.

Tom schüttelt den Kopf. »Nein, ich denke, es wird anders ausfallen, als *du* denkst.« Und dann erzählt er mir die unglaublichste Geschichte, die ich je gehört habe. Wenn wir Aschenputtel mal außen vor lassen und uns auf Sachen konzentrieren, die im Hier und Jetzt passieren.

Als er fertig ist, schwanke ich zwischen Herzrasen und Ohrensausen. »Das darf doch nicht wahr sein«, flüstere ich. Ich spüre, wie mir Tränen in die Augen steigen. Tom streicht mir über die Haare.

»Doch, ich fürchte, das ist es.«

»Also Dwaine ist nicht Nils, sondern Dwaine. Und er hat mir das alles nur erzählt, um mich rumzukriegen. Diese ganze *Ich-bin-ein-arbeitsloser-Schauspieler-und-habe-mir-das-alles-ausgedacht-weil-ich-Geld-brauche*-Nummer ist von vorne bis hinten erstunken und erlogen?«

»Ja.« Tom nickt. »Das hat er dir nur erzählt, weil er wusste, dass du dich mit einem Typen wie Dwaine niemals einlassen würdest. Hier steht es.« Er blättert in dem Manuskript herum und liest dann laut vor:

Shelley heißt die neue Kollegin, und sie ist richtig heiß. Sexy Figur, Beine bis zum Hals und echt was in der Birne. Letzteres ist leider das Problem: Sie kennt mich und mein Buch. »Keine Chance«, teilt sie mir schon bei unserem ersten Treffen mit. Was soll ich tun? Aufgeben oder die Herausforderung annehmen?
Jungs - ihr wisst Bescheid: Ich gebe niemals auf. Ich *will* mit dieser Frau schlafen, also *werde* ich auch mit dieser Frau schlafen. Natürlich muss ich ganz tief in die Trickkiste greifen. Aber das ist für einen Profi wie mich kein Problem - und das muss es auch für euch nicht sein.
Ich erzähle dem Hasen also eine traurige Story: von dem armen arbeitslosen Schauspieler Henry, der sich die ganze Dwaine-Nummer nur ausgedacht hat. Und der natürlich ihre Hilfe braucht, um die ganze Geschichte jetzt durchziehen zu können. Weiberheld? Keine Spur! Henry ist ein ganz Lieber.
Was soll ich sagen: Das Unglaubliche geschieht. Shelley schluckt die Nummer. »Nicht möglich«, werdet ihr sagen. Doch. Ist es. Shelley glaubt es, weil sie es glauben will. Weil sie in Wirklichkeit auch scharf auf mich ist und nur ihr kleines, hübsches Köpfchen sie daran hindert, endlich mit mir ins Bett zu gehen. Jetzt habe ich ihr die perfekte Entschuldigung

```
geliefert. Und ihr Körper wird es umso
mehr zu schätzen wissen.
```

Ich spüre, dass ich feuerrot im Gesicht werde. Vor Scham … und aus Wut auf mich selbst. Wie konnte mir das nur passieren? Nein, das kann nicht wahr sein. Das *darf* nicht wahr sein!

»Vielleicht meint er gar nicht mich?«, versuche ich es noch einmal matt. Tom versucht es mit einem schiefen Lächeln.

»Tja, also ich glaube, ehrlich gesagt, schon. Hier, guck mal …« Er schiebt mir zwei weitere Seiten herüber.

```
Zuvor muss ich nur noch einen lästigen Ne-
benbuhler loswerden - denn leider hat
Shelley ein Herz für unseren Lehrling Tim.
Der Lehrling! Ausgerechnet! Mit Tim geht
Shelley essen und macht lange, romantische
Spaziergänge, selbst wenn es draußen sau-
kalt ist. Ich muss mir also etwas überle-
gen.
```

»Okay, er meint mich. Das ist wohl eindeutig.« Ich schlucke und kämpfe mit den Tränen.

»Sieh mal das Positive – immerhin hat er deinen Namen verfremdet. Das würde Susanne nun für schlechte PR halten, aber …« Er versucht offensichtlich, mich damit aufzuheitern, aber ich schüttle den Kopf. Bevor ich sprechen kann, muss ich mich erst räuspern, ich habe einen riesigen Frosch im Hals, fast würgt es mich.

»Was heißt hier verfremdet? Du hast es immerhin gleich erkannt.«

»Aber nur, weil ich schon einen Verdacht hatte und mir Sorgen um dich gemacht habe. Ich glaube nicht, dass es jemand anders gleich erkennt.«

»Du hast recht, vermutlich nicht. Da war Dwaine vorsichtig genug. Eben ganz Anwalt. Der weiß, wie er sich absichern muss, damit ich ihn nicht verklagen kann.«

Tom zieht die Augenbrauen hoch. »Stimmt, das hatte ich schon ganz vergessen. Dwaine ist ja Anwalt.«

»Aber wieso hattest du eigentlich einen Verdacht?«, will ich wissen. »Und wo wir gerade dabei sind, woher hast du eigentlich das Manuskript? Hat dein Vater dir das gegeben?«

Tom seufzt tief. »Tja, das ist der zweite Teil der Geschichte. Und der ist auch nicht weniger verwickelt.« Er räuspert sich und rutscht nervös auf seinem Stuhl herum. »Es geht damit los, dass ich Fred Frauenversteher bin.«

»*Du* bist Fred Frauenversteher? Ich denke, Nils, oder vielmehr Dwaine, ist Fred.« Langsam verstehe ich gar nichts mehr.

»Ich hatte die Idee mit Facebook«, beginnt Tom zu erklären. »So ging eigentlich alles los. Wie besprochen, habe ich immer die Beiträge für Dwaine geschrieben und die Post der Fans beantwortet. Dass meine total platte Art bei den Leuten so gut ankam, hat mich irgendwann selbst genervt. Ich hatte Lust, das alles etwas gegen den Strich zu bürsten. Das habe ich dann auch gemacht. Zuerst nur ab und zu, dann regelmäßig. Es hat Spaß gemacht. Vor allem, weil ich gesehen habe, dass dir Fred gefallen hat und dass er dem Verlag so richtig auf den Zeiger gegangen ist. Es ist kindisch, aber das hat mich gefreut. Ist wahrscheinlich so eine Vater-Sohn-Geschichte.«

»Aha. Aber warum hat Dwaine mir dann erzählt, dass er Fred Frauenversteher ist? Und warum konnte er mir Sachen erzählen, die erst hinterher von Fred auf Facebook gepostet wurden? Das verstehe ich nicht.«

»Die Geschichte geht ja noch weiter. An einem dieser Abende nach einer Lesung saßen Dwaine und ich noch bei einem Bier zusammen. Du warst schon im Bett. Ich weiß nicht, warum – aber ich habe ihm damals erzählt, dass ich hinter Fred stecke. Immerhin hatte er mich doch verteidigt, als du dich so wegen des Kamerateams aufgeregt hast. Da dachte ich, er hätte vielleicht doch einen netten Kern.« Er seufzt. »Ich bin eben ein vertrauensseliger Idiot. Erst tat Dwaine ganz nett, so von wegen *Dein Geheimnis ist bei mir gut aufgehoben, ist doch lustig*. Aber schon kurz darauf kam er an und hat mir unverhohlen gedroht, dass er mich bei meinem Vater auffliegen lässt, wenn ich in Zukunft nicht das schreibe, was er will. Die entsprechenden Texte hat er mir gemailt oder auf einem USB-Stick gegeben, je nachdem, was gerade einfacher war. So wusste er natürlich immer genau, was Fred als Nächstes schreiben würde.«

»Das darf doch nicht wahr sein! Und ich dachte, Dwaine hätte tatsächlich diese sensible, nachdenkliche Seite. Eben wie Fred. Deswegen war ich auch überzeugt davon, dass Dwaine Nils sei. Es passte alles so gut zusammen.« Ich lasse den Kopf in meine Hände sinken. »O nein. Und ich bin auf das alles reingefallen! Aber warum hast du mir nie etwas davon erzählt? Ich … ich hatte den Eindruck, dass du mich magst.« Jetzt kommen wir nämlich zu dem Teil der Geschichte, den ich immer noch nicht verstehe – und der mir, wenn ich ehrlich bin, immer noch weh tut. »Und dann stehst du auf einmal nachts vor meiner Tür und erteilst mir die Abfuhr meines Lebens.« Ich merke, wie ich schon wieder rot anlaufe. Das ist alles so peinlich!

»Nina, ich kann dir gar nicht sagen, wie viel du mir bedeutest«, sagt Tom mit so einer Ernsthaftigkeit, dass sich mir für einen Moment der Hals zuschnürt, während sich die Härchen an meinem Unterarm aufstellen und in meinem Magen eine kleine Ameisenarmee loskribbelt. »Aber als Dwaine mitbekommen hat, dass ich mich sehr für dich interessiere, hat er mich noch mehr unter Druck gesetzt. Du hast ihm von unserem Elbspaziergang erzählt, richtig?«

Ich muss kurz nachdenken. Stimmt. Das habe ich gemacht. »Dwaine wollte wissen, warum ich so erkältet bin. Da habe ich ihm davon erzählt. Er hat aber nichts weiter dazu gesagt.«

»Zu dir nicht – zu mir schon. Er hat mich zu Hause besucht, und dann hat er mir klargemacht, dass er dafür sorgen könne, dass ihr den Auftrag für den Weidner-Verlag verliert. Er müsste nur erzählen, dass er total unzufrieden mit der Betreuung sei. Und dass die ganzen Presseideen in Wirklichkeit über ihn gekommen wären. Salchow würde eh nur auf einen Grund warten, um euch abzuschießen. Und dass mein Vater jetzt keinen Grund mehr hätte, schützend seine Hand über euch zu halten, weil ich ja gekündigt hatte. Sollte ich mich noch einmal mit dir treffen, würde er sofort zu Salchow gehen.«

Ich bin geschockt. Das hat Dwaine getan? Selbst als ich ihn noch nicht für Nils hielt, hätte ich ihm so etwas nicht zugetraut. Weil ich so etwas im Grunde genommen überhaupt niemandem zutrauen würde.

»Also deswegen dein Auftritt bei mir?«

»Er hat von mir verlangt, dass ich es genau so mache.« Tom nickt. »Und ich hatte Angst, dass du wegen mir deinen Job verlierst.«

»Aber eine Sache verstehe ich immer noch nicht. Wie bist du denn dann an das neue Buch gekommen? Ohne das Manuskript wüsstest du doch gar nicht, was Dwaine mir erzählt hat.«

»Es war auf dem Stick. Dem Stick, den Dwaine und ich ab und zu hin- und hergetauscht haben wegen der Texte für Fred

Frauenversteher. Er hatte ihn auch bei besagtem Treffen dabei. Ein letzter Text von Fred sei noch drauf, ich solle ihn ins Netz stellen. Habe ich dann auch gemacht. Das war irgendwas darüber, wie man kranke Frauen pflegt oder so. Das war aber nicht das Einzige, was ich auf dem Stick gefunden habe. Es gab noch eine Datei namens *Sahnehäubchen.* Muss Dwaine aus Versehen gespeichert haben. Das kann ja mal passieren, wenn man nicht genau darauf achtet, mit welchem Laufwerk man gerade arbeitet. Tja, jedenfalls habe ich mir die mal runtergezogen, um sie mir bei Gelegenheit genauer anzusehen. Sie war ja ziemlich lang. Gestern habe ich mir das ganze Teil ausgedruckt und durchgelesen. Und da war mir klar, was für ein falsches Spiel Dwaine mit dir spielt.«

»Und dann bist du sofort ins Auto gesprungen? Warum hast du mich nicht einfach angerufen?«

»Am Telefon hättest du mir die ganze Geschichte wahrscheinlich nicht geglaubt. Außerdem wollte ich dich nicht eine Sekunde mit dem Typen allein lassen«, sagt er mit Nachdruck. »Weißt du, ich war mir zu neunzig Prozent sicher, dass es in dem Buch wirklich um dich geht und sich Dwaine das nicht alles nur ausgedacht hat. Aber den letzten Beweis habe ich dann bekommen, als du gesagt hast, dass du nicht im Hotel Neumann eingecheckt hast. Guck mal hier.« Er blättert noch einmal in dem Stapel Papier, dann schiebt er mir ein Blatt rüber.

Aber wie bereite ich sie perfekt vor, die Nacht der Nächte? Ein Zufall kommt mir zur Hilfe - eine gemeinsame Dienstreise nach Chicago steht an, zur Messezeit, also sind alle Hotels so gut wie ausgebucht. Ich besorge uns eine romantische Suite mit allem

Drum und Dran in einem Luxushotel, dann storniere ich unsere Einzelzimmer in der Klitsche, in der wir normalerweise abgestiegen wären. Als Shelley einchecken will, stellt sie fest, dass unsere Buchung verlorengegangen ist. Wie furchtbar! Und wie gut, dass ich als Retter in der Not sofort für Ersatz sorgen kann. Mein Lohn ist mir sicher ...

»Dieses miese Schwein! Dieses miese, miese Schwein!« Ich merke, wie mir Tränen in die Augen steigen. Tom schaut mich mitfühlend an.

»Das ist jetzt bestimmt ziemlich schlimm für dich. Aber wenn du jemanden brauchst, der Dwaine gleich richtig auf die Schnauze haut – ich bin dein Mann!«

Durch meine Tränen hindurch muss ich lächeln. »Danke, das ist ganz reizend von dir. Aber wenn ich so recht darüber nachdenke, dann möchte ich die Rache selbst in die Hand nehmen. Ich weiß zwar noch nicht, wie, aber da fällt mir schon was ein.«

»Verstehe ich. Selbst ist die Frau.« Er grinst mich an. »Finde ich gut. Obwohl ich auch sehr gerne mitmachen würde. Bist du sicher, dass du gar keine Hilfe brauchst?«

Ich nicke.

»Oder vielleicht verklagst du ihn? In Amerika, auf mehrere Millionen Dollar Schmerzensgeld?«

»Auch ein charmanter Gedanke. Aber ich glaube, es ist so, wie du schon sagtest – mich erkennen nur Eingeweihte. Da ist der liebe Ex-Anwalt kein Risiko eingegangen.«

»Ja, fast schade. Also doch einen auf die Schnauze?« Tom schiebt ebenso eifrig wie spielerisch seine Ärmel hoch, und obwohl mir wirklich zum Heulen zumute ist, muss ich lachen.

»Nein danke. Mir fällt schon etwas anderes ein.«

»Aber dann brauchst du vielleicht wenigstens einen Beschützer?« Ich schüttele den Kopf. »Keinen Beschützer.«

»Schade. Dann fahre ich wieder.«

»Gut. Wobei«, ich zögere einen Moment, »vielleicht brauche ich einen Assistenten.«

»Einen Assistenten? Zu Ihrer Verfügung, Frau Seefeld!«

»Sehr gut, Herr Weidner. Genau so liebe ich meine Volontäre!«

27. Kapitel

Dwaine steht auf der Bühne und verbeugt sich. Das Volk tobt: stehende Ovationen, der Meister hat sich heute selbst übertroffen. Männer springen von ihren Plätzen und rennen zum Bühnenrand, recken ihm ihre Hände entgegen, Dwaine klatscht sie ab wie ein Fußballspieler nach gewonnenem Match. Ein schönes Spiel.

Ich stehe etwas weiter hinten im Saal, am Büchertisch, der aber bereits in der Pause restlos geplündert wurde. Die beiden Buchhändlerinnen, die nun mangels Ware etwas beschäftigungslos sind, betrachten die Szenerie mit einer Mischung aus Faszination und Abscheu. Eine dreht sich zu mir um.

»Sagen Sie, geht es bei dem immer so zur Sache? Das ist ja unglaublich! Einige von den Herren hier kenne ich persönlich, und sie sind kaum wiederzuerkennen. Eigentlich ganz nette, gebildete Männer – und dann machen die sich hier zum Affen.« Sie schüttelt den Kopf.

»Ja, Herr Bosworth hat so seine eigene Philosophie. Und bei seinen Beutezügen ist ihm jedes Mittel recht. Wirklich jedes.«

Offensichtlich kommen die letzten Worte ziemlich heftig, denn die Buchhändlerin guckt mich nun fragend an. »Haben Sie da Ihre Erfahrungen?«

»Nein, natürlich nicht!«, versichere ich schnell. »Das ist einfach mein Eindruck aus dieser Veranstaltungsreihe.«

»Ach, Hunde, die bellen, beißen meistens nicht«, vermutet sie. »Wahrscheinlich ist er nur ein Großmaul. Aber ein sehr erfolgreiches. Wir verkaufen sein Buch wie warme Semmeln, und die Karten für heute Abend waren auch ratzfatz weg. Der Verlagsvertreter, der gestern bei uns war, erzählte übrigens etwas von einer Fortsetzung. Wissen Sie da vielleicht schon Näheres?«

Ich schüttele den Kopf. »Nein. Keine Ahnung.« Ich merke, dass meine Laune noch mehr in den Keller rauscht, als sie ohnehin schon ist. Zeit, nach Dwaine zu sehen.

Der sitzt immer noch hinter seinem Tisch neben der Bühne und signiert. Ich stelle mich neben ihn und flüstere in sein Ohr: »Meinst du, es dauert noch lange? Ich finde, wir sollten deinen triumphalen Auftritt noch feiern.«

Er dreht sich zu mir. »Ein bisschen dauert es wohl noch. Sieh dir mal die Schlange an. Vielleicht gehst du schon mit den Buchhändlerinnen vor? Sag mir, wo ihr seid, ich komme dann nach.« Er will sich wieder seinen Fans widmen, da lege ich meine Hand sanft, aber bestimmt auf seinen Unterarm und versuche, meiner Stimme einen möglichst rauchigen Unterton zu geben.

»Nicht mit den Buchhändlerinnen, Nils. Ich finde, wir beide feiern alleine. Meinst du nicht?«

Dwaine guckt erst überrascht, dann beginnt er zu strahlen und flüstert verschwörerisch zurück: »Holla, du gehst aber ran! Dann sieh zu, wie du die Buchhändlerinnen abwimmelst, und dann geht es gleich ins Hotel.« Ich nicke und gehe wieder zum Büchertisch. Die Damen sind in ein angeregtes Gespräch vertieft, offensichtlich hat eine der beiden ihren Ex-Freund unter Dwaines Jüngern gesichtet.

»Also, dass der Heinz so einen Schwachsinn nötig hat! Wobei – ein bisschen spinnert war er schon immer. Das war einer der Gründe, warum ich mich damals getrennt habe.«

»Ach, ich dachte immer, der hätte sich von dir getrennt?«

»Natürlich nicht. Ich habe mich getrennt. Und das hat ihm dann offensichtlich den Rest gegeben: Schau mal, wie der jetzt rumläuft. Einfach nur peinlich. Und dass er hier mitmacht, zeigt doch, dass er keine mehr abkriegt.«

»Tja, mittlerweile wird er schon bedauern, dass er sich von dir getrennt hat.«

»Ich sagte doch: *Ich* habe mich getrennt!«

»Äh, ja, 'tschuldige. Das getigerte Hemd ist auf alle Fälle furchtbar. Hatte er das auch schon, als ihr noch zusammen wart?«

»Natürlich nicht! Glaubst du, so hätte ich Heinz vor die Tür gehen lassen? Da hätte der sich aber erst einmal flott umziehen müssen. Nein, nein, das liegt nur an diesem Dwaine – ich habe das Buch gelesen: *Sei ein Löwe, kein Kater,* oder so. Und nun schau dir den armen Heinzi an.« Die beiden schweigen vielsagend. Ich ertappe mich bei dem Gedanken, dass der arme Heinz seinem Schöpfer vielleicht ganz dankbar ist, wieder in freier Wildbahn zu leben. Egal, wer sich nun von wem getrennt hat.

Bevor die Diskussion über Heinzi weitergehen kann, mische ich mich kurz ein. »Ich habe gerade mit Herrn Bosworth gesprochen. Man merkt es ihm zwar nicht an, aber es geht ihm nicht so gut. Wenn Sie nicht böse sind, würde er gerne gleich ins Hotel fahren. Ist das in Ordnung?«

Die beiden schauen mich an, enttäuscht, wie mir scheint. Finden Dwaine wohl doch nicht so schlimm, wie sie hier vorgeben.

»Schade, ich dachte, wir trinken vielleicht alle noch ein Glas Wein zusammen. Aber wenn sich Herr Bosworth natürlich nicht so fühlt …«

»Danke für Ihr Verständnis«, sage ich schnell und will schon gehen, da fällt mir noch etwas ein. »Wissen Sie«, sage ich zu einer der beiden Buchhändlerinnen, »ich habe da noch eine Idee. Warum machen wir es nicht ganz einfach so …«

Schon vor der Tür zu unserer Suite liegen die Rosenblätter. Rot, weiß und champagnerfarben – genau so hatte ich es mir vorgestellt. Dwaine schaut mich erstaunt an, dann bückt er sich und hebt eines der Blätter hoch.

»Was ist das denn?«

»Das ist meine ganz besondere Überraschung für dich. Der Rosentraum passend zur Hochzeitssuite.«

»Rosentraum? Ich verstehe kein Wort.«

»Das macht nichts, *Nils*. Du hast eine tolle Vorstellung hingelegt, und das nicht nur heute. Nein, ich muss sagen, das war insgesamt eine oscarreife Leistung. Und dafür hast du dir nun eine Belohnung verdient.« Ich strahle Dwaine an, der lächelt zurück.

»Du machst mich ganz verlegen, Nina.« Ich hauche ihm ein Küsschen auf die Wange, dann schließe ich die Tür auf. Die Rosenblätterspur führt in die Suite hinein und vom Flur geradewegs ins Badezimmer. Gut gemacht! Neugierig geht Dwaine hinterher. Ich bleibe draußen und warte gespannt auf seine Reaktion.

»Wahnsinn! Nina, was hast du vor?«

»Wonach sieht es denn aus?« Dwaine kommt wieder heraus und zieht mich an sich.

»Na ja: Rosen rund um den Whirlpool, der Champagner steht eisgekühlt daneben, auf der Ablage ein Massageöl … Ich würde sagen, es sieht nach einer Nacht aus, die ich nie vergessen werde.«

»Du hast ja so recht, *Nils*, so recht.« Ich küsse ihn, er erwidert meinen Kuss leidenschaftlich und beginnt, meine Bluse aufzuknöpfen. Ich halte seine Hände fest und schiebe ihn ein bisschen von mir weg.

»Sagtest du nicht etwas von eisgekühltem Champagner? Davon hätte ich schon mal gerne einen Schluck.« Ein bisschen Alkohol rundet meinen Plan mit Sicherheit ab.

»Richtig – nur keine Eile, Vorfreude ist schließlich die schönste Freude.« Dwaine verschwindet und kehrt kurz darauf mit zwei gut gefüllten Champagnerkelchen und der Flasche unter dem Arm wieder zurück.

»Auf uns!« Er schaut mir tief in die Augen. Ich proste ihm zu und nippe an meinem Glas, Dwaine nimmt einen großen Schluck. Gut so. Trink mal brav aus. Ich stelle mein Glas auf das Tischchen neben der Badezimmertür.

»Ich lasse schnell das Badewasser ein, und dann habe ich noch etwas ganz Besonderes mit dir vor.« Dwaine streicht mir durch das Haar und schaut mich wie hypnotisiert an.

»Das kann ich kaum erwarten, Baby.«

»Ich auch nicht. Allerdings bist du noch ein bisschen warm angezogen. Willst du es dir nicht schon bequemer machen?«

»Unbedingt!«

Als ich kurz darauf wieder aus dem Badezimmer komme, hat Dwaine nur noch seine Boxershorts an. Ich lasse meine Finger über seinen Waschbrettbauch wandern und ziehe dann spielerisch am Bündchen seiner Shorts.

»Ich fürchte, von denen musst du dich auch noch trennen.« Er grinst und lässt äußerst folgsam auch die letzte Hülle fallen. Man sieht, wie sehr er sich schon auf meine Überraschung freut.

Wir – oder besser gesagt: Dwaine – trinkt noch ein Glas, dann greife ich zu dem Seidenschal, der auf dem Tischchen neben der Champagnerflasche liegt. Mit zwei Handgriffen falte ich ihn, gehe zu Dwaine und verbinde ihm damit die Augen.

»He!«, beschwert er sich. »Das ist aber unfair – so kann ich gar nichts mehr sehen.«

»Das gehört nun mal zur Überraschung dazu«, versichere ich ihm. »Vertrau mir, ich weiß genau, was ich tue.« Dann beginne ich, Dwaine um seine eigene Achse zu drehen, was dieser kichernd mit sich geschehen lässt. Ich reiche ihm sein Glas, er trinkt noch einmal.

»Spielen wir jetzt Blindekuh?«, will er wissen.

»Nein, etwas viel Besseres.« Mit diesen Worten schiebe ich ihn vor mir her und hoffe inständig, dass er nicht merkt, in welche Richtung es geht. Aber Dwaine ist offensichtlich so voller Vorfreude, dass er über diese Nebensächlichkeit anscheinend gar nicht nachdenkt, sondern die Ortsveränderung brav mit sich geschehen lässt. Das Kreiseln und ein wenig Alkohol tun ein Übriges: Dass wir das Zimmer verlassen haben und mittlerweile auf dem Hotelflur stehen, bemerkt Dwaine nicht. Auch nicht, dass ich jetzt ganz sanft die Tür zur Suite zuziehe. Geschafft! Da kommt Dwaine ohne fremde Hilfe nicht mehr rein. Und sich die zu organisieren, so, wie Gott ihn schuf, ist doch mal eine schöne Aufgabe für unseren Womanizer. Ich stelle mich auf Zehenspitzen und flüstere in sein Ohr.

»So, mein Schatz, jetzt zähle bitte laut bis fünfzig, und dann kannst du die Binde abnehmen. Du wirst deinen Augen nicht trauen.«

Als ich an der Rezeption vorbeigehe, kommen mir die Buchhändlerinnen schon entgegen. Im Schlepptau haben sie mindestens zwanzig Fans, jeder hält ein Buch in der Hand. Erstaunlicherweise sind auch wieder ein paar Frauen dabei. Das wird mit Sicherheit eine Signierstunde werden, an die alle noch lange zurückdenken. Ich grüße kurz.

»Sie finden Herrn Bosworth im dritten Stock, Zimmer 302. Ich wünsche viel Spaß. Er freut sich schon.«

In der Hotelgarage sitzt mein Fluchtwagenfahrer im Auto und trommelt ungeduldig mit den Fingern auf dem Lenkrad herum. Ich steige ein und atme tief durch.

»Puh, geschafft! Gib Gas!«

»Wird gemacht.« Tom startet das Auto und fährt aus der Parklücke Richtung Ausfahrt. »Ehrlich gesagt, ich war schon ziemlich nervös. Wie ist es denn gelaufen?«

»Genau wie geplant! Und ich hatte daran auch wenig Zweifel.«

»Na, als ich eben mit seinen Klamotten an ihm vorbei aus der Suite rausgeschlichen bin, hatte ich schon Muffensausen. Wenn er etwas gemerkt hätte, wäre es bestimmt ziemlich unangenehm geworden.«

»Dwaine war doch so scharf, der hätte nicht einmal gemerkt, wenn *du* ihm statt meiner die Unterhose ausgezogen hättest«, gebe ich grinsend zu bedenken.

»Wahrscheinlich hast du recht. Und wer könnte es ihm verdenken. Mich hättest du mit der Nummer auch kirre gemacht.« Tom guckt über die Schulter.

Ich schaue verlegen zu Boden.

»Das war schon ein ziemlich perfekter Plan.«

»Aber ohne meinen Assistenten hätte es nicht geklappt. Das mit den Rosenblättern sah super aus. Dwaine musste einfach glauben, dass das Hotel die ganze Sache vorbereitet hat. Der Schampus und sogar noch ein Massageöl, auch der Seidenschal lag an der richtigen Stelle – Tom, exzellente Vorarbeit. Schade, dass du nicht mehr mein Volontär bist. Du würdest ein Spitzenzeugnis bekommen.«

»Danke, Chefin, danke. Am meisten Sorge hatte ich, dass Dwaine nach der Show aus irgendeinem Grund einen Blick in seinen Kleiderschrank wirft. Spätestens da wäre ihm dann aufgefallen, dass alle Sachen weg sind.«

»Ich glaube, das Letzte, was Dwaine im Sinn hatte, als wir auf das Zimmer gekommen sind, war, in seinen Schrank zu gucken.« Wir müssen beide lachen. Mittlerweile sind wir schon fast auf der Autobahn Richtung Hamburg. Ich merke, dass die Anspannung der letzten Stunden langsam von mir abfällt.

»Was machen wir denn jetzt mit Dwaines Sachen?«, will Tom wissen.

»Oh, ich habe ihm einen gelben Zettel auf das Manuskript vom *Sahnehäubchen* geklebt. Wenn ihn das mitleidige Hotelpersonal irgendwann wieder ins Zimmer lässt, kann er dort nachlesen, dass sich seine Klamotten schon auf direktem Wege zu einem Ort befinden, an den er auch ganz schnell verschwinden sollte: per Luftfracht nach Dallas, Texas. Aber bevor sich Dwaine darüber Gedanken machen kann, muss er jetzt sowieso erst einmal eine kleine Signierstunde überstehen.«

»Was für eine Signierstunde?«

»Ach, ich hatte zwischendurch noch eine gute Idee, unseren schönen Plan ein wenig aufzupeppen. Ich habe die Buchhändlerinnen von heute Abend mit ein paar Gästen eingeladen, Dwaine im Hotel zu besuchen. Es war bestimmt lustig. Schade, dass ich schon gehen musste.«

Tom schüttelt den Kopf. »Wie gemein von dir.«

»Ich finde, verglichen mit dem, was Dwaine mit mir vorhatte, war ich noch ganz nett.«

»Du hast recht. Eigentlich hättest du ihn noch viel mehr bloßstellen müssen. Vielleicht vor seinem Saalpublikum. Dann hätte auch die Presse davon Wind bekommen – was meinst du, wie ihn das getroffen hätte. Das hätte ihn wahrscheinlich ruiniert.«

Ich schüttele den Kopf. »Nein. Das wäre nicht mein Stil. Ich wollte ihm klarmachen, dass das mit mir nicht läuft. Dass ich eben nicht sein Sahnehäubchen bin. Aber Dwaine ruinieren? Nein, das wollte ich nicht. Was hätte ich auch davon? Höchstens, dass Maximal-PR auch noch den großen Presseauftrag los gewesen wäre. Da hätte ich mir selbst genauso mit geschadet. Du weißt schon – *Möbelhaus forever.*«

»Und wenn er sein Buch jetzt trotzdem veröffentlicht?«

»Das ist mir egal. Denn jetzt bin ich nicht mehr Shelley. Und darauf kommt es für mich an. Soll er doch machen, was er will, das interessiert mich nicht mehr.«

Tom scheint darauf etwas sagen zu wollen, lässt es aber. Eine Weile schweigen wir beide, dann rafft er sich doch noch auf.

»Interessiert es dich wirklich nicht mehr? Oder vielmehr … er? Bist du nicht doch noch ein bisschen traurig?«

Bevor ich antworte, überlege ich. Bin ich traurig? Trauere ich Dwaine hinterher? Oder, genauer gesagt, Nils? Bin ich nicht eher gekränkt? In meinem Stolz? Es ist schwer zu sagen.

War ich wirklich in Nils verliebt? Es war schön, von einem vermeintlich netten, attraktiven Mann begehrt zu werden. Ich hatte schon Ewigkeiten nicht mehr geflirtet, und es tat meinem Selbstbewusstsein saugut. Aber der Abend mit Tom, das Essen und der Spaziergang an der Elbe waren auch wunderschön. Hätte ich mich auch so zu Dwaine hingezogen gefühlt, wenn mir Tom nicht einen Korb gegeben hätte? Ich weiß es nicht. Und je mehr ich in mich hineinhorche, desto verwirrter bin ich.

»Hallo, Erde an Nina! Sind Sie da draußen?«

»Äh, ja. Ich denke immer noch über deine Frage nach und kann sie nicht so einfach beantworten. Richtig traurig bin ich nicht. Glaube ich. Also, das Gefühl, das ich momentan habe, ist jedenfalls kein Liebeskummer.«

Tom nimmt kurz seine rechte Hand vom Steuer und drückt damit meine linke. »Weißt du was? Darüber bin ich richtig froh.«

Ich schaue ihn von der Seite an.

»Und weißt du was: ich auch!«

Epilog

Wenn es wieder richtig Sommer wird und die Tage endlich viel länger sind als die Nächte, ist es kein Wunder, dass man deutlich bessere Laune hat als noch wenige Wochen zuvor. Da bin ich natürlich keine Ausnahme. Heute Morgen habe ich das erste Mal auf meinem Balkon gefrühstückt und dabei die ersten Sonnenstrahlen genossen. Herrlich!

So weit zu meinen meteorologischen Befindlichkeiten. Meine momentan ausgesprochen gute Laune hat aber noch einen anderen Grund: Ich sitze mal wieder im *Freischwimmer.* Und schon wieder steht ein Teller mit einem ganz ausgezeichneten Backhendl – oder vielmehr dem, was davon übrig geblieben ist – vor mir. Auch Tom sitzt mir schon wieder gegenüber. Das reinste Déjà-vu. Und doch ist es anders als vor ein paar Wochen. Es ist noch schöner. Alle Zweifel und Unsicherheiten sind heute wie weggeblasen. Tom betrachtet mich über den Rand seines Weinglases hinweg.

»Du siehst so nachdenklich aus. Alles in Ordnung?«

»O ja, in bester Ordnung. Wobei – gerade habe ich überlegt, ob du mich nur ausführst, um dir ein möglichst gutes Zwischenzeugnis zu erschleichen.« »Du meinst, ich mache meine Ausbilderin erst mit Backhendl und Limonenmayonnaise gefügig, und dann bringe ich sie dazu, mich für Deutschland sucht den Supervolontär zu nominieren?« Tom grinst – ich nicke.

»Ja, so ungefähr hatte ich das befürchtet.«

Er schüttelt heftig den Kopf. »Keine Sorge. Ich weiß, dass du nicht so billig zu haben bist. Das hat eine gründliche SWOT-Analyse meinerseits in Vorbereitung des heutigen Abends ergeben.«

Ich muss lachen. »Schau an, der Herr Volontär. Eine SWOT-Analyse? Ich bin beeindruckt, wie viel du schon von mir gelernt hast. Was hat sie denn ergeben, die Analyse?«

Tom grinst. »Eine Crème brûlée ist schon noch drin.«

»Dann ist ja gut. Aber mal im Ernst: Ich freue mich, dass du doch zurück in die Agentur gekommen bist. Es ist bestimmt die richtige Entscheidung.«

»Ja, ich glaube auch. Und ich bin froh, dass ich mich mit meinem Vater ausgesprochen habe. So von Mann zu Mann. Haben wir nicht schon mal darüber gesprochen, bevor ich angefangen habe? Es ist blöd genug, etwas nur aus Trotz zu machen. Aber etwas nur aus Trotz zu *lassen* ist auch nicht viel schlauer. Und diese Möbelhaustour mit Henning ist wirklich unglaublich. Du solltest diesen Huschka sehen, du würdest es nicht glauben.«

Ich lächle mein mildes Ausbilderinnenlächeln. »Doch, ich weiß genau, was du meinst. Aber da könnt ihr Jungs euch dann mal so richtig austoben, während ich mich um die hohe Literatur kümmere. Schade nur, dass einer der Erfolgsautoren aus dem Weidner-Verlag so eine schlimme Schreibblockade hat. Teil zwei seines Werks wäre bestimmt ein Knüller geworden.«

»Irgendetwas muss den Guten in letzter Zeit traumatisiert haben. Schade, dabei wirkte er immer so selbstbewusst.« Wir lachen beide.

»Ja, mein Vater war auch ganz bestürzt, als ihn die Nachricht aus Texas ereilte. Na, Künstler eben. Kennt man ja. Soll ich denn noch ein Dessert ordern? Vielleicht«, er sieht mich herausfordernd an, »ein kleines Sahnehäubchen?«

»Nicht frech werden, junger Mann!« Ich boxe ihm spielerisch gegen den Oberarm. »Glaub mir, davon habe ich erst einmal genug.«

»Und wie wäre es dann mit einer Crème brûlée?«

Ich bin versucht … aber nur einen Moment. Dann denke ich daran, dass ich heute sündteure Dessous aus dem neuen Wäscheladen in der Nachbarschaft trage und definitiv keine rostige Sicherheitsnadel darin steckt. Ich schüttle also den Kopf und winke dem Kellner zu.

»Bitte zahlen!«

Tom guckt erst erstaunt, aber dann sieht er mein Lächeln und begreift. Er beugt sich zu mir herüber und küsst mich zärtlich.

Crème brûlée ist zwar nicht schlecht. Aber heute gibt es zum Nachtisch etwas viel Besseres.

Mancher findet sein Herz nicht eher,
als bis er seinen Kopf verliert.

Friedrich Nietzsche, Philosoph

Dank an:

Timothy Sonderhüsken: Ja, langsam wird es langweilig mit all diesen Danksagungen. Aber du bist einfach ein verdammt guter Lektor, was will man da machen …

Die beiden Alexandras: Alex Heneka für die dramaturgische Beratung und **Alex Fröhlich** fürs Lesen und Händchenhalten. Der Name bürgt ganz offensichtlich für Qualität.

Bettina und Anja Keil: Unsere Agentinnen mit dem Überblick für jegliche Lebenssituation und alle Problemfälle.

Bernd für seine starken Nerven.

Und: der **Minibar** der **Beautyvital Residenz Kühlungsborn** für Trost und Zuspruch!

Silke Schütze

Kleine Schiffe

Roman

Wer hat behauptet, dass Liebe einfach ist? All das Herzklopfen und Himmelhochjauchzen, all die Ängste, Versuche und Bauchlandungen. Aber jeder muss da durch. Denn ohne Liebe tut das Leben weh.
Erst wird Franziska vierundvierzig. Dann von ihrem Mann verlassen. Und als sie kurz darauf merkt, dass sie zum ersten Mal schwanger ist, weiß sie, dass sie noch einmal ganz von vorne anfangen muss. Aber wie soll das gehen? Zufällig trifft Franziska die ebenfalls schwangere, flippige neunzehnjährige Lilly – und lernt von ihr, dass das Leben ein wunderbares Abenteuer wird, wenn man sich nicht immer an die bekannten Spielregeln hält …
Ein Roman wie das Leben selbst: Ein bisschen verrückt, immer wieder chaotisch, zum Weinen schön und voller Überraschungen.

Knaur Taschenbuch Verlag